The Devil Wears Kilts
by Suzanne Enoch

情熱の炎に捧げて

スーザン・イーノック
島原里香[訳]

ライムブックス

情熱の炎に捧げて

主要登場人物

シャーロット・ハノーヴァー……………伯爵家の長女
ラナルフ（ラン）・マクローリー ………グレンガスク侯爵。スコットランドの氏族長
アラン・マクローリー……………………ラナルフの長弟
ムンロ（ベアー）・マクローリー ………ラナルフの末弟
ロウェナ（ウィニー）・マクローリー ……ラナルフの妹
マイルズ・ウィルキー……………………スワンズレー子爵。ラナルフたちのおじ
ラックラン（ラック）・マクティ ………グレイ子爵。マクローリー家の隣人
ジェーン・ハノーヴァー…………………シャーロットの妹
ヘスト伯爵…………………………………シャーロットの父親
バーリン伯爵ドナルド・ガーデンズ……マクローリー家と敵対する人物

プロローグ

「なぜこんなことをしたの、ベアー？」朝食室の床一面に散らばった紅白のバラの花びらを目にして、ロウェナ・マクローリーが声をあげた。

重い大剣の刃先を白い布でぬぐっていた〝熊《ベアー》〟ことムンロが顔をあげた。

「こうする以外に、こいつの見事な切れ味をどうやって確かめられるというんだ、ウィニー？」

「だからって、バラの花を全部はねてしまうなんて！」ロウェナ――ウィニーは茎だけになったバラの花瓶を、いちばん下の兄に向かって振りかざした。「こんな真似をする人がどこにいるというの？」

「いないね。ここまで鮮やかにやるのは無理だ。全部ひと太刀ですっぱり切れたよ」

「ベアーのばか！　このバラはマイルズおじさまからのお祝いなのよ」そこでロウェナは長兄のグレンガスク侯爵ラナルフ・マクローリーに目を向けた。ラナルフ――ランは目の前の騒ぎも知らぬふりで新聞を読んでいる。

「ラン、なんとかしてよ！」

「なんともしようがないだろう」兄が新聞から顔をあげた。「ベアーに言って、花びらを糊《のり》で元どおりくっつけさせるか？」

「朝食室で剣を振りまわさないよう叱ってよ。はるばるロンドンから届けられた花なのに」ロウェナがため息をつく。

「誕生日に誰が花なんかほしがる？」部屋にいた三人目の青年、グレイ子爵ラッククラン・マクティが、ムンロから剣を受け取って振りながら言った。「誕生日祝いならこういうのがいい。ローデリックに頼んで作ってもらったのか、ベアー？」

「ああ」ムンロが答えた。「ビールひと樽《たる》とボトル四本でね」

「ぼくなら、その倍出してもいい」

「ラック、わたしへのプレゼントに剣を買ったと言うつもりなら」自分を無視して剣の話をされたロウェナが、むくれて口を挟んだ。「今すぐ家に持って帰ってちょうだい」

ラッククランは明るいグリーンの目を細めて彼女を見た。「ウィニー、女に剣は無用だ」

「わたしだっていらないわ。それならあなたは何を持ってきてくれたの？」

ラッククランはいたずらっぽく微笑み、椅子のうしろから大きな紙包みを取り出した。

「おそらくきみには剣よりこちらのほうが役に立つだろう。誕生日おめでとう、ウィニー」

窓枠に腰かけて新聞を読んでいたラナルフはようやく顔をあげた。新聞の日付は一週間は古いうえ、どれもこれも気に入らない記事ばかりだった。気晴らしに弟の剣を二、三回振りまわしたいほどだ。

ロンドンから届く知らせを最後に喜んだのはいつのことだったろう。最近はろくでもない規則や制約ばかりが増え、税金もあがる一方だ。イングランド人《サ サ ナ ッ ク》どもはハイランド人を追い払うことも、皆殺しにすることもできなかったが、ついに完全に叩きのめす新たな方法を思いついたらしい——経済を破綻させるという手だ。ラナルフが身じろぎをすると、足元にうずくまっていた二匹のスコティッシュ・ディアハウンドが体を起こした。まだ朝駆けに連れていってもらえないのだろうか、という表情をしている。

すべては朝食用の椅子の横に立っている妹が原因だ。毎年ロウェナの誕生日がめぐってくるたびに、氏族《クラン》内がそのお祝いのためにひと騒動になる。しかも今回は特別な年なのだ。彼女が誕生日祝いのプレゼントの包みを開けてしまうまで、朝駆けも犬の運動もお預けにするしかない。

ロウェナはうれしそうな笑みを浮かべ、ラッククランから手渡された思いがけないプレゼントの包み紙をすばやく開いた。だが同じくらいあっという間に、またがっかりした顔に戻ってしまった。「ブーツだわ」彼女は近所の幼なじみであるラッククランに不満の声をあげた。「わたしにこんなブーツを買ったの？」

ラッククランがうなずいた。茶色の髪がひと筋、目に落ちかかる。「乗馬用の新しいブーツだ。先月、一足だめにしてしまっただろう？」ロウェナににらみつけられて、彼の顔からも笑みが消えた。「なんだよ？　サイズはぴったりのはずだぞ。ちゃんとメイドのミッチェルにきいて確かめたんだ」

「わたしはもうレディなのよ。花束か上等のボンネットでもくれればいいのに。靴なら、せめてダンス用とか」

ラックランが鼻を鳴らした。「ぼくは生まれたときからきみを知っているんだぞ。乗馬用のブーツのほうが、よほど役に立つ」

ラナルフは新聞を脇に置いた。朝食室を出た廊下の、ほかの三人からは見えない位置に控えていたふたりのバグパイプ吹きに手を振って、さがるように合図をした。末っ子のロウェナはもともと性格のよい明るい娘だが、ここ何日かは迫りくる嵐のような不穏な気配を漂わせている。バグパイプでこの場の雰囲気が和むとは思えなかった。

「わたしはもう馬で田舎を駆けまわって喜ぶ年じゃないのよ、ラック」ロウェナはいらだちと悲しみが入り混じった表情をした。「それがわからないの?」

ラックランが笑いだした。「つい昨日までそうだったじゃないか。今日になったとたん、もう馬には乗らないっていうのか? ばかを言うなよ、ウィニー」

ロウェナは無視してラナルフに顔を向けた。「こうなったらお兄さまが最後の望みだわ」少し声を震わせている。「お兄さまは何をくれるの?」

しばらくラナルフは黙って妹を見つめた。いよいよ嵐の到来かと思うとぞっとする。「おまえは新しいドレスがほしいと言っていただろう」彼はようやく重い口を開いた。「グリーンのだ。二階でミッチエルが用意してくれている。ディナーのときに着るといい。乗馬用ブーツと違って、ダンスのときにも着られるものだ」

ロウェナの目に見る見る涙があふれ、白い頬を伝った。ああ、なんてことだ。何がいけなかったのだ？　どうなっているのかさっぱりわからないが、とにかく自分はまずいことをしてしまったらしい。

「ウィニー、なぜ泣いている？」居間に通じる扉からもうひとり、別の男性の声がした。入ってきたのは三人兄弟の真ん中であるアラン・マクローリーだ。「ラックのブーツに噛みつかれたのか？」

「ランがドレスのことを言ったら泣きだしたんだよ」ムンロが言った。「本当はブルーのドレスがほしかったんじゃないのか？」

「これならきっと喜ぶだろう」アランが近づいてきて、布にくるまれた小さな包みをロウェナに渡した。

「当ててみましょうか」ロウェナが涙をぬぐう。「どうせ方位磁石でしょう。ベアーにもらった鞍《くら》を馬につけて、ラックにもらったブーツを履いて出かけたとき、迷子にならないための」

アランが眉をひそめた。「方位磁石じゃない。ピンがついた小さな時計だ。とても精巧にできている。《アッカーマンズ・レポジトリー》に載っていた広告で見つけて、はるばるジュネーヴから取り寄せたんだぞ」

「そうなのね。ありがとう、アラン」

ムンロがラックランから大剣を取り戻し、傷だらけの床に乱暴に突き立てた。そんなふうにされた武器はそれが最初ではなかったし、おそらく最後になることもないだろう。バグパイプ吹きと何人もの使用人たちが、ふたたび廊下に集まっている。ラナルフはさっきより強い仕草で彼らを追い払った。どう見ても、今のロウェナはパレードをしたい気分ではなさそうだ——それがいくら善意に満ちたものであっても。

「アランばかりが感謝されて、残りのおれたちはべそをかかれたり、ばか呼ばわりされたりするだけか？」ムンロがぼやいた。

ロウェナは答える代わりにピンのついた時計を置き、ゆっくりとラナルフに近づいてきた。そのてのひらに二匹の犬が鼻先をうずめたが、彼女が犬たちのおねだりに応えて体を掻《か》いてやることはなかった。どうもよくない兆候だ。さすがに口に出しては言わないが、妹は本当にこちらをばかと思っているらしい。だが、知ったことか。エメラルド・グリーンのドレスがほしいとロウェナ自身が言ったから、望みどおり注文してやったのだ。とても美しく高価なドレスを。しかも、贅沢《ぜいたく》なことにパリの仕立屋に。

ロウェナに両手を引っ張られ、ラナルフは逆らうことなく窓枠から立ちあがった。しかし、華奢な指先でいつまでも手を握りつづけられて困惑した。「ひょっとして、別のものがほしかったのか？」彼は力なく尋ねた。家の中にもうひとり女性がいればよかったのだが。それならわが家で少なくとも誰かひとりは、マクローリー家の最年少者であるロウェナを理解できるはずだった。幼い頃は何も難しくなかったのに、近頃の彼女はますますわけがわからなくなっていく。「何がほしいんだ？　おまえのためならどんなものでも必ず手に入れてやることくらいわかるだろう、ウィニー」

「わたしの望みが何かはわかっているでしょう。今日で一八歳になったのよ。だから社交界に出たいの。ロンドンで。それこそがわたしの——」

「だめだ」ラナルフはさえぎった。妹の言葉というより、考えそのものを否定するように。「金曜日に誕生日パーティーを開くと決めたじゃないか。クランの全員が集まる。威勢のいい若者たちが大勢やってきて、競っておまえと踊ろうとするだろう。ロンドンで開かれるどんな舞踏会よりも、そちらのほうが楽しいに決まっている」

ロウェナは静かにため息をつき、残りの三人のほうを振り向いた。「あなたはわたしとワルツを踊るために戦ってくれるの、ラッククラン・マクティ？」

「そしてわざわざ偏平足になれというのかい？」ラッククランが笑った。「きみとはふだんからしょっちゅう顔を合わせている。ダンスはほかの男に譲るよ」

「ほかの男の人はわたしとダンスをするために戦ったりしないわ。みんな、うちの兄たちを怖がっているもの」ロウェナは訴えた。

「なら、ぼくも同じだ」

「嘘よ」

クランの男たちが自分を恐れているかという話になって、ラナルフは身じろぎした。もちろん自分は恐れられている。当然ではないか。「ダンスパートナーなどいなくてもいいさ、ウィニー。とにかく盛大なパーティーになるから、楽しみにするといい」

ロウェナがラナルフのほうに向き直った。「生まれたときから知っている人ばかりのパーティーなんていらないわ。ダンスを喧嘩《けんか》の口実にするような男の人にもうんざりよ。わたしは社交界でお披露目がしたいの。ロンドンで。お母さまはそうしたわ」

「母上はイングランド人だった」ラナルフはぴしゃりと言った。「ロンドンみたいな場所に暮らしているのがどんな連中か知っているだろう、ウィニー。気取り屋で根性のないササナックどもさ。おまえはここでのパーティーを楽しみにしていればいいんだ。それから、氏族長とまともに向き合う気概もないような男には、その妹と踊る資格はない」

ロウェナは両手を腰に当てて顎を突き出した。「世界のどこよりもグレンガスクがいいと、わたしに思わせたいんでしょう、ラン。でも、ほかの場所を見せる気すらないじゃない。だから自分で勝手に想像するしかないのよ。わたしの想像によれば、ロンドンはここよりずっとすばらしいところだわ」

「もう一度言うが、ロンドンは自分の馬に鞍さえつけられない軟弱男どもが暮らしているところだ。いいから、二階へ行ってドレスを着てみろ。もうこの話は終わりだ」

「ラン――」

「終わりだ」彼は繰り返し、胸の前で腕組みをした。ロウェナは繊細な娘で、見ていて落ち着かない気持ちになるほど、亡くなった母に似ている。兄のラナルフを前にしても強気だが、それでも言い争いで勝てるとは思っていない。つまり妹がロンドンへ行くことはないのだ。永遠に。

涙ぐんだ目でラナルフをにらみつけると、ロウェナは朝食室から出ていった。まもなく二階の彼女の部屋の扉が乱暴に閉まる音がした。朝食室にいた残りの三人がちらりとラナルフを見たが、誰も何も言わなかった。しかし彼らは――少なくともふたりの弟は――ラナルフがロウェナにあえて伝えなかったことがあるとは知らない。ロンドンには気取り屋だけでなく、スコットランド人としての血統を否定しておきながら土地の所有権だけ主張する卑怯《ひきょう》な貴族がひしめいている。彼らは高地地方《ハイランド》から遠く離れたロンドンに移り住み、自分の領地を羊の放牧地へ転換するために領民を追い出した。つまりロンドンは、スコットランドの裏切り者や人殺しが暮らす場所でもあるのだ。

「朝駆けに行ってくる。ファーガス、ウナ」ラナルフは二匹の犬を従え、うしろも振り向かずに出ていった。

馬丁のデブニーには、屋敷から出てくる主人の姿が見えたに違いない。ラナルフが裏庭に着く頃には、背の高い鹿毛のスターリングが待っていた。ラナルフは弾みをつけて鞍に飛び乗り、スターリングの横腹を膝で蹴って出発した。ゆるやかなカーブを描いて東に延びる小道をしばらく行くと、風の吹き渡る丘の中腹に出る。そこから彼は深い森になった峡谷に向けて、二匹の犬を左右に従え、曲がりくねった細い道を下った。峡谷の中央を流れるディー川が轟音《ごうおん》を響かせながら、滝となって流れ落ちていく。眼下は花崗岩《かこうがん》が巨人の階段のように幾重にも連なり、その向こうには見渡すかぎり低地が広がっていた。毎日のように見ていても圧倒される、すばらしい眺めだ。だが今朝は、このあいだの嵐で倒された古い一本の木が目についた。

ロウェナがロンドンに行ってみたいと思うようになったのは、亡くなった母の日記や、新聞のくだらない社交欄を読んで影響を受けたからにすぎない。先月は新聞が届いたときに、執事のクーパーに言いつけてすぐさま火にくべさせたのだが、なんの効果もなかったようだ。

倒木をよけるために馬の速度を落としながら、ラナルフはそのまま川の上流に向かった。下流域には自分が治めているアン・ソアードの村があり、農夫や羊飼いや陶工や商店主などが大勢暮らしている。今のラナルフは、氏族長一家に対する人々からの賛辞の言葉や、金曜にグレンガスク・ホールのパーティーに招待されたことに対する礼を聞きたい気分ではなかった。

今朝は木々のてっぺんに薄く靄《もや》がかかっている。朝の白々とした光の筋が、苔《こけ》だらけのごつごつした岩や、風雨にさらされた丈の短い藪《やぶ》を照らしていた。ここよりロンドンのようなやわな土地を好む人間がいるなんて、考えられないことだ。

背後の岩場の陰から一頭の鹿が飛び出して小さな谷を飛び越え、その先に広がるヒースに覆われた荒野へ逃げていった。犬たちが吠えながら追っていき、ラナルフは自分のライフルに手を伸ばした。が、そのときはじめて銃を屋敷に置き忘れてきたことに気づいた。彼は小さく毒づき、ファーガスとウナを呼び戻すために口笛を吹いた。

ライフルを置いてきたとは間抜けだった。こんな人里離れた寂しい場所では、よこしまな人間がどこかで待ち伏せしているかもしれない。一瞬、武器を取りに帰ろうかと思った。しかし今日の様子だと、野外で悪党に襲われるより妹に屋敷で待ち伏せされている可能性のほうが高そうだ。

少なくとも、それが彼の予想だった。とそのとき、苔の生えた地面にかすかに響く馬の蹄《ひづめ》の音を聞きつけ、ラナルフはとっさにスターリングを木立に向かわせた。何者かはわからないが、白昼堂々領主を襲うつもりだとしたら、なんとも大胆不敵ではないか。とはいえ、万が一に備えて武装するのを怠ったのは自分のほうだ。ラナルフは身をかがめ、ブーツの鞘《さや》にさしてある細長い短剣を抜いた。愚かな裏切り者たちは、こちらが丸腰でなかったことに気づいてあわてるだろう。相手が本気で領主に血を流させるつもりでいるのなら、間違いなく同じ目に遭わせてやる。「ファーガス、ウナ、気をつけろ」主人に低く声をかけられ、大きなディアハウンドたちが首の毛を逆立てた。

「ラン！」

その声を耳にして、ラナルフはほっと肩の力を抜いた。「ファーガス、ウナ、もういいぞ」スターリングを元の道に戻しながら弟に呼びかける。「おまえには〝ひとりで〟という言葉の意味がわからないのか？」

「そんなこと言ってなかったじゃないか」やってきたのはムンロだけではなかった。アランやラックランまでが、そろって川沿いの道をこちらに向かってくる。ムンロがライフルを投げてよこした。「しかも丸腰で出ていくなんてどうかしてる」そう言いながら顔をしかめる。

ラナルフは片手でライフルをつかみ、もう一方の手に握っていた短剣をくるっとまわしてブーツの鞘に収めた。「丸腰じゃない。それに命令すれば、ファーガスとウナが敵の馬を追っただろう」

「犬はマスケット銃の弾丸より速く走れないぞ」アランがラナルフのブーツに目を落とした。「それに、そのナイフは接近戦なら役に立つかもしれないが、卑怯者は遠くから狙ってくるものだ」

「銃ひとつ持ってくるのに三人がかりか？」たとえアランの言い分が正しいとしても、ラナルフは弟から説教をされるつもりはなかった。なんといっても自分のほうが年上なのだ。しかも四歳も。アランが三〇歳になるまであと三年もある――弟のほうこそ用心しなければ、その日を無事に迎えられるかどうかわかったものではない。

「屋敷にいるよりここのほうが安全だから来たんだ」ラナルフは家長らしく横柄に言い返し、鞍のうしろにくくりつけた袋を叩いた。「釣り道具も持っている」

「おれは頭に鞍を投げつけられたくなかったから出てきた」ムンロがにやにやしながら言った。「ウィニーも今は部屋に閉じこもっているが、いつ出てくるかわからないからな」

「こっちだって、彼女とふたりきりにされるのはごめんだ」ラックランが言う。

「なぜだ？」アランが尋ねた。「そもそもおまえがウィニーと踊りたくないと言ったんだぞ、この腰抜けめ」

「そう言うが、ぼくにとってウィニーは子どもと同じさ。何しろ彼女の髪がおさげにもできないほど短かったときから知っているんだ。最近なぜあんな妙なふるまいをするようになったのかまったく謎だが、こっちの知ったことじゃない」

「あいつが妙なふるまいをするようになったのは、おまえに気があるからだ、ラック」アランが反論した。「ランが気づいているかどうかはわからないが」

「何も知らないぞ」ラナルフはとぼけたが、本当のところはそうでもない。

ラックランが横目でじろりと見た。「とりあえず釣りをしよう。だがウィニーがぼくを意識しているとすれば、それは兄であるきみたちがほかの男を彼女に近づけさせないからだぞ」

それは間違いあるまい。しかしラナルフは何年も前から、ラックランこそ妹の夫にふさわしいと思ってきた。ならば、彼女をわざわざほかの男の目に触れさせることはない。返事をする代わりに、ラナルフは滝のほうを示して馬を進めた。「それならウィニーが頭を冷やしているあいだ、われわれは湖を目指すことにしよう」

このまま一日じゅうマスやスズキを釣り、ムンロがうしろ向きにシネック湖に飛びこむのを眺めていれば気も晴れるだろう。ロウェナもやさしいメイドのミッチェルと一日過ごせば機嫌を直してくれると信じたい。夢みたいなことばかり考えるのを少しでもやめれば、わがままを許してくれるやさしい兄たちや隣人に囲まれてすばらしいプレゼントをもらったこと、金曜に開かれる誕生日パーティーがハイランドでここ何十年もなかったような盛大な催しになるに違いないことに気づくはずだ。

グレンガスク・ホールの玄関扉を開いた執事のクーパーにラナルフたちが糸で結わえた大

量の魚を渡したときは、すでに日没が迫っていた。「レディ・ロウェナは？」マントを脱ぎ、ブーツにこびりついた泥を足踏みして落としながら、ラナルフは尋ねた。

「まったくお見かけしておりません」魚を調理場へまわすようふたりの従僕に指示を出していたクーパーが答えた。「スチュアート・ターニーが旦那さまを訪ねてまいりましたが、明日水車小屋でお会いすることになっているので、そのときまで待つとのことでした」

ラナルフはうなずいた。「わかった」

「助かったな」ムンロが口を挟んだ。「おれたちのあとを追って湖まで来られたら、あの仏頂面のせいで魚がみんな腹を見せて浮かんだだろうよ」

「おまえは黙っていろ、ベアー」ラナルフは顔をしかめてみせた。「自分が経営している製粉所に運ばれる穀物の量がグレンガスクの分しかなかったら、おまえだってしぶい顔になるはずだぞ。彼の祖父の時代には、キャンベルやガーデンズやウォレスとの取引もあったんだ」価格交渉やこの夏の天候次第では、ターニーの水車小屋にまわす穀物の量をなんとか増やすこともできるだろう。

「ウィニーがマスの焼ける匂いにつられて部屋から出てくるのを待つとしよう」ムンロが二階へ向かった。「ダーツでもしないか、ラック？」

ふたりがいなくなると、アランが執事のほうを向いて小さく顎をしゃくった。クーパーとふたりの従僕は屋敷の奥に消えた。ラナルフは玄関ホールの壁に背中を預け、胸の前で腕組みをした。「なんだ？」

「われわれ兄弟三人は、イングランドに行って何事もなく戻ってこられた」

「それとこれとは話が別だ」ラナルフは言った。「少なくとも、こちらはウィニーのようにうっとりした目でおとぎばなしを本気にしたりしない。それに、たしかおまえは戦争に足を突っこんだはずだぞ」

「あれは自分の務めを果たしただけだ。問題をはぐらかさないでくれ、ラン」

「なんの問題だ?」

「ウィニーは自分のロンドン行きを誰にも止められないと思っている」

「アラン、それは家長として私が断じて許さない。これ以上ササナックの思いどおりにさせたら、このハイランドは羊だけの土地になってしまう。ほかのクラン同様、われわれも領民たちも、ひとり残らず荒野に放り出されるだろう。イングランドがほしいのは金だ。それから権力だ。そんな奴らにたったひとりの妹を渡すものか。ウィニーはスコットランド人だ。だからスコットランドで生きていく。彼女がもう子どもではないことにラックが気づいたら、ふたりはきっといい夫婦になるはずだ」

「ラックに、ほかに好きな娘ができなければな。だが、それはこの際どうでもいい。いいか、ウィニーには半分イングランド人の血が流れている。兄上やぼくやベアーと同じように」

「そんなことは関係ない」ラナルフはそこでひと息をついた。「このことはウィニーともおまえとも、ほかの誰とも議論するつもりはない。ウィニーはグレンガスクに残る。そのほうが安全だ」

アランは何か言おうとしたが思いとどまり、ただこう言った。「それなら、少なくとも理由をきちんと説明して納得させるべきだ」

それならとっくに試みた。それこそ、声と根気の続くまで。「この期に及んでまだあいつが納得しないなら、黙ってこちらの言うことに従ってもらうしかあるまい。とにかくウィニーはここに残る。盛大なパーティーが開かれているあいだじゅう、へそを曲げていてもかまうものか」

「ふん、頭ごなしか」

ラナルフに鋭くにらみつけられて、アランは思わず半歩ほど身を引いた。

「ウィニーは家長を怒らせるようなことはしない」ラナルフは言った。「この件について、これ以上彼女と話すことはない。おまえともだ。時間の無駄だからな」

「もちろん誰も兄上に逆らったりしないさ」アランが扉に向かいながら言った。「ベアーたちとダーツをしてくる」

自分もそこに加わろうかと一瞬考えたが、ラナルフは思い直した。どうせ三人は、ロウェナが社交シーズンのロンドンを訪れてもたいして害にはならないと言い合うのだろう。自分たちが過ごしたオックスフォードでの数年間や、たまにロンドンへ出かけた思い出話をするのだ。特にアランは、自分がイングランド軍で四年過ごしたからといって、スコットランド人らしさを失ったりはしていないと言うに決まっている。それはもちろん間違いではないだが、完全に正しいとも言えない。

最近のロウェナは休日にも遠出をしたがらず、母の日記を読むなどして、パーティーやレースのドレス、女みたいに時間をかけて身づくろいをする貴族の男たちがいるロンドンの浮ついた暮らしに憧れを抱くようになった。そして、自分もイングランド人になりたいなどと夢を見はじめた。

もちろん、この熱はいずれ冷めるだろう。うわべを飾るだけの空虚で怠惰な暮らしなど、まともな生き方ではないと気づくときが必ず来る。しかしそれまでは、ロウェナはグレンガスクにいるのがいちばんいい。自分の目の届く場所でしっかりと守られるべきなのだ。本人が感謝しようがしまいが関係ない。実に単純明快な話だ。自分はグレンガスク侯爵であり、マクローリー一族とその民を治める氏族長である。イングランドがどんな法律を定めようとも、ここでは自分がすべてを決める。

いつもならこの時間でも、どこかの村の見まわりをするのが日課だが、今日のラナルフはその気になれなかった。見まわりへ行く代わりにクーパーを呼び、明日の朝までに焼き魚の料理を余分に作っておくよう料理人のミセス・フォレストに指示を出しに行かせた。貧しい農家の食卓にまわすよう、あとでダイス牧師が取り計らってくれるだろう。こうして思いがけず暇ができてしまった。それもこれも、ロウェナの誕生日パーティーの準備に専念できるよう、昨日のうちにやるべきことをすべて片づけておいたからなのだが。ラナルフはしぶい顔で二階を見あげた。思えば、これまでロウェナのことを少し甘やかしすぎたのかもしれない。しかし兄として、たったひとりの妹が望むことをなんでもかなえてやりたいと思うのは当然ではないか？

「旦那さま？」

ラナルフは振り向いた。「なんだ？」

年老いたスコットランド人執事のクーパーが、うろたえたように近づいてきた。妙なことだ。クーパーは日頃から、執事としての威厳を何より大切にしている。彼を前にした従僕が直立不動の姿勢を取らなければ雷を落とすことでも知られていた。「その……少々問題が」

「どんな問題だ？」ラナルフは眉をひそめ、さっさと言えと叱りつけたい衝動をこらえた。そんなことをすれば執事はますます萎縮し、まともに答えられなくなる。

「その……デブニーがミセス・フォレストに、軽量四輪馬車《フェートン》が貸し出されたと伝えたそうでございます。そのときはまだ日が高かったので、ミセス・フォレストはわざわざ私の耳に入れるまでもないと考えたようです。しかし……もう日も暮れたというのに、いっこうに戻ってくる気配が――」

「フェートンが誰に貸し出されたのだ？」

「ミッチエルでございます、旦那さま。おそらくロウェナさまのご用で。もちろんお嬢さまはふだんからフェートンでお出かけになりますが、申しあげておりますように、すでに日も暮れておりますし、犬も馬丁もついておりませんので……」

執事が言い終わらないうちに、ラナルフは階段を駆けのぼっていた。胸に氷を突き刺されたような気持ちだった。「アラン！」走りながら叫ぶ。「ベアー！」

ロウェナの寝室は、まるで強い北風に吹き荒らされたようなありさまだった。衣類や寝具が散乱し、燃え残った紙切れが炉床に散らばっている。開け放たれた窓からハイランドの冷たい夜気が流れこんでいた。そして部屋のどこにも妹の姿はない……。

「ラン！　これはいったい――」

「なんてことだ！　誰かがウィニーをさらったのか？」ムンロに続いてアランが、そしてラックランも部屋に駆けこんできた。「きっとガーデンズどもの仕業だ！　おのれ、ただではおかないぞ！」

「待て、アラン」ラナルフはその場にかがみこんだ。床に散らばる焼け焦げた紙片に指を走らせ、不安そうに吠えながら近づいてきた犬たちを押しのける。敵に荒らされた部屋がどういうものか実際に見たことがあるラナルフには、この部屋は少々きちんとしすぎているように思われた。古い衣類がそこらじゅうに散らかっているが、どれも妹が気に入っていなかったものばかりだ。ベッドもどうやら彼女が朝起きたときのままになっている。ラナルフは焼け焦げた紙片のひとつを手に取った。〝……ルーの靴〟と読める。ブルーの靴？　そのすぐ下に書かれているのは、どうやら〝ヘアブラシ〟だ。

「それはなんだ、ラン？」ムンロが隣にかがみこんだ。顎をこわばらせ、拳を握りしめている。みながムンロを〝ベアー〟と呼ぶのは故あってのことだ。この弟は筋道立った議論が得意ではない。「ぐずぐずしていても時間の無駄だぞ」

「リストだ」ラナルフは立ちあがりながら答えた。「というより、その一部だ。誰もウィニーをさらってなどいない。彼女は自分の意志で出ていったんだ。ミッチェルと一緒に、ロンドンへ」

「フェートンで行かれたというのですか？」クーパーが驚いたように口を挟んだ。

「おそらく最寄りの馬宿に乗り捨ててあるはずだ。そこからロンドンまで郵便馬車を使うつもりだろう」

「ロンドンに……たったひとりで？」アランがベッドの支柱に拳を叩きつけた。「あいつはまったくどうかしている！」

「それだけじゃない」ラナルフは地名の書かれた紙片を拾いあげ、ゆっくりと言った。「自分がどれほどばかな真似をしたか、あとでいやというほど思い知るだろう」

ラックランが身じろぎをした。「きみたち三人はすぐに荷物をまとめてくるんだ。ぼくはデブニーのところへ行って、馬に鞍をつけさせる」

「だめだ、ラック。デブニーに大型四輪馬車《コーチ》を用意させてくれ」ラナルフは扉近くでおろおろしているクーパーに顔を向けた。「クーパー、ピーターとオーウェンに身支度をさせろ」

「コーチだって？」執事が急いで階段をおりていくと、アランが尋ねた。「あんなに大きな代物では郵便馬車に追いつけないぞ」

「どのみちウィニーはもう一〇時間近くも前にここを出ている。偽名を使っているのも間違いない」そう言いながらも、ラナルフの胸に強い怒りと不安がこみあげた。「少なくとも、そうしていると願いたい」

「いったい何を言っているんだ、ラン？」

「つまりこういうことだ、ベアー。今頃はウィニーも、自分が避けなければならない相手がわれわれだけでないことに気づいているだろう。そしてこちらも、田舎道を馬に乗って走り去る姿をガーデンズの連中に見られて騒ぎ立てられたくない。だからウィニーの馬車をあとからつけて誰にも襲われないよう見張り、ロンドンに到着してからつかまえる」ラナルフは燃え残った紙片にふたたび目を落とした。「おそらくここに書かれている〝ハノーヴァー・ハウス〟で。そのうえで、ウィニーを引きずってでも連れ戻してくる」

「ぼくたちは？　何もせずにぼうっとしていろというのか？」

ラナルフはアランに目を向けた。「ああ、そういうことだ。このグレンガスクにマクローリーの人間がいるべきなのはわかるだろう？　ふたりいればなお安心だ。氏族長がいなくなれば、すぐに噂が立つ。外敵が攻めこんできたと領民たちに誤解させたくない。あるいは私がみなを捨てて出ていったとも」

「ガーデンズやキャンベルの奴らは、むしろ兄上を待ち伏せて襲う絶好の機会だと思うかもしれないぜ」ムンロがうめいた。「従僕ふたりしか連れずに行ったりしちゃだめだ、ラン」

「ならば、ぼくが行こう」ラックランが言った。

「それはだめだ。おまえを嫉妬させようとして、ウィニーが何かばかげたことをするかもしれない」

「だが……ぼくにとって彼女は妹みたいなものだ、ラン。今まで一度だって――」

ラナルフは表情を曇らせた。「それなら、なおさらここにとどまるべきだ」ロウェナが何をするつもりでいようと、これ以上事態をこじらせるわけにはいかない。「護身のために犬たちを連れていく。それから、さっき呼ばせた従僕ふたりも。彼らは半島戦争でウェルズリーとともに勇敢に戦った。おまえと同じだよ、アラン。だから、いざというときは一緒に敵に立ち向かってくれるだろう」

「しかし――」

「これ以上の議論は無用だ。誰も何も言うな。私は今から一時間以内にロンドンへ向けて出発する。おまえたちはここにとどまり、私とウィニーが帰る場所を失うことのないよう、グレンガスクをしっかり守ってくれ。長くとも二週間で戻ってくる。たとえあいつを馬の鞍にくくりつけてでも」

それにしてもロンドンとは。まったくなんてことだ。馬の背にくくりつけるだけですめばまだましだ。ロウェナにとっても、自分にとっても。

1

「そのことは心配しなくても大丈夫。ジェーンは買い物をする口実ができて大喜びよね」シャーロット・ハノーヴァーは微笑み、妹のジェーンの鼻の頭にキスをして立ちあがった。「決してご迷惑はかけませんから」ロウェナは興奮気味に言った。「なんの知らせもなくいきなり押しかけるだけでも、じゅうぶん失礼ですもの」

「何を言ってるの」ジェーンは友人であるロウェナの手を握った。「ぜひ遊びに来てほしいとあなたへの手紙に書きつづけて、もう何年にもなるのよ。あなたのお母さまとうちの母はほとんど姉妹のように仲よしだったのに。そうでしょう、お母さま?」

「ええ、そうですよ」ヘスト伯爵夫人エリザベス・ハノーヴァーがうなずいた。「あなたとジェーンが文通を始めてくれてうれしかったわ。本当にエレノアに生き写しなのね」彼女はそこでため息をついて微笑んだ。「心から歓迎しますよ、ロウェナ。好きなだけこの屋敷にいてちょうだい。それから、お披露目の世話人もわたしが喜んで引き受けますからね。ジェーンと同じ年にお披露目をするのだから、それがいちばんだわ」

ジェーンが胸の前で両手を組み合わせた。「ほらね? もっと早く来るべきだったのよ、ウィニー」

「もちろん、わたしだってそうしたかったわ。本当よ。でも、ランが許してくれなかったの。兄はとにかくイングランド人のことを……」ロウェナはそこで言いよどみ、咳払いをした。「ロンドンのこととなると、兄はとにかく頑固なの」

そう言いながら手を振って笑っているロウェナの姿は、シャーロットからすると、まだ緊張が解けていないように見えた。無理もない。何しろロウェナはメイドをひとり連れただけで、スコットランドの半分とイングランドのほとんどを縦断してきたのだ。そこまでするとは、よほどロンドンの社交シーズンに憧れていたのだろう。

グレンガスク侯爵ラナルフ・マクローリーはずいぶん過保護な兄ということだが、そのわりにとんだ不始末をしでかしたらしい。生まれ故郷の土地を出たこともない若い女性が保護者もなくイングランドを旅するなんて、もってのほかだ。郵便馬車でやってくるというのもありえない。シャーロットはそれをそのまま手紙に書いて、グレンガスク侯爵に送りつけてやろうと思っていた。妹が訪ねていくことを前もってこちらに知らせ、到着時には間違いなく出迎えてシーズン中きちんと世話をしてくれるよう依頼する手間さえ惜しむとは、まったく考えられないことだ。イングランドのしきたりをよく知らないにしても失礼すぎる。相手もこちらの新聞くらいは読むだろう。少しくらいの常識はあるはずだ。

父と目が合ったとき、父はシャーロットに向かってわずかに眉をあげ、また会話に戻った。ヘスト伯爵ジョナサン・ハノーヴァーは、どんなときも無用な混乱や騒ぎを好まない。それにジェーンとシャーロットを溺愛している。そういうことだから、父は娘たちの友人であるロウェナを温かく迎えた。本当はシーズン中の来客を望んでいないのだが、ロウェナが父の本音に気づくことはおそらくない。

執事のロングフェローとふたりの従僕がサンドイッチと紅茶を運んできた。夕食はすでに終わっており、料理人のミセス・ブルームリーはトッテナム・コートに住む出産間近の娘の家へ泊まりに行ったようだ。執事たちが茶器を並べているとき、正面玄関のノッカーが叩かれた。

「わたしが出るわ、ロングフェロー」玄関ホールに通じる扉のいちばん近くにいたシャーロットは言った。

「ありがとうございます、お嬢さま」

客間から玄関ホールへ向かうわずか数秒のあいだに、ノッカーを叩く音が激しさを増した。「まったく……」シャーロットはぶつぶつ言いながら扉を開いた。「こんな時間にいったいなんの――」そこで言葉をのみこんだ。

玄関ポーチに男性が壁のごとくそびえていた。横幅は壁ほどではないが、それでも肩はかなり広い。身長も、長身と言われるシャーロットよりもゆうに三〇センチは高かった。そうしたことが頭の中を忙しく駆けめぐったが、何よりも彼女が目を奪われたのは、その男性の完璧に整った鼻梁《びりょう》の上から冷ややかにこちらを見おろす、驚くほど鮮やかなブルーの瞳だった。

「ロウェナ・マクローリーを迎えに来た」なんの前置きもなく男性が言った。スコットランドのハイランドに特有の訛《なま》りだ。

シャーロットは目をしばたたいた。ウィニーは――ロウェナは自分のことをそう呼んでほしいと言った――つい一時間ほど前に、馬宿から貸し馬車に乗ってやってきたばかりだ。シャーロットの知るかぎり、ロウェナがこの街にやってきたことを知る人間はほかにいない。もちろん彼女の家族は承知しているはずだが、彼らはスコットランドにいる――少なくとも、ロウェナはそう言っていた。

「口をあんぐり開けて見つめられるために、はるばるこんなところまで来たのではない」少し間を置いて、その山のように大きな男性が言った。「ロウェナ・マクローリーだ。さあ、早く」

「口をあんぐり開けて見つめてなどいません」そう言い返しながらも、シャーロットは相手の猛々《たけだけ》しく精悍《せいかん》な顔から目をそらすことができずにいた。まるで……突如として黒髪の軍神が玄関に現れたかのようだ。「ふつうのお客さまは最初に名刺を出すか、短い挨拶や自己紹介をしてから中に入れてもらおうとするものよ」

相手が目を細めた。その濃いブルーの瞳の奥に見えるのは氷の冷ややかさとは少し違う。むしろ熱く、怒りをはらんだ何かだ。「私は客ではない」彼は敵意のにじむ笑みを浮かべた。「自分のものを取り戻すためにやってきた私を、こんな頼りないお嬢さんひとりで止められると思っているなら、イングランド人はこちらが思う以上に愚かなようだな」

自分のもの？　なんておかしな言い方だろう。しかもこんな侮辱は黙っていられない。

「わたしは頼りないお嬢さんなどでは――」

そのとき、相手が一歩前に出た。そして大きな両手でシャーロットのウエストをつかみ、ひょいと持ちあげてうしろの玄関ポーチにおろした。驚いて息をのむ彼女を尻目に、さっさとハノーヴァー・ハウスに入っていく。

「ウィニー！」玄関ホールを奥へとずんずん進みながら、男性が声を張りあげた。

シャーロットはスカートを整え、あわててあとを追った。「大声を出さないで！」

だが相手は、背中に虫か何かがくっついているくらいにしか思っていないようだ。

「出てくるんだ、ウィニー！　でないと、この屋敷を叩き壊してやるぞ！」

ロングフェローと三人の従僕が客間から飛び出してきた。けれども大柄なスコットランド人は、四人をボウリングのピンか何かのようにまとめて脇へ押しのけ、彼らが出てきた客間に入っていった。すぐうしろをシャーロットが追いかける。おそらくロウェナは怖がって、椅子の陰に隠れているのではないだろうか。しかし意外にも、彼女は頬を紅潮させ、腰に両手を当てて部屋の中央に立っていた。

「何をしに来たの、ラン？」

「外に馬車を停めてある。一分以内に乗れ」

「そんな――」

「あと五五秒だ」

ロウェナはそこで戦意をくじかれたようだ。うなだれて下を向く頰を涙が伝う。

「荷物はどうするの?」彼女は震える声で尋ねた。

「これは……いったいなんとしたことだ? きみは何者かね?」ヘスト伯爵が問いただした。

黒髪の男性が恐ろしい目で伯爵をにらみつけた。まさに悪魔そのものだ。

「私はグレンガスクだ」彼はふたたびロウェナのほうを向いた。「ミッチェルを呼んで荷物をまとめてこい。逃げたりしたら、グレンガスクに帰る途中でセント・メアリー修道院に放りこんでやる。尼さんと一〇年ばかり過ごせば、少しは頭も冷やせるだろう」

ロウェナの頰をふたたび涙が伝い落ちた。「鬼みたいな人ね!」小さく毒づくと、彼女は男性とシャーロットの横をすり抜けて部屋を出ていった。

「グレンガスク? レディ・ロウェナのお兄さまの?」ジェーンがかすれた声で言った。

「つまり、あなたがグレンガスク侯爵なの?」

「そうだ」彼は腹立たしげな声のまま答えた。

「レディ・ロウェナがわれわれのもとで社交シーズンを過ごすことを、きみが許したのではなかったのか」ヘスト伯爵が言った。そのかたい表情から、憤慨していることがわかる。それも当然だろう。大声で騒ぎ立てる青い目をした悪魔のごときスコットランド人は言うまでもなく、この格式高い伯爵家に許可なく入ってくる者など、今までにひとりもいなかったのだから。

「こちらが事前の知らせもなく若い娘を外国に送り出したりするはずがないと考えなかった

のか？　それとも、スコットランド人ならそんな非常識な真似をすることもあるだろうと思ったたか？」

「ウィニーはあなたが送り出したとわたしたちに言ったのよ」シャーロットは口を挟んだ。

グレンガスク侯爵が彼女のほうを向いた。「そんなばかげた嘘を真に受けたのか。いいからそこをどいてくれ、お嬢さん。この不愉快な場所からさっさと出ていく」

ロウェナはさっき兄のことを〝鬼みたいな人〟と言ったが、シャーロットもまったく同感だった。力にものを言わせる男性は大嫌いだ。同じく、自分が小娘扱いされたり、虫けらのように軽んじられたりするのも――しかも二度も。シャーロットは肩を怒らせた。

「わたしはレディ・シャーロット・ハノーヴァーです。そのように正式に呼んでください。それから、ウィニーがあなたといても安全だとわかるまで、どこにも行かせませんから」

「シャーロット！」母が声をあげた。

わかっている。もちろんほかの家族は、この混乱が一刻も早く屋敷から去ってくれることを願っているのだ。でもこんなやり方は、多少とも文明化された人間のすることではない。シャーロットは恐ろしい目でにらみつける相手の顔から目をそらすまいと踏ん張った。

「では、レディ・シャーロット」彼はｒの音を巻き舌でことさら強調して言った。「言わせてもらうが、これはマクローリー家の問題で、そちらの知ったことではない。私が家にとどまるよう言ったのに、妹は従わなかった。だからこうして連れ戻しに来たのだ。どうやら明らかにそちらの気分を害してしまったようだから、私は外で待つことにしよう。そのほうがこちらもせいせいする」

一歩前に踏み出すと、彼は端整な眉を皮肉っぽくあげてみせた。シャーロットが自ら脇にどくか、それともさっきと同じく荷物のようにどかされるか、選ばせる気なのだ。彼女は顎をあげて相手をにらみつけた。「つまりウィニーはあなたの命令に背いてまで、この長い道のりをひとりで旅してきたということね。よほどロンドンに来たかったか、それとも兄であるあなたのそばを離れたかったのでしょう。ふだんのあなたは、そうやすやすと人に背かれることはないでしょうから」

グレンガスク侯爵が険悪な表情になった。「それもそちらには関係ない」そう言いながら、ヘスト伯爵にちらりと目を向ける。シャーロットの父は、先ほど椅子から立ちあがった姿勢のままだった。まるで貴族院で税制について論じている最中か何かのようだ。「この屋敷は女に好き勝手にものを言わせておく主義なのか？」

ヘスト伯爵が咳払いをした。「娘の言うことは正しいぞ、グレンガスク。きみは明らかに激高した状態で他人の屋敷に押し入り、傍若無人なふるまいをしている。レディ・ロウェナ自身の気持ちや身の安全を確かめもせず、この場できみの手にゆだねてしまうのは無責任というものだ」

「身の安全だと？」侯爵はすごむように繰り返した。「それなら尋ねるが、もしここにいるレディ・シャーロットが無断で家を飛び出したとして、追いかけていった先で出会った見ず知らずの外国人に本人を返すことを拒まれたらどうする？」

「第一に、自分の娘たちが生まれ育った家を飛び出すようなことを私はしない。第二に、われわれは外国人同士ではない。さらに言えば、まったくの見ず知らずでもない。きみの母上と私の妻は親友同士だった」

「あなたもここにウィニーがいるとわかってやってきたのでしょう」相手が反論する前に、シャーロットはつけ足した。このグレンガスク侯爵という男は、とにかくこちらの言うことすべてに嚙みついてくる。「あなたはわたしたちのことを知っているはずよ。わたしたちがあなたのことを知っているように」

「この先、わたしをどこかに永久に監禁しておくしかないわよ」シャーロットのうしろから、ロウェナの震える声が聞こえた。ロウェナはシャーロットの手を握って言った。「わたしはただロンドンが見たいだけなのに」

「だったら、もう見ただろう」グレンガスク侯爵は視線を妹からシャーロットへ、さらにふたりがつないでいる手へと移した。「妹を放せ」

シャーロットはロウェナの手を強く握った。「いいえ、放さないわ。彼女はもうロンドンに来てしまったのよ。しばらく過ごしたからといって、どんな害があるというの？」

「どんな害……」彼はそこでいったん言葉を切った。「こんなところに突っ立って、自分の家族がどうするのがいいか、小娘と議論するつもりはない！」ついに怒りを爆発させた。

恐ろしさに負けまいとシャーロットは踏ん張ったが、隣のロウェナは縮みあがった。

「それならわたしの言うとおり、ウィニーがしばらくここに残るということでいいわね」シャーロットは切り返した。隣にいるこの若い娘の運命が、いつの間に自分の肩にかかってしまったのだろう？　ともかく、この大男から小娘呼ばわりされ、軽んじられるのは我慢ならなかった。いくら自分が羽根のように軽々と持ちあげられようと、相手が筋骨隆々とした大男であろうと。

グレンガスク侯爵が何か言おうと口を開き、ふたたび閉じた。シャーロットはつかの間の満足感を覚えた。イングランドのおとなしい子猫が、スコットランドの獰猛《どうもう》な熊に嚙みついたのだ。相手はどう反応していいかわからなくなっている。

「妹よ《ピュアー》、これがおまえの望みか？」やがて彼が射抜くようなまなざしをシャーロットに向けたまま問いかけた。「肉親から引き離そうとするササナックに囲まれて過ごしたいのか？　口の達者なお嬢さんの陰に隠れ、自分に代わって喧嘩してもらって平気か？」

「喧嘩を始めたのはあなたのほうよ、グレンガスク侯爵」シャーロットは肩をそびやかした。「それにわたしは、おっしゃるとおり口が達者なだけ。あなたのような無法者には、しょせんかなわないわ」

「ああ」ロウェナがかすれた声を漏らし、シャーロットの手を強く握った。

グレンガスク侯爵の引きしまった顎がぴくりと動いた。「私が無法者だと？」

「周囲に与えているのはそういう印象でしょう。妹でさえあなたに寄りつかず、他人のうしろに隠れるくらいですもの」

彼はブルーの目をシャーロットから妹に向けた。「ウィニー、私は決して……」そこで言いよどみ、おそらく何か不愉快な意味に違いないゲール語を口走った。隣でロウェナが鼻から鋭く息を吸う。しばらくして、侯爵は自分自身を納得させるようにうなずいた。「私は無法者などではない」そして続けた。「二週間だ。それほどロンドンが見たいなら見ろ。どこかに部屋を借りてやる。社交界デビューでもなんでもするがいい」彼は片手を差し出した。

「さあ、ここを出よう」

「そんな話、信じないわ、ラン」

「約束する。二週間だ」

シャーロットは頬をすぼめた。相手は思った以上に大きく譲歩してきた。さっきは少し言いすぎてしまったかもしれない。今から自分が言おうとしていることも、父や母はおそらく喜ばないだろう——けれど言うつもりだ。これは自分のためではなく、新しい友人のためなのだから。

「あなたが本気で妹さんに社交シーズンを経験させてあげるつもりなら——もしくはワンシーズンの価値を二週間で味わわせてあげたいなら、彼女をここに残らせるべきだわ。独身男性のあなたのまわりには、レディ・ロウェナのお披露目のための支度をして、まわりに紹介してくれる人はいないでしょう。ロンドン社交界で顔のきく女性の知り合いがいるなら別だけれど」

「女性の知り合いなんていないわ」シャーロットの手を握るロウェナの指先にふたたび力がこもった。「それにどうせ兄は、わたしにここがどれほどよくない場所か教えこもうとするだけよ。わたしはとにかく自分の目でロンドンを見たいの。お願い」

グレンガスク侯爵が息を吐き出した。「本来ならば一刻も早くおまえを膝の上に抱えあげ、スコットランドに向かうべきところなんだぞ」

「でも、そんなことしないでしょう？」

「ああ、しない」少し間を置いてそう言うと、彼はふたたびシャーロットに目を向けた。「この一家がいいと言ってくれるのなら、ここに残ってもいい。ただし、どこへ出かけるか必ず知らせろ。場合によっては私もそこに顔を出す」

ロウェナは小さく叫び、シャーロットの手を放して兄に飛びついた。それを彼がたくましい腕を広げて抱きしめる。「約束するわ、ラン。ありがとう。本当にありがとう」

グレンガスク侯爵が一瞬目を閉じた。安堵《あんど》したような、もしくはどこか悲しげな表情がその顔をよぎる。「明日の午前中にまた来る。一一時に」彼は妹を床におろし、頰にキスをした。「出ていくときも何かくだらないしきたりがあるのか、それともただ黙って去っていいのか？」彼はふたたび射抜くような目でシャーロットを見た。

シャーロットは脇にどいた。「ごきげんよう、グレンガスク卿」

「失礼、レディ・シャーロット」

やがてロングフェローが玄関の扉をかたく閉ざすと、シャーロットはようやくこらえていた息を吐いた。家族たちが急いで近づいてくる様子や自分の鼓動の大きさからして、まるで悪魔と対決していたかのようだ。実際そうに違いない。

しかも相手は明日の午前中に、またやってくる。

「お気に召していただけるとよろしいのですが、グレンガスク侯爵閣下」

すぐうしろをつきまとう痩せた男を無視しつつ、ラナルフはアダムス・ローに立つ小さな邸宅の玄関ホールと部屋を見てまわった。建物は古いが頑丈な造りで、寝室は一二室あり、いくつもの窓から静かな通りが見おろせる。三階建てなのが背高屋敷《トール・ハウス》という名称の由来だろう。「これでいい」返事をしないかぎり相手はいつまでもしゃべりつづけるだろうと気づき、ラナルフは言った。「出入口が二箇所だけでなければ、もっと気に入ったと思うが」

「そう言っていただけて、ほっといたしました。ここまで急なお話では――何しろ一時間以内にご入用ということですから、今のところこのトール・ハウスが最良の物件かと存じます。社交シーズンのこの時期は、とにかく猫も杓子《しやくし》もロンドンに押し寄せてきますから」

そう、強情なわが妹もそのひとりだ。「紹介料は今日じゅうに払う」そう言いながら、ラナルフは自分が暮らすあいだだけでもこの家を別の名前で呼ぶことができないか考えた。たとえば〝逃げ道のない見かけ倒しの家〟とか。

「いいえ、お急ぎには及びません。たしかに閣下のお名前はこちらではあまり知られておりませんが、おじ上さまはご高名でいらっしゃいます。お支払いが先でも問題はございません」

ラナルフが正面玄関のほうに顎をしゃくると、これまで二〇分間、ずっとこの痩せた男のうしろに控えていた従僕のオーウェンがすばやく前に出て言った。「ミスター・ブラック、お引き取りを」ラナルフのあとについて次の部屋へ入ろうとする相手の前に立ちふさがる。

「ええ、ええ、すぐに。ところで、はじめてのロンドンご滞在中に事務弁護士がご入用の際は、なんなりと私にご相談を――」

「あんたのけちな名刺なら、もうもらった。さっき旦那さまのポケットに突っこまんばかりに渡しただろう。さあ、玄関はこっちだ」

ミスター・ブラックは目をぱちくりさせた。「なんと失礼な。グレンガスク侯爵閣下、使用人に礼儀作法を厳しく教えてやる必要がありますぞ」

ラナルフは息を吸い、顔を赤くした事務弁護士に言った。「用済みになって二回言われても帰らないようなら、厳しく教えてやる必要があるのはそっちのほうだ。二度と用はない。さっさと行け」

相手が口をあんぐり開けた。ラナルフは彼をじっと見つめた。やがてウナが窓際から身を起こして、低くうなりはじめる。ミスター・ブラックは無言で玄関ホールへ直行した。うしろでオーウエンがにやりとする。

「愚か者《アマダン》め」ラナルフはつぶやいた。いや、愚かというよりおべっか使いだ。アマダンはむしろ自分かもしれない。

何しろロウェナがロンドンで二週間も、しかもよりによってイングランド人の屋敷に暮らすのを許してしまったのだ。彼らにどんなばかげたことを吹きこまれるか、わかったものではないというのに。しかも、あそこでは妹の安全を確保できない。

「旦那さま、ササナックは出ていきました」オーウェンが玄関から戻ってきた。「少なくともわれわれがここにいるあいだは、二度とやってこないでしょう」

「それでいい。ありがとう、オーウェン」

従僕はうなずいた。そしてわずかに身じろぎをした。「旦那さま、申しあげたいことが」

「言ってみろ」

「ピーターも私も、ここで旦那さまと一緒に過ごせることは光栄です。しかし……自分たちだけでは手が足りません。料理人や従者も必要ですし……旦那さまやロウェナさまが安心して過ごすために、人を雇っていただけませんか？」

ラナルフはうなずいた。もともとロウェナを取り戻してひと晩だけ宿に泊まり、朝には北を目指すつもりでいた。妹に何を言われようと、自分の気持ちも決心も揺るがないはずだった。こんなことになったのも、あの女のせいだ。レディ・シャーロット・ハノーヴァー。彼女はことさら声を荒らげたわけでもない。それなのに自分はメイフェアに部屋を借り、妹をイングランド貴族の家庭に預けている。

「おじが市内にいる」ラナルフはしぶしぶ言った。事情を知ったら、マイルズ・ウィルキーはなんと言うだろう？　おそらく愉快なことは言うまい。「誰か信頼できる人間を知らないか、手紙を書いてピーターに届けさせる」

「しかし、スワンズレー卿はイングランド人です」オーウェンが苦々しげに言う。

「ああ、だが身内だ。それにおじはグレンガスクで一〇年過ごし、弟たちやウィニーの面倒を見てくれた。彼なら、少なくともこちらが何を必要としているかわかる」

「おっしゃるとおりです」

走り書きでしたためた手紙をピーターに持たせて送り出すと、ラナルフは寝室用に選んだ部屋へ戻った。北向きの窓から通りが見おろせて、東側にある厩舎《きゅうしゃ》と表通りに通じる私道が見渡せる。ここへ来るのに、いわゆる正式な社交の場にふさわしい衣類や荷物など何も持ってこなかった。だが少なくともこのベッドは、昨夜従僕や二匹の犬と泊まった宿のベッドより寝心地がよさそうだ。

昨日、ラナルフはバックスキンの長ズボンと乗馬ブーツに古い上着という服装でハノーヴァー家を訪れた。今朝もとりあえず同じ格好でいい。あとで仕立屋に行き、メイフェアにふさわしい衣装を買おう。自分やその服装についてイングランド人からどう思われようとまったく気にしないが、ロウェナのことがある。妹に恥をかかせては、ロンドンよりもスコットランドやグレンガスクのほうがいい場所だと思わせられない。湿った鼻先がてのひらに押しつけられたので、ラナルフは考え事にふけりつつ、ファーガスの灰色の耳のうしろを掻いてやった。「われわれはこんなところでいったい何をやっているんだ？」そう尋ねたものの、犬は尻尾を振るばかりだ。

オーウェンが扉をノックして顔をのぞかせた。「今だけ従者として、お召し替えをお手伝いしましょうか？」

「ブーツくらい自分で履けるさ。だがオーウェン、実際おまえにはこの先、従者を務めてもらう。デブニーに言って、スターリングに鞍をつけさせてくれ」

「かしこまりました」

一〇分後、犬を従えて階下におりたラナルフは、あたりが静かなことに驚いた。故郷の屋敷では、弟たちだけでなく大勢の使用人や友人がいる。朝夕に屋上からバグパイプを吹き鳴らすふたりのパイプ吹きのほかに、よそのクランの氏族長の子弟やその家族が泊まっていることもしょっちゅうだ。しんと静まり返っていることなどまずない。今はこの静けさに癒されるが、こんな状況が長く続かないことくらいわかっている。マクローリー家には騒動がつきものなのだから。

上着の左ポケットに拳銃が入っていることを手で確かめつつ、ラナルフは玄関扉を自分で開け、広い戸口の片端に身を寄せた。そう簡単に敵から狙われるつもりはない。私道には馬が三頭待っており、オーウェンと馬丁のデブニーがすでにそれぞれの馬に乗っていた。

「準備はいいか？」ラナルフはデブニーからスターリングの手綱を受け取り、鞍にまたがりながらオーウェンに声をかけた。

「裸にキルトひとつで、全ナポレオン軍とだって対決してみせます」オーウェンが応える。

「それでもロンドンで単独行動はいけません」

「たった一日、ロンドンにいただけで偉そうに」デブニーが茶化した。「心配ありません、旦那さま。われわれが旦那さまとロウェナさまを命に代えてもお守りします」

ラナルフはふたりの心意気に感謝しながらうなずいた。「では、出発だ。そのラッパ銃を上着の下に隠しておけよ、オーウェン。でないとササナックが腰を抜かしてしまう」

二匹の犬を従え、一行はハノーヴァー・ハウスを目指して通りを進んでいった。借りた家は静かだったが、ロンドンはハイランドに比べてはるかにせせこましく、何事かと思うほどあたりが騒々しい。人々は肘と肘が触れ合うほど接近して、甲高い声でしゃべっている。昨夜はただひとつのこと——ロウェナを探しだすことしか頭になくて気がつかなかった。今日は街の喧騒が神経に突き刺さり、余計にいらいらさせられる。

ロウェナのわがままを許してこの騒がしい場所に滞在させるとは、昨日の自分はいったい何を考えていたのだろう？　妹はなんの断りもなく家を飛び出したのだ。尻を鞭《むち》で打たれ、ただちに故郷へ連れ戻されてしかるべきなのに。まったくばかげている。借りた屋敷に妹を連れていって、どこへも行かないように監視し、明日の朝いちばんにスコットランドへ帰ろう。この先何年恨まれるか知らないが、少なくともそうすればロウェナは故郷で安全に過ごせる。また、そうしたからといって自分が暴君ということにはならない。責任ある兄として、また家長として当然の行動だ。

ハノーヴァー・ハウスに到着すると、ラナルフは伯爵家の馬丁がやってくる前に手綱をデブニーに投げ渡し、犬たちにじっとしているよう言いつけて正面玄関に歩み寄った。かたい樫《かし》材の扉を昨夜のように思いきり叩いてやろうとしたとき、いきなり扉が開いた。

「おはようございます、グレンガスク侯爵閣下」太った執事が厳かに頭をさげた。「お待ちしておりました。朝食室へご案内いたします」

朝食室は玄関ホールから二メートルと離れていなかった。案内されるまでもない距離だが、ロウェナを取り戻すまでは、こんなくだらない茶番にも我慢してつき合うしかない。

「シャーロットさま、ジェーンさま、ロウェナさま、グレンガスク侯爵閣下がお見えになりました」執事はまるで王の前に出たかのように、うやうやしく頭をさげた。

一夜明けて、まるで互いにすっかり気心が知れたかのようだ。三人の女性は立ちあがり、膝を曲げてお辞儀をした。ロウェナはこれまでラナルフにも、ほかの誰にもそんな挨拶をしたことはない。つまり、さっそくほかのふたりを見習っているということか。実によくない兆候だ。

例の女性もそこに立ち、この世に怖いことや悩み事などひとつもないような顔をしてこちらを見ていた。それがラナルフの神経をいっそう逆撫でした。まったく、何から何まで自分の好みと正反対の女だ。背が高く痩せていて、しかもブロンド。ちょっと抱きしめただけで砕けてしまいそうな、壊れやすい陶器の人形のようだ。なお悪いことに、この女は自分にまったく関係のないことに首を突っこむ。こちらがひと息ついて考えをまとめたいと思っているときに、うるさく口を出してくる。

「ウィニーがロンドンで過ごすことを許していただいて喜んでいます」シャーロットがさっそくしゃべりだした。口元に魅力的な笑みを浮かべているが、目は笑っていない。「それに、今日はあなたにご一緒していただきたいところがありますの」

「どこへご一緒すればいいんだ？」ラナルフは用心深く言った。二週間もロンドンで暮らす羽目になったこと以外にも、何か別の落とし穴があるんじゃないのか？

「母が水曜日にウィニーを〈オールマックス〉に連れていこうと考えているんです。ジェーン——ジェニーもお披露目するので、そのとき一緒に——」

「だめだ」

シャーロットがはしばみ色の美しい目をしばたたいた。これまで誰かにだめだと言われたことなどないかのように。彼女の口達者なこと、頭も心も弱いイングランド男に囲まれていることを思えば、実際そのとおりなのだろう。「なんですって？」彼女は小声で言った。

「だめだと言ったんだ」ラナルフはきっぱりと告げた。

「〈オールマックス〉でお披露目をして許可をもらうまでは、よその場所でワルツを踊ってはいけないというのが古くからのならわしです。もっと伝統を重んじる人は、社交界に正式に仲間入りしたとすら見なさないわ」

「うちの妹を、間抜けで臆病なササナックの小君主たちの前で褒美の雌牛みたいに引っ張りまわされてたまるか」

ロウェナが進み出て、ラナルフの袖をつかんだ。自分のほうを見てもらいたいとき、妹は二歳の頃からこんなふうにする。「わたしひとりではないのよ、ラン」彼女は小声で訴えた。「ジェーンも一緒なの。お披露目をしたい女性は誰もが最初に〈オールマックス〉に行くのよ。それにわたしはダンスがしたいわ」

まったく。ロウェナが心から望むことを、自分は一度も禁じたためしがない。ロンドン行きについては例外だが、それでも彼女は振りきって出ていった。「きみも行くのか」ラナルフは振り向いて、ハノーヴァー家の次女に問いかけた。こちらの娘は口の減らない姉より少し小柄で、髪の色も淡い。「ずっと妹のそばについているか?」自分がこうしたことについてなんの知識もなく、イングランドの小娘に確認しなければならないことがいまいましい。

「はい。わたしたち以外にも何人か若い女性が来ます」ジェーンが声を震わせながら答えた。ラナルフが今にも爪と牙をむいて飛びかかってくると思っているかのようだ。

隣に立つ姉は、はるかに落ち着いた態度で妹の言葉にうなずいている。後頭部にまとめた髪からこぼれる巻き毛がつややかに揺れていた。「社交シーズン最初の催しです。誰も彼女をひとりにしておかないわ」

「それで、誰が妹にワルツを踊る許可を与えるんだ? そのろくでもない社交界を牛耳っているのはどういう人間たちだ?」

「特に大きな影響力を持つ貴族の女性たちです。たとえばレディ・ジャージー、レディ・カウパー、それにレディ・エスト——」

「ジャージーだって? ジョージ王子の元愛人じゃないか」

シャーロットが白い頬を赤くした。「それは彼女の義母のことです。でも、きちんとした若い女性はそういう話を口にしません」

ラナルフは首を傾《かし》げた。「だとすれば、何を受け入れて何を受け入れないかという価値基準そのものがおかしい。なぜそんな連中に、社交界入りする若い娘を好きに批評できる権限を与えておくんだ？　どうかしているぞ」

　表情からして、どうやらシャーロットはラナルフのような野蛮人に同胞のことをわざわざ説明する気はないようだった。だが少しでも腑《ふ》に落ちない点がある以上、どこであろうと妹を行かせるわけにはいかない。非の打ちどころのない年配女性から社交界入りの許可を与えてもらうことすらおもしろくないというのに、王室に捨てられた異国の女から？　冗談じゃない。

「あなたたちのところにそういう役割の人たちはいないの？　そちらの村というか、町というか――」

「クランよ」ロウェナが助け舟を出した。

「クランには」シャーロットは感謝するようにうなずいて続けた。「少女が大人の女性になるときや少年が大人の男性になるとき、それからクランの若い男女が結婚するときなど、誰が承認を与えるの？　そういうことについてのしきたりはないの？」

「ああ」お互いの世界にまったく共通点を見いだせないまま、ラナルフは言った。「それを承認するのは私の役目だ」

　シャーロットが目を大きく見開いた。はしばみ色の瞳が、小枝模様の黄色いモスリンのドレスに映えて茶色味を帯びる。「あなたの？」

「兄はマクローリー・クランの氏族長なの」ロウェナが少し誇らしげに説明した。いいことだ。少なくとも妹は、自分がマクローリー家の一員であることを恥じていない。今のところは。「今もハイランドに残っている主なクランなのよ」

「今もハイランドに残っている唯一のクランだ」ラナルフはわずかに顔をしかめて訂正した。

「そう言われても、どういうものかぴんと来ないわ」シャーロットが彼を見つめたまま言った。だが彼女のまなざしは、同じくこちらを見つめるジェーンのそれのように不安げではなかった。むしろ興味をそそられた目だ。

「今ここで説明する暇はないし、説明する気にもなれない」どうせ相手にはわからないだろうし、頭をふたつ生やした羊か何かを見るような視線を向けられるのもごめんだった。ラナルフはロウェナのほうに手を動かした。「妹が〈オールマックス〉に出かけるのに必要なものは？」

ロウェナが彼に両腕を巻きつけた。「ありがとう、ラン！　これはわたしにとって何より大切なことなの」

議論を始めてもいないうちにまたもや敗北してしまったと思いながら、ラナルフは妹の顎に指を添えて上を向かせた。今回ばかりはブロンドの魔女ではなく自分が悪い。

「わかっている。おまえが私にとって何より大切であることだけ覚えておいてくれ。とにかくおまえを守ってやる」

「わかったわ、お兄さま」

「ボンド・ストリートは危なくないわ」ジェーンが安心させるように言った。「ウィニーが着るためのドレスを見立てに行くんです。わたしはもうさんざん作ってもらったから」

これもまったく腑に落ちなかった。ロウェナが持ってきたドレス——どれもラナルフが買ってやったものだ——のどこがいけないというのか。しかし、ふたたび議論をする代わりに彼はうなずいた。「それでも私が付き添ったほうが安心だ。では、行こうか?」

玄関を出ると、一八歳の若いふたりは腕を組み、階段をスキップしながらおりた。ラナルフの合図でふたりの従僕は馬からおり、気分を害したらしいハノーヴァー家の馬丁たちに手綱を渡した。

「これからボンド・ストリートに行く」ラナルフはやってきたふたりに低い声で告げた。「オーウェン、左側につけ。デブニー、おまえは右側だ」

「徒歩ですか?」デブニーが顔をしかめた。

「ああ、徒歩で行くんだ」

「私は馬丁ですよ。なのに歩くなんて……」

「今日は歩くんだ」微笑みを隠してそう言い返す。うしろを見ると、ハノーヴァー姉妹がファーガスとウナをじっと見ていた。犬たちも同じように興味深げに見つめ返している。

「あれはなんという犬?」ジェーンが震えながら尋ねた。「ポニーみたいに大きいわ」

ラナルフはにやりとすると、口笛を吹いて二匹を呼び寄せた。「地獄の番犬だ」

「もう、やめてよ、ラン」ロウェナがやってきて、二匹のあいだにかがみこんだ。二匹はたちまちひっくり返り、腹を見せながら尻尾を振った。「大きいほうがファーガス、こっちの小さいほうがウナよ。スコティッシュ・ディアハウンドなの」

「これで小さいですって？」シャーロットが眉をあげた。「まあ、驚いた」

「わたしたちを守ってくれるのよ」ロウェナが立ちあがった。「行きましょう、ジェニー」

ふたりが去り、ラナルフはシャーロットを見た。「犬が怖いか？」

「そんなことはないわ。でも……ずいぶん野性的なのね」

「ああ。かなりの剛毛だからな。だが、地面がでこぼこしていてもグレイハウンドより速く走る」そのまましばらく彼女を見つめていたが、次第に妙な気持ちになってきて、ラナルフは先を行くふたりを指し示した。「先にどうぞ」

くすくす笑ったり、ささやき合ったりしながら歩く若い娘たちの数メートルうしろから、ラナルフはシャーロットと並んで歩いた。今日の午後はこの街の地図を手に入れ、自分たちがどこへ向かったのか確認しよう。一三歳も年下のふたりのあとをついていくのは、なんとも無力な気分だ。

「本当はボンド・ストリートを歩くのに護衛などいらないのよ」シャーロットがうしろからついてくる不機嫌そうなデブニーのほうを振り返り、それからラナルフのすぐあとに付き従う二匹の犬に目を落として言った。

「きみからすれば、ここは文明化された安全な場所に見えるだろう。だが、私はよそ者だ。自分が守るべきものを自分のやり方で守る」

シャーロットの口元に笑みが浮かんだ。笑顔が魅力的なことは認めよう。閉じているべきときにしゃべる口を持つ、長身で痩せたイングランド女性でもかまわないということなら。

肌も上質のクリームのようになめらかだし、近くで見る髪は絹のごとく輝いている。

「つまり今、ジェニーやわたしもあなたに守られているの?」彼女はからかうように問いかけた。

「滑稽に思うのは勝手だが、そのとおりだ。きみは私の家族を迎え入れた。だから、きみもわがクランの一員だ」

「わたしたちはスコットランド人ではないわ」

ラナルフは首を傾げた。「そこは大目に見てやる」そう言いながら、少しだけ体を近づける。シャーロットの髪からバラの香りがして体の奥が熱くなったが、それは無視した。「それから、メイフェアのレディとハイランド男では安全に対する考え方が違うと教えてくれて感謝する」

シャーロットが今度は完全にラナルフのほうを向いた。こちらを見る瞳の奥が太陽の光を受けてきらめいている。「妹さんをそれほど大切にするのは立派なことだわ。でもあなたがそこまで彼女を束縛しなければ、逃げ出されることもなかったとは思わないの?」

この痩せっぽちのブロンドは、相手をあれこれ分析してわかったつもりになっているらしい。「自分のしていることを、ササナックの女からどうこう言われる筋合いはない」ラナルフは冷ややかに言った。「きみは私のことを何も知らない。妹の育て方について、いちいち口出しをするな」

2

シャーロットはグレンガスク侯爵をまじまじと見た。なんて人だろう。昨夜はじめて顔を合わせたときも、この男性はすぐに妹に会えないことに腹を立てて傍若無人にふるまった。この人が本気で怒ったところには居合わせたくないとあらためて思う。こちらをにらみつけるブルーのまなざしは火花を散らすように強く、好戦的だ。

彼女はひと息ついて首を傾げた。「おっしゃるとおりです、閣下。わたしはあなたのことをよく知らないのだから、批判や助言をする権利はありません。ただわたしは、自分がウィニーの年頃にどんなことを感じていたか覚えています。もはや彼女はあなたに育ててもらう年齢ではないわ。ひとりの若い女性としての夢や望みがあるはずよ」

「まだ言うか」彼が低くつぶやいた。

「まさかスコットランドの女性はいつもおとなしく黙っているなんて言わないでしょう？ あなたもこれまでに女性と話したことはあるはずよ」

侯爵はしばらく黙って隣を歩いていた。そのうしろを灰色の毛並みをした大きな犬たちがついてくる。本当に地獄の番犬みたいだ。それにこの人も、過去に悪魔と呼ばれたことがあるに違いない。まさしくそのような風貌だ。

「ああ」しばらくしてグレンガスク侯爵が言った。「女性と話したことはあるとも。だが、喧嘩をふっかけてくる者はいなかった。大抵の女は自分の立場をわきまえているからな」彼は最後のところで少し声をやわらげた。

まるでシャーロットが日頃から喧嘩をふっかけているような言い方だ。「スコットランドの女性はどんなときでもあなたの意見に賛成すると言いたいの？　言っておきますけど、議論することと喧嘩を仕掛けることは別よ」彼女はかたい声で言い、足を速めた。

「私の故郷では同じだ。他人に口出しをすれば殴られる。まあ、それは男の場合だが。私は女には手をあげない」

「安心したわ」シャーロットは皮肉めかして言った。「暴力をふるうのは、筋道を立てながら言葉で自分の立場を主張できない人間のすることよ。プライドの高いうぬぼれ屋や、自分のことしか考えない乱暴者とか」

「言葉だけで戦いに勝つことはできない」

本人が認めようと認めまいと、この侯爵は明らかに議論好きだ。シャーロットの言うことに片っ端から反論する。つくづく無作法な人だ。「それは違うわ、グレンガスク卿。言葉を使うことで戦いを回避できるのよ。暴力沙汰や決闘も。そもそも、そんな争い事とは無縁に生きていけるわ」

「ほう」

シャーロットはふたたび侯爵を見あげた。相手の言い分も聞かずに殴るという考えは、ひどすぎて話にもならない。それでもこちらの考えが気に入らなければ反論すればいいのに。自分を——ひいては自分の意見を——取り合う価値すらないかのように無視されては、黙っていられない。「ほかに言うことはないの？」

「戦う理由を持たない人間に、戦う理由を説明しても無駄だ。きみはイングランド人だ。とても理解できまい」

シャーロットは地団駄を踏んで叫びだしたくなったが、それ以外のましな反応を思いつく前に、幸い仕立屋に到着した。道理で、スコットランド人はがさつで野蛮だと評されるわけだ。少なくとも男性たちは頭がどうかしている。

ロウェナは〈オールマックス〉に決して着ていけないような、宝石のごとく色鮮やかな糸かせが並ぶ棚に直行した。「お披露目をする女性は白を着なければいけないのよ」そう言いながら、シャーロットは自分のうしろにそびえ立つグレンガスク侯爵に目配せをし、店の奥から出てきた女主人にうなずきかけた。「こんにちは、ミセス・アーヴェン。こちらのレディ・ロウェナのために、〈オールマックス〉へ着ていくドレスを仕立てていただきたいんです。適当な生地をいくつか見せていただけますか？」

「まあまあ、もちろんですとも。レディ・ロウェナ、レディ・ジェーン、どうぞこちらへ」女主人は、揉み手と膝を曲げたお辞儀と歩くのを同時にこなしながら言った。

二匹の大型犬は、侯爵に命じられた片隅におとなしく控えていた。店内に漂う香水や洗濯糊の匂いが気になるのか、鼻にしわを寄せている。用心棒だか馬丁だかわからないふたりの従者も、この狭い婦人服専門店では少し場違いに思われた。そこへ、おしゃべりに興じる数人の若い娘たちと不機嫌そうな母親が入ってきたので、その場の違和感がいっそう増した。グレンガスク侯爵の服装はなんとか作法にかなっているものの、彼の存在がこの場所にそぐわないことに変わりはなかった。しかもかなり目立つ。

「レディ・シャーロット・ハノーヴァー」連れてきた若い娘たちを押しのけるようにして、母親が手を差し出しながら近づいてきた。

シャーロットは相手の顔を注意深く見つめた。巨大なグリーンの帽子に気を取られないようにするのが容易ではない。「レディ・ブレケット」シャーロットは笑みを浮かべた。「そしてあちらにいらっしゃるのはミス・フローレンスですね」

グレンガスク侯爵を食い入るように見ていた、黒髪で鼻にそばかすのあるふくよかな若い娘が、シャーロットの言葉に振り向いてくすくす笑った。「ええ、そうです。こちらの三人はハンサッカー家から来ている、いとこのエリザベスとヴィクトリアとルシールです」

「はじめまして」

「レディ・ジェーンが〈オールマックス〉に着ていくための衣装を選んでいらっしゃるの？」ブレケット子爵夫人はそう尋ねながら娘と並び、店の隅に山のごとくそびえている侯爵をシャーロットの頭越しに見あげた。ここで彼を紹介するべきなのだろうが、シャーロットは急に気が進まなくなった。

そう感じてしまうのも無理はない。この見るからに恐ろしいスコットランド人男性たちと一緒に買い物に来ました、と言えばいいのだけれど。お願いだから、グレンガスク侯爵が気の小さいレディ・ブレケットを攻撃したりしませんように。もしくは、ささいなことで議論を始めたりしませんように。

「ジェーンの支度はもうできていますの」シャーロットは言った。「母が友人の娘さんのお披露目をお世話しているんです。水曜日の集いには参加なさいますか、ミス・フローレンス?」

「ええ」フローレンスが爪先立ちで跳ねてみせた。「そのために全種類のダンスを習ったんです。特にワルツを重点的に。だから楽しみだわ」

ハンサッカー家の三姉妹は、今やシャーロットのうしろに立つグレンガスク侯爵を無遠慮に観察していた。口元に手を当てて何やらささやき合い、くすくす笑ったり、まつげをぱちぱちさせたりしている。ここで何も言わなければ、かえって面倒なことになるだろう。ああ、なんてこと。多感な若い女性たちの前で侯爵が不機嫌にならないことを願いつつ、シャーロットはかたい笑みを浮かべて彼を示した。

「遅くなってしまいました。レディ・ブレケット、ミス・フローレンス、ミス・エリザベス、ミス・ヴィクトリア、ミス・ルシール、グレンガスク侯爵閣下をご紹介させていただけますか? 彼は今年お披露目するレディ・ロウェナのお兄さまです」

女性たちは次々に膝を曲げてお辞儀をした。「これまでロンドンでお目にかかったことはございませんでしたわね」レディ・ブレケットが言った。

「来たことがなかったので」侯爵がスコットランド訛りで低く応えた。

「まあ、スコットランドの方ね」ハンサッカー家の娘のひとりが、まるで彼が月からやってきた人であるかのように素っ頓狂な声をあげた。

「そうです」

「前にエジンバラへ行きました」その娘は言葉を続け、ほかのふたりは頬を染めながらうなずいた。「父と母と一緒に。父はそこの准男爵なんです。テリル卿です。父の家系はもともとスコットランド人ですけれど、父の考えでは……」そこで声が消え入り、彼女のピンク色の頬が青ざめた。

隣にいるグレンガスク侯爵がどんな表情をしているのか、直接見ることができないシャーロットにもはっきりと感じられた。まずいわ。彼女は手さげ袋《レティキュール》で隠すようにしながら、侯爵の脇腹をこっそり肘で突いた。難攻不落の要塞をついたような感じだったが、彼は身じろぎをした。

「今回〈オールマックス〉でお披露目をするのはミス・フローレンスだけですか？」グレンガスク侯爵が意外なほど穏やかな声で尋ねた。

「ええ、そうです。わたしは去年、お披露目しました。ルシールは今年二〇歳で、エリザベスは来年まで行けません」三人の中でいちばん小柄な娘——話から察するにヴィクトリアだろう——が説明した。「わたしとルシールは踊りに参ります」彼女はわずかにうつむき、長いまつげの下から上目づかいに侯爵を見た。

彼はうなずき、扉のそばに控えているふたりの男たちのほうを向いた。「ウィニーを頼む」続いてシャーロットに腕を差し出す。「さっきあなたが話していた靴屋に今から案内していただけますか、レディ・シャーロット？」彼はなめらかに言った。

シャーロットは半ば反射的に相手の袖に手をかけた。服の下の腕が鋼のようにかたい。

「もちろん」うわの空で返事をする。

「それでは」グレンガスク侯爵は軽く会釈をし、女性たちの前を通り過ぎて店の扉を開いた。「ファーガス、ウナ、来るんだ」

外に出るやいなや侯爵は大股でずんずん歩きだし、犬たちはほとんど小走りになった。シャーロットも一ブロックほど必死についていったが、たまらず彼の袖を強く引っ張った。手を振りほどかれるかと思ったが、侯爵はいきなり立ち止まった。

「どこへ行くの？」口を開けてあえぎながらも、シャーロットはその場に取り残されないよう、彼の腕にしっかりとつかまって尋ねた。

身長が二メートル近くありそうなグレンガスク侯爵が、彼女をまともに見おろした。

「きみたちの上品な社交界では」押し殺した声で言う。「洗練され、高い教育を受けた娘が、私だけでなくスコットランド全体を侮辱するようなことが許されるのか？　それなのに、こちらは何も問題ないかのように礼儀正しくふるまわなければならないのか？」

「彼女はあなたを侮辱したりしていないわ。もう少しでそうなりそうだったけれど、途中で気づいて黙ったでしょう。それから、あなたが礼儀正しくしなければならない理由は、ウィニーがロンドンで頼れる知り合いがジェーンと母とわたしだけだからよ。あなたがまわりとぎくしゃくすれば、彼女につらい思いをさせるだけだわ」

彼は探るような目をした。「つまりきみは、私が取るべき行動を私に代わって判断してくれるのか？」

微笑んでみせたものの、シャーロットはそこまでの責任は負えないと感じた。

「案内人にならなれるわ。あなたが必要とするのなら」

「きみがそう判断するのなら、だろう。きみはさっき、私があの娘を怒鳴りつけると思ったな。でなければ脇腹を突いたりしなかった」

通りを行き交うほかの人々が、先ほどからふたりに——いや、侯爵に好奇の目を向けていた。歩道をふさがれているのでよけて通らなければならないのだが、文句を言う者もない。これほど恐ろしげな男性に立ち向かおうという人はいないようだ。少なくとも、面と向かっては。

「実際にどんなふるまいをするかはともかく、あなたは世の中で何が礼儀にかなって、何が受け入れられるかちゃんとわかっているはずよ。だからこうして店を出てきたんでしょう」

シャーロットは眉をひそめた。「あのハンサッカー家の女性たちも同じよ。さっきわたしは、あなたがウィニーの置かれた状況を考えているかどうかわからなかったの」

また言い争いが勃発するのを半ば覚悟していたのだが、ふたたびこちらを見たグレンガスク侯爵の目はどこか愉快そうだった。そのせいで、シャーロットはなんの話をしていたのか一瞬忘れてしまった。そういえば、いつかスコットランドの湖の絵を見たことがあった。侯爵の瞳の色は、まさに彼女が頭に思い描く、スコットランドの夏の日差しに照らされた静かで深い湖の色だ。

やがて侯爵が空いているほうの手で行く手を示した。ふたりは先ほどよりもゆっくりとした速度で歩きだした。「ひとつ質問だ」彼がくだけた口調で言った。

「どうぞ」

「きみは……二三歳くらいか？」

「二五歳よ。この春に誕生日を迎えたわ」次にどんな質問が来るかはわかっていた。その年で、なぜまだ結婚していないのか？　いったいどんなばかなことをしたんだ？　実際そう言われたこともある。でも今問題なのは、自分がそれにどう答えたいと思っているかだ。そしてまた、この大柄で短気なスコットランド人男性にそんな立ち入ったことを尋ねられたら、どう感じるか。

「それなら、ドナルド・キャンベルがやってきて騒ぎを起こした年にはもうロンドンに出てきていたのか？」

「それは……」シャーロットは思わず眉をひそめそうになった。相手がなんのことを言っているのか理解するのにも、しばらく時間がかかった。そのくらい、その質問は彼女の予想とかけ離れていた。「それは、お披露目の前の年ね」記憶をたどって、ゆっくりと答える。「でも、ロンドンには来ていたわ。ミスター・キャンベルはある女性に恋をして追いかけていたの。あまりしつこくつきまとうので、彼女の兄に撃ち殺されてしまったのよ」

「世間ではそういう話になっているのだな」

ふたりはボンド・ストリートの端まで来ていた。ピカデリーで右に曲がり、さらにクィーンズ・ウォークを南下し、メイフェア地区からどんどん遠ざかっていた。やがて右手にグリーンパークが見えてきたが、シャーロットは自分たちがどこを歩いているのかまったくわからなくなっていた。もちろん侯爵も迷ってしまったはずだ。それでも彼と交わす会話は興味深かった。「ということは、真相はそうではないの？」

「ああ、違う。キャンベルがジェニー・バクスターのあとを追いかけたのは事実だ。バクスター家は、一〇〇年以上も抗争を続けてきたマクミラン家と同盟関係にあった。キャンベル家の男が妹を追いまわしていると噂を聞きつけたジェニーの兄のトマスが、やつを自宅の玄関前で撃ち殺した。そして妹をスコットランドに連れ戻し、その月のうちに牛追いの男に嫁がせて縁を切った。一年後、何者かが釣りをしていたトマス・バクスターの頭を銃で撃ち抜いた。噂では、ドナルド・キャンベルのおじがやったことになっている」

「なんて恐ろしい！」シャーロットは声をあげた。

「それがハイランドだ。忠誠を誓う順序はまずクラン、祖国、それから神だ」

彼女はふたたび侯爵を見あげた。「あなたはそのクランの氏族長なのね」

「ああ」

「マクローリー・クランの人口はどのくらいなの？」

彼は肩をすくめた。「マクローリー家、ローレンス家、マクティ家、レノックス家、ティレル家。それぞれの家族と、その一統がいる。近頃では土地や現金がありがたがられているが、純粋な強さという意味でなら、われわれには三〇〇〇人近い数の戦闘員がいる」

「それは……まるで軍隊じゃないの」

「そうだ」グレンガスク侯爵の口元に皮肉めいた笑みが浮かんだ。「よそのクランの領主は、もはやわれわれと同じことができない。羊を放牧するために小作農を追い出してしまったからな。われわれに北でのさばられて、王も愉快ではないだろう」

ふたりはグリーンパークの外れにある一本の樫の木の下で足を止めた。犬たちは地面にどさりと横になって舌を垂らした。ミセス・アーヴェンの店からどのくらい遠くまで来たのだろう？　「なぜわたしにそんな話をするの？」

「私はウィニーをきみの屋敷に託した」彼はシャーロットを見つめたまま、静かに言った。不意に彼女は、この男性がただ尊大で乱暴なだけではないことに気づいた。どうして今までわからなかったのだろう？　強いスコットランド訛りの挑発的な言葉の向こうに、はじめて会ったときには——二度目に会った今朝も——まったく感じられなかった鋭い知性と思慮深さがうかがえる。

「だから何？」話の核心を早く聞きたくて、シャーロットは促した。

「なぜ私が妹に見張りなどつけるのか、なぜきみたち一家に妹を厳重に守ってもらわなければばならないか、理解してもらいたい。ウィニーは安全な暮らしに慣れきっている。今まであたりまえのように何事もなく暮らしてこられたのは、三人の兄やクランの人間に守られてきたからだということを、あいつはわかっていない」

「彼女がここにいるのはそれほど危険なことなの？」それから彼がここにいることも？　シャーロットはそこには触れなかった。しんと静まり返った公園の外れに危険が潜んでいないか見まわそうにも、どこを見ていいやら見当もつかない。

「ああ、場合によっては危険だ。きみたちには思いもよらないだろうが。ウィニーを預かることにこれ以上の責任を負えないというなら、今日にでも妹を連れて帰る。イングランド人一家がクランの抗争に巻きこまれるなどまっぴらだろう。何しろきみたちは戦うことを好まない。特にきみは」

侮辱には違いないが、グレンガスク侯爵の言いたいことはシャーロットにも理解できた。手で触れられるほど近くに立ってこちらを見つめるこの男性は、現存するスコットランドの王と言っていい立場にあるのだ。彼には敵がいる。自宅の玄関前で銃撃してくるようなスコットランド人――ハイランド人の敵が。ささいなことにプライドを刺激され、避けられるはずの愚かな暴力に身を投じる者たち。

「このことは父に相談するわ」シャーロットは無表情で言った。「おそらく父もわたしと同じことを言うと思うけれど」

「どんなことだ？」

「さっきあなたが話してくれた事件はウィニーと無関係でしょう。彼女はただメイフェアで楽しく二週間を過ごしたいだけだもの。わたしたちだけでなんとかできるはずよ」

しばらく間が空いたが、やがて彼がうなずいた。「いいだろう。しかし、今後も引きつづき付き添わせてもらう」

その言葉に鼓動を乱されたことには気づかないふりをし、シャーロットは片方の眉をあげて問いかけた。「わたしに？　それともウィニーに？」

侯爵は身をかがめ、熱く謎めいたまなざしで彼女を見つめた。「そうだ」

どちらともわからない答えにふたたび鼓動が乱れ、思いがけず肌の下を温かな震えが走った。どうしてだろう？　こんな男性を好きになることなど、ありえないのに。彼にはなんの魅力もない。少なくとも自分の心に残りそうな魅力は。そもそも興味の持てない類の男性だ。

まさかキスをされるのでは……そんな考えが頭をよぎったとき、グレンガスク侯爵が身を起こした。ブルーの瞳にかすかな茶目っ気をのぞかせて腕を差し出す。「そろそろ店に戻ったほうがいい。われわれの品位を損なう出来事が起きないうちに」

ため息をつくと、シャーロットはふたたび相手の袖に手をかけた。侯爵は意地でも憎らしくふるまうつもりらしいが、会話を始めたときほどの不快感はなくなっている。もちろん、知り合ってまだ一日も経っていない。だが、少なくとも彼がどんなときも本音を隠さない人間であることはわかった。この人は自らを偽ろうとしても、まず無理かもしれない。そういうところは少なくとも……新鮮だ。

「何に向かって微笑んでいる?」ちらりとシャーロットを見ると、グレンガスク侯爵はふたたび周囲に視線を戻した。

「正直さよ」彼女は答えた。

〈オールマックス〉。

このうえなく正式とされるこの社交場について、もちろんラナルフは書かれたものを読んで知っていた。そのときは、こんな場所に出入りすることに耐えられる人間がいるのかと信じられない思いがした。記されている内容は相当誇張されているのだろうと思った。人の口から口へと語り継がれるうちに、どんどん大げさになったのだろうと。

ラナルフはおろしたての黒い上着とグレーの長ズボンに身を包んで立っていた。ベストは黒とグレーの格子柄《タータン》だが、マクローリーの紋章旗にある赤が入っていないので、なんともさえない。厳しい服装規定があるため、ここまでしか許されないのだ。自分の目で実際に見てようやくわかった。以前に読んだ内容は本当だったのだ。なんとも呆れることに。

「どう思う?」隣でシャーロットが問いかけた。

彼は無言で頬をすぼめた。思っていることを正直に口にすれば、出ていくように言われるだろう。それもいい、と少し愉快な気分になったが、純白のドレスに身を包み、頬をピンク色に染めたロウェナが友人のジェーンと手をつないでいる姿が目に入り、妹のためにここは口を慎まなければならないと思い直した。

「不思議な取り合わせだ」ラナルフは口を開いた。「若い娘たちがそろって古くさい衣装を着ている」

シャーロットがうなずいた。彼女の波打つブロンドは、ひと筋のほつれ毛もなく、うしろできっちりまとめられている。「伝統的な社交の場では、こういうスタイルが好まれるのよ。とても……保守的だから。そんなところに若い女性たちが来る理由は……まあ、誰もが一度は必ず来るべきところですもの」

「ほかに行くパーティーがなければ、ここへ来るのも楽しいわ」ジェーンが横から言った。「少なくとも、そう聞かされたの」彼女は部屋の片側にかたまって座っている年配の貴婦人たちを指さした。「あそこにいるのが後援者《パトロネス》ね」息をひそめて言う。

「ええ、そうよ」シャーロットが妹たちの視線をさえぎる位置に立った。「じろじろ見ないで」

「あら、そんなに怖そうな人たちに見えないけれど」ロウェナが言う。「うるさく騒ぎ立てるいぼだらけの魔女かハーピー（ギリシア神話に登場する、老婆のような顔と鳥の体を持つ怪物）みたいな人たちかと思っていたわ」

「外見にだまされてはだめ」シャーロットが静かに言った。「あの人たちは社交界の権威の象徴よ。ワルツを踊るためには彼女たちの許可が必要なの」

「だったら、さっさと許可するのが向こうの身のためだ」ラナルフは先方を見ながら小声で言った。ハーピーとはまさに言い得て妙だ。

「〈オールマックス〉から締め出されることは、特に由緒ある名家の多くと……そこで開かれる催しから締め出されることを意味するのよ」

シャーロットの静かな声に警告するような響きを感じ、ラナルフは横を向いた。

「そうすると、私も彼女らに品定めされるのか？」

「あなたはさっき、ここの玄関をくぐって入ったのよ。だから彼女たちは当然のようにあなたのことも品定めするでしょう」

ラナルフは一瞬、アランやムンロがロンドンについてくることを許せばよかったと思った。三人そろってここにいれば、ただちに追い出すべきだとあの貴婦人たちに思われるだろう。しかしそうなればロウェナが深く傷つき、社交界で貴重な経験ができなくなったとこちらを責める。

「私はここにただ立っていることにする」ラナルフは言った。「あの連中に目を向けられたら微笑みかける。だがウィニーを認めてもらえなければ、あいつらのクジャクみたいな気取った歩き方がどんなふうに見えるか真似をしてやるさ」

シャーロットが小さく咳払いをし、かすかな笑みを隠すようにそっぽを向いた。今夜の彼女は、襟の詰まった簡素なデザインの若草色のシルクのドレスを着ている。もしラナルフが父のようにイングランド女性を好む男だったなら、触れないようにするにも苦労するところだ。ひょっとして自分は彼女を求めているのかと思うと不快だった。それもかなり。

「ラン、本当にありがとう」ロウェナがささやきながら近づいてきた。緊張のあまり、歯をかちかち鳴らしている。「お兄さまがここを気に入らないのはわかっているわ。でも、今日はとてもすてきに見えるわよ」

ラナルフは妹の肩をつかんだ。「すてきなのはおまえのほうだよ。何も怖《お》じ気《け》づくことはない」彼女がどれほど母親に似ているか、言いたくなったがこらえた。そのことは絶対に妹の頭に入れてはならない。たとえ真実だとしても。ロウェナはスコットランド人で、今はロンドンへただ遊びに来ているにすぎない。できるかぎり楽しませてやったあとは、一緒に故郷へ帰るのだ。

今夜は大勢の女性たちが白いドレスを着ていた。どの娘もとても無垢《むく》に見える。どういう段取りになっているのかシャーロットに耳打ちしてもらっているあいだに、娘たちは向こう側の壁にずらりと並ぶ、ビーズをちりばめた怪物《ガーゴイル》の彫像のごとき貴婦人たちの前に出て、ひとりずつ紹介された。

「ラナルフ」不意に背後で低い声がしたが、長年の鍛錬のおかげで彼は飛びあがらなかった。

「マイルズ」自分のほうから動くことなく、同じように低い声でおじの名前を呼び返した。

「ウィニーはどんな様子だ?」

「まだわからない」自分の右手が知らないうちに拳を握っていたことに気づいて、ラナルフはゆっくりと指を伸ばした。いけない。この場所ではまずい。「あなたがここに来るのはわかるが、お互い会話をする必要はないはずだ、マイルズ」

シャーロットが肩をこわばらせたところを見ると、どうやら彼女は今のぶしつけな言葉が気に食わなかったらしい。しかし、この程度ですんでよかったと思うべきだろう。この場にいる人間がまだ誰ひとり鼻を折られていないのは、ラナルフがロウェナと一緒に品定めをされていると自覚しているからだ。

お披露目をする女性たちの列がゆっくりと前に移動し、やがてヘスト伯爵夫人が左にジェーン、右にロウェナを連れて立った。ふたりの娘はまったく正反対だった。ひとりは背が高くブロンドで、もうひとりは小柄で漆黒の髪をしている。さらに言えば、ひとりはイングランドの貴族令嬢、もうひとりはハイランドの氏族長の家から出てきたばかりの娘だ。前に居並ぶ貴婦人たちは前者を受け入れ、後者を拒むだろうか？　まさか、そんなふざけた真似ができるとでも？

「うまくいきそうだわ」ヘスト伯爵夫人がオークションに出品された馬の血統でも説明するかのようにふたりの生まれ育ちについて話しているとき、シャーロットが低い声でつぶやいた。

「なぜわかる？」

「婦人たちがひそひそ耳打ちしたりせずに、ふたりのことを見ているもの」

「ふたり一緒に並んだことで、どちらも不可とされる公算は小さくなるのか、それとも大きくなるのか？」

彼女が横目でにらんだ。「あの人たちはウィニーがスコットランド人であることを気にしたりしないわ。肝心なのは彼女の立ち居ふるまいと家柄よ」

それほど自分の考えているこことは見え透いていただろうか？　グレンガスク侯爵として過ごした一六年のうちに、イングランドに暮らす領主たちの多くが、ハイランドにとどまる道を選んだ同胞のことをどう思っているかじゅうぶんに理解した。一般のササナックはスコットランド人をどう見ているか。喧嘩好き、飲んだくれ、敗残者。数百年にわたって戦争や抗争に明け暮れ、イングランド人の慈悲でようやく静かに暮らせるようになった民。権威の確立もおぼつかない。「私にとってはウィニーがスコットランド人であることは重要だ」ラナルフは押し殺した声で言った。

偶然なのかどうか、そのときシャーロットの指とラナルフの指が一瞬だけ触れた。彼は体内に稲妻が走ったような衝撃を感じた。頭がぼうっとしているのは昼食を抜いたせいに違いないと思ったとき、壁際に並ぶ貴婦人のひとりが立ちあがって言った。「ようこそ〈オールマックス〉へ。それからレディ・ロウェナ、ようこそロンドンへ」

シャーロットがラナルフの隣でほっと安堵の息をついた。〈オールマックス〉の微妙な駆け引きについて自分は何も知らなくてよかった。さもないと、いらぬ口出しをしたかもしれない。ロウェナが飛びついてきたので、彼は微笑んだ。「これで晴れてワルツが踊れるな」

「ええ。だから最初のダンスは――」ロウェナが兄のうしろを見て目を見開いた。「マイルズおじさま！」彼女はラナルフから離れ、おじを抱きしめた。驚くことはない。ロウェナは素直でやさしい世間知らずな娘なのだから。その責任の大部分が自分にあることに、ラナルフは気づきはじめていた。おじが登場したことでひやりと風に吹かれた気分だったが、今夜は妹のためにある。彼はぐっと歯を食いしばり、黙っていた。

「三年のうちにずいぶん大人になったな」スワンズレー子爵マイルズ・ウィルキーがロウェナの両手を握った。「あんまりエレノアに似ているから涙が出そうだ」

「わたし、お母さまに似ているの？」ロウェナは恥ずかしそうにスカートをひるがえした。

「お兄さまたちはそんなこと一度も言ってくれないわ」

なぜなら言ってはならないことだからだ。マイルズが小さく咳払いをした。

「おまえはたいそう母親似だよ、ウィニー。人生最初のワルツを、おまえに夢中のおじと踊ってくれるかい？」

これは干渉の度がすぎる。ラナルフは一歩前に出た——と、細い指先が腕に巻きついてきた。ふわりと軽いその手が、袖の厚い布地を通して焼けつくように熱く感じられる。

「それがいいわ。お兄さまを窮地から救ってあげられるわよ」シャーロットは太陽のように明るく微笑んだ。「グレンガスク卿は事情をよく知らなくて、わたしに最初のワルツを申しこんできたの」

「すてき！」ロウェナはくすくす笑うおじをダンスフロアに引っ張っていった。バルコニーの楽団が最初のワルツを奏ではじめる。「次のダンスはわたしと踊ってね、ラン。逃げちゃだめよ」

「もちろん」

大切な妹がロンドン社交界に記念すべき一歩を踏み出す姿を、ラナルフはダンスフロアの片隅から見ていた。どんなことがあろうと目を光らせるのだという強い思いがなければ、この場からさっさと姿を消したいところだ。いったいなぜこんなことを許してしまったんだ？まったく自分らしくない。ウィニーだって、そう思うだろう。

「踊りましょう、グレンガスク卿」シャーロットのはしばみ色の瞳が、カールした長いまつげの下から彼を見あげた。「わたしを嘘つきにしないで」

ラナルフは彼女から妹にちらりと目を向けた。「実際にきみは嘘つきだ、レディ・シャーロット」

彼女はうなずいた。「ええ、そうよ。でも、ほかの人がそれを知る必要はないわ。違うかしら？」ラナルフがまだ動かずにいると、シャーロットが袖を引っ張った。「あなた、まさかダンスが下手で、イングランドの暴君たちの前でスコットランドに恥をかかせないか心配しているんじゃないでしょうね？」

これこそ求めていた挑発だ。イングランドの暴君たちとやらの社交場で飛び跳ねるくらいなら、厩舎でほら話でもしていたほうがましだが、ラナルフは表情を変えることなくシャーロットの手を握り、もう一方の手をほっそりしたウエストにまわしてダンスフロアに踏み出した。もし自分に妹がいなければわざわざワルツを習うこともなかっただろうが、今になってみれば、ロウェナにうるさくせがまれて練習しておいて本当によかった。実際の話、クランの良家に生まれた男女の半数以上が、ロウェナのおかげでワルツを踊れるようになったのだ。

「とてもお上手なのね、グレンガスク卿」シャーロットが楽しそうに言った。部屋の熱気のせいで、透き通るように白い頬にほんのり赤みが差している。とても魅力的だった。もちろん尋ねられたら否定するが。なぜ彼女を見ているだけでいい気持ちになるのか、説明するつもりもなかった。第一に、シャーロットはイングランド人だ。第二に、彼女はこちらの言うことに片っ端から歯向かう。

「私のことはラナルフと呼べばいい」彼は言った。「きみはすでに私の威厳や権威をすっかりはぎ取ってしまったからな」

思いがけずシャーロットが微笑んだ。「そんなことは無理だと思うけれど」

「そうか」少し慰められた気になって、ラナルフは低くささやいた。「今のは褒め言葉と受け取っておこう」

彼女が咳払いをした。「わたしはただ、あなたの妹さんとわたし自身のために、今夜が何事もなく過ぎるよう努力しているだけよ」はしばみ色の瞳が、ほかの人間ならためらってしまうほどまっすぐにラナルフを見つめた。「その思いはあなたも同じでしょう」

「私はむしろ妹が転んで床に顔を打ちつけ、グレンガスクに飛んで帰って二度と出ていかないと決めるよう願っている」彼は驚いた顔のシャーロットに微笑みかけた。社交界の華になることを願わない人間がいるなど信じられないのだろう。「とはいえ、妹が人前で軽んじられたり恥をかいたりするのはやはり耐えられないから、こんなお遊びにも我慢してつき合うことにする」

「二週間ね」

「ああ、二週間だ」それ以上は絶対にだめだ。まわりでは純白の衣装をまとった娘たちが、恍惚《こうこつ》とした表情を浮かべて舞っていた——なんといっても、晴れてロンドンの上流社会の仲間入りを果たしたのだ。富と爵位を持つ夫を見つけるという人生で唯一の目的に向かって、今まさに船出をした女性たち。彼女らが求めるイングランド人の領主たちは、ラナルフがハイランドを去ることを望んでいる。そうなれば、スコットランドの国土すべてを自分たちの羊が草をはむ牧草地にしてしまうことができる。

皮肉なのは、連中はラナルフにイングランドに住んでほしいと思っているわけではないことだ。彼がスコットランド訛りを捨て、旧暦の祝日しかタータンのキルトを身につけなくなるまでは。その日は誰もが野蛮なスコットランド人の格好をして、その文化を愚弄できる。すべてのハイランド人は反イングランド派《ジャコバイト》だと、いつもより大っぴらに糾弾することができるのだ。

「手を少し強く握りすぎだわ」

ラナルフはすぐさま手から力を抜いて頭を振った。「申し訳ない」かたい声で言う。「考え事をしていた」

「だったら、わたしはあなたのダンスの相手を満足に務められていないということね」

その言葉に彼はふっと微笑んだ。少なくとも、この痩せっぽちの女性は肝が座っている。

手の下に感じる体の動き、こちらにぴたりと合わせた的確なステップ——ふと、最後に女性とベッドをともにしたのはいつだったか考えてしまった。そんなことをこの場で考えるのはいただけない。ろくでもないことだ。

「グレンガスクのことを考えていた」ラナルフはごまかした。あながち嘘でもない。

「故郷を心から愛しているのね」

その声に皮肉や疑いの響きはなかった。ラナルフはうなずいた。「グレンガスクは荒々しくも美しいところだ。人を打ちのめしもするし、慈しみもする」

「ロンドン社交界も似たようなものだと、そのうちにわかるわよ」

「なあ」息がかかるほど近くに引き寄せられて相手が身をかたくするのを手に感じながら、ラナルフはゆっくりと言った。「大人の男ふたりに殴り合いをさせないよう嘘をつくほどの女なら、きみは議論から逃げたりしないだろうな?」

シャーロットは面食らった。グレンガスク侯爵は、こちらがわかりかけたと思った矢先にまったく予想外の反応を見せる。同じように、彼女はふたりの会話が危険な領域に向かっていることにも驚いていた。自分の身を守ろうにも、状況がよくのみこめない。侯爵はとてもわかりにくい男性だ。このあいだは口出しするなと人の助言を突っぱねたくせに、今はファーストネームで呼んでもいいと言う。人を叩きのめすことが楽しみのようなのに、ダンスがうまい。

「実りある議論は好きよ」シャーロットは言った。攻撃的なときも、そうでないときも、グレンガスク侯爵はつねに正直さを好むようだ。シャーロットからすると、それは彼の美点だった。妹を守り、わがままを聞いてやり、心から愛するところもすばらしい。「わたしは男性が意見の違いを拳や武器で解決するしかないと考えるところが嫌いなの。特に自分たちのくだらないプライドをめぐって、そう考えるところが」

一瞬のうちに、シャーロットは彼の大きくかたい体にさらに引き寄せられた。

「きみは男も物理的な衝突を避けて、実りある議論ができると思っているのか？」

「思っているわ」

この人にそこまで言うのは生意気かもしれない。三日前まで存在も知らなかった相手だ。それにどうやら彼にしてみれば暴力は、ふつうの人が貸し馬車を呼び止めるのと同じくらいなんでもないことであるらしい。

もし両親がロウェナの世話をすることに同意しなければ、シャーロットは彼のような男性に近づくまいと細心の注意を払っただろう。目もくれないようにできたかどうかは怪しいけれど。だが彼女はこれまで、自分を不死身と勘違いして愚かな行動に走り、その代償を払った男たちをさんざん見てきた。それこそ一生分。

「悲しそうな顔をしているな」グレンガスク侯爵が言った。「私のせいなら、もう一度謝る。きみはウィニーにとてもよくしてくれている」

シャーロットはつばをのみこみ、ふたたび彼と目を合わせた。「あなたのせいではないわ、グレン――」

「ラナルフだ」侯爵が訂正した。ウエストにまわされた指が少し動き、あらためて彼に触れられていることが意識させられる。

「ラナルフ」シャーロットはその響きを楽しむように口にした。できればもう一度呼んでみたい。ゆっくりと味わうように。ただし、ここではない場所で。

「そのほうがいい」彼は大らかなスコットランド訛りで言った。「私でないなら、誰がきみを悲しませたのか教えてくれ」

「教えたら、その相手を殴るの？」そうしてもらいたい相手はいるけれど、もう手遅れだ。「さっきも言ったように、わたしは暴力を支持しないわ。そんなことは望んでいないとわかってもらえないかしら」

「わかっているさ。しかし、私が望むかもしれない」

この人の唇はとても官能的だ、とシャーロットは思った。単にスコットランド訛り特有の柔らかなｒの発音のせいではない。彼がダンスフロアで踊っている妹に目を向けたとき、それまで一直線に引き結ばれていた唇の両端がわずかにあがった。それが罪深いまでに魅力的だった。「やさしいのね」相手が返事を待っていることに気づき、彼女は言った。「でも、自分のプライドのために暴力をふるう男性を軽蔑しているわたしとしては、他人のプライドのために暴力をふるう男性にも賛同できない。せっかくだけど、お断りするわ」

グレンガスク侯爵、いや、ラナルフが一瞬だけ何か言いたそうにした。だが、そのとき音楽が終わった。喜びと思いがけない失望感の両方を味わいながら、シャーロットは両親の待つダンスフロアの端へと導かれた。ロウェナもすでにスワンズレー子爵とそこにいた。ふたりで息を切らして笑っている。

「見てくれた、ラン?」ロウェナが両手で兄の袖をつかんだ。「とうとう初舞台が踏めたわ」

「ああ、見たとも」ラナルフが微笑み返した。「光り輝いていたよ。ほかの娘がかすんで見えた」

誰かがシャーロットの肩に手を置いた。目の前の会話にすっかり気を取られていた彼女はびくっとした。

すばやく振り向くと、自分に向かってお辞儀をしている禿《は》げ頭が見えた。やがて身を起こした相手が丸顔に人のよさそうな目をしたミスター・フランシス・ヘニングとわかり、シャーロットはほっとした。

「ミスター・ヘニング。お会いできてうれしいわ」

「レディ・シャーロット。次のダンスのお相手をしていただけませんか?」彼は困ったように眉を寄せた。「次はおそらくカドリールでしょう。ひょっとしたら、カントリーダンスかもしれない」

ラナルフが背後にぬっとそびえたのが肌でわかった。シャーロットのことをフランシス・ヘニングのような男性からも守らなければならないと思っているとしたら、子ども扱いもはなはだしい。彼女は微笑んでうなずいた。「次のダンスがなんであれ、お相手をさせていただきます、ミスター・ヘニング」

「すばらしい。では……」シャーロットの背後に目をやったヘニングのほんのり赤らんだ頬が、かすかに青ざめた。「パンチボウルのところで待っていますよ」彼は言った。「祖母と一緒に」

「けっこうですわ」

彼女が言い終わらないうちにヘニングは行ってしまった。これは黙っておけない。

「何をしたの？」シャーロットはラナルフを振り向いて問いつめた。彼が思った以上に近くにいたので、かなり見あげなければならなかった。「あの人をにらみつけたの？」

「あれは誰だ？」質問には答えずに、ラナルフが問い返した。

「古くからの知り合いよ。フランシス・ヘニング。紹介するべきだったかしら？」

ラナルフは首を傾げ、茶目っ気とすごみが混ざり合った魅力的な表情を浮かべた。

「私にはわからない。そうすべきだったのか？」

「ただにらみつけるだけなら、紹介しても意味がないわ」

彼はシャーロットと目を合わせた。「今、きみたちは私の保護下にある」

それですべて説明がつくと言わんばかりだ。おとなしく黙っているべきだったのだろうか？　ラナルフはクランの頂点に立つ人間であり、自分が何か言えば、そのとおりに物事が進んでいくことに慣れているのだ。でも、ここはスコットランドではない。人をにらみつけたり威嚇したりして許されるはずもない。「だったらきくけれど、ジェーンは誰と踊ったの？」シャーロットは尋ねた。「そして誰とカドリールを踊る予定？」

ラナルフは頭をめぐらせてシャーロットの妹を見た。まごついた表情からして、ジェーンのことをすっかり忘れていたらしい。つまり彼は、特にシャーロットが保護を必要としていると思っているのだ。なんて迷惑な。でも、肌の下をぞくりとするような熱い刺激が走ったということは、ただ迷惑なわけでもなさそうだ。

「確かめてくる」

彼が大股で二歩ほど進んだところで、シャーロットは追いついて行く手をさえぎった。

「やめて。もう知っているから」

「ならば、なぜ尋ねた？」ラナルフが戸惑ったように言い返す。近くにいた客たちがふたりを振り返り、興味深げに会話の続きを待った。もちろん、若い女性の多くは彼が部屋に入ったときから熱い視線を送っている。

シャーロットも戸惑っていた。「わたしが言いたいのは」楽団がカドリールの演奏を始めた。「約束どおり、ウィニーと踊ってあげなさいということよ」

ラナルフはしばらくシャーロットを見つめていたが、やがて何も言わずに妹を迎えに行った。シャーロットもミスター・ヘニングのところへ向かった。明日はラナルフのことを詳しく探り出す必要がある。それを手伝ってもらうのに最適なロウェナが、自分の寝室の三つ隣の部屋にいるのは幸いだ。

3

「旦那さま、マイルズおじさまが居間でお待ちです」

朝食をとりながら新聞を読んでいたラナルフは顔をあげた。一週間古くない日付の新聞を手にしているのは妙な気分だった。同じく、グレンガスク侯爵がロンドンに来ており、彼がまさに今いる住所に滞在していると書かれた記事を目にするのも。「彼はおまえのおじではないだろう、オーウェン。スワンズレー卿と呼べ」

「はい、旦那さま。ただ、子爵がグレンガスクに長く暮らしておられたので――」

「わかっている。ここへ通せ」自分の部屋で自分の席についているほうが相手に対して優位に立てるということを、ラナルフは遠い昔に学んだ。マイルズ・ウィルキーに同じ権利を与えるつもりはない。ロンドンはマイルズの庭かもしれないが、ここトール・ハウスはマクローリーの領域だ。少なくとも二週間は。

ほどなく朝食室の扉の向こうにマイルズ・ウィルキーが現れた。温和な茶色の目で部屋を見渡し、やがてテーブルの奥の席に座っているラナルフに視線を移す。ラナルフも相手を見つめ返した。どんなに人のよさそうな目をしていようと、この男はキツネの狡猾《こうかつ》さとアナグマの頑固さをあわせ持っているのだ。そのことを一瞬たりとも忘れるつもりはない。たとえウナが尻尾をちぎれんばかりに振りながら、マイルズに駆け寄っても。ファーガスはラナルフの椅子の下から動くことなく、軽蔑したように鼻を鳴らした。そうとも。やはり女というのは何もわかっていない。

「使用人を紹介してほしいとか」マイルズが口を開き、ポケットから折りたたまれた紙を取り出した。「そちらの……事情を考えて、直接手渡しに来た。ここに書いてある男性六人とメイド三人で間に合うだろう」

ラナルフはうなずき、ピーターを指で呼んだ。ピーターがマイルズから紙を受け取り、その場で開く。「こんな殴り書きの字は読めません」目をすがめてしばらくリストをにらんでいたピーターが言った。

部屋の反対側でオーウェンがため息をつき、マイルズの前を横切ってピーターの手から紙を取りあげた。「おまえはどんな字だって読めない。ごまかそうとしても無駄だ」オーウェンはメモをしばらく見てから、けげんそうに顔をあげた。「スワンズレー卿、スコットランド系の名前がひとつもありませんが」

「そうだ、みなイングランド人だ。生まれも育ちも」マイルズが肩をすくめる。「座っていいか、ラナルフ?」

「ああ。オーウェン、メモをお返ししろ。それからスターリングに鞍をつけるんだ。二〇分後に出る。ピーターも連れていけ」

「ですが――」

「行け」

以前まで額の生え際にしかなかったマイルズの白髪は今ではずいぶん増えて、茶色だった髪全体がブロンドのように見えた。ここ三年のあいだにそうなったようだ。それに、全体に少し疲れているように見える。もう少し観察しないとわからないが。同様に、おじがテーブルの反対側の席ではなく自分の左隣の席に座ったことの真意もまだわからない。

「会えなくなって寂しかったよ」しばらくしてマイルズが言った。「おまえやおまえの弟たち、それからもちろんロウェナにも。私に残された家族はおまえたちだけだ」彼はそこで息をついた。「それにロウェナは――最後に見たときは、まだほんの子どもだった。それが今では……美しい娘に成長した」

「なぜイングランド人ばかり選んだ？」ラナルフは相手の思い出話をさえぎるように口を挟んだ。なんといっても、決裂の原因を作ったのはおじのほうだ。

「用件以外の話はしないということか？」

ラナルフはトーストを手にした。わざとらしくゆっくりとモモのマーマレードを塗る。

「前にも言ったとおり、われわれはもう家族ではない。だから無駄話はしない」

マイルズは身を乗り出し、磨き抜かれたテーブルに人差し指を突き立てた。

「私を信用できないというなら、なぜ使用人探しを頼む？」

「未知の悪魔より旧知の悪魔、だ。ことわざにあるだろう？」

おじは険しい目をして、紙片をラナルフの肘の脇に叩きつけた。「ロンドンではおまえのほうが悪魔だぞ」

「ああ、そのとおりさ」

「イングランド人を選んだのは、彼らがスコットランド人ほどおまえのことを知らないからだ。おまえがロンドンにいることが知れ渡っている今、危害を加えようとする者からも接近されにくい」マイルズはひと息ついた。「どの人間も私の屋敷の者ではない。そんなことはおまえが許さないとわかっていたからな。しかし、私が全員と直接会って内々に話をつけた。立派な屋敷に仕えていた優秀な者ばかりだ。おまえもそれに見合った報酬を払うことになるぞ」

ラナルフはうなずいて朝食を続けた。「覚えておく」

「まったく！」おじが大声を出した。「これまで何度謝ったと思っている！ 私はただおまえたちを助けようとしただけだ！」

〝助けようとした〟その言葉がどす黒いかたまりとなって、ラナルフの胸を直撃した。

「そのおかげでムンロは――ベアーは死ぬところだったんだぞ」

「おまえたちはまったくの孤立無援だったのだ、ラナルフ！ おまえがどう思おうと、あのときはクラン以外の味方が必要だった。そしてドネリーズが申し出てきた。おまえが小作農の子どもたちのために作った学校に関心を示したから」

「実際には、連中は私が作った学校をひとつ残らず焼き払いたかったのだ。ドネリーズとガーデンズはぐるだったんだ、マイルズ。ふたつのクランは何十年も昔に手を組んだ。そんな相手に、おじ上はわれわれの土地の地図を渡した」

「おまえがどのように土地を分割し、労働力と収益を分配して、若者に教育を受ける機会を与えたかを参考にしてもらうためだった。私はおまえが残した業績を称《たた》えた。おまえの一挙一動を厳しく監視する王に対してさえも」

ラナルフは深いため息をついた。「どんな意図があったにせよ、おじ上のしたことが原因で三つの学校が焼失した。もしベアーが駆けつけるのが二分早ければ、三番目の焼き討ちに巻きこまれて命を落としただろう。あいつは肩に銃弾を受けた」

「それを私が知らないとでも思っているのか？　今でも思い出して、夜中に目が覚めるほどだ」

「当然だろう」ラナルフは身を乗り出した。三年の月日が流れるうちに、怒りも恐怖も薄れるかもしれないと思うこともあった。しかしロウェナやほかの人間がマイルズの名前を口にするのを耳にするたび、過去が一気によみがえった。「マイルズ、たしかにあなたはハイランドに一〇年暮らしたかもしれない。だが、スコットランド人ではない。昔の傷がどれほど深いかわかっちゃいない。この先もわからないだろう。私はあなたを二度と信じない。今さら首を突っこんでくるような人間は」

「私はおまえたちの養育を助けた」

「いいや、違う。あなたが北に来たとき、私は一八歳だった。ほかの弟妹の養育を助けてくれたことは認めよう。母のエレノアが毒をあおってわれわれを孤児にしたときに北へ来てくれたのは、大きな決断だったとわかっている」

マイルズはごくりとつばをのみこんだ。「エレノアはあんなことをするべきではなかった。彼女は――おまえたちの母は、北にいるべき人間ではなかったのだ。しかし、おまえたちの父親を愛していた」

「母が愛したのは侯爵夫人という肩書だ。私が爵位を受け継いだとき、母は一家でロンドンに移ることを望んだ。そもそも最初から、子どもたちをロンドンで育てたがっていたんだ。あのときにそうしていれば、われわれもほかの連中と同じように、スコットランドに領地を持つイングランド貴族になっていたかもしれない。だが、私は拒否した。父が拒否したように」

クランの民が〝偉大なる山《ショーン・モナグ》〟と呼んだ父のロバート・マクローリーを失ったとき、ラナルフは一五歳だった。爵位を受け継いだその日から、敵と戦わなければならなかった。

「わかっている。エレノアは……おまえからすれば未熟だっただろう。しかし、それならなぜ今頃になってロウェナのお披露目を許した？」

「それは本人の口から聞いてくれ」

マイルズの悲しげな表情に少しだけ希望の光が差した。「会わせてもらえるのか？」

「妹はここにいない」

「そうなのか」

まったく。「妹はハノーヴァー・ハウスでヘスト伯爵夫人の世話になっている。会いたければそちらを訪ねるといい。ただし彼女を外に連れ出すときは、必ずデブニーかオーウェンかピーターを同行させてくれ」

「わかった」おじが席を立った。「感謝するよ、ラナルフ」

「もし妹にけがでもさせたら、せいぜい私に見つからないよう逃げることだな。もっとも、どこにいようと必ず見つけるが」

マイルズはうなずいた。「もしロウェナの身に万が一のことがあれば、私はすでに死人も同然だ」

まるでスコットランド人のような台詞だ。「明日、訪ねていくといい」

おじが去ってからも、ラナルフは椅子に座ったまま、しばらくぼんやりと朝食の残りを見ていた。ふたりが最後に顔を合わせたとき、マイルズはその直後に鼻から血を流し、脇腹に痣《あざ》をこしらえることになった。あのときは、アランがラナルフをなんとかおじから引き離したのだった。ドネリーズが信用ならない相手であることくらい、同じクランの人間なら誰でも知っていた。その裏切りだけでもじゅうぶんにひどい。ところがさらにムンロが不用意にも傷を負い、血まみれの姿で玄関に現れて――それによって、マイルズの失態は許しがたいものになった。しかし今回おじとの再会でラナルフは……三年前よりも怒りを抑えている。

その理由はわかっていた。あの背の高いブロンドのせいだ。シャーロット・ハノーヴァー。彼女は暴力を好まない。こちらの知ったことではないが。ラナルフたちがどれほど必死に生きているか、あのササナックの女は何も知らないのだ――ただ、ダンスのときの彼女の表情が気にかかる。あれは何かを経験した人間の表情だった。自分の言葉の意味を正確にわかっている者の顔。

そこにラナルフは好奇心をくすぐられた。朝駆けに出かけるためにふたりの従僕を呼びに行ったときも、スターリングの背に揺られて手入れの行き届いた庭を抜け、通りに立ち並ぶ白い屋敷の前を通り過ぎ、ハノーヴァー・ハウスの私道に入ったときも、彼女のことを考えていた。ただの好奇心。それ以上に引かれるはずがない。相手はイングランド人だ。自分は敵からとにかく型破りだと思われているが、いくらなんでもイングランド女性をハイランドに連れて帰ることはしない。なんといっても、五歳の娘と未成年の三人の息子を残して服毒自殺をするようなイングランド女性の前例を知っているのだから。

ラナルフは頭を振り、ハノーヴァー・ハウスの建物の陰で馬からおりた。ときおり妙な考えが浮かぶことに自分でも驚いてしまう。多くの領主が農地から民を追い出して放牧地に転換していた世の流れに逆らい、学校の建設に邁進《まいしん》したこともあった。あれは父の構想を受け継いで実現させたものだ――多額の費用がかかり、それ以後ラナルフの安全も脅かされることになった。

成人以降のそうした年月において、ラナルフはハイランドにイングランドの女性を連れてくるなど考えたことすらなかった。だから、今ふと頭に浮かんだ、シャーロットにハイランドを見せるという突拍子もない考えは論外だと片づけるしかない。あるいは、ひょっとしてあの女性は魔女なのか？　魔女が災いをくわだてているだけなら、暴力についてくどくど持論を述べたりしないだろうが。

階段の下に着いたとき、玄関の扉が開いた。「ちょうどいいところにいらしたわ」シャーロットが温かな笑みを浮かべていた。「今、ウィニーと馬で出かけようと決めたところよ。まずはハイドパークへ」

最初に頭に浮かんだのは、まだ目にしたことのないハイドパークはかなり広く、少人数でロウェナを守るのは難しいということだった。いや、それは二番目に頭に浮かんだことだ。最初はシャーロットが着ていたピンク色の乗馬服を意識した。より正確に言えば、それに包まれたほっそりとしなやかな体を。

「おはよう、ラン」奥からロウェナが呼びかけ、飛び跳ねてラナルフの頬にキスをした。「見て。ラックにもらった、例のいまいましい乗馬ブーツをやっぱり履くことにしたの」深いグリーンの乗馬服のスカートをたくしあげて足元を見せる。

「もういい」ラナルフは妹の手を払いのけ、スカートの裾を直させた。「ササナックに野蛮で邪悪だと言われるぞ」

「ふん！《ピッシュ》」妹はそう言ってから、あらためて笑った。「ね、これって上品な響きでしょう？　ピッシュ！」

彼は目を細めた。「もっと上品なことを教えてやろうか？　つまらないことを言ってないで――」

「ラナルフ、出かける前にふたりだけで話ができるかしら？」シャーロットが声をかけた。

もし彼女がファーストネームで呼ばず、あの歌うような取り澄ました声で呼んだだけなら、無視してやったかもしれない。ラナルフは顎をこわばらせ、馬の脇に立つ彼女に近づいた。

「何か？」

「あなたの耳に入れておきたかったの」シャーロットは低い声で言った。「ウィニーの身の安全についてあなたが心配していることを、ゆうべ両親に話したわ。それで父は、夜のあいだ見まわりの従僕をふたり追加するようロングフェローに指示を出したの。すでに従僕たちが二四時間態勢で敷地内の見まわりを始めているわ」彼女はふたたび微笑んだ。「これならウィニーが監視されているように思わなくてもすむし、わたしたちも何か異変があればすぐに気づけるでしょう」

それでじゅうぶんとは言えないが、少なくとも期待以上の対応だった。それに大勢の使用人を雇っていても妹にグレンガスクから逃げられた手前、ラナルフは文句を言う立場にない。

「感謝する」彼は頭をさげた。「ピーターに今夜はトール・ハウスに帰っていいと言おう。ただし、ウナをここに置いていく」

シャーロットが眉をひそめた。「うちの屋敷を見張らせていたの？」

「ああ、日暮れから翌朝まで」

今にも近くの茂みから屈強な男が飛び出してくると思ったのか、彼女は周囲を見まわした。

「気づかなかったわ」

「気づかせるつもりはなかった」

「それで、その犬を？」シャーロットはウナを見おろした。

ファーガスよりは小さいが、ウナは大抵の犬より少なくとも頭ひとつ分は大きい。とても強く、ふつうの猟犬が三、四匹でかかっても、まず勝ち目はないだろう。

「ウナは穏やかな性質だが、ウィニーを守るためなら死も厭《いと》わない。だが、きみがウナを怖がる必要はない。それから私のことも」どうして最後にそんなことを言ってしまったのかわからないが、なぜかそう言っておくべきだと思った。シャーロットも彼女の家族も、ラナルフのせいで予想もしない状況に直面するかもしれないのだ。

シャーロットが手を伸ばし、簡素に結ばれたラナルフの首巻き《クラヴァット》のひだを直した。

「わかったわ」彼の胸をぽんと叩いてから手をおろし、咳払いをして向きを変える。「ベンジャミン、馬に乗せてもらえる？」彼女は馬を引いていた従僕に声をかけた。

「私が手伝おう」ラナルフは近づこうとした従僕をじろりとにらんで制した。

なぜか落ち着かない気分で、彼はシャーロットのウエストをつかんで抱きあげた。最初の夜に彼女を目の前からどかせたときも、昨夜ワルツを踊ったときも体に触れたのだが、今回は……より親密な気配がする。

シャーロットが彼の両肩に手を置いた。「どうしたの？」少し呼吸が乱れている。

反対側に落としてしまわないよう気をつけながら、ラナルフは彼女を横鞍に座らせた。にわかに体が熱くなり――相手に触ったことで反応しているらしい――魔法にでもかけられたような気がした。彼はうしろにさがり、手を太腿にこすりつけた。

「さあ、それでいいだろう」ぶっきらぼうに告げ、向きを変えてスターリングに飛び乗る。その隣では、うれしそうな顔のロウェナが美しい葦毛《あしげ》の牝馬《ひんば》に乗っていた。また願いがかなって、すっかりご機嫌だ。「誰に乗せてもらった?」ラナルフは尋ねた。「ハノーヴァー家の従僕がやろうとしましたが、どかせました」

「私です、旦那さま」ロウェナが答える前にデブニーが言った。

「まあ」左隣でシャーロットが呆れたようにつぶやいたが、ラナルフは聞こえないふりをした。けがをさせたわけでもないし、今のところすべて穏便にすんでいる。

乗馬というにはあまりにじれったい歩みだった。時刻は午前の半ばで、通りには物売りや荷馬車、貸し馬車、買い物客や散歩をする人々があふれ、早足よりも速度をあげるのは危険すぎた。それにしてもいらいらさせられる。パーク・レーンに沿って進み、広大なハイドパークが左手に見えてくる頃には、犬たちでさえ退屈しきったように尾を垂らしていた。

ラナルフはふたたび緊張した。このぶんだと、公園に入ってもさほど速度はあげられないだろう。木々にさえぎられて一部しか見えないが、馬車やパラソルや帽子の海が延々と続いている。

うしろでオーウェンがぼやいているのが聞こえた。ラナルフも同感だった。これでは身動きが取れないうえに、何か起こったとき手遅れになってしまう。

ただし、この状況は攻撃する側にとっても同じだ。ここなら目撃者が一〇〇人ほどもいる。

キャンベルはかまわず襲ってくるかもしれないが、彼らは背後から襲うような卑怯な真似はしない。正々堂々とラナルフを呼び出すだろう。気がかりなのはガーデンズだが、連中が悪事をたくらんでいるという確証はない。

「中に入ってしまえば整然としたものよ」考えをめぐらせているところにシャーロットが話しかけてきた。公園に向かう途中、どこかの時点で彼女と議論を引き分けたようだが、まったく思い出せなかった。

「きみたちは、もっとほかにましなことをしようとは思わないのか？」

なんてひどい言い方かしら、とシャーロットは思った。だが、たしかに彼女の目から見ても、今日のハイドパークはこの時間帯にしては異常なほど混雑していた。ふだんは昼食後に人々が集まるのだが。「今日は議会がないのよ」今朝、父が釣り道具を用意していたのを思い出して言った。「それに午後からテムズ河でレースがあるから」

一行は乗馬用道路《ロットン・ロー》を迂回《うかい》した。今朝は気温が高く、女性たちは——少なくともシャーロットは——馬をわざわざ駆け足にしようと思わなかったからだ。彼女はラナルフにロットン・ローのことを説明した。彼が運動を欲する男性に見えたからだ。実際、ちらりと横目で見たとき、彼はとても引きしまった体をしていた。おそらくハイランドでは、長時間戸外で過ごしていたに違いない。

ハイドパークの小道で馬に乗る人や馬車と並んだとき、ラナルフの肉体美に気づいたのが自分だけでないとわかった。そこにいた女性たちの多くがまつげをぱちぱちさせ、あるいは扇をあおいで、彼の気を引こうとしたのだ。

ラナルフはあいかわらずゆっくりとした速度を保っている。自分に注がれる女性たちの視線より、敵が隠れていそうな茂みがないか探すことに集中しているようだ。戦うことしか考えていないせいで、今も独身なのかしら？ シャーロットの計算では、彼は二〇代後半か三〇代はじめだ。富と領地と途方もない権力を持った男性――それなのに〝レディ・グレンガスク〟はまだいない。もちろん自分には関係のないことだけれど。

ジェーンとロウェナのあいだに幌付き馬車《バルーシュ》とフェートンが入った。ラナルフがわずかに指を振ると、従僕たちが前に出てふたりについた。犬たちも自分の役目をわかっているらしく、これまで一〇〇回もそうしてきたようにスターリングの両脇についている。すれ違ったバルーシュには、高齢の女性が甲高い声で鳴く小型犬を膝にのせて座っていた。あれはおそらくレディ・ガヴァンリーだろう。ファーガスが首をめぐらせて小型犬を振り返ったが、また前を向いた。どうやらハイランドでは小型犬はあまり見かけないものらしい。それとも、このディアハウンドたちはすでに餌をもらってお腹が空いていないかだ。

「理屈から考えれば」また議論になるだろうかと思いながら、シャーロットは言った。「クランの頂点に立つあなたこそ、いちばん手厚く守られるべきではないの？」こんな護衛が本当に必要なのかと言いたかったのだ。何しろここはメイフェアの中心部で、時期も社交シーズンのまっただ中、しかも今は午前中だ。

「私はこの手の厄介事に経験がある」ラナルフが慎重に言った。「ウィニーはほとんど何もわかっちゃいない。故郷ではまず安心だ。つねにまわりにクランの人間がいるからな。しかしここでは、もう少し用心してもらいたい」

「決してあなたの言葉を疑うわけではないのよ。ただ、いったいどんな経験をすればそれほど用心深くなるの？」

彼は横目でシャーロットを見た。「ずいぶん注意深く言葉を選んだな。私はそれほど物騒な男か？」

シャーロットはつい微笑んだ。たしかにそのとおりだ。「これも作戦よ」

「ほう」驚いたことに、ラナルフはおかしそうに笑った。「クランの人間は父のことをショーン・モナグ――〝偉大なる山〟と呼んだ。父は冬のように厳しく、荷馬のように強い人間だった」その声には愛情がこもっていた。彼は少し微笑み、しばらく下を向いた。「噂によると、父はおぼれた」

一瞬、彼女はその言葉の意味がわからなかった。あまりに唐突だったせいもある。

「おぼれた？」確認するように繰り返す。「お気の毒に」

「ああ、おぼれた」ラナルフがさっきよりはっきりと言った。「だが、両手を縛られ頭を水につけられて死んだとなれば、おぼれたのではなく殺されたと言ったほうが真実に近いはずだ」

なんてこと。わけがわからないまま、シャーロットは胸に手を当てた。苦しみと怒りがにじむ彼の言葉が胸に刺さった。「あなたの考えを誰も信じなかったの？」しばらくして尋ねてみた。

ブルーの瞳が彼女を見つめた。「いや、このことは誰も知らない。当時、私は一五歳だった。しかし手首についた縄の跡を見れば、父が縛られていたのはわかった。引き裂かれた服の袖や腕の傷跡で、何があったのかも」ラナルフはゆっくりと息を吐いた。「今、この話をしても意味はない。ただ、なぜ私が用心深いのかという質問の答えにはなるだろう」

父親が溺死しただけでも悲劇なのに、それ以上におぞましいことが行われたと知ったとき、彼はどんな気持ちだったろう？　シャーロットには想像もできなかった。温厚で陽気な自分の父を誰かがおぼれさせているところを想像しただけで、涙がこみあげてくる。

「なんと言っていいか言葉が見つからないわ」彼女はささやいた。

ラナルフが肩をすくめる。「二六年も前のことだ」

「犯人を知っているの？」

彼が暗い笑みを浮かべたので、シャーロットは寒気を覚えた。「それはまた別の機会に話すことにしよう――お互いをもっとよく知ったときに」

「わたしを信用できるようになったときに、という意味？」

ラナルフの表情が少しやわらいだ。「きみはずばりと核心を突くんだな」

シャーロットも笑顔になったが、彼に褒められたのかどうかはわからなかった。

「そのほうが誤解が少ないもの」

前を行くジェーンが鞍の上で振り向いた。「シャーロット、向こうにレスター家の双子がいるわ」口に手を当ててささやく。「こっちに来ないでね」

シャーロットはため息をついてうなずき、自分が乗っている葦毛のシックスペンスの手綱を引いた。ラナルフが隣に並ぶ。「どうしたんだ？」

「ジェニーはフィリップ・レスターかグレゴリー・レスターのどちらかに恋をしているの。おまけにわたしが彼らをばかにしていると誤解してるのよ」

「フィリップ・レスターかグレゴリー・レスターのどちらか？」ラナルフが眉をあげた。

「つまり、どちらがどちらかわかっていないのか？」

「ふたりは完全にそっくりなの」

彼はあっけにとられたようにシャーロットを見つめた。「なぜきみの父親は、そのふたりに近づかないようジェーンに命じない？　もしくはジェーンに近づかないよう、彼らに言わないのだ？」

相手が気を悪くしないよう、彼女は笑いを嚙み殺した。「そんなことをしたら、ジェーンに自分がジュリエットでレスター兄弟のどちらかがロミオだと勘違いさせるだけよ。若い女性にとっては、自分たちを不幸な星の下に生まれた悲劇の恋人同士だと思うほどロマンティックなことはないもの」

「ほう。それを聞いて、さっきからこちらを見つめる娘たちの視線の意味がわかった。ともかく――」ラナルフはふたたび周囲を見まわした。「手に入らない――または入れるべきではないとわかっている相手を求めることは、どこか刺激的だ」

彼の視線が自分に戻ってきたとき、シャーロットはなぜか体に震えが走って落ち着かない気分になった。今の言葉はわたしに向けられたもの？　それとも仮定の話でこちらを動揺させようとしているの？　彼はそういうことがいかにも得意に見える。「とにかく」彼女は言った。「ジェニーがレスター兄弟とたくさん話をすればするほど、彼らが少しも賢くないことに気づく可能性が高くなるわ」

シャーロットはシックスペンスの向きを変え、サーペンタインにかかる橋へ向かった。橋の向こう側は比較的人が少ない。ラナルフがついてくるかどうか振り返って見ないようにするには、思いのほか強い意志が必要だった。だがしばらくすると、彼と彼の大きな馬が橋を渡って追いついてきた。もちろん、相手が妹に付き添うよりシャーロットと行動するほうを選んだのを喜ぶつもりはない。ラナルフはスコットランド人の従僕ふたりでロウェナを守れると思っただけだ――ほんの少しの時間なら。

「まやかしの自然のまやかしの橋だな」ラナルフは水栓と排水口でも探すような目つきでサーペンタインを見た。

「サーペンタインは本物の川よ」お気に入りの公園を侮辱されて腹を立てたと思われないよう、シャーロットは落ち着いた声で言った。「それにハイドパークはもともと原野だったの。どちらも……ほんの少し手を加えただけ。市民はもとからある自然をうまく利用しているのよ」

「手を加えた、か」彼が繰り返す。「グレンガスクからはディー川が見おろせる。急流や滝や絶壁があって――きみたちから見れば、まさにエデンの園かもしれない。しかし敬意を表するのを怠れば、川は一瞬にして人の命を奪ってしまう。手を加える必要など、どこにもない。そんなことを考えるのは愚か者だ」

そういえば、デヴォン北部にあるハノーヴァー家の領地の外れにブレイという川がある。南イングランドに流れる多くの川と同様、流れはゆるやかで、荒々しい自然の息吹をはるか大昔に手放してしまったような川だ。それがディー川に比べてよいか悪いかではない。どんな川でも、川は川だ。

少しずつわかってきた。どうやらこの男性は、シャーロットが何かにつけて反対意見を言うと決めてかかっている。たまには予想を裏切るのもいいだろう。「すばらしい場所でしょうね」彼女はラナルフのあとに続きながら言った。彼は川岸をよく見るために馬を近づけていた。柳のしなやかな長い枝が物憂げに垂れさがり、静かに流れる川面《かわも》に浸かっている。

「グレンガスク領は森なの？　それとも放牧地？」

「両方だ。山岳地だから樹木の多くは峡谷に茂り、その森が風雨をしのぐ場所になる。われわれの放牧地はそちらが考える放牧地とはまったく別物だが、まあ、なんとかやっている」

「そこで羊の放牧をしているのね？」彼女の知るかぎり、ハイランド地方に領地を持つほかの貴族たちは、例外なくチェビオット種の羊を放牧していた。

「そうじゃない」ラナルフが険しい口調で言った。「グレンガスクでは牛を育てている。暮らしのためにハイランド・シープも数頭だけ飼っているが、マクローリー家はろくでもないイングランドのチェビオットを飼うために領民を追い出したりしない。絶対に」

「浄化政策《クリアランス》ね」彼がうなずいたのを見て、シャーロットは自分がその言葉を声に出していたことに気づいた。

ラナルフが妹の安全をここまで気にするのはそのためなのだ。彼のクランが今もハイランドにおける最大勢力であること、また父親が謀殺されたと彼が思っている理由もそこにある。代々マクローリー家は、浄化政策に抵抗してきたのだ。チェビオット種の羊からの収入という誘惑、小作人を減らしてイングランド王室に従うべきだという圧力を受けても。イングランドにとって組織化されたハイランド軍ほど恐ろしい相手はないということを、シャーロットは知っていた。

彼女がぼんやり考えていると、ラナルフは垂れさがるたくさんの柳の枝の陰で馬からおりた。「浄化政策は、ハドリアヌスの長城（スコットランドとイングランドのあいだに築かれた城壁）以北の経済活動をことごとく様変わりさせた」彼は馬上のシャーロットに歩み寄って、手を差し伸べた。

「どうして抵抗するの？」こちらを見あげるラナルフの顔を見おろしながら尋ねたとき、不意にその問いが自分自身にも向けられたような気がした。うぶな女学生ではないと自らに言い聞かせて、シャーロットは指先が震えないよう気をつけながら相手の肩に手を置いた。

温かい両手がウエストにまわされ、シャーロットは前回同様、羽根のごとく軽々と抱きあげられた。自分でも羽根になったような気がした――ばかばかしいことに。きっとラナルフの肉体的な魅力に慣れていないからだ。これまでの少ないやりとりからも、ふたりが性格的にまったく合わないのはわかっている。ものの考え方が、南極と北極ほどもかけ離れているのだから。

爪先が地面についたが、ラナルフは手を離さなかった。代わりにシャーロットを引き寄せた。彼女はふらつく体を支えるために、相手のたくましい胸に手をつかなければならなかった。「いけないな」そうささやいてこちらを見つめるブルーの瞳が夏空のように鮮やかだ。やがて、彼が身をかがめてシャーロットにキスをした。

彼女は目を閉じた。まさか男性の唇からハイランドの味がするとは思わなかった——そもそもハイランドがどんな味かも知らなかったけれど。でも、ラナルフ・マクローリーはたしかにハイランドの味がした。風の吹きすさぶ絶壁、荒れ狂う嵐、寒い日の暖炉の炎のぬくもり。彼とのキスからはそんな味がした。次第に頭の奥がぼうっとしてくる。

「シャーロット！ グレンガスク卿を川に突き落としたんじゃないでしょうね」

ジェーンの声にはっとした。握っていたシャツの襟を放してラナルフを押しのける。彼は両手をシャーロットのウエストと首のうしろにまわしていた。けれどもすぐに彼女を放し、戸惑ったように一歩さがった。

おそらくラナルフはシャーロットと同じくらい驚いたはずだ。自分と同じ思いを抱いていることを相手の目を見て確かめたいのを我慢し、彼女は手で口をぬぐいながら急いで柳の枝の下から出た。「誰も落ちていないわ」無理に大声で応えたところで、犬にぶつかりそうになった。「でも、サーペンタインを本物の川じゃないと彼がこれ以上言い張るなら、本当に突き落としてずぶ濡れになるところを見たくなってしまいそうよ」

ロウェナが驚いた顔をした。「本気でそうするつもり？　ランに？」

「そうなったら彼も思い知るでしょう？　だけど今のは冗談」シャーロットは笑顔を作った。本当は口に手を当てて、唇が熱くなったり腫れたりしていないか確かめたかった。

鞍の上からロウェナが身をかがめ、柳の木のほうに首を伸ばした。「ラン？　シャーロットに男の急所を蹴られたんじゃないでしょうね？」

シャーロットは顔を赤くした。「そんなことしないわ！」

ジェーンが口に手を当てて笑う。「レディは男性の急所の話なんてするものじゃないわ、ウィニー」

「本当に？　うちの兄たちはいつもそんな話ばかりよ」

シャーロットの背後で葉ずれの音がした。「たしかに」ラナルフがそっけない声で言う。「認めるのは癪《しゃく》だが、おまえはもう少しこのロンドンで洗練された会話を身につけたほうがよさそうだ、ウィニー」

その言葉で、ロウェナとジェーンは柳の木陰でラナルフとシャーロットが何をしていたかという問題を忘れてしまった。彼は話題の変え方や質問をはぐらかす方法を心得ているらしい。

ロウェナが歓声をあげて従僕に大きく腕を振り、馬からおろしてもらった。足が地面に着くやいなや、彼女はスカートをたくしあげて兄に近づいた。「つまり二週間よりも長くここにいていいということ?」

ラナルフが顔をしかめる。「もう少し様子を見てから考えよう、ということだ」

ロウェナは兄に両腕をまわした。「ああ、ありがとう、ラン。ありがとう、本当にありがとう」

彼女の頭の上から、ラナルフのブルーの瞳がシャーロットを見つめた。

「まだ決まったわけじゃないぞ。約束はしていない」

「わかってるわ」ロウェナは爪先立ちになってくるくるまわりながら、シャーロットの父が貸してくれた牝馬のハニーのところへ戻った。「だって、お兄さまがいったん口にした言葉は碑文みたいに揺るがないもの」

「そうだとも」従僕が妹を馬に乗せるのを見届けると、ラナルフはシャーロットに腕を差し出した。「今からどこへ行こうか?」

乗馬用の手袋をはめていなかったら、彼の腕に触れてやけどしてしまうところだ。

「それは……」

「アイスクリームを食べに行きましょう」折よくジェーンが口を挟んだ。「それからウィニーにケンジントン・パレスの庭を見せてあげたいわ。とてもきれいだもの。魚のいる池もあるし」

シャーロットは咳払いをした。「ジェニーが午前の残りの予定をすっかり決めてくれたわね」なんとかそう言ったものの、ラナルフに抱きあげられて馬に乗せられたとき、彼女はふたたび気が動転してしまった。いったいどうしたというのだろう？

ラナルフも自分の馬にまたがり、シックスペンスの隣に並んだ。「さっきのがはじめてのキスだったのか？」魅力的な口元に勝ち誇った笑みを浮かべている。

たいした自信だこと。でも、少なくとも彼のこのうぬぼれに救われた。よろめきそうになっていたのが、一気に目が覚めたのだ。「びっくりしてしまったのよ、ラナルフ」シャーロットはいつもと同じ落ち着いた声で答えた。「でも、はじめてのキスではないわ」

相手の笑みが消えるのを見届けてから、彼女はシックスペンスの向きを変えた。馬を早足にすると、一同の先頭に立って橋を戻り、最寄りのアイスクリーム店に向かった。

どうして焦ってしまったのか、自分でもよくわからない。先ほどのキスと彼の両方に……なぜ心が乱されてしまうのか。わたしはラナルフの気を引いたのかしら？　たしかに何度か議論を楽しんだ。暴力を容認することについてはまったく意見が合わなかったけれど。〈オールマックス〉でほかの女性に見られながら彼とワルツを踊ったときも、悪い気はしなかった。今朝、ハイドパークを彼と並んで馬で通り抜けたときも。だからといって……。

視界の端に、またラナルフの馬の鼻先が入ってきた。シャーロットは顔をしかめ、シックスペンスの脇腹を蹴って早足にした。自分は粗野なスコットランド人男性にキスをされてぼうっとしてしまうような、うぶな娘ではない。

またラナルフの馬の頭が追いついてきた。同じように早足でやってきたのだ。シャーロットは手綱で馬の背を打った。馬はすぐに駆け足になった。ジェーンがうしろから呼んだが、彼女は無視した。通行人や馬に乗った人々が驚いたように道を空ける。

思いきって右の肩越しにうしろを振り向いたが、馬の顔も乗り手の姿も見えなかった。よかった。しばらくひとりで考えたい。

すると不意に左から手が伸びてきて、シックスペンスの轡《くつわ》を取った。「どう、どう」豊かなスコットランド訛りでそう言いながら、ラナルフは片手で自分の馬を、もう一方の手でシックスペンスを御した。なんてこと。この人なら、相手が熊でも簡単におとなしくさせられそうだ。

彼は二頭の馬を止まらせた。「グレンガスク卿、姉は大丈夫ですか？」ジェーンが甲高い声で呼びかけた。「シャーロット？」

「大丈夫だ」シャーロットより早く彼が答えた。「手綱を落としてしまっただけさ」

「わたしはそんなこと――」

「だったら、なぜ突然先に行ってしまったのか、あのふたりに説明できるのか？」皮肉めかして言う。

痛いところを突かれてしまった。「いいえ」シャーロットはささやき、上体をひねってうしろの妹に声をかけた。「大丈夫よ」ふたたび前を向く。

「私にキスをされるのがいやだったなら、そう言えばいい」ラナルフはそれまでと変わらずはっきりと言った。「何も逃げることはないんだ」

「別に逃げたわけでは――」

「そうか」彼は声をやわらげた。「ならいいんだ」ひと呼吸置いて尋ねる。

「さっき駆け足になったとき、何を考えていた？」

「どうしても聞きたいのなら教えるけれど、ジェームズ・アップルトンのことよ」突き放すように言うと、シャーロットは馬の向きを変え、ゆっくりと進みはじめた。

「ジェームズ・アップルトンとは誰だ？」ラナルフが問いかける。

彼女はシックスペンスの頭を見つめたまま答えた。「わたしの婚約者よ」

4

婚約者。

ラナルフはシャーロットの横顔をまじまじと見つめた。そんなばかなことがあるものか。自分もどうかしている。まるで沈みかけの船から離れていく最後の救命ボートを逃したような、苦々しい怒りを感じてしまうとは。今は己の気持ちではなく相手の言葉の意味を考えたほうがいい。自分は彼女の唐突な言葉に面食らっただけだ。

「それで、そのジェームズ・アップルトンはどこだ?」ラナルフは尋ねた。

はしばみ色の瞳がちらりと彼を見て、ふたたび向こうを向いた。「なんと言ったの?」意外なほどつっけんどんな声が返ってきた。

どうしてシャーロットを怒らせてしまったのか、さっぱりわからなかった。いきなり婚約者という言葉を投げつけられたのは、こちらのほうなのに。もちろん気にしてなどいない。たとえ裸の彼女を腕に抱いているところを想像していたとしても。彼女が自分のハイランドでの生活の一部にはなりえない——イングランド人である以上は。

「聞こえただろう」ラナルフは言った。「〈オールマックス〉にも、こんな晴れた朝のハイドパークにも同行しないとは、いったいどういう婚約者だ?」鞍の上で体をひねって、シャーロットを見た。腕をつかんでこちらを向かせたいのをぐっとこらえる。あくまでも軽い興味から尋ねているだけだ。「私の考えを聞かせてやろうか」返事をしない相手にたたみかけた。

「あなたの考えにはこれっぽっちの興味もありません、閣下」

いつの間にかまた〝閣下〟に戻っている。やはり越えてはならない一線を越えて、彼女を怒らせてしまったのか。本物の紳士ならここで話題を変えるのだろうが、こちらがそうでないことはロンドンじゅうが知っている。ラナルフはシャーロットにスターリングをいっそう近づけた。「とにかく聞かせよう」まわりに聞こえないよう声を落とす。「ジェームズ・アップルトンは実在しない」

今度こそ、シャーロットは彼のほうにしっかりと顔を向けた。顔から血の気が引いている。

「なんですって?」

「図星だろう?」そう言いながら、ラナルフは不覚にも彼女の柔らかそうな唇に視線を落とした。「私のような悪魔にキスをされたことが我慢ならなくて、ハイランダーなど願いさげだとはっきり口にする代わりに、ありもしない婚約者の話をでっちあげたのだろう。いかにもイングランド人らしい卑怯な態度だ、レディ・シャーロット。残念ながら、私はきみを買いかぶっていた」

シャーロットはしばらく彼を見つめて体を震わせていた。もしそのまま気を失うなら、抱き止めてやらなければ。それを最後に、彼女には二度と触れるまい。考えてもいけない。自分はマクローリー・クランの氏族長なのだ。彼に関わるのをいやがる女性を夢想するより、ほかにすることはある。多くの女たちは争ってでも、自分と一夜をともにしたがるほどなのだ。なのにどうかしている。

シャーロットが手綱を握る手に力をこめたので、ラナルフは一瞬、頬をひっぱたかれるかと思った。なるほど。暴力反対もそこまでか——最初からでたらめだったのだ。こちらと距離を置こうとして、そういう言い方をしたのだろう。

するとシャーロットは震える指先で首にさがる楕円形《だえんけい》のロケット・ペンダントを外し、ラナルフに突き出した。「受け取って」とげとげしく言い放つ。

彼はさらに馬を近づけ、それを手に取った。「私はこんなもの贈っていないぞ」

「わかっているわ。中を開けて。横に小さな留め具がついているから」

ラナルフは言われたとおりにした。ロケットは古いもので、なんとも繊細な作りだったが、どうにか壊さずに開くことができた。蓋の内側に〝わが心に永遠に〟という言葉が彫られている。反対側には小さな肖像画が入っていた。明るい色の髪とバラ色の頬をした若い男性。しまりのない顎が高く結ばれたクラヴァットに埋もれ、物憂げなグリーンの瞳がぼんやりと虚空を向いている。

「それがジェームズ・アップルトンよ、グレンガスク卿」シャーロットが言った。声は静かで落ち着いている。「彼が〈オールマックス〉に来なくて、今朝も一緒に公園へ来ない理由は、三年前にダンスフロアで滑って植物の鉢植えにぶつかったからよ。そのとき最初に笑った男性に決闘を申しこんだりしたから。ジェームズはその翌朝に死んだわ。磨かれた床と鉢植えのせいでね。みなの前で恥をかかされたと逆上したばかりに」彼女はふたたびてのひらを上に向けて差し出した。「わかったら、彼を返して」

「その……」ラナルフは口ごもりながら、ロケット・ペンダントを返した。今回ばかりは自分のほうが余計なことを言った。道理でシャーロットは名誉をかけた戦いを嫌悪するわけだ。

「私は……」

「やめて。あなたにキスされたとき、ジェームズを思い出したの。気が短くて喧嘩っ早い男性には二度と恋をしないと決めたのよ。わたしは嘘をつかないし、臆病者でもない。でも、あなたは粗暴で残酷だわ。これ以上、お話しすることはありません」彼女は馬の横腹を蹴り、何か話しながらくすくす笑っている妹たちのところへ行ってしまった。

粗暴で残酷。過去にはこれよりささいな理由で、もっとひどい言われ方をしたことがある。それだけにシャーロットの言葉が身にこたえた。そう言われて当然だからだ。その婚約者がどれほど愚かだったにせよ、自分はよく考えもせずに答えを決めつけてしまった――しかも誤った答えを。彼女はそこを非難した。これまでラナルフを非難した人間はほとんどいない。そんな自分に立ち向かうとは、海のようにかぎりない勇気だ。言葉が剣と同じくらいよく切れることが身に染みてわかった。たしかに彼女はこちらの胸をぐさりと貫いた。

こうなった以上、シャーロットに謝らなければならない。謝ることなどめったにないし、得意でもないが、間違いを犯したことを認める度量くらいは持ち合わせている。スターリングの向きを変えようとしたとき——左側でファーガスが低くうなった。

同時にラナルフのうなじの髪が逆立った。これはふつうのうなり声ではない。彼は片手をポケットに滑りこませて拳銃を探り、主人の命令ですぐにでも飛びかかれるよう地面に伏せた犬たちが凝視している方向を見た。

馬に乗った三人組が、道路の片側に並んでこちらを見ていた。三人とも、ロウェナやラナルフに武器を向けてはいない。よかった。今日のところは誰も殺さずにすむかもしれない。

視界の隅でオーウェンとデブニーが公園に集う人々をかき分け、レモンアイスを楽しんでいるロウェナとハノーヴァー姉妹のほうへ向かった。さすがに自分たちの使命をよくわかっている。ほかの何に代えても、ロウェナを守らなければならない。黄金色の髪をした、くだらないプライドのせいで命を落とした婚約者がいた女性も巻き添えにしてはならない。その思いを強くしたことにわれながら驚いた。それについてはあとで考えることにして、すばやく気持ちを切り替える。

五メートルばかり先の道端に並んでいる三人組に視線を向けると、ラナルフはひとりずつ値踏みするように観察した。右端の男は筋骨たくましいが、少々鈍そうに見えた。おそらく用心棒だろう。それに対して、左端の男はカワウソのように狡猾そうだ。全身を黒い衣装に包み、同じく黒のビーバー帽を目深にかぶっている。こちらの男は参謀か。敵に正面から殴りかかるより、背後からナイフを突き立てるような人物。右の男よりはるかに危険だろう。残るは中央の男だ。

「久しぶりだな、グレンガスク侯爵」その男は軽く会釈をして大げさな笑みを浮かべた。淡いブルーの瞳を女性三人に向けてきらめかせ、ふたたびラナルフに視線を戻す。

この男はどれほど危険な状況かわかっているだろうか？　あと二センチでもこちらに近づいたら、即座に息の根を止めてやる。「バーリン」

「ハイランド以外の場所で会えるとはすばらしい」バーリン伯爵ドナルド・ガーデンズは涼しい声で続けた。「最後に話したとき、きみはたしか自分をスコットランドから出ていかせるには悪魔と一ダースの馬が必要だと言っていた」故郷の訛りをきれいに消したオックスフォード仕込みの完璧な英語は、スコットランドでは同胞の哀れみを誘っていた。ここでは犯罪的と言ってもいいだろう。もっとも、メイフェア界隈《かいわい》の住人がそれとは逆の意見であることはわかっている。ここではラナルフのほうが無法者であり、バーリンはハイランドに領地を持つ文明化されたイングランド紳士なのだ。

「ああ、覚えているとも」ラナルフは応じた。「あのときおまえは私に鼻の骨を折られ、二度と領地に近づかないよう警告を受けた」

右側のたくましい男が手綱を引き、すぐにでも戦闘に入れるよう前のめりになった。犬たちもラナルフの命令を今か今かと待っている。しかし、バーリンはあいかわらず笑みを浮かべていた。どこかの女性に、笑顔でいたほうがロバに見えないと言われたのかもしれない。ただし残念だが、その女性は間違っている。

「ああ」バーリンが言った。「あれはグレンガスクの北にある小さな領地を訪ねたときで、こちらはただ――」

「ショルブレイ」話がより具体的になるよう、ラナルフは口を挟んだ。自分たちは明らかに人目につく場所で、過去の事実を確認している。「その小さな領地はショルブレイと呼ばれている。一〇〇年前はガーデンズの先祖代々の地所だった。おまえが農民たちの住む村を焼き払い、羊に明け渡してしまうまではな」

「うちの先祖代々の地所はサセックスのバーリン・コートだ」バーリンが氷のように冷ややかな笑みを浮かべた。「ろくに活用もされていないそちらの牧草地で放牧をさせてもらう代わりにじゅうぶんな額を払うと申し出たとき、きみは私を馬から引きずりおろして鼻の骨を折った」

「くだらない話ができないよう顎を砕いてやろうと思ったが、手元が狂ったんだ。余計なことを言う癖はあいかわらずのようだな」ラナルフは首を傾げた。「なんなら、もう一度やってやろうか？」

「氏族長ともあろう人間が三人の手下と二匹の犬しか連れていないわりに、威勢がいいな」淡いブルーの瞳が鋭くロウェナのほうを向いたが、さすがにバーリンも彼女のことを口に出せばどんなことになるかわかっているらしい。

「かなうかどうか試してみるか？」

バーリンが声をあげて笑った。「ああ。いずれ試してみるとも、グレンガスク。しかし今日はやめておこう。牛や丸太《ケイバー》を手放したくなったら、いつでも知らせてくれ」そう言い捨てて黒い馬の向きを変え、三人組は人込みの中を去っていった。

「もういいぞ」犬たちに声をかけながら、ラナルフはいつの間にかまわりに人垣ができていたことに気づいた。「消えろ」低い声でそう告げてスターリングの向きを変え、青ざめた表情をしている三人の女性のところへ戻った。そのかたわらで、デブニーがイングランド人の群衆に鋭い目を向けている。反対側では、オーウェンが上着のポケットに片手を入れていた。中で拳銃を握っているのだ。

「ラン？」ロウェナが張りつめた声で呼びかけた。

「大丈夫だ」突きあげてくる怒りをこらえながら、ラナルフは言った。「アイスクリームを食べなさい。それがすんだら――」

「わたしたちは屋敷に戻ります」シャーロットが口を開いた。「あなたはどこか別の場所へ行ってちょうだい。ウィニーがつまらない揉め事に関わって評判を落とすことはないわ」

「つまらない揉め事？」彼は馬の向きを変えてシャーロットの隣に立った。

「あなたは今にもバーリン伯爵と殴り合いを始めそうだったじゃないの。ごまかさないで」

「ごまかしてなどいない。きみがなぜつまらない揉め事と言ったのか尋ねただけだ。これはそんな軽い言葉で片づく問題ではない」

「あなたの言葉の使い方につき合わせないで。不愉快だわ」

ラナルフは片方の目を細めた。「きみの大切なミスター・アップルトンを侮辱したことを、なんとかして謝りたい」

「やめて。本当に腹立たしい人ね。路上で挑発し合うつもりはないわ。クラン同士の無意味な抗争についても聞きたくありません」

一瞬、ラナルフはハイドパークの真ん中で脳卒中でも起こしてしまいそうな気がした。「無意味な抗争」彼は繰り返した。ハイランダーにとってはクランがすべてだと、さっき彼女に教えたばかりではなかったか？「私はバーリンに警告を与えただけで、脅したわけではない」

「それは屁理屈よ」シャーロットがやり返す。

「かもしれない」ラナルフは引きさがった。まったくいらいらさせられる女性だが、なぜか自分はほかの人間には決して許さないことを彼女に許してしまっている。「三年前、バーリンか奴の手下が弟のムンロの肩に銃弾を浴びせた。昨年は、うちの土地を買い取って自分の羊の放牧地にしようとたくらんだ。だからこの先、あいつを見かけるたびに脅してやるつもりだ。次に何かちょっかいを出してきたら、そのときは必ず始末してやる」

シャーロットがちらりと横目で見たが、ラナルフの存在など歯牙にもかけないかのようにすばやく目をそらした。癪なことに、そんな彼女にまたキスをしたくなってくる。

「相手を逮捕させればいいことでしょう」彼女が言った。

「きみたちササナックの裁判所がこちらの言い分に耳を貸すという保証はない。それに臆病者たちがハイランドに足を踏み入れようとしない以上、こちらにできることはないんだ。法的には」イングランドの裁判所は、イングランドの爵位を持ちイングランドに暮らす人間の肩を持つ。口に出して言ってほしいのならいくらでも言うが、そんなことくらいシャーロットも知っているだろう。だが、彼女は殺人に賛同しない。レディだからだ。

「だったら、あなたのほうがもう少しイングランドに溶けこむ努力をするべきではないの、ラナルフ?」

そう言ったとたん、シャーロットは自分の言葉を後悔した。彼はたしかにどこまでも腹立たしい。でも、怒らせるのは賢明ではないとわかっていたはずなのに。ラナルフの男らしい唇がかたく引き結ばれ、濃いブルーの瞳が危険な光を帯びた。彼が鋭く短い口笛を吹いたので、シャーロットはびくっとした。二匹の犬と従僕たちが、すぐさま駆け寄ってくる。

「ウナ、ウィニーに付き添え」続いて、彼は従僕たちに告げた。「おまえたちふたりは女性三人を屋敷へ安全に送り届け、トール・ハウスに戻れ」

「ですが、旦那さまは?」

白髪の交じった年上の従僕が尋ねた。

「私はファーガスを連れていく」

ロウェナが手を差し伸べた。「ラン、エヴァンストーン邸の舞踏会は今夜なのよ。どうするの――」

「私も行く」そう言って、ラナルフはシャーロットを見た。その強いまなざしに彼女は寒気を覚え、同時に胸の奥で熱い火花が散ったような気がした。

彼は大きなファーガスを従え、人込みの中をとても紳士的とは言えない速さで去っていった。もっとも、ラナルフ・マクローリーは紳士でもなんでもないけれど。

シャーロットはラナルフだけでなくロウェナまで怒らせてしまわなかったか心配だったが、近づいてきたロウェナとジェーンがシャーロットを左右から挟みこんだ。

「バーリン卿と知り合いなの？」シャーロットはロウェナに尋ねた。

「いいえ。遠くから何度か見かけたことはあるけれど、正式に紹介されたことはないわ。わたしだって、あんな人に紹介されたくないし」

兄がいなくなったことで、ロウェナは自分の故郷の訛りを〝改善〟しようとしていた。シャーロットはスコットランド訛りが好きだった。大柄な男性が深く豊かな声で話すときは特に。でも、ロウェナの気持ちもわかる。もし彼女がハイランダーのような話し方をしたら、ここではまともなイングランド女性と見なしてもらえない——しかもどうやらロウェナは、この短い社交シーズン中にイングランド人になりきることを強く望んでいる。スコットランド人としての自分を捨てようとしている。

「あの人があなたのお兄さまのムンロを撃ったというのは本当なの？」ジェーンがまだ青ざめている顔で尋ねた。公共の場で男性同士のいさかいを目にするのは、ハノーヴァー家の姉妹にはなじみのないことだった。幸いにも。

ロウェナはうなずいた。「ランが建てた学校が、何者かの手で次々に燃やされたの。ムンロ——ベアーが様子を見に行ったら、ちょうど火がつけられたところだったのよ。ベアーは肩を血まみれにして戻ってきたわ。生徒たちは全員避難させて無事だったけれど、どこかの腰抜けが兄をうしろから撃ってきたんですって」

「ウィニー」ジェーンが鋭く息をのみ、口に手を当てた。「レディはそんな言葉を使わないわ」

「どの言葉? 腰抜け?」

「その……ええ、そう。その言葉よ」

「まあ。ベアーがしょっちゅう使う言葉よ。実際にそう言ったの」

「うしろから撃ってきたなら、なぜ相手がバーリン卿だとわかったの?」言葉づかいよりも話の内容そのものに興味を引かれ、シャーロットは問いかけた。

「バーリンはキャンベルやドネリーズと同盟を組んでいたし、マイルズおじさまがドネリーズにグレンガスク領の地図を渡して学校の場所を教えてしまったから、きっとそうに違いないって」

なるほど、ラナルフとスワンズレー子爵のあいだに妙な緊張感が漂っていた理由がこれでわかった。ひどく乱暴な理屈だけれど。一瞬シャーロットは、ラナルフがスワンズレー子爵の鼻も折ったのだろうかと考えてしまった。「怪しいのはわかるけれど、たしかな証拠とは言えないでしょう」

ロウェナがおもしろがるような目をした。「マイルズおじさまも同じことを言ったわ。するとランは、ハイランダーは自分の所有物を傷つけた相手のことは直感的にわかると言ったの。そして、バーリンのように自分の領民を裏切る人間は学校を恐れるものだって」

スコットランドではそれが事実として通るのだろうが、シャーロットにはラナルフがなぜ法に訴えようとしなかったのかわかった。憶測や迷信、憎しみ——彼らはそういうものしか信じない。これではスコットランド人が自国を治めることを禁じられるのも当然だ。

けれどもシャーロットが屋敷に戻り、《アッカーマンズ・レポジトリー》の最新号を手に図書室に落ち着いたとき、先ほどの話がようやく腑に落ちた。ラナルフは学校を建設した。それもどうやら何校も。自分の領地内に——小作農の子どもたちのために。

小作人を教育することは、彼らがどれほど虐げられた状況にあるかを自覚させ、上の身分の人間に立ち向かうきっかけを与えるだけだという考え方がある。シャーロットはそうは思わなかった。人々によりよい人生を送るための機会を与えるのはよいことだ。生活を自分に頼る領民に、そうした機会を与えたラナルフのことは尊敬できる。ほかのクランの長が反対する中でそれを実行したのであれば、なおさらだ。ラナルフ・マクローリーには間違いなく勇気と信念の両方がある。

だとしても癪に障る男性だ。彼は教育を受けた人間とは正反対の印象をまわりに与える。ただ粗暴なだけのハイランダーとして見られることに、ひねくれた喜びを見いだしているところさえある。イングランド人——彼が言うところのササナックをあからさまに見下している。それなのに、ラナルフはシャーロットにキスをした。しかも決して侮辱するようなキスではなかった。鉄をも溶かすほど熱く激しいキスだったかもしれないが、そのことについて不満はない。

シャーロットは身を震わせ、雑誌をかたわらに置いて立ちあがった。彼女の父親は熱心な読書家で、膨大な数の自伝や戯曲、小説などの蔵書を持っている。彼女は図書室の棚を見てまわり、いちばん興味を引かれた題名の本を手にした。今は誰もが知るスコットランドの詩人、ウォルター・スコットの小説『ウェイヴァリー』だ。

若きエドワード・ウェイヴァリーに関する描写と、彼が情熱的なハイランド人であるフローラ・マッキーヴァーの影響でジャコバイト思想に染まっていく過程を、前にも読んだことがあった。だがそのときはあくまでも恋愛小説として読み、エドワードが最終的には堅実な低地人《ローランダー》のローズ・ブラッドワーディンのもとへ帰ってくれてよかったと思った。けれども今回この本を開いたとき、シャーロットはハイランドとハイランド人について書かれた部分を特に注意して読んだ。

一時間ばかり物語の世界に集中したあと、本を横に置いて立ちあがり、広い図書室を歩きまわった。ジェームズの名前を口にしたとき、なぜラナルフはあれほど怒り、こちらの話をでたらめだと決めつけたのだろう？　キスをされたときにジェームズを思い出したと言っただけ……ちょっと待って。ああ、それは誤解だ。

そんなつもりで言ったのではなかった。ジェームズが決闘で胸を撃ち抜かれる前の晩にキスをして以来、シャーロットは誰ともキスしていない。ラナルフに突然キスをされたあと、かつての婚約者のキスと、その彼が無謀だったために自分が味わった苦しみがよみがえった。

でも、ラナルフとのキスの最中にジェームズを思い出したわけではない。そのときは思考が完全に止まっていたから。

だけど仮にラナルフが誤解したとして、それを気にする必要がどこにあるだろう？　じゅうぶんとは言えなくても一応の説明はしたし、彼はこちらの気持ちを汲《く》み取るべきだった。どのみちラナルフは、なぜあれほどの情熱をあらわにしたのか釈明するより、バーリン伯爵を叩きのめせる理由を探すほうがはるかに重要らしいけれど。

バーリン伯爵ドナルド・ガーデンズがスコットランド人だったことさえ知らなかったとは、考えてみれば妙だった。彼とは何度かダンスをしたことがある。そのときは天気やドルリーレーン劇場で上演されている最新の演目について会話をした。今から思えば伯爵は何度かaを〝エイ〟と発音したけれど、そのときは特に気に留めなかった。スコットランド人であるのがどういうことか、イングランド人のきみには理解できないとラナルフに言われたけれど、どうやらそれは本当らしい。彼らのすさまじいまでの憎悪や対立、故郷の訛りを完全に消してしまおうとする意味がさっぱりわからない。

わからないことはほかにもある。外見も性格も自分とはまったく異なる男性になぜ……これほど惹かれるのだろう。シャーロットは指先で唇にゆっくりと触れた。ラナルフの唇の記憶はアイスクリームと昼食と言い争いのせいで薄れてしまったけれど、決して忘れたわけではない。爪先がしびれ、膝から力が抜けて……熱い刺激に身を貫かれるようなキスだった。とはいえ、今となってはそこになんの意味もない。別れ際、シャーロットは彼にイングラいだろう。

ンドに溶けこむよう言ったのだ。スコットランド人に対して、これ以上に侮辱的な言葉はな

「考えるだけ無駄だわ」彼女はつぶやいた。

「シャーロット？」

父の声が聞こえたので、彼女は歩きまわるのをやめて図書室を出た。

「ここよ、お父さま」思考をさえぎられたことに感謝しつつ、階段の手すりから身を乗り出して呼びかける。

父が玄関ホールからこちらを見あげていた。「ちょっと書斎まで来てくれるか」

「わかったわ」

シャーロットは父よりも早く書斎に着き、私道が見渡せる窓際に近づいた。空は午後のうちにどんよりとした灰色に変わっていた。エヴァンストーン邸の舞踏会へ行く頃に、雨が降りださなければいいのだけれど。ダンスシューズでぬかるみや馬の排泄物のあいだを歩くほど不快なことはない。

「ジェーンとロウェナは？」父が小さな書斎に入ってきて扉を閉めた。冷たい風が吹く中、ずっと戸外にいた父は耳と鼻が赤くなっている。先ほど見たときは糸で結わえた魚を手にしていなかったが、どこへ行っていたのか尋ねなくてもわかった。

「今夜のための衣装合わせをしているわ。ふたりともすっかり舞いあがってしまって、こちらは頭痛になりそう」

父はおかしそうに笑った。「以前のおまえもそうだった。今でも目に浮かぶよ」

「でしょうね。でも、今回はふたりもいるのよ」

「たしかに」父は真顔に戻り、机に向かい合うふたつの椅子のひとつを勧めた。「ハイドパークでの騒動について聞いたぞ」

ああ、なんてこと。「騒動というほどのことではないわ。グレンガスク卿とバーリン卿が顔を合わせて話をしただけよ。なんの騒ぎもなかったわ」

「それは幸いだった」父は安心したような顔をした。「馬丁の話から、私はふたりが斬り合いでもしたかと思った」

「まさか。ただ、ふたりを同じ日の晩餐に招くのはよしたほうがいいでしょうね」

父はシャーロットの顔をじっと見つめた。「それで、ふたりはどんな話をしたのだ？　おまえは知っているのか？」

「グレンガスク卿は自分の土地で羊を放牧することを拒み、代わりに学校を建設したそうよ。バーリン卿はそれが気に入らなかったの。噂によれば、彼かその手下がウィニーのもうひとりのお兄さまの肩を撃ったんですって。そしてグレンガスク卿はスコットランドで最後にバーリン卿を顔を合わせたとき、殴りつけて鼻の骨を折ったとか」彼女はそこで顔をしかめた。なんて愚かでくだらないことをするのだろう。なぜ男性はふつうに座って話し合いで問題を解決できないの？

「つまりグレンガスク侯爵は、イングランド人もスコットランドの同胞も嫌いというわけか？」

シャーロットはため息をついた。「そうらしいわ。少し態度をあらためるべきだと忠告したのだけど、どうやら悪く受け取られてしまったみたい」

父が口元をこわばらせた。「何を忠告しただって？」

「ええ、わかってる。ばかなことをしたわ。でもイングランドがどうの、イングランド人がどうのと悪口ばかり二時間も聞かされたら、いいかげんうんざりしてしまって」父に話せるのはこのあたりが限界だった。ラナルフがキスをしてきたことは誰にも知られてはならない。自分がそれに応えてキスを返したことも。

「そうだろうな。私もハイランダーを屋敷に出入りさせていると、社交クラブの仲間からすでにからかわれている。この二週間が過ぎたら、さぞかしほっとするだろう」

シャーロットは顔をしかめた。はっきりとは約束しなかったが、ラナルフはロウェナが二週間よりも長く滞在できることを匂わせた。もっとも、あのあと自分たちは口論をしたのだけれど。「お父さま、お別れの晩餐会の準備をするのはまだ早いわ」ともかくそう告げた。父には現状を知っておいてもらわなければならない。

「なんだって？」父も同じように顔をしかめた。「どういうことだ？」

彼女は肩をすくめた。「グレンガスク卿は妹を溺愛しているし、彼女はもっと長くロンドンにいたがっているのよ」

「そうか」父がゆっくりと息を漏らす。「そういうことならなんとかしよう。エリザベスは喜ぶだろうよ。若い娘を同時にふたりもお披露目できるなんて、彼女にしてみれば夢のようなことだ。ふたりともイングランド人なら、なおさらよかったが」

いかにも人々が陰で言っているとラナルフが考えそうな言葉だったので、シャーロットは返事をする代わりに父に微笑みかけた。「今夜はわたしと踊ってね、お父さま」椅子から立ちあがって、くるりとまわってみせる。

「おお、そうか。今夜はエヴァンストーン主催の舞踏会だな。グレンガスクは来るのか?」

「来ると言っていたわ。なぜ?」

「いや、エヴァンストーンの祖父はカロデンの戦いでジャコバイト鎮圧に貢献したのだ」

「そうなの。波風を立てるわけにはいかないわね。今夜グレンガスク卿に会ったら〝いとしのチャールズ王子〟(チャールズ・エドワード・ステュアートのこと。ジャコバイトが主張したスコットランド・イングランドの王位請求者)のことは話題にしないよう真っ先に言っておくわ」そこでシャーロットは、今度は冗談半分にふたたび顔をしかめた。「それとも何も言わないほうがいいかしら」

「ああ、それが無難だ」

5

仕立屋はどうやらラナルフに好感を抱いていないらしかったが、その男もやたらと肩の詰め物を増やしたがるのだから、そこはお互いさまだ。

「ですが、これが今の流行なのでございます、グレンガスク侯爵閣下」痩せた仕立屋は両手を握り合わせて訴えた。

「こちらの知ったことじゃない」ラナルフは言った。ふつうにしていても大抵の男たちより頭ひとつ分は大きいのに、肩に詰め物などしたらばかみたいだろう。

「はい、たしかに……そのようで」仕立屋のミスター・スマイスは、ラナルフから注文を受けて途中まで仕上げた上着を手で示しながら応えた。

「ふつうに身に沿うように仕上げてくれ、スマイス。詰め物はするな。六時までに屋敷の者に取りに来させる」

「かしこまりました。ですが、当店でお仕立てになったことは他言無用に願います」

「ああ、もちろんだ。心配しなくていい」

ファーガスと一緒に店を出て通りの左右をすばやく確認すると、ラナルフはスターリングの背に飛び乗って、すみやかにトール・ハウスへ戻った。シャーロットはまわりに溶けこむ努力をしろと言った。彼女はたいがいの女性より賢いのだから、少し考えてみれば、こちらがまわりに溶けこめないことくらいわかるだろうに。メイフェアのようなところに染まれるものか。自分は自分らしくあればいいのだ。

いったん頭の中に現れたシャーロットは、そこに完全に居座ってしまった。まるで現実の本人のように美しくも頑《かたく》なに、有無を言わせぬ存在感をたたえて。もし最初の段階で婚約者がいると知らされていれば、決して彼女をそのような対象としては……つまり、キスをして、服を脱がせてベッドに横たえ、心ゆくまで味わう相手としては考えなかった。だが、すでにラナルフはシャーロットをそういう対象にしてしまった——だから婚約者がいたことを突然知らされたとき、自分の男としての存在が脅かされた気がした。とはいえ、今の彼女に婚約者はいないのだが。

いろいろ考えはじめると、この先ぐっすり眠れる夜は二度とない気がしてくる。シャーロット・ハノーヴァーが別の男のものになろうとなるまいと、自分にふさわしい相手でないことは、このちっぽけで頑固な脳みそでもわかる。たった四日間しか接していない相手に、こんな気持ちを抱くのはおかしい。

スコットランドにとどまっている領主は今も何人かいるし、その家族の中には未婚の娘たちもいる。そのうちのひとりと結婚しよう。それがグレンガスク侯爵のなすべきことだ。ハイランドで生きる人間にはハイランドの女がふさわしい。

ロウェナとともにグレンガスクに戻ったら、次に片づけるべきことは自身の結婚問題だ。ため息をつくと、ラナルフは階段をのぼって寝室へ向かった。たった一度のキスで、ずいぶん動揺している。妹たちによる邪魔が入ったのは幸いだった。よく考えもせずロウェナにロンドン滞在の延長を許してしまうほど、いつもの自分ではなくなっている。

もちろん、あれは妹のためにしたことだ。ロウェナは本当にうれしそうだったのだから。しかし、実際は自分のためにそうしたのだとしたら——つまり、シャーロット・ハノーヴァーともっと深く知り合うために期間を延ばそうとしたのなら——とんでもない愚か者だ。

寝室の扉を乱暴に開けたせいで窓枠が音を立てた。そのとたん、化粧台のそばにいた何者かが小さく悲鳴をあげ、怯《おび》えたネズミのように振り向いた。さては、ガーデンズがけちな密偵をよこしてきたか。

上等じゃないか。考え事から解放されて、むしろ好都合だ。「何者だ？」ラナルフは鋭く叫び、ブーツから短剣を抜いて前に出た。ファーガスがうなり声をあげ、身を低くして反対方向からまわりこむ。

「ジンジャー！　ジンジャーです」その小男は声をあげ、ヘアブラシを取って盾のように体の正面に掲げながら、壁の隅にあとずさりした。

「男にそんな妙な名前があるものか」

「えっ？　ああ！　エドワードです。エドワード・ジンジャー。あなたさまの従者です！お願いですから殺さないでください！」

誰かが玄関ホールから駆けあがってくる音がした。ラナルフはすばやくクローゼットの陰に隠れた。ファーガスがそのまま小男を壁の隅に追いつめる。扉から、ラッパ銃の先端に続いて息を切らしたピーターが飛びこんできた。「旦那さま！　どちらですか？」

「ここだ、ピーター。頼むから撃つなよ」

従僕はすぐさま銃口をさげて撃鉄を戻した。「そんなことをしたら、神さまに体を真っぷたつに引き裂かれて地獄に突き落とされてしまいます」

なんとも生々しい表現だ。ラナルフは短剣の先を壁の隅のほうに向けた。

「おまえがあの男を中に入れたのか？」

「はい、そうです。お帰りになったときにお伝えしようと思ったのですが、ちょっと用を足しに行っておりまして」

膝丈ズボン《ブリーチズ》の前が開いたままで、シャツの裾がはみ出ているところを見ると、嘘をついているのではなさそうだった——あるいは、ほかにラナルフが雇い入れることを了承したメイドのひとりと一緒にいたかだ。「だったらいい。さがれ、ファーガス。ピーター、銃をしまえ。それからおまえの大切なものもだ。ジンジャーを階下《した》へ連れていけ。気つけにウイスキーでも飲ませてやるといい」

「旦那さま」あいかわらず声を震わせながら、小男が言った。「私の呼び名のことですが、できれば……」

ラナルフが目を向けると、相手は立てた人差し指をゆっくりと戻した。

「なんだ、ジンジャー？」

「なんでもございません、旦那さま」

「いいだろう。それから、今度この屋敷で誰かを驚かせるときは、手に何も持っていないことを相手にわからせるまで絶対に動くな。さもないと当然のように串刺しにされるぞ」

「はい、旦那さま。肝に銘じておきます」

「それがいい」

乗馬用の上着を脱いでブーツを履き替えると、ラナルフはふたたび階下の書斎におりていった。これでイングランド人の使用人たちに屋敷内をうろうろされることになってしまったが、それは仕方ない。マイルズはこちらの状況をよくわかっているし、ハイランドについて何も知らない人間を雇うのはたしかに道理にかなっている。

やたら装飾の多いマホガニー材の書き物机のうしろにある華奢な椅子に身を沈めると、ラナルフはペンと紙を取り出してアランに手紙を書いた。最初の予定の二週間が延長されたこと、いくつかロンドンに届けてほしいものがあることを伝えなければならない。

一瞬、アランとムンロのどちらか一方、あるいはふたりともにロンドンへ来るよう頼もうかと思ったが、ラナルフがここにいることをバーリンに知られた以上、弟たちはグレンガスクにとどまっているほうが安全だと思い直した。特にムンロはそうだ。あいつとガーデンズの人間が同じ部屋に居合わせたら、無事に二本の脚で立って部屋から出ていけるのはどちらか一方になる。そしてムンロには、イングランドの刑務所に入ってもらいたくない。何をしでかすにしても。

そう、たしかに自分はつねにまわりを家族や友人に囲まれた生活に慣れ親しんでいるが、それは故郷でのことだ。ここはわが家ではない。この先、わが家になることもない。ラナルフはしばらく椅子の背にもたれていた。今いちばん必要な相手は、現状を見極められる人間だ。〝更生した〟スコットランド人がどこにどれだけいるのか、知っている人間。

ふたたび、おじのことが頭に浮かんだ。そう、マイルズ・ウィルキーが理想的だ。ただし、彼の判断力を信じていいものかどうか、まだわからない。おじがよかれと思ってしたことが惨事をもたらした過去があるので、なおさら迷う。

とはいえ、できることがかぎられている状況では、完璧を求めるわけにもいかない。シャーロットに尋ねるのは可能だが、第一に、彼女はラナルフにスコットランド人らしさを引っこめろと言った。第二に、彼女とこの先まともに話ができるかどうかわからない。第三に、まともに話ができないとなると、自分はまたキスをするといった愚かな行動に出てしまうかもしれない。

やはりマイルズに会うのが賢明のようだ。

「旦那さま?」

書きかけの手紙から顔をあげると、扉の向こうにオーウェンが立っていた。

「みな無事にハノーヴァー・ハウスへ帰ったか?」

「はい。ロウェナさまは、ウナがそばにいてくれるのでうれしそうでした。自分の家にいるようですから」

ラナルフはうなずいた。「ウナが妹と一緒だと思うと私もかなり安心だ。ほかには？」

「私にもよくのみこめないのですが……ピーターによると今日の午前中、よその屋敷の従僕が次々にやってきて、〝ごめんをこうむって〟とか〝失礼ながら〟などと言いながら、これらを置いていったそうです」元兵士のオーウェンがトレイを差し出した。カードや手紙の束、それにリボンのかかった箱がのっている。

ほう。「見てみよう」

ラナルフはかつてオックスフォード大学で学んだ。スコットランドの領主の長男はイングランドで教育を受けるのが決まりだったからだ。彼は弟たちにも同じことをさせた。自分たちの敵がどういう相手か、理解させておくために。そんなわけで、ラナルフは目の前にあるものが何かわかった。イングランドでもっとも危険かつ油断ならないもの――招待状というやつだ。

オーウェンをさがらせたあと、ラナルフはそれらすべてに目を通した。〈オールマックス〉でシャーロットが紹介してくれた人々からの書状もあるが、ほとんどは名前も聞いたことがない相手から送られてきた朝食会や昼食会や夜会への誘いだった。ササナックは自分たちの輪に悪魔を迎え入れようとしている。こちらがみなのためにジグを踊ったり、バグパイプを吹いたりしてくれると思っているのかもしれない。

すべての招待状をごみ箱に放りこもうとして、ラナルフは思い直した。ハノーヴァー家も、そして当然ロウェナもこうした催しに出かけるだろうから、こちらにも招待状があるのは好都合だ——昨日もエヴァンストーン邸の舞踏会の招待状が届いた。それにしても、これらを送ってきた相手の真意がわからない。銀字の浮き彫りを施した謎の暗号を見ているような気がしてくる。

最後は箱だった。メモもカードもついていない。ラナルフはそれを軽く振って確かめてからリボンをほどいた。小さいわりには重く感じられる。用心のため、箱を机に置いて椅子をうしろにさげ、腕を伸ばして指先で蓋をそっと開けた。なんの動きもなく匂いもない。椅子から立ちあがり、箱をのぞきこんでみた。小さな羊毛《ウール》のかたまりが詰められている。ウール、すなわちチェビオット種の羊だ。きっとハイランドに土地を持つ別の領主が送りつけてきたのだろう。イングランド政府の方針に逆らい、領民に教育と食料と仕事を与えて氏族制度を維持しようとするラナルフへの警告として。

しかし、ただのウールならこれほど重くはない。ラナルフは眉をひそめ、箱をひっくり返した。ウールが鈍い音とともに転がり出てきた。彼は息をのみ、そのかたまりを指でつまみあげた。すると、つややかな机の天板にマスケット銃の弾が転がった。これなら薄汚れたウールよりも警告として効果的だ。

「なるほど」彼はつぶやき、何者かが弾丸の表面に引っかいて記した〝マクローリー〟の文字を冷静に見つめた。指でつまみあげて手の中で転がす。〈オールマックス〉の夜以来、自分がロンドンにいることは知れ渡っているはずだ。それでも、危険が迫っていることをわざわざ警告したがる人間はごく一部のはず。「ピーター！」ラナルフは従僕を呼び、ふたたび椅子に座った。

ピーターが扉を開けた。「お呼びでしょうか、旦那さま」机に目を落とすと、彼は前に進み出た。「それがあの小さな箱に？」

「ああ。私の名前を刻んだ弾だ。なかなかしゃれていると思わないか？」

ピーターはその弾丸を手に取り、粉々にしたいかのように強く握りしめた。

「箱を持ってきた男は使用人のお仕着せを着ていませんでした」しばらく厳しい表情で考えこむ。「たしか背の高い、明るい色の髪をした若い男でした。ですが、今度会ったとしてもわからないと思います。くそっ」

ラナルフは頭を振り、弾丸を受け取ろうと手を差し出した。「気にするな。ここで面倒が持ちあがることはわかっていた。知らせてくれるとは、むしろ親切な相手だ」そう言いながら立ちあがる。「一時間以内に誰かをスマイスの店へ行かせてくれるか？　新しい上着を仕立ててもらった」

「かしこまりました。それで、これからどちらへ？」

「散歩だ。この近辺の地理を頭に入れておいたほうが、いざというとき助かりやすい」

ピーターが顔をしかめた。「今お出かけになるのはおやめください、旦那さま！」

「なぜだ？　誰かに命を狙われているから？　これまでそうでなかったことがあったか？　誰が社交シーズンのためにロンドンへ来ていて、この近くに住んでいるのか、知っておいたほうがいい」

「では、オーウェンと私も行きます」

「だめだ。ファーガスを連れていく。おまえたちは留守番だ。オーウェン！」

扉の向こうで話を聞いていたらしく、オーウェンはすぐさまやってきた。

「はい、旦那さま」

「ジンジャーにキルトの着せ方を教えておいてくれ」

「ジンジャー？　それは誰ですか？」


シャーロットは手鏡を頭のうしろにかざし、高く結いあげられた髪を大きな姿見に映した。

「すてきね、シムス。髪に真珠のネックレスを編みこむなんて思いもよらなかったわ」

メイドがえくぼを見せて微笑んだ。「レディ・ニューサムのメイドから教わったんです。これとおそろいの耳飾りもおつけになるといいと思いますが」

ブロンドの巻き毛のあいだにきらめく真珠と、同じく真珠の耳飾り――それらがレースをあしらった深いグリーンのシルクのドレスや、真珠のボタンが一列に並んだグリーンの長手袋と組み合わされれば、さぞかし劇的な効果を生むだろう。ふだんはそこまで目立つ装いはしないけれど、今夜は特別だ。ジェーンとロウェナにとって、はじめての大規模な舞踏会なのだから。

表面的に自分が平静を保てているのは幸いだった。実際には、平静とはほど遠い気分だったから。原因はわかっている。ラナルフは今日の午後にシャーロットの目の前から堂々と立ち去ったが、彼が今夜どんなふるまいをするのかわからないので不安なのだ。彼はダンスをするだろうか？　こちらにダンスを申しこむだろうか？　もし申しこまれたら、なんと応えればいい？　シャーロットはラナルフに腹を立てていることになっている。彼も腹を立てているに決まっている。

ああ、ラナルフはまるでうなり声をあげながらロンドンにやってきて、人々の心の平和を乱そうとする野獣だ。メイフェアでは、人々はお互いのことをよく知っている。メイフェアとはそういうところだ。野性的な黒髪と燃えるようなブルーの瞳を持つラナルフが舞台にあがったことで、日常がひっくり返ってしまった。ハイドパークで乗馬を楽しんでいたほかの男性たちは、シャーロットが三年前に婚約者のジェームズを失ったことを知っている。彼女が男性とダンスや会話を楽しむことはあっても、相手の気を引くようなことはなく、この先新たな結婚相手を求めているわけでもなく、誰ともキスをしないことも知っている。でも、ラナルフ・マクローリーは当然これらのことを知らない——たとえ知っていたとしても、それで何が変わるのかわからないけれど。

寝室の扉が開き、ジェーンがロウェナとワルツを踊りながら入ってきた。腰の高さほどもあるスコティッシュ・ディアハウンドのウナもついてくる。「まあ、シャーロット、なんてきれい！」ジェーンが声をあげ、ロウェナから離れて近づいてきた。「ついにまた意中の男性が現れたの？」

シャーロットは頬が熱くなるのを感じた。「どうしてそんなことを言うの？　わたし、それほど安っぽく見える？」

「まさか！　もちろんそんなことはないわ。ただ……とても似合っていると言いたかっただけよ」

「それならうれしいわ。ありがとう」シャーロットは微笑み、すっかり有頂天になっている妹たちを部屋に入れた。「ブルーは本当にあなたによく似合うわね、ウィニー」彼女はロウエナに声をかけた。「瞳の色が引き立って見えるわ。それに、うらやましくなるほどすてきな髪型ね」

ロウエナが膝を曲げてしとやかにお辞儀をした。「ありがとう、シャーロット。ミッチェルったら、わたしを椅子に縛りつけんばかりの形相だったのよ。いったいどこまで高く結いあげるのか不安になるほど」彼女は見事に整えられた黒髪をそっと叩いた。「何週間もロンドンの髪型を研究してきたけれど、今回は特に骨が折れたわ」

ジェーンが爪先で飛び跳ねた。「ねえ、わたしのドレスも褒めてよ、シャーロット」笑いながらせがむ。

「あなたはすみれ色の妖精よ、ジェニー」シャーロットは妹の望みどおりに褒めてやった。ふたりが発する活力で、こちらの心まで浮き立ってくる。手の指から足の先まで刺激が走ったのはそのためとしか思えない。「今夜あなたに求婚する男性が現れたとしても、少しも驚かないわ」

「求婚されてもかまわないけど」妹が笑いながら応えた。「わたしはまだ誰とも結婚する気はないわ。この先、もっとたくさんのパーティーが待っているんですもの」

ロウェナが大きなため息とともに床に座りこみ、ウナの背を撫でた。いかにも若い娘らしい落胆のそぶりは微笑みを誘ったが、シャーロットは真顔で尋ねた。「どうかしたの、ウィニー？」

「結婚の話題が出たものだから」ロウェナがふたたびため息をつく。

「そういえば、グレンガスクに好きな相手がいるようなことを言っていたわね。その人が恋しくなった？」

「ええ。ラック――ラックラン・マクティよ。会えなくてとてもつらいわ。屋敷を出てもう五日になるし、しかも今回で二度目の家出なのに、彼は手紙のひとつも送ってきてくれないの」

「あなたのほうからは書いたの？　向こうがこちらの住所を知らないかもしれないわよ」

「毎日書いているわ」

シャーロットは口に手を当てて笑みを隠した。ロウェナがこれほど幼かったとは。

「だったら、それが原因かもしれないわね」シャーロットは自分も絨毯《じゅうたん》の上にかがみこみ、ロウェナと一緒にウナのかたい毛を撫でた。

「どういうこと？」

「女性がいつもそばにいたら、恋しく思うことはできないわ」

「でも、わたしはそばにいないわ。何千キロも遠く離れているのよ」

「だけど毎日手紙が届くわけでしょう？　彼が手紙を書こうとしないのは、彼の知りたいことがそこに全部書かれているからよ」

兄のブルーの瞳よりずっと穏やかなロウェナのグレーの瞳が、じっとシャーロットを見つめた。「あなたって本当に頭がいいのね！」そう叫んでシャーロットを抱きしめる。「もう手紙を書かないことにするわ」彼女はそこで少し顔をしかめた。「でも……それをラックに知らせたほうがいいかしら？　怒っていると思われたくないもの――まあ、少しは怒っているけど」

「だめよ」ジェーンが言った。「そこは相手に考えさせるの。ロンドンで恋人ができたのかと思うかも。実際そうなるかもしれないわ。だって今夜のあなたは本当にきれいですもの」

シャーロットはシムスの手を借りて立ちあがった。「あなたたちふたりが舞踏会に行けば、たくさんの求愛者が現れるわよ」最後にもう一度鏡を見て、髪が乱れていないことを確かめると、シャーロットは妹たちをせき立てるようにして部屋を出た。少々苦労してウナをロウエナの寝室に閉じこめ、急いで階段をおりる。

両親はすでに玄関ホールで待っていて、おりてきた三人の装いを順に褒めた。シャーロットのドレスや髪型まで褒めたということは、やはり彼女はいつもより念入りに着飾っているのかもしれない。妹や両親から、お目当ての男性が現れたと思われるのは不思議だった。これまでの二年間、シャーロットがパーティーのための衣装をまとっても、決してそんなことは言われなかった。

ロングフェローがシャーロットにショールをかけてくれて、彼女はロウェナにそうしてやった。「ひとつきいてもいいかしら?」まわりのおしゃべりに紛れるよう、低い声で問いかける。

「なあに?」

シャーロットはひとつ息をついた。これはただの好奇心。それだけよ。

「ハイランドやクランの伝統のことはよくわからないけれど、あなたのお兄さまは三一歳でしょう? まだ結婚していないことに何か理由があるの?」

「たぶん忙しすぎるのよ」ロウェナは考えこむような顔をした。「以前は、よその女性を家族に迎えることでわたしが疎外感を覚えないかと心配していたみたい。でも、わたしももう一八歳だから、そんなことはないけれど」そこで少し表情を曇らせる。「ブリジット・ランドリーとだけは結婚してほしくないわ。美人だし、実家も近所だけど、あの人の笑い声ときたら、まるでカラスの断末魔の叫びなんだもの」

シャーロットは鼻を鳴らした。「ウィニーったら」

「だって本当よ。ディナーのときも、いちばんいいものを取ってしまうの。ランはまわりの人に楽しく過ごしてもらいたいと思って許しているけれど、わたしとしては、たまにはランにも季節最後のイチゴを味わってもらいたいわ。ブリジットはそんなこと、考えもしないでしょうね」ウィニーは肩をすくめた。「でも、ランもたかだかイチゴのことで、そこまで気をつかわなくてもいいのに」

「そんなことないわ」シャーロットはそう言いながら、イチゴが好きで、みなが楽しく過ごせるよう気配りする男性のイメージをラナルフ・マクローリーに重ねてみようとした。「そこまでまわりのことを思いやれるなんて、すばらしいじゃないの」

「おいで、おまえたち」父が呼びかけた。「遅れたら、ダンスの相手が私しかいなくなるぞ」

「わたしはそれでも平気よ、お父さま」ジェーンが元気に言う。

父は末娘の頰にキスをした。「私は困る」

エヴァンストーン邸の舞踏会は今シーズン最初の盛大な催しだった。こんな日には、ふたつぶんの舞踏室の円天井に届くかと思うほど大勢の客たちが詰めかける。幸い雨はやんでおり、一行は冷たい風が吹く中、馬車と馬車のあいだを縫うようにして正面玄関にたどりついた。

さすがのロウェナもおしゃべりをやめ、目を大きく見開いて眼前の光景に見入っていた。田舎から出てきた人間にとってそれがどんなふうに見えるか、シャーロットには想像もつかなかった。「グレンガスクのダンス・パーティーとは大違い？」彼女はささやきかけた。

ロウェナはまばたきもせずにうなずいた。「向こうでは年に二度、大きなパーティーがあるの。一回はアン・ソアード、もう一回はマールドンの村で。舞踏会というより、お祭りみたいなものよ。すべてのクランが集まって、それぞれがテントを張るの。飲み物や食べ物を用意して、歌ったり踊ったり、バグパイプを吹いたり。丸太投げ《ケイバー・トス》や銃や剣も登場するのよ。

でも、これほど豪華ではないわ」

銃や剣ですって？　まさか互いに傷つけ合ったりしないでしょうね。シャーロットはそれを口には出さなかった。今夜はロウェナとジェーンのための夜だ。一瞬、ここに集う着飾った人々が丸太を投げたり、ジョッキでビールを飲んだり、バグパイプの演奏で踊ったりするところが目に浮かんだ。暴力沙汰さえなければ……とても楽しそうだ。

執事の高らかな紹介を受けて、ヘスト伯爵一家はひと続きになった舞踏室へと進んだ。ふたつの舞踏室のあいだの折りたたみ式の仕切りが取り払われ、圧倒されるほど広々とした空間になっている。壁に沿って椅子が並べられ、こちら側と向こう側の壁には大きな暖炉があり、床まで届くたくさんの窓がバルコニーに面していた。バルコニーからは階段で池のある庭へおりられるようになっている。外には松明《たいまつ》、中には八つのシャンデリアが灯り、あらゆるものがまばゆく輝いていた。

「なんてこと」ロウェナがつぶやく。同意しようと振り向いたシャーロットは、ロウェナがこの豪華な部屋について言ったのではないことに気づいた。彼女は兄を見ていたのだ。

「本当、なんてこと」ロウェナの視線を追って、シャーロットも繰り返した。

ラナルフが壁際に立ち、隠れた敵を見つけ出そうとするように鋭い目で人々を見ていた。だがシャーロットの目を引いたのは、その深いブルーの瞳ではなかった。ほかの男性たちはみな礼装の上着とベストを着こみ、下は長ズボンかブリーチズに、ブーツやふつうの革靴を合わせている。ラナルフも同じように上着は着ていた――濃いグレー地で、黒い大きなボタンが銀で縁取られている。同じボタンが袖口に三つ並んで光っていた。ベストも黒で、こちらも黒と銀のボタンがついている。雪のように真っ白なクラヴァットは、銀とオニキスのピンで留められていた。

けれどもラナルフの腰から下は、明らかにイングランド人の装いとは異なっていた。長ズボンではなく、黒とグレーのタータンに、血のように赤い筋が入ったキルトだったのだ。正面に銀と黒の袋がさがっている。腰に巻いた銀のチェーンにつけてあるらしい。むき出しの膝がのぞいているが、ふくらはぎは黒いウールの長靴下に包まれていた。靴は黒の革製らしく、ふくらはぎの途中まで長さがあり、革のひだ飾りがついていた。

その姿たるや……シャーロットはごくりとつばをのみこんだ。実に野性的で、危険で、めまいがしそうなほど魅力的だ。たまに年配の政治家が舞踏会にキルトを着てくることはあるけれど、そういう古くさい装いは誰も注目しない。でも、今夜のラナルフはそれとはまったく違う。まわりでささやき声がした。ほとんどが女性たちだ。やがてラナルフが鮮やかなブルーの瞳でシャーロットをとらえ、こちらに向かってやってきた。人々が道を空けようと脇にどく。彼女はにわかに腿のあいだが熱くなるのを感じた。

「ウィニー、とてもきれいだよ」ラナルフが妹に微笑みかけた。

危険な笑みだ。シャーロットの胸がときめいた。熱くキスされたときの彼の唇の動きを思い出す。だが、ロウェナは微笑み返さなかった。「いったい何をしているの？」兄にささやく。

「ここに立っている」彼は涼しげに答えた。

「クランの色を着ているじゃないの。喧嘩をするつもり？」

「違うさ。私はスコットランド人、ハイランド人だ。そしてこれはハイランド人の衣装だ。もう忘れたのか？」

ロウェナは兄に近づいた。「喧嘩はしないわね？」

ラナルフがうなずく。「ああ、しない。少なくとも自分からはな」

なぜそう言えるのだろう？　彼は全身から不穏で危険な熱を発しているというのに。こちらに目を向けられたとき、シャーロットは顔をそむけることも、下を向いてキルトを目にすることも拒んだ。顔が赤くならないように願ったが、頬に熱を感じたところをみると失敗したようだ。「わたしの助言は聞いたはずよね」ようやくそれだけ言った。

ラナルフは首を傾げた。「はて、どんな助言だったかな？　ああ、まわりに溶けこめというやつか」両腕を広げる。「逆らうことにした」

「そのようね」

彼が半歩前に出た。「ダンスカードに記名させてくれないか？　それとも私はスコットランド人らしすぎて、きみの趣味に合わないか？」

実はシャーロットは、自分とダンスもできないほど臆病者かと彼に尋ねられることを見越して、答えを用意していた——人前で波風を立てたくないので遠慮します、と。でも、こういう言い方をされて断れば、彼が軽蔑しているに違いない高慢なイングランド女性そのものになってしまう。軽蔑されたくはない。特にラナルフからは。それに、彼とダンスをしたいという気持ちもあった。

シャーロットは黙ってレティキュールからダンスカードと鉛筆を取り出し、ラナルフに渡した。ふたりの指が触れ合い、グリーンの手袋を隔てていても、彼の体温が伝わってきた。視界の隅では両親と妹がほかの客たちと言葉を交わし、ロウェナを紹介していた。もしくは、そのふりをしていた。なんてこと。みんな、わたしに気になる男性が現れたと本気で思っているのかしら？ しかもその相手がラナルフ・マクローリーだと？

「つまり、それがありのままのあなたということ？」シャーロットは小声で言った。「わたしたちに対する挑戦や侮蔑の気持ちを表明しているのではないの？」

彼がにやりとした。「たかが衣装じゃないか」胸をぽんぽん叩くと銀色のボタンがきらめいた。「上は正式に、下は気楽に、だ」

「まあ」相手の言葉で、以前耳にしたことのあるスコットランド男性に関する野卑な歌や詩を思い出し、シャーロットは彼のキルトの下がどうなっているのか考えずにはいられなくなった。聞いた話が本当だとすれば、キルトの下には何もつけていないはずだ。「早く名前を書いて返してちょうだい、ラナルフ。それで満足でしょう？」

彼が濃いまつげの下からシャーロットを見た。「大抵の人間は、私に向かってきみのような話し方はしない」静かにそう言いながら、ダンスカードに書き入れて返してきた。

その言葉をどう受け取るべきか、彼女にはわからなかった。「妹同士はとても仲よくなったんですもの、わたしたちもある程度はお互い正直になるべきではないの？」

「われわれはそのような関係なのか？」ラナルフがじっと見つめてきた。不安ではなく落ち着かない気分にさせられる。「シャーロット、それならこちらも正直に言うが、私はきみのことがどうもよくわからない。だが、わかるまでそばにいるつもりだ」

「わたしは別に複雑な人間ではないわ」

「それは同意しかねるな」

これ以上ラナルフと目を合わせるのがいたたまれず、またふたりのただならぬ気配にまわりの人々が気づきはじめたこともあり、シャーロットはダンスカードに目を落とした。そして顔をしかめた。「ワルツを二曲ともあなたと踊るなんて無理よ」

「しかし、もう予約した」

「だめよ」

「ほかの男が本気できみとワルツを踊りたければ、私から奪えばいいだけのことだ」彼の微笑みに悪魔のごとく危険な魅力が加わった。「もっとも、そうなると殴り合いは避けられないだろうが」

つまりラナルフは、シャーロットが暴力を嫌うことを逆手に取り、非常識な要求をのませようとしているのだ。そういうことならかまわない。彼と最初のワルツを踊り、次のワルツの前に頭痛がすると言えばいい。そうすれば二回とも彼と踊るような恥ずかしいふるまいをすることもないし、ほかの男性を喧嘩に巻きこむこともない。そもそも、彼女のために戦ってくれそうな男性などいないけれど。求婚者のない女性には英雄も現れない。特に自分のような年齢になってしまった女性には。

「手遅れにならないうちに、ウィニーにもダンスを申しこみに行ったほうがいいわよ」シャーロットはまだ目の前に立っているラナルフに言った。

彼は顔をあげ、若い男性たちに取り囲まれているロウェナとジェーンに目を向けた。一瞬だけ緊張した表情になったものの、ふたたび余裕たっぷりの笑みを浮かべる。そして一歩前に出て、シャーロットの隣で身をかがめた。「きみは魔女かもしれないな、シャーロット・ハノーヴァー」そう耳元でささやいた。「魔法にかけられたのでなければ、私が自分の義務を忘れるはずがない」

ラナルフは彼女に返事を考える間も与えずにその場を去り、ロウェナのダンスカードをウィリアム・デュベリーの手から取りあげた。デュベリーは特に辛抱強さや温厚さで知られているわけでもないが、おとなしく引きさがった。ラナルフがいなくなったシャーロットのもとには、男性たちがダンスを申しこみにやってきた。もちろん彼女はそのほとんどを断った。笑みを浮かべ、もっと若い女性にお願いしてはどうかしら、と軽くいなして。それでも……申しこまれて悪い気はしなかった。

「今夜のあなたはエメラルドのように輝いていますね、レディ・シャーロット」

落ち着いた静かな声に、シャーロットははっとした。心の中で舌打ちしながら、うしろを向いて相手を見る。「バーリン卿。今夜お会いできるとは思いませんでしたわ」

バーリンが片方の眉をあげる。「メイフェアの人間なら必ず出席する催しに私が来るのが意外ですか？」そう言いながら、うしろを振り向いた。「なるほど。野蛮なハイランド人にすごまれても姿を見せたのが意外だったのですね。ここだけの話ですが、彼は相手かまわずすごむ癖があるんです」伯爵は頭を振りながら舌打ちした。「あんなふうに何にでも反抗していたのでは、疲れてしようがないだろうに。彼のことがむしろ気の毒になりますよ。それに、兄にまわりをうろつかれて片っ端から男性を追い払われている妹さんのこともね」

「あなたはハイランドで子ども時代を送られたのですか？」

「とんでもない」バーリンがふたたび眉をあげる。「なぜそんなことを？」

シャーロットは肩をすくめた。自分がどちらの味方をしようとしているかわかって、驚いてしまった――伯爵の言うことは間違っていないのに。「グレンガスク卿のことをずいぶんご存じのようなので」

「ガーデンズの一統が北に領地を持っていますから」バーリンは笑みを浮かべた。顔立ちは決して悪くないが、その目つきにはどこかシャーロットが好きになれないものがあった。

「たまに向こうで秋を過ごすことがありました。それに、ときどきは領地の様子を確認しに行きますから」彼はシャーロットの手からダンスカードを取りあげた。「私のほうこそ、あなたのご一家がマクローリー家と知り合いとは思いませんでしたよ」

今度はシャーロットが、ハノーヴァー家とマクローリー家のつながりをなるべく控えめに説明すべきだった。バーリンに関するラナルフの話が真実に近いとしても、そうしておくのが賢明なのだ。だが、賢明さよりも正直さを選ぶ自分を誇りに思いたいときもある。

「うちの母がエレノア・マクローリーと親しかったのです」シャーロットはありのままに告げた。「それにジェニーとロウェナは何年も文通をしていました。ロウェナがはじめての社交シーズンを過ごすためにロンドンへ来ることができて、みな喜んでいるんです」

「なるほど。レディ・ロウェナはなかなか洗練された女性のようですね。しかし、彼女の兄たちには近づかないほうがいいですよ」

彼女は背筋に寒気を覚えた。「なぜですか？」

バーリンがゆっくりとダンスカードを返した。「彼らはものをはっきり言いすぎるし、頭がかたく、世の中の変化についていくことを頑なに拒む。とても危険な組み合わせです、マイ・レディ。得てして周囲の人間が傷を負うことになる」

バーリンがふたたび人込みの向こうに姿を消すと、シャーロットはダンスカードに目を落とした。相手は二曲目のカドリールのところに名前を残していた――最初のワルツのすぐあとだ。つまりラナルフは、シャーロットをバーリンの手に譲らなければならない。

波風を立てたくなければ、まさに魔法を使うしかない。いちばん手っ取り早いのは、シャーロットがこの場から姿を消すことだ――それも今すぐに。ラナルフのほうに目をやると、彼はジェーンのダンスカードに名前を書いているところだった。そして今夜の女性客の約半数が、まるで彼がいる方面に急ぎの用を見つけたかのように移動していく。

誰もがラナルフとダンスを望んでいるのだ。それを責める気はなかった。彼はシャーロットが魔法をかけたなどとばかなことを言っていたけれど、たしかに……ふたりが惹かれ合っているのは間違いない。そうでなければ、なぜ彼とせめて一曲ワルツを踊るまではここにいようと思い直したのか説明がつかない。

6

もしラナルフが今夜の舞踏会のあとで誰かと自分のベッドを――もしくは相手のベッドを分かち合うつもりでいたなら、なんの苦もなく実行できただろう。軽食が並ぶテーブルに近づいていったとき、ひとりの若い女性が目の前に現れて名前と住所、あげくの果ては今夜、何階のどの窓を開けておくかまで教えてくれた。象牙の扇で顔を隠しながらではあるけれど、その女性は間違いようもなくはっきりと告げたのだ。

いかに多くのイングランド女性がまわりにいようとも、ラナルフは美しいリボンや念入りなマニキュアに飾られた女性と抱き合う気などなかった。従僕のトレイから取りあげたウイスキーを飲み、グラスの縁越しにダンスフロアへと目を向ける。たしかにベッドへ誘いたいイングランド女性がいることはいるが、それを実行に移すのは今夜ではない。

今夜のシャーロットほど美しいものを、ラナルフはこれまで見たことがなかった。エメラルド・グリーンのドレスがはしばみ色の瞳を際立たせ、ブロンドに編みこまれた真珠がまばゆくきらめいている。最初に彼女を目にしたときから強く興味を引かれたが、今夜はその思いが強すぎて無視できないほどになっていた。

シャーロットの美しさに気づいているのはラナルフだけではないはずだが、彼女はその夜の最初の四曲をすべて別々の男性と踊っていた。まず彼女の父親、次に例のヘニングとかいう男、それから彼女の母親によく似た親戚と思われる猫背の男性、そして今はどこかの老紳士だ。その妻のほうは杖をついた陽気な婦人で、壁を背にした椅子に腰かけ、自分の前をカップルたちが踊りながら通るたびに声援を送っている。

ウイスキーのグラスを空にすると、ラナルフは近くを通りかかった従僕のトレイにグラスを戻し、指でおかわりを頼んだ。カントリーダンスはもう一〇分も続いている。ひとりの銀髪の女性が曲の最中に卒倒し、別のふた組は踊るのをやめて椅子を探した。これでもクランのパーティーに比べればおとなしいほうだ。向こうだと、流血騒ぎが起きないうちはパーティーとも言えない。

ダンスが始まってから三度目に目の前をスワンズレー子爵マイルズ・ウィルキーが通り過ぎたとき、ラナルフはとうとう根負けした。ハイランド以外の場所へ行かないことの不便な点のひとつは、南に移り住んだよその一族とほとんど絶縁状態になってしまうことだ。いかに判断力が怪しいとはいえ、おじはそうしたつながりを保っている。「マイルズ」またもや前を横切ったおじに、ラナルフは声をかけた。

相手が足を止めた。「余計な首を突っこむ気はないよ、ラナルフ。今夜はただ招待されて来た。急に鉢合わせして驚かせたくなかったので、前を通っただけだ」

「帰れと言うつもりはない」ラナルフが舞踏室の隅に移動すると、おじもあとからついてきた。「茶色の上着を着た赤毛のうすのろがバーリンの弟だということなら知っている」ラナルフは公園で遭遇した大男のほうに顎をしゃくった。

「ああ。ダーミッド・ガーデンズだ。決して頭がいいとは言えないうえに短気でもある。迷惑な取り合わせさ」

「それから暖炉の脇にいる痩せた男は、キャンベルの人間の顎をしているな」公園で見た例のカワウソのような男はあいかわらず黒ずくめで、髪を油でべったりと撫でつけていた。マイルズが体を近づけてきた。「おまえはいい目をしている。あれはチャールズ・カルダー。ウィリアム・キャンベルの孫だ。さっき、あの男のいとこがふたりカード室へ入るのを見た」おじは通りかかった従僕からワインのグラスを受け取って、ごくりと飲んだ。「つまり今夜は数で相手にかなわないということだよ、ラナルフ」

「面倒は起こさないとウィニーに約束している」

「なるほど。おまえなりに努力しているわけだ」マイルズはラナルフの袖のボタンを指さした。「とはいえ、ロンドン社交界に完全に溶けこんでいるわけではないな」

なぜ誰もがその点をしつこく指摘しようとするのだろう？　「これはハイランドの正式な夜会服だ。それくらい知っているだろう。それにここにいる多くの人間は、少なくともこれまでにバグパイプ吹きを見たことがあるはずだ。何がそれほど衝撃的なのだ？」なるべく自分らしい装いを求めてこうしたのだが、こきおろされると覚悟しこそすれ、まさか女性たちに騒がれるとは思ってもいなかった。

わけだ」
「ほほう。自らそう言うということは、おまえは自分の何がそれほど衝撃的か自覚している
「ああ。スコットランド人が下着をつけないことにサナックどもがそこまで驚くことを独
立戦争のときのロバート・ブルースが知っていたら、スコットランド兵は全裸でヨークに侵
攻して、余計な流血を避けられたかもしれないな」
マイルズは鼻を鳴らし、眉をひそめた。「ラナルフ、ふだんのおまえはもっと慎重なはず
だぞ」
おじが壁に背を向けた。ラナルフは彼と並んで、混雑する舞踏室と向き合った。ロンドン
社交界が自分の手に負えないところだと認めるのは癪だが、別の人間の目で危険がないか確
かめてもらえるのはありがたかった。
「なぜ敵だらけの場所でクランの色を身につけるのかという意味か？」ラナルフはウイスキ
ーをあおって顔をしかめた。「彼女のせいさ」
マイルズも顔をしかめる。「誰だ？」
「エメラルド・グリーンのドレス」
「エメラルド……」おじはダンスフロアに視線をさまよわせた。「レディ・シャーロット・
ハノーヴァーか？」
「ああ。まわりから妙な目で見られたくなければ、少しはイングランド人に溶けこめと彼女
に言われた」ラナルフは二杯目のウイスキーを飲み干した。「だから余計に、悪たれ小僧み

たいに反抗しているんだ」なぜそんなことになるのか、いくら考えてもわからない。まったく、どこまで癪に障る女だろう。

マイルズは隣で黙っていた。ここで辛辣なことを言えば、永久にいたぶられると恐れているのだろう。おじでさえ慎重に言葉を選ぶのに、まぶしい太陽のような色の髪をしたあの娘が自分に対して言いたい放題なのはどうしたことか。もちろんラナルフは、どんなに失礼なことを言われようと女性に手をあげるつもりはない。ただし、これは侮辱とかの問題とは違う。彼女そのものがラナルフを根底から揺さぶるのだ。

「今夜は踊るのか？」マイルズが尋ねた。

「ああ、ウィニーとハノーヴァー姉妹と」

「ほう」

ラナルフはおじをじろりと見た。「〝ほう〟とは？」

「ごくかぎられた女性としか踊らないとなると、人々はおまえに……特別な相手がいると思うだろう」

「あたりまえだ！　ウィニーは私の妹だぞ」

「ほかのふたりのことだ。それにおまえが社交界を軽く見ているという印象も与えかねない」

「実際そのとおり――」

「そのことは、ほかの女性たちが進んでウィニーの友だちになってくれるか、それをまわりの大人たちが許すかどうかを左右するぞ」

またか。高貴な人々が意味を理解したら赤面するような悪態をゲール語でつぶやくと、ラナルフは壁際を離れて歩きだした。何人かの若い女性が彼の視線をとらえようとしたが、それには寒気を覚えた。やがてラナルフは、婦人服店で見かけたぽっちゃりした娘が心配そうな母親に付き添われて立っているのを見つけた。

「ミス・フローレンスではありませんか？」

相手はラナルフを見て真っ赤になった。「はい、侯爵閣下」

「このダンスを最後まで私と踊ってもらえませんか？」

「あ……はい。喜んで」

ラナルフが手を差し出すと、彼女はそこに自分の指先をのせた。かすかに震えているが、このにぎやかなカントリーダンスを最後まで踊りきることはできそうだ。彼はなめらかにダンスの列に加わり、いったん相手を放してお辞儀をすると、ターンをしてふたたび腕に抱いた。

「あなたはやさしい方ですね、グレンガスク卿」ダンスの輪の中央までステップを踏み、また端にさがりながら、ミス・フローレンスが言った。

「なぜです？」

「わたし……舞踏会では不人気なんです」彼女はぎこちないステップでうしろにさがった。

「母はそばかすのせいだと言います。だから毎晩レモン汁でこすっているのに、なんの効果もないの」

「ハイランドでは、そばかすのある女性のことを太陽にキスされた女の子と言うんですよ。そばかすは天の恵みで、恥ずべきことじゃない」

ミス・フローレンスは明るいグリーンの瞳でうれしそうに彼を見あげた。「本当に？」

「ええ」ラナルフはうなずいた。ただ親切にしたというだけで婚約者にされないことを願いながら。「本当です」

「すてきだわ。スティーブン・ハモンド卿はわたしのことを、肌も体型もオレンジみたいだと言ったのよ」

女性に対してその言葉はひどすぎる。「そのハモンドという男は、脳みそがオレンジに違いない」そう返すと、彼女はおかしそうに笑った。

幸い、ハイランドを見てみたいのでぜひ案内してほしいとミス・フローレンスに言い出される前にダンスが終わった。ラナルフは拍手をし、相手を母親のもとに返して、すみやかにその場を離れた。

キャンベルの孫、チャールズ・カルダーは痩せた体でいかにも寒そうに暖炉の前から動かなかった。あの男もダンスを踊っていたが、幸いラナルフとは別の列だった。もし彼がロウエナの手に触れるようなことがあれば、その手を切り落としてやるところだ。

「とてもいいことをしたわね」シャーロットの声がして、ラナルフの袖に手がかけられた。

胸の奥のときめきを無視して、ラナルフは彼女を見おろした。「何が？」

「フローレンス・ブレケットと踊ってあげたでしょう。やさしいのね」さっきラナルフが肉づきのいい娘と別れたあたりを、シャーロットが振り向いた。その視線の先を追うと、数人の若い娘たちがミス・フローレンスを取り囲んで、興奮したようにしゃべりながらこちらを見ていた。

「ああ、あれか。そう、私は善人なのさ」

シャーロットが鼻を鳴らし、それをごまかすように慎《つつ》ましく咳払いをした。

「ワルツまでまだ少し時間があるし、新鮮な空気が吸いたい気分なの。バルコニーに連れていってもらえるかしら?」

「ウィニーをひとり残しておけない」そう言ってから強い後悔がこみあげるのを感じ、ラナルフはひそかに衝撃を受けた。

「ウィニーならおじさまのスワンズレー卿と話しているわ。それにわたしは彼女にワルツを申しこんだ男性を知っているの。ロバート・ジェンナーといって、政府閣僚の親戚を持つ、すてきな青年よ」

「用意周到だな」最後にもう一度ロウェナのほうを見てから、ラナルフはシャーロットに案内されて部屋の反対側のガラス扉へ向かった。できることなら妹の横に並び——いや、むしろ前に立ちはだかって——近づいてくる男に片っ端から身元証明を要求したいくらいだが、シャーロットがそれを許すはずもない。自分よりマイルズのほうがロンドンの人脈に通じているのだから、ロウェナもおじといるほうがいいだろう。

あるいは、これは妹から離れてシャーロットと歩くための口実だろうか？　こんなふうにロウェナを残して別の場所に行くなんて、脳みそが弟たちと入れ替わりでもしたか？　それでもラナルフは歩いた。たとえ崖まで導かれても、ついていってしまいそうだった。ふたりの性格を考えれば、どのみち転落の可能性は高い。前を行くシャーロットの揺れるヒップを見つめながら、彼はぴったりとあとをついていった。

広いバルコニーには数人の客がいた。下では多くの人が庭をそぞろ歩いている。外の空気は雨の匂いがした。何十ものフランス製の香水が混ざり合った重苦しい屋内の空気よりは好ましい。

「あなたに魔法をかけるつもりはないわ」比較的静かになったところで、シャーロットが言った。

少し迷惑そうな冷ややかな声に、ラナルフはにやりとした。「わかっている。魔法をかけるつもりなら、もっとやさしく話しかけるだろう」

彼女がとがめるように目を細めた。はしばみ色の瞳が松明の明かりで黒っぽく見える。

「わたしが感じよく親切にふるまおうとすると喧嘩腰になり、いいかげんにしてと突っぱねると愉快そうにするのはどういうこと？」

「私は謎めいた人間なんだ」

シャーロットは険しい目をした。「勝手にすればいいわ」

背中を向けようとする彼女の肩にラナルフは手を置いた。「私にとってはきみも謎めいている」低い声で続ける。

「わたしが？」そう返したシャーロットの笑みは、どこかぎこちなく不安げに見えた。「そんなつもりはないけれど」

ラナルフは体を近づけ、彼女の肩に置いた手を離して、長手袋に包まれた腕から手首へと指を一本滑らせた。相手が身を震わせるのが伝わってきた。冷たい夜気のせいではなく、自分のせいだと思いたい。「教えてくれ」彼は尋ねた。「きみはなぜ年配の親戚やろくでもない男とばかり踊るんだ？」

シャーロットは身じろぎもせず、肘のすぐそばにある石造りの欄干を見つめた。

「なんのことを言っているのかわからないわ。わたしは人からうしろ指をさされるようなことはしていないし、〈オールマックス〉であなたとだって踊ったでしょう」

「私は例外だ。きみは仕方なく私と踊ったようなものだから」彼は認めた。「もちろん、きみは何もおかしなことはしていない。おそらくこの先もそうだろう。ならば、なぜまわりの若い男たちは舌を垂らしてきみのあとを追いまわさないのだ？」

「生々しい言い方ね」彼女は少し肩を落とした。「男の人がわたしを追いまわさないのは、わたしが二五歳だからよ。社交界デビューして婚約者を見つけたけれど、そのあと一年、喪に服していたから」

「だからもうおしまいだというのか？」シャーロットの頭越しに、バルコニーに残っていた最後のひとりが屋内へ入っていくのが見えた。中では楽団がワルツに備えて音合わせを始めている。

彼女が顔をあげた。少し悲しげな笑みを口元に浮かべたが一瞬で消し、ラナルフをまっすぐ見つめる。自己憐憫《れんびん》は嫌いなのだろう。「いいえ、おしまいではないわ。でも、完全に売れ残りね。今年は妹のためのシーズンよ。姉のわたしが対抗心を燃やして、若い男性の心を射止めようとするなんてことは――」

ラナルフはキスをした。こんなに熱さが伝わってくるのに、何が売れ残りだ。シャーロットの下唇を軽く噛むと、マデラ酒と情熱の味がした。両腕が肩に巻きついてきたとき、ラナルフは両手を彼女のウエストにまわして抱きあげ、幅の広い石造りの欄干に座らせた。

唇が重なったとたん、彼女を残して立ち去れという理性の叫びは完全にかき消された。由緒正しいイングランド女性とこんなことをしたらこの先どうなるかわかっているが、体が彼女を求めてやまない。どうしようもないほどに。

シャーロットの小さなあえぎ声がして、ラナルフの下腹部がこわばった。今夜キルトを着たのは賢明ではなかったかもしれない。相手のウエストをつかむ両手に力がこもる。だが、彼女の唇の動きが止まったかと思うと、シャーロットがラナルフの肩を押しやった。拒まれたことへの不満を押し隠し、彼はわずかに顔をあげた。ふたりの唇が離れる。

「やめて」息を切らし、声をうわずらせて、シャーロットが言った。

「もうやめている」じわじわと後悔を感じながら、ラナルフは彼女を欄干からおろした。口の中に残る甘美なキスの味を、ウイスキーで洗い流したかった。「きみはどうやら間違っているようだ」

「どこが間違っているというの？」突っかかるように言いながら、シャーロットはスカートの裾をさっと払った。本当は外側のドレスより内側の心のほうが、ずっと乱れているけれど。なんということをしてしまったのだろう。

「きみはおしまいではないし、売れ残りでもない。断じて違う」ラナルフは彼女の顎を持ちあげて目を合わせた。「きみは私を求めているだろう」

シャーロットは顔をしかめ、もう一度キスしてほしいという本心を断ち切るように表情をこわばらせた。「礼儀知らずの図々しい野蛮人が好みだとでも言ったかしら。キスを許した覚えはないわ」

彼はこちらの体が熱くとろけてしまいそうな笑みを浮かべた。「次は許すさ」

「あなたはうぬぼれがすぎるわよ、ラナルフ・マクローリー」

ラナルフが身を近づけてきた。「そうだろうか？」スコットランド訛りで言い返す。「だったら、なぜ私から手を離さないんだ、シャーロット・ハノーヴァー？」

シャーロットは目をしばたたき、握りしめていた彼の上着の襟から指をはがした。

「わたし……」

「下手な言い訳はあとで考えればいい。ワルツが始まっている。もう一度きみに触れさせてくれ。今度はみなが見ているところで」

彼女は乱れた呼吸と思考の両方を整えようと努めた。そびえ立つ山のようなラナルフの肩を押しのけ、脇をすり抜けて、舞踏室へ通じるガラス扉に向かって歩きだす。

「ただのダンスなのに」

「美しき女《ひと》よ、人生はすべてダンスだ」

彼に似合わぬ詩的な言葉だが、ここで足を止めてそれを言いだしたらワルツが終わってしまう。それにうわべをどう取り繕おうと、シャーロットもまたラナルフに触れてもらいたかった。

おそらく熱でも出ていたか、頭がぼうっとしてわけがわからなくなっていたのだろう。何もかも、まるで筋が通らなかった。ラナルフはまさにシャーロットがジェームズ・アップルトンで懲りたはずの、すぐにかっとなる短気な男性だ。ジェームズに求婚されたときは……男性がそれほど情熱的に自分を求めてくれるのがうれしかった。やがて、情熱は機転とはなんの関係もないという致命的なことに気がついた。ともかく過去の教訓が何にせよ、ラナルフからのたった一度のキスで――いや、今回で二度だ――シャーロットは頭が混乱し、足が宙に浮いて二度と元に戻らないような気がした。

舞踏室では五〇組ほどのカップルがワルツを踊っていた。ラナルフはなめらかな動きでシャーロットのウエストに片手をまわし、もう一方の手で彼女の手を握ってダンスに誘った。このたくましいスコットランド男性は、黒とグレーと赤に染められた膝丈のキルトとそれを留めるピンをつけている以外、腰から下はほぼ裸なのだ。そう考えると、ダンスと同じくらいうっとりした気持ちになった。ほかの女性たちが彼を見る目ときたら――欲望があからさまに表れている。シャーロットのことも明らかに羨望のまなざしで見ていた。そう思うと、戸惑いと同時に興奮が芽生えた。

「何が目当てなの、ラナルフ？」しばらくして、彼女は低い声で尋ねた。

ラナルフが片方の眉をあげた。「目当て？」その言葉を繰り返し、やがてゆっくりと官能的な微笑みを浮かべた。

「そうよ。あなたはわたしに二度もキスをしたわ。わたしを奪うつもり？」

「それが目当てだよ。きみにキスをして、自分のものにすることが」

シャーロットは赤くなった。ジェームズとこんな会話を交わしたことがあっただろうか？あったとしても思い出せない――ふつう、忘れるはずはないだろうけれど。

「そのあとは？」さらに問いかけた。「わたしが伯爵の娘なのを知っているでしょう。醜聞を招くようなことには興味がない女であることも」

「ああ」また言い争いになりそうだと感じたのだろう、ラナルフの顔から笑みが消えた。

シャーロットはひと呼吸置き、彼の腕に抱かれることで生まれる心地よい刺激を体の外に追い出そうとした。「花嫁を探しにメイフェアに来たなんて言うつもりなら、大嘘つきと言ってやるわ。ここ数日、ずっとササンサックへの侮蔑を隠さなかったじゃない」

「サ、サ、サナックだ」スコットランド訛りの発音で聞くと、その言葉はより魅力的に響いた。

「ハイランドが上品で繊細なイングランド女性をどんなふうに変えてしまうか、私は見てきた。だから父と同じ過ちを犯すつもりはない」

シャーロットは思った——わたしにもそれなりの分別があって善悪の判断もつくけれど、特に繊細というわけではないのに。でも、ラナルフと比べればたしかに自分は繊細だ。彼は殺人や殴り合いの話を食卓の話題のように平気で口にする。それは耐えられないし、耐えようとも思わない。彼のような野蛮人の領地の中に身を置くことがどれほど苦痛か、想像もできなかった。

だとすれば、ラナルフの父親の過ちと彼の母親とがどう関係しているのか、〝繊細なイングランド女性〟だった母親がなぜ死んでしまったのか、考えても時間の無駄だろう。ラナルフの言い分は別にしても、自分たちはお互いにまったくふさわしくない。

「ほかに言うことはないのか？」

「何を言えというの？　あなたはわたしと結婚するつもりもないのに、自分のものにしたいと言ったのよ。はっきりお断りするわ……そんな提案は」

彼はブルーの瞳を不敵に光らせた。「今、この場で？」

「あなたの提案は、ただわたしの純潔を奪って幸せな暮らしを失わせることでしかないのよ」シャーロットは言い返した。そんな浅ましい申し出を断ったことで——たとえそれがどれほど歓びに満ちて忘れがたいものだとしても——相手が気を悪くしたのが腹立たしい。気を悪くすべきはこちらだというのに！

「するときみは妹の子守役に甘んじ、男女の数が合わないときにダンスをするだけで平気なのか？」

「よく言うわ。あなたのほうこそ、妹の子守役でロンドンへ出てきたくせに」

ラナルフが怒りに燃える目で彼女をにらみつけた。それでもシャーロットは恐れなかった。恐れるべきなのかもしれないが、ラナルフ・マクローリーが自分を傷つけることは絶対にないと信じていた――少しばかりきつい言葉を投げることはあるとしても。

「ファーク・トゥサーン」彼がつぶやいた。

「どういう意味？」

「きみといると頭がどうかなりそうだ、という意味だ」

「それはこちらの台詞だわ、グレンガスク卿。あなたがわたしに何を求めているのかが明らかになって、わたしがそれをお断りした以上、この先わたしをからかったり、キスしたりするのはやめてちょうだい」

彼の顎がぴくりと動いた。「それに対する返事はこうだ。私に向かって指図する女はいない。それにきみは、私に触れられていやがってもいなかった。むしろ私にまとわりつかれたり、言い争ったりするのを楽しんでいた。ウィニーと私がハノーヴァー・ハウスの玄関にやってくるまで、きみは自分の人生に退屈していたはずだ」

敵と戦うことしか考えていないくせに、ラナルフはシャーロットの昨年までの暮らしを正しく言い当てた。実際、彼女はジェーンの子守役《シャペロン》とは言わないまでも付き添いになった気がしていたのだ。将来になんの展望も持てず……毎日が退屈だった。目的もないまま人生が終わってしまったような、それこそ〝おしまい〟になった気がしていた。でも、ここ数日は違った。不満がたまり、いらいらして、官能を刺激され、愉快な気持ちにもなり、動揺もしたけれど——退屈とは無縁だった。

「これまでの生活がどうあれ」気を取り直して言う。「わたしは理性を捨てたりしないわ」

驚いたことにラナルフの口の両端があがり、シャーロットはあのキスを——二度のうっとりするようなキスを思い出した。「この話はまだ決着がつかないな……またふたりきりのときに話そう」

「わたしはそんなつもりは——」

「もしきみが今この場で私に向かって、二度と言葉を交わしたり、触れ合ったり、目を合わせたりしたくないと心の底からきっぱり言えるのなら、その意思を尊重して、きみの前から姿を消そう。それができないなら、明日正午にきみを訪ねていくから、ロンドンに対する私の考え方を修正してくれ。もしくは、きみのスカートの中を狙って接近するのをやめるよう説得してくれてもいい。好きなほうを選んでくれ」

シャーロットは深く息を吸いこんだ。心の底から言えるかどうかはともかく、冷静に考えれば、自分の人生から消えてほしいと今この場でラナルフにはっきり告げるべきだ。でも、なぜかそれができなかった。それに、そうなると、彼は何かもっともらしい理由をつけて、ロウェナをグレンガスクに連れて帰るだろう。ロウェナにとって、そんなひどい話はない。

「それでいい」しばらくしてラナルフが言った。「きみの声が聞けないことをはじめてうれしく思ったよ、シャーロット」

「わたしがあなたを拒むことで、ウィニーが不利益をこうむるのがいやなだけよ」

ラナルフは小さくうなずいた。「ひとまず引き分けだな」

明らかに勝ったのに譲歩するのは彼らしくないと思ったが、シャーロットはその理由をあえて尋ねないことにした。

はじめて会ったとき――あれがたったの四日前だなんて！――ラナルフのことを無作法で傲慢で無愛想な人だと思った。そのときはわからなかったけれど、今では彼の頭のよさ、ユーモアの感覚、ほかにも数々の魅力があるのがわかる。スコットランド訛りもいやではない。でもそれだけでは、どうしてさっき自分が彼を平手打ちせず、足を踏み鳴らしてダンスフロアをあとにもしなかったのか説明できない。彼はただ快楽のために貞操を捨ててほしいなどという、とんでもない提案をしてきたというのに。

それを除けば、シャーロットはなぜ自分が今この瞬間もラナルフの腕の中にいるのかわかっていた。さっきも言ったとおり、自分は二五歳だ。ジェームズを亡くしたあとも、本気で結婚したいと思えばできなくはなかった。ジェーンがドレスを新調したり、社交シーズンやロマンティックな出会いを楽しみにしたりしはじめた頃でさえ、何人かの男性から熱いまなざしを向けられたことはある。

「いつまでもそんな物思いに沈んだ顔をされたら、またキスをしたくなってしまう」ラナルフが甘くささやいた。

「みんなが見ている前で？」不安よりも愉快な気分がこみあげた。

「ああ。スコットランドではそうする」ラナルフがにやりとした。「美しい女性を抱えあげてキスをし、これは自分のものだと周囲に見せつけるのさ」

「自分のもの？」小さくつぶやいたとき、三つのことが起こった。次のダンスを誰に申しこまれたか思い出した。ワルツが終わった。バーリン伯爵ドナルド・ガーデンズがこちらに近づいてくるのが見えた。いけない。「ラナルフ、わたし――」

「次の曲は私と踊ると約束しましたね、レディ・シャーロット」伯爵が目の前に立ち、なめらかに言った。

ラナルフが相手に目を向けた。無言のまま、ガゼルに狙いを定めるライオンのごとき揺るぎないまなざしで。「この男の申し出を受けたのか？」視線を動かすことなくシャーロットに尋ねる。

「ただのカドリールよ」なんでもないことのようにふるまおうと必死になっているのはなぜだろう？　ダンスはあくまでもダンス。せいぜい五分くらいのことなのに――。

考えがまとまらないうちに、目の前を拳が飛んだ。それはバーリンの顎を正確にとらえ、よろめかせた。体勢を立て直そうとした彼の横顔を、ラナルフがもう片方の拳で殴りつける。そこだけ時間の流れがやけにゆっくりと感じられた。

シャーロットは茫然《ぼうぜん》自失の状態から、わが身を奮い立たせた。「やめて！」夢中でラナルフの腕をつかんで叫ぶ。鋼のようにかたい腕だ。「今すぐやめなさい！」

主催者のエヴァンストーン卿と三人の従僕が飛んできた。ほかの男性客たちも駆けつけ、ふらつくバーリンを支えて、ラナルフを引き離した。近くにいたミス・フローレンスがダンスパートナーの腕の中で失神し、磨き抜かれた床に相手もろとも倒れこんだ。

バーリンは人々の手を振り払い、赤くなった顔に薄笑いを浮かべて上着の乱れを直した。

「グレンガスク、おまえは悪魔だな」

「そうとも。そしておまえはけちな侵入者だ」

「なんだと」バーリンが殴りかかった。その拳がラナルフの左目を直撃する。

「これこそパーティーだ！」ラナルフは両腕にぶらさがっている男たちを振り落として突進した。

「やめて！」怒りに声を詰まらせながら、シャーロットはふたりのあいだに割って入った。「あなたたちに何があったか知らないけれど」鋭く言い放つ。「この場に持ちこむのは間違いよ。しかも、こんなやり方は紳士同士の解決の仕方ではないでしょう」すべて男のろくでもないプライドが原因だ。どちらがより血の気が多いか争うところなど見る気もしない。

「聞きなさい」エヴァンストーン卿が低い声で告げた。「ふたりとも、この屋敷から出ていきたまえ。同じことを二度言わせるようなら、従僕の手でつまみ出すぞ」

一瞬、シャーロットはラナルフが警告を無視するのではないかと思った。あるいは挑戦と受け取るか。彼はまわりの人々を無視して、ただシャーロットだけを見つめていた。しかしやがて、バーリンの指輪に傷つけられた頰の傷から伝う血をぬぐいもせず、無言で頭をさげると、向きを変えて舞踏室から出ていった。

血のにじむ唇にてのひらを押し当てたバーリンも、少しあとから数人の友人に付き添われて出ていった。そしてシャーロットはひとり残され、その場で人々の視線を浴びる羽目になった。いたたまれなさに視界の隅のほうが暗くなり、思わず大きく息を吸う。

「シャーロット」気づかうような父の声がして、力強い手が彼女の肘を包みこんだ。「どこかに座れる椅子を見つけよう、勇ましい娘よ」

彼女は父に身を預けた。「勇ましくなどないわ。ただ気分が悪いだけ」

「揉め事に割って入り、ふたりの男の殴り合いを止めたじゃないか」娘の肩に腕をまわすほど近くに寄り添っているにしては、父のヘスト伯爵は必要以上に大きな声で言った。

シャーロットは父の意図に気づいた——娘が騒動の原因ではないとまわりに知らしめようとしているのだ。「ふたりは今朝のハイドパークでも、今にも取っ組み合いを始めそうだったわ」彼女は父に応えた。「羊か放牧地のことをめぐって」

ふたたびカドリールの音楽が鳴りはじめ、ほとんどの人はシャーロットを見つめるのをやめてダンスに戻った。彼女は壁際に置かれた椅子のひとつに腰かけ、父が隣に座り、その反対側に母が座った。

「大丈夫、シャーロット?」母が彼女の両手を握りしめて言った。「もう帰りたい?」

「まさか」かろうじて答える。「でも今夜のところは、ダンスはもういいわ」

「そうでしょうとも。まったく、なんてひどい人かしら」

もちろん母はラナルフのことを言っているのだ。先に殴りかかったのは彼のほうなのだから。だがシャーロットは、ある確信を抱いていた——こうなることをバーリン伯爵はわかっていたのではないだろうか。むしろそうなるように、わざとわたしにカドリールを申しこんだのでは？

そう、おそらく自分はふたりがなんらかの言い争いをすると予測していた。いくらなんでも、バーリン伯爵がわざと殴られようとしたとまでは思えなかった。言い争いで相手を負かしてやろうと考えたのではないかしら。

一方のラナルフは殴り合いを楽しんでいるようだった。でも、それによってシャーロットの歓心を買うことはおろか、妹を見守ることにまで失敗した。そこまで考えたところで、シャーロットはようやく顔をあげてロウェナの姿を探した。彼女はダンスフロアでおじのスワンズレー子爵と踊っていた。浮かない顔をしているが、少なくともダンスを続けている。いいことだ。マクローリー家の〝上品な〟妹であることをまわりに示しつづければ、兄の不始末で彼女が批判にさらされることはない。

親切な人がワインのグラスを持ってきてくれたので、シャーロットはありがたく受け取って口をつけた。それにしても、なんて愚かな男だろう。ハイランドでどれほどひどいことがあったにせよ、ここはロンドンだ。ロンドンでは他人の屋敷で殴り合いなどしない。もしさっきキスをされていなかったら、今頃ラナルフのことを大嫌いになっていただろう。けれど、今感じているのはむしろ怒りだった。それから少しの悲しみ。なぜそんな気持ちになるのか、しばらく考えないほうがいい。

カドリールが終わると、ジェーンとロウェナとスワンズレー子爵がシャーロットのいる壁際に集まってきた。「まるでライオンみたいに勇ましかったわよ、シャーロット」ジェーンが言った。「お姉さまが〝今すぐやめなさい！〟と言ったら、本当にやめたんだもの」

ロウェナはもっと驚いた様子だった。「ランは面食らっていたわ」昨日よりもスコットランド訛りが少し戻っている。「あなたが手を突き出したら、あとずさりしたでしょう。わたしにはあんなこと、とてもできないわ」

スワンズレー子爵がうなずいた。「おまえの兄は巧妙だ」

「巧妙？」シャーロットは問い返した。「殴り合いを始めることのどこが巧妙ですか？　むしろ逆だと思いますけど」

「いや、実に賢いやり方だった。数で相手に負けていても、少しも恐れていないことをわからせる手段としては。バーリンは出ていくとき、自分の仲間を引き連れていった。そうでないと仕返しもできないからだ。つまりラナルフは、出ていくときに敵を全部連れていった。ロウェナがわれわれに守られて安全に過ごせるようにするために」

シャーロットはスワンズレー子爵を見つめた。ラナルフはバーリンがわたしのダンスカードに記名するところを見ていたのかしら？　相手がわざと対立を仕掛けようとしているのを悟ったの？　だとしたら、なぜわたしに言わなかったのかしら？　あとで揉め事になるのを知りながら、どうして放っておいたの？

答えはすぐにわかった。先に知らされたら、シャーロットはもうその場にいられなくなっただろう。おそらくラナルフと踊ることもバーリンと踊ることも拒み、たぶんラナルフとふたりでバルコニーに出ることもなく、キスを交わすこともなかったはずだ。バルコニーに出ようと言いだしたのは自分だし、彼がキスをしてこなかったら、こちらからキスしようと考えていたわけでもない。それでも結果として、彼が先にキスをしてきた。

「何を考えていたとしても知るものですか」ロウェナが目に涙を浮かべて言った。「あんなに恐ろしい剣幕で大騒ぎをして……ああ、もう」彼女は地団駄を踏んだ。「絶対に許さないわ。わたしはスコットランドに帰らない。二度と帰らないから。もう少しですべてが台なしになるところだったのよ。ランが何もかも自分の思いどおりにしようとするから」

「わたしも頭にきているわよ、ウィニー」シャーロットは同意した。本当は〝頭にきている〟という表現ではとても足りない。「今度彼と会ったときに、よく言葉を選んで話してみるわね」もし今でもラナルフが明日の正午に訪ねてくるつもりなら、そのときはこちらが彼をどう思っているか、バーリンとの対決に利用されたことをどう感じているか、はっきりと言ってやろう。

明日、ラナルフに会う理由はあくまでも非難のため。まわりのすべてを無視してもシャーロットだけを熱く見つめた彼のまなざしとは、なんの関係もない。キスをされたときに文字どおり地に足がつかない状態になったことも、彼に会う理由ではない。断じて違う。

7

「このままにしておけ、ジンジャー」

「ですが旦那さま、私は——お顔のしみをうまく隠す方法を心得ておりますから」

ラナルフは相手の手からクラヴァットを取りあげて自分で結んだ。「これはしみじゃない。殴られてできた青痣だ」そう言いながら、姿見に映っている痩せっぽちの従者に目をやる。「私にこの痣があることを知らない人間がメイフェアにひとりでもいるか?」

ジンジャーは赤くなって下を向いた。「それは、その——」

「だったら隠したところでなんの意味もあるまい? さあ、その新しい上着を着せてくれ。どのくらいイングランド人らしくなるか見てみよう」

濃い茶色の上着はとてもよく似合ったので、それまでのグレーの上着はしまわれた。実際、深いグリーンのベストとバックスキンのブリーチズを合わせ、仕上げにヘシアンブーツを履くと、いつもの自分を取り戻せた気がした。これはよいことだ。今日はあらゆるものから力を借りる必要がある。昨夜のことで、おそらくシャーロットはこちらの頭を引きちぎらんばかりに怒っていて、どんな言い訳にも耳を貸さないだろうから。

か弱いイングランド女性に叱られるのを心待ちにしている自分が意外だった。ラナルフが何か新しいことを思いついたとき、それによってもたらされる不利益のほうが大きいとして弟のアランに反対されることはあるが、ラナルフを頭ごなしに叱りつける人間など過去にひとりもいない。

ファーガスを従えて寝室を出ていくと、階段の踊り場でオーウェンに会った。

「アランさまとムンロさまの両方から手紙が届いています」彼は手紙を差し出した。「グレンガスクで何事もなければいいのですが」

「同感だ」ラナルフは手紙を受け取った。「今朝の招待状はどんな様子だ？」

「一通もありません」オーウェンは目を細めてラナルフの頰を見た。「急に不人気になられたこととその傷は無関係なのでしょうね？」

「いや、実は関係がある。これから手紙を読むから、昼前にフェートンを玄関にまわしてくれ」ラナルフは書斎の手前で足を止めた。「何かおかしな動きがあれば知らせろ」

「おかしな動きとは、具体的にどのような？」

「マスケット銃と松明を掲げた男たちが乗りこんでくるようなことだ」

「なるほど。心しておきます」

ラナルフはうっすら微笑み、椅子にかけて、まずはムンロからの手紙を開いた。彼らしい率直でユーモアたっぷりの言葉が連ねられている。クランの半分ほどの人間がグレンガスク周辺にたむろし、何か問題が持ちあがっていないか、みんなで馬車を仕立てて——あるいは徒歩で――ロンドンに向かい、氏族長がロウェナを連れ戻すのを手伝おうと申し出ていると書かれていた。ラッククランがふたたびロンドン行きを申し出たという。それがどれほど意味のあることかはわからないが、少なくとも興味深い。

アランからの手紙は、思ったとおり最近の天候やハイランド牛の頭数増加の報告がこと細かに書かれていた。先月の学校運営にかかった費用は、新たな陶器生産の利益でまかなえたとのこと。クランが力を合わせれば氏族制を維持していけるだけでなく、余剰の利益も生み出せると考えたラナルフの試みは、今のところ順調に進んでいるようだ。それに現在、コロニーズ（のちに東部一三州となる、イギリスがアメリカに作った初期の植民地）には棄民となったハイランダーがあふれている。チェビオット種の羊やそれに象徴されるイングランド的なるものを嫌悪し、伝統的なハイランド牛やタータンのキルト、バグパイプや素朴な焼き物をこよなく愛する彼らの存在は、これからも自分たちの経済活動の大きな支えとなっていくだろう。

それまでの手紙と同じく、弟たちのそれぞれがロンドン行きを重ねて提案してきた。ラナルフはふたりに返事を書くのはあとまわしにした。シャーロットを訪ねるのに遅刻するほど愚かではない。正午と言ったからには必ず昼前に到着するつもりだった。

「松明もマスケット銃も見えません」ラナルフが玄関の外に出ると、近くで見張りをしていたオーウェンが言った。

「だったら、まずまずだ」

「ご安心ください、旦那さま。もしガーデンズかキャンベルどもが旦那さまの部屋に押し入ろうとしてきたら、ブーツで顔を蹴飛ばしてやりますから」

ラナルフは微笑んだ。「頼んだぞ」

「はい。それからロウェナさまにどうかよろしくお伝え下さい」オーウェンがため息をついた。「お嬢さまの美しい笑い声が恋しいです」

ラナルフも同じ気持ちだった。軽くうなずくと、彼は私道に出た。デブニーとふたりがかりでファーガスをフェートンのうしろの台に乗せ、ラナルフは高座に座って二頭の馬を走らせた。馬に乗ったデブニーとピーターを両脇に、自分の馬をうしろに従えた姿は人目を引いた。バーリンが何か仕掛けてくるにはまだ時間が早いが、それでも注意を怠るつもりはない。不意をつかれて命を落とすマクローリー家の人間は父が最後だ。

ハノーヴァー邸の正面にある半円形の広場に入っていくと、シャーロットが玄関前に設けられた石造りの短い階段に立っていた。外で待っていてくれたことは幸先がいいのか悪いのかラナルフにはわからなかったが、彼女の姿が目に入ったときに感じたときめきだけは否定しようもなかった。自分という人間にとって彼女はふさわしくないとしても、その姿を見ただけで鼓動が速まってしまう。そう、シャーロットはハイランドに合わない。しかしラナルフは今ハイランドにいるわけではないし、女性をこよなく愛する生身の男だ。しかも彼女は申し分なく美しい。

「屋敷に寄りつかせてもらえるのかどうかわからなかった」デブニーに手綱を渡してから、ラナルフは高座から飛びおりた。「ましてや玄関の外で待っていてくれたとは意外だ」

「正直なところ迷ったわ」シャーロットが言った。「断っておくけれど、そのフェートンの高座に乗ってロンドンの街中をまわり、昨夜の騒ぎの原因はわたしにあったとか、あなたのしたことは許容範囲内だったと人々に勘違いさせるつもりはないわよ」

これこそ、ラナルフが予期していた言葉だった。「なぜ昨夜の騒ぎの原因が自分ではないと思う？」そう言いながら近づいていく。キスをすれば彼女を黙らせることができるのは体が覚えていた。

「はじめは自分が原因だと思っていたわ。でも、あなたはあの場にいた敵を残らず連れていったとあなたのおじさまが言ったの」

マイルズにまた助けられたか。そのことはあとでじっくり考えよう。

「臆病者は群れて行動するというだけの話だ」ラナルフは階段のいちばん下で足を止め、シャーロットと同じ視線の高さに立った。「こちらの考えを言おうか？」

彼女は首を横に振った。「いいえ。今からわたしが自分の考えを言うわ、ラナルフ」

胸の前で腕組みをしてうなずく。「いいだろう。私の間違ったスコットランドの流儀を正してくれ」

「それよ！」シャーロットが彼の胸に指を突き立てた。「そこがあなたの問題なの」

ラナルフは首を傾げた。「私がスコットランド人だということが？　きみやきみのササナックの友人どもは、われわれを悪魔と呼ぶ。私は――」

「黙って！」彼女がぴしゃりと言った。話をさえぎられたことへの驚きで、ラナルフは本当に黙りこんだ。

軽口を叩くのはまだしも、人の話を途中でさえぎるとは。「だったらなんだ？」

「わたしはあれから調べたの。カロデンの戦いは七三年前の出来事よ。そのときに戦った人々はイングランド人であろうとスコットランド人であろうと、ほとんど――全員とは言わないまでも、すでにこの世にいないわ」

話しながら、シャーロットは指でラナルフの胸を繰り返し突いた。自分の言葉を強調したいからか、それとも彼に触れていたいからかはわからない。ラナルフとしては後者であってほしかったし、それゆえに沈黙を保った。

「あなたが次に何を言おうとしているかわかるわ」彼女はなおも続けた。「カロデンの戦いは今日まで続く長い抗争の幕開けにすぎない、イングランド人はスコットランド人がキルトを着たり、バグパイプを吹いたり、自分たちの軍を持ったりする権利を奪ったと言うんでしょう」

「よくわかっているじゃないか」イングランドの悪行の数々を聞かされるうちに、ラナルフも本気になってきた。「私が本当にそう言ったとしよう。それに対して、きみはさらに何かを言おうというんだな？」

「ええ。あなたはその権利を奪い返したわ。でも、ほかのクランの多くは敗れてしまった。彼らにしてみれば、羊の放牧をするしか収入を得る道がなかったのよ。だからクランの民の暮らしよりも、羊や放牧地や身内を選んだの」

「とても結構な歴史の授業だ。だが、きみから教えてもらう必要はない。きみの話は本から得た知識だ。私はそれらを実際に経験してきた。今だってそうだ」

「わかっているわよ」乱暴に言うと、シャーロットは大きく息を吸いこんだ。「ただ、わたしがハイランドの最近の歴史について学んだということをあなたに知ってほしかったの」

「褒美でもやろうか？」

「からかわないで」彼女は怖い顔をして指を引っこめた。「少し歩きたいわ。一緒に庭へ来て」

「もちろん。ふたりきりになって、さらにがみがみ言ってあげるというすてきな申し出を断る男がどこにいる？」ラナルフは顔をしかめてファーガスに口笛を吹いた。「ピーター、ウィニーが何をしているか気をつけて見ていてくれ」

「わかりました、旦那さま」

シャーロットのあとからついていきながら、ラナルフは目の前の淡いグリーンとイエローの小枝模様のモスリンのドレスの下で揺れるヒップに目を落とした。イングランドの穏やかな気候と、それほど穏やかとは言えない美女のせいで、自分は頭がどうかしたに違いない。そうとしか説明のしようがない。

彼女が足を止めたとき、ラナルフは危うくうしろからぶつかりそうになった。こんな不注意はいつもの彼らしくない。よりによって、シャーロットにぶつかりそうになるとは——これも暴力だと受け取られなければいいが——あいかわらず調子を狂わされている。

「座って」彼女は高くそびえる楡《にれ》の木の下の石造りのベンチを指した。

「歩くんじゃなかったのか」

「わたしが歩き、あなたは座って聞くのよ」

かなり腹に据えかねる言葉だったが、彼はゆっくりと呼吸を整えてベンチに腰かけた。

「ならば聞こう」

シャーロットはバラの花壇まで歩き、向きを変えて戻ってくると、ラナルフの前を通り過ぎて高い生け垣まで歩いた。「いいわ」ようやく彼を見る。「問題はあなたにあるのよ。あなたがロンドンに来てから、不親切だったり助けてくれなかったりしたイングランド人がひとりでもいた？」

「私は――」

「まだ話の途中よ。いいこと、メイフェアの住人のすべてがわたしの友人ではないわ。中には……ろくでもない人や悪意のある人、けちな人や器の小さい人もいる。つまり誰もがごくふつうの人間だということよ。そこにあなたがずかずかやってきて、片っ端からササナックと呼んで罵りはじめたら、あなたは彼らと自分自身の両方を傷つけることになるわ」

「つまりきみが言いたいのは」自制心を総動員してその場に座ったまま、ラナルフはゆっくりと言った。「われわれがどこに根をおろそうと、きみやほかの連中の知ったことではないというのか？　人は気分次第で聖人にも悪魔にもなれて、私は自ら悪魔になったと？」

「違うわ。いいえ、そうだと言えなくもない。もちろん人々は――あなたの言葉を借りれば、根をおろす場所の違いで嫌いになることもあるでしょう。でもあなたが自分の猜疑《さいぎ》心《しん》や怒りの矛先を相手かまわず向けていたら、そのうちあなた自身が足元をすくわれるわよ」

「ふむ。おもしろい意見だった」ラナルフは立ちあがった。「きみの進言について考えるあいだに妹を迎えに行き、このササナックの館《やかた》から連れて帰ってもかまわないだろうな？」

シャーロットが両手を握り合わせた。「救いがたい人ね」小さくつぶやく。「ウィニーはあなたと口をききたくないそうよ。昨夜は二度とスコットランドに帰らないと言っていたわ」

彼は目をしばたたいた。「なんだと？」氷に貫かれたように胸がひやりとした。

「もちろん、わたしはあなたを彼女から引き離すつもりはないわ。でも一日か二日そっとしてあげて、ゆうべあなたが起こした騒ぎのことを忘れさせ、あなたが彼女にとってどれほど大切な兄か思い出してもらったほうがいいと思うの」シャーロットは膝を曲げてお辞儀をした。「では、ごきげんよう、グレンガスク卿」

ラナルフはきびすを返し、屋敷前の広場に向かって歩いた。今までの人生で、父が殺されたときも、ムンロが撃たれたときも……これほどの怒りは感じなかった。空に向かって叫びたい。シャーロットをつかまえて激しく揺さぶり、めちゃくちゃにキスをし、彼女が歓喜の悲鳴をあげるまで、その体に深くわが身をうずめたい。

庭の端まで来たところでラナルフは足を止め、うしろを振り向いた。「つまりわれわれはこれっきりということなのか？」

彼が見つめる中、シャーロットは肩をすくめた。「それはあなた次第よ」ゆっくりとそれだけ言い、彼女は屋敷の裏手に去っていった。

屋敷の前に戻ると、ラナルフは口笛を吹いてファーガスをフェートンの高座にあがらせた。

「デブニー、もうしばらくここに残って、ウィニーにおまえの姿を見せつけろ。それから、引きつづきこの屋敷の見張りを続けると、ピーター自身からヘスト伯爵に伝えさせてくれ。伯爵もそれには反対するまい」

馬丁は戸惑ったような表情をした。「何かあったのですか、旦那さま?」

「ああ、あった。だが、おまえには関係のないことだ」

自分の呼吸だけに集中するよう努めながら、ラナルフは感情を爆発させることなくトール・ハウスに戻った。デブニーを残してきたので自分で馬たちの馬銜《はみ》を外し、スターリングに鞍をつけた。状況が変わるのをただ待つなんて、とても耐えられそうにない。主人の気分を察したのか、ファーガスは廏舎の扉のそばで静かに待っている。

グレンガスクでは、たとえ屋敷がつねに人だらけでも、川に向かって小道を下っていけば誰にも邪魔されないひとりの時間が得られた。ここでは書斎か寝室に行けばひとりになれるが、それは本当の意味でのひとりの時間ではない。すぐ近くを使用人がうろついているし、街中に立つ建物の内側には誰かの耳と舌と悪意が存在する。

ラナルフはスターリングの背にまたがり、廏舎の扉から飛び出して、可能なかぎりの早足で北を目指した。家並みが途切れ、やがて農地も途絶えて、あたりが森と湿地だけになるまで永遠とも思える時間が過ぎた。そこまで来てようやくラナルフは道からそれ、スターリングの横腹を蹴って全速力で走らせた。

どこまでも駆けつづけ、やがて視界に入るのは見渡すかぎりまばらな木と小川と牧草地だけになった。彼と馬と犬はそこで止まって風に吹かれた。そうしてラナルフはついに自分の感情をぶちまけた。何もさえぎるもののない、ただ雲に覆われた空に向かって思う存分に罵り声をあげた。

この世に生まれ落ちた日から、ラナルフにはドンブレー伯爵の称号が与えられていた。物心ついた頃から、自分はいつかグレンガスク侯爵になるのだと――そして何よりマクローリー・クランの氏族長になるのだと思っていた。まさか一五歳でその日を迎えるとは思わなかったが、どうにかやってきた。家族とクランを率い、農民たちに仕事と糧を与え、自分たちの父や祖父が生まれ育った土地にこれからもずっと暮らしていけるのだという安心感を与えつづけてきた。

三一年間というこれまでの月日、人々を守るために文字どおり戦ってきた自分に対して、誰ひとり――そう、誰ひとりだ――先ほどのシャーロット・ハノーヴァーのような口のきき方をした人間はいなかった。しかし彼女はそれをやってのけた。まるでそうすることが彼自身のためだと言わんばかりに、申し訳なさそうな微笑みを浮かべて。

昨夜から怪しかった天気がついに崩れた。降りだした冷たい雨が荒れ狂う己の心を静めてくれるよう、ラナルフは天を仰いだ。まったく、あの女性はなんという神経の持ち主だろう。彼女はラナルフにこそ非があると言った。なんの問題もないのに騒ぎ立てている、現在生きている人々は彼が糾弾するような悪事を働いていない、だから彼の怒りは的外れであり、愛する家族をむしろ危険にさらすだけだと主張した。

そして最後、ロウェナがラナルフともスコットランドとも縁を切ると言ったと落ち着き払った態度で伝えたとき、シャーロットは彼の心臓にとどめを刺したのだ。自分は家族や領民を守ることに生涯をかけてきたのに、その見返りとして何を得た？　無残な失敗か？　無能者扱いされることなのか？

ラナルフは長いあいだ目を閉じ、雨が顔を濡らして肌の奥に染みこんでいくに任せた。いったん気持ちが静まると、あることがはっきりした。自分とシャーロットのどちらかが間違っているということだ。

実際のところ、ラナルフはイングランドで過ごした時期が短く、ロンドン滞在は今回がもっとも長い。イングランドの貴族がどういうものか多少は見聞きしているが、実際にはあまり知らない。亡くなった母のエレノアは、三人の息子たちにどんなふうに育ってほしいか例を並べた——礼儀正しく、温厚で、そして何よりイングランド的であること。もちろんラナルフは、ササナックの貴族のことなど考えるのもいやだった。

母が自ら命を絶ち、残された子どもたちの面倒を見るためにマイルズがやってきたとき、ラナルフはおじの話し方や服装を毛嫌いした。弟妹たちに最新のダンスや文学、イングランドのしきたりや法律を学ばせるべきだと言われたのも気に入らなかった。最終的にはラナルフ自身がおじの助言に従ったが、それはあくまでも自分の敵をよく知るためだった。

自分の敵。そう、イングランド人はハイランド人に対して非道を働いた。スコットランド人が反抗するたびに、その文化や誇りをじわじわと奪っていった。ラナルフの祖父、アンガス・マクローリーはカロデンの戦いで命を落とした。ならば、なぜ父はイングランド女性の典型たる母と結婚したのだろう？　彼女にハイランドを愛してもらおうとする努力はなされたのか？　それとも、父は生まれてくる子どもたちにイングランド的な素養を授けたかったのか？

顔から雨滴を振り払うと、ラナルフはロンドンへ戻るべくスターリングを南に向かわせた。こんなふうに自分の人生や判断力に疑念を抱いてしまうとは。シャーロット・ハノーヴァーは本当にいまいましい女だ。

とにかく、よく考えて計画を練る必要がある。妹を無理やりグレンガスクに連れ戻すことはできても、そこにいたいと思わせることはできない。シャーロットに向かってラナルフに対する意見を口に出すなと言うことはできても、意見そのものを変えることはできない――それも、もし彼女に何かを命令するのが可能であればの話だが。命令ではなく説得を試みるほうがいいかもしれないが、それにはまず自分自身を納得させる必要がある。

ロンドンやその社交界が果たして知る価値のある場所なのかを判断するには、やはり実際そこに入ってつながりを作る必要がある。それに、危険を冒してでもシャーロットとさらに深く知り合うかどうか決断しなければならない。何しろ彼女はたった五日間で、こちらの世界をひっくり返したのだ。あと二週間もあれば命だって奪われかねない――彼女が本当にラナルフのためを思ってくれているのでないかぎり。

トール・ハウスに戻ってくると、オーウェンとデブニーが雨に濡れながら玄関ポーチに立ち、ラナルフを探しに行くかどうかで揉めていた。

「旦那さま」ほっとしたオーウェンのたくましい体から緊張が消えた。「ご無事なのか心配で生きた心地もしませんでしたよ。デブニーが旦那さまをひとりにしたのは間違いです」

「しかし——」

ラナルフは目つきだけでふたりを黙らせた。「デブニーは言われたとおりにしただけだ。もう何も言うな」

「はい。それにしても、旦那さまもファーガスもまるで海に浸かったみたいにずぶ濡れじゃありませんか」

「ファーガスの体を拭いてやってくれ」ラナルフは部屋で着替えをするために階段へ向かった。「それから、あの事務弁護士——なんという名だったかな？　あの男を探して、ここに呼んでくれ」

「ミスター・ブラックですか？」オーウェンがかたい声で言った。「あの手がじめじめした軟弱な男を？」

「そうだ。それから、今度は本人の前では口を慎むんだぞ」

ふたりの使用人が顔を見合わせたのが、見なくてもわかった。彼らは主人の頭がどうかしたと思いたいのだろう。実際、そのとおりかもしれない。

「なぜあの男を呼ぶのか、お尋ねしてもかまいませんか？」

「だめだ」

アラン・マクローリーは執事のクーパーが差し出した手紙を受け取り、朝食室に入っていきながら封を開いた。ラナルフの手紙は大抵短く、何をいつどうすればいいかといった指示が簡潔に書かれているだけで、それ以外の記述はあまりない。

けれども今回は、二枚目の便箋がはらりと床に落ちた。一枚目も二枚目も、筆不精なはずの兄の文字が端までびっしりと書かれている。一行目を読んだだけで、アランの足が止まった。「ベアー！」彼は声を張りあげた。「おい、ベアー！」

ほどなく、まだ着替えもせず黒髪がぼさぼさの弟が朝食室に転がりこんできた。

「なんなんだよ？」ムンロは崩れ落ちるように椅子にかけ、頭をテーブルにどんと伏せて、コーヒーを持ってくるよう執事に手で合図した。

アランは咳払いをした。「〝アラン〟」手紙を読みあげる。「〝今後の通信物は、ロンドンで新たに購入したマーケット・ストリート一二番地のギルデン・ハウスへ送ってくるように〟」

ムンロがはじかれたようにテーブルから顔をあげた。「なんだって？　それはランの手紙か？　家を買った？　ロンドンに？」

「ああ、そう書いてある」

「いったいどうして？」

「続きを読ませてくれ。こうだ。〝ウィニーは二度とスコットランドには戻らないと宣言している。そんなわけで、彼女に考え直してもらうよう説得するのに当初の予想より長くかかりそうだ〟」

「説得？」ムンロが顔をしかめた。「あいつの尻を馬車にぶちこんで、連れて帰ってくりゃいいだけだろう」

「そうはいかないようだぞ」

「ラックはなんて言うだろうな。ウィニーから手紙が来ないと昨日ぼやいていた」

それは興味深いことだ。「毎日手紙が来ると文句を言っていたんじゃなかったのか？」

「ああ。子どもみたいにはしゃぎすぎだと言っていたよ。だが今は、手紙を書かずに何をしているのか気にしている」

「うちに帰らないと抵抗しているのさ。そう伝えてやってくれ。ラックがどんな反応をするか見てみよう」

「あまり知りたくないな」ムンロがうめいた。「ランはふたりが相思相愛になって結婚してくれたらと考えているが、ラックにしてみれば、よちよち歩きの頃から自分のあとをついてまわっていた相手と氏族長の両方から縛られているんだぜ」彼はぼさぼさの黒髪を振った。「もしランがウィニーを無理やりでも連れて帰ってこなかったら、ラックはどうするかな？」

アランは二枚の便箋の表裏三面にわたって書かれた手紙にじっくり目を通すと、弟の隣の椅子にどさりと座った。「ランは頭がどうかなった」

「なんて書いてあるんだ？」

「バーリンがロンドンにいる。キャンベルの孫息子と一緒だ。われわれにはここで待てと書いてある。それから、シャーロットとかいう名前の娘がずいぶん生意気だから、マクローリーの人間に向かって説教などしてはいけないと思い知らせてやる必要があるそうだ」

ムンロが眉を寄せた。「シャーロット。それはハノーヴァー家のもうひとりの娘のことじゃないか？　ジェーンの姉か妹だろう？」

「わからない。これまでまったく気にしてこなかったからな」こうなると、最近のロンドンがどうなっているのか、もっと注意を払うべきだったという気がしてきた。「いったいどういうことかおまえにわかるか？」

「いいや。ちょっと見せてくれ」

アランはムンロに手紙を手渡し、弟がおそらくさっきの自分と同じキツネにつままれたような表情で内容を読むのを見守った。「シャーロットという名前がやたらと何回も出てくるのに気づいたか？」

「ああ。ウィニーより多い」ムンロは椅子から立ちあがって手紙を返した。「これで決まりだな」

「何が？」

「おれはロンドンに行く」

なんてことだ。「だめだ。ここに残れとランが言っている」

「向こうでわけのわからないことになっているうえに、ここにいるおれたちが用心しなければならない相手の半分が向こうに行っているんだぞ。兄上はここにいればいい」

アランは大きく息を吸いこんだ。「ベアー、おまえはここに残らなければだめだ。ぼくが行く」

「どうしておれが行ってはいけない――」

「ランはウィニーが自分の身内を恥じていると書いている。いちばん心当たりのあるのは誰だ？」

ムンロが顔をしかめた。「向こうではおとなしくするよ」

「おまえはウィニーの一八歳の誕生日に鞍を贈った。こんな昼近くになってもベッドにいたのは、フローラ・ピーターキンと一緒にいたからだろう。それともベシア・ピーターキンのほうか？　自分の女性関係も整理できないやつが他人を助けられるものか。特にランを助けるのは無理だ」

「わかったよ」ムンロはふたたび椅子にどすんと腰をおろした。「こういうことはそっちのほうが上手にやるだろうな、アラン。もしくはおれもあとをつけていくかな。それともラックの耳に入れて、けしかけるか」

「そのことも気をつけておく」それからシャーロットがどんな娘なのか、すでに厄介な問題で手一杯のはずの兄がなぜ彼女のことばかり書いてくるのか、この目でしっかり確かめてこよう。

ジェーンはシャーロットを朝食室に引っ張って床を指さした。「お願い、助けて」そう言いながらも笑っている。

ジェーンとロウェナは自分たちに送られてきた、ありとあらゆる招待状を床に並べていた。朝食会、昼食会、演奏会、ピクニック、晩餐会、観劇、舞踏会、テムズ河のボート遊びまで。日付と時刻順にすべて並べてみると、それらはたしかに大変な量だった。

「何を助けたらいいの？」足元にうずくまったウナを撫でてやろうと手を伸ばしつつ、シャーロットは尋ねた。

並べられた大量の招待状の向こう側にいたロウェナが言った。「一七日の予定については、朝食会の誘いが一通、午前の散歩が二通、昼食会が四通、午後のお茶会か買い物が三通、舞踏会が一通、夜の観劇が一通よ。いったいどうしたらいい？」

シャーロットはふたりを交互に見た。自分があらためて年を取ったように――少なくとも花の盛りを過ぎてしまったように感じた。毎年同じような面々と顔を合わせるけれど、その中の一部は結婚し、そうならなかったほうは――シャーロットと同じく――ただ年齢を重ねていく。人前で作り笑いを浮かべ、その年にお披露目したばかりの女性たちがどんなに幼稚で世間知らずに見えるか話し、同時に内心ひどく重い気分になる。しかもシャーロットは、自分に多少とも興味を示してくれた唯一の男性を遠ざけてしまった。彼の目当ては祭壇で誓いを交わすことではなく、ベッドをともにすることだったわけだが。

「シャーロット？」

呼びかけられてはっとした。「まずお母さまとお父さまに、特に出席もしくは欠席したい夜の催しがあるかどうかを尋ねなさい。次に、同じ日か同じ週にどこかで会いそうな人々の催しを探すの。その中から好きなものを選ぶといいわ」シャーロットは身をかがめ、一通の昼食会の招待状を手にした。「これはハロルド・オンレス卿のピクニックね」顔をしかめたいのをこらえて言う。

「ええ、彼はとてもハンサムよ」ジェーンが手で顔を仰いだ。

「彼のまたいとこはドナルド・ガーデンズよ」

「だからなんだというの？」ロウェナが頬を赤くして言った。「その日は議会があるから、バーリンはピクニックには来ないわ」

「ウィニー、お兄さまが喜ばないわよ」どうやら自分は結局、子守役になってしまったようだ。しかもふたりの若きレディの。

「兄がどう思おうと気にしないわ」ロウェナが辛辣な口調で言う。「もう一週間も会っていないし」

シャーロットも同じだが、彼の動向は聞いていた。よく意味のわからない噂や喧嘩騒ぎも耳にしている。「あなたのほうが会いたくないと言ったのよ。お兄さまはそれを尊重してくれているの。だからといって、彼の意向を無視していいと思う？　これはあなたの身の安全に関わることなのよ」

「兄に知らせるつもりはないわ。わたしなら大丈夫。だからなんの問題もないわよ」

「ウィニー」

ロウェナの白い頬に涙が伝った。「顔も見せてくれない相手を無視したり怒ったりできると思う？」それだけ言うと、彼女はソファに沈みこんだ。「わたしがロンドンでひとりぼっちでいるのに誰も気にしてくれないなんて！」

まあ。シャーロットはどう応えたものかわからなかった。今はこの屋敷で自分こそがもっともラナルフと会話を交わす気のない——いや、話しかける気のない人間なのだ。

「ロンドンでひとりぼっちなんかじゃないでしょう、ウィニー」ジェーンがてきぱきと言った。「それに例のラックラン・マクティとかいう人、手紙のひとつもよこさないなんて、あなたの愛を受ける資格はないわ。その点、グレンガスク侯爵は妹のあなたを心から愛している。シャーロットの言うとおり、お兄さまはあなたの気持ちを尊重してくれているのよ」

本当のところ、ラナルフが姿を見せなくなった理由は自分にあるとシャーロットは思っていた。だが彼はシャーロットを本気で怒らせ、エヴァンストーン邸での騒ぎを茶化しさえした。あの一件は今も人々の噂になっているというのに。しかもあのキス、そのあとに提案された……愛人関係。理由はもちろん、お互いに結婚相手としてはふさわしくないから——彼に対して少しでも意見を述べるのは間違いだという。たしかにシャーロットもあそこまで厳しく言うつもりはなかったのに、いったん口を開くと抑えられなくなってしまったのだ。まったく癪に障る。

それから一週間というもの、ラナルフは公の場から姿を消した。完全にではない。早朝は乗馬に出ているし、何人かの人々とは個人的に会ったりもしているようだ。だが、パーティーの類にはいっさい顔を出していなかった。もちろん先週の一件以来、彼がどこかに招待されているとも思えないけれど。

でも今回のピクニックに関して考えると、もしラナルフのいないところでロウェナの身に何かあれば、先日シャーロットが彼に告げた、問題は彼自身にあり、ロウェナはイングランドの貴族社会で安全に守られるという言葉が嘘になってしまう。それでラナルフの信頼を損なうことになれば、シャーロットは生まれてはじめて経験した奇妙な……友情を失ってしまう。

「そう、お兄さまはあなたを心から愛しているわ。だから彼に腹を立ててもかまわないのよ。そして同時に、自分の身を危険にさらすことはやめておきましょう。ね？」シャーロットは食いさがった。「同じ日に別のお誘いがふたつもあるじゃない」

「もしくはそれ以上かと」扉のほうから、ロングフェローが事務的に告げた。執事が差し出した銀のトレイには、さらに多くの招待状や手紙がのっている。

どんよりしていた空気が吹き飛び、若いふたりは新しく舞いこんだ招待状の山に飛びついた。知った名前や住所を見つけて歓声をあげている。興奮している彼女たちを妬《ねた》んではいけない、とシャーロットは自戒した。かつて自分も華々しくお披露目し、美男子のジェームズ・アップルトンとの婚約という人生の頂点を経験したのだから。

「これはあなた宛よ、シャーロット」ジェーンが折りたたまれた手紙を渡してくれた。

差出地は知らない住所だったが、ともかく簡素な封蠟《ふうろう》を切って中を開いてみた。短い文面に目を走らせたとたん鼓動が乱れた。ひとつ息をすると、シャーロットは念のためにもう一度読んだ。そして咳払いをする。「ウィニー、これを読んでみて」震える指先で手紙を差し出した。

ロウェナがそれを受け取って目を通し、顔をあげた。「お兄さまが……屋敷を買った？」

またもや目を潤ませてささやく。「屋敷を買ったの？　ロンドンに？」

「わたしにだってわけがわからないわ、ウィニー。でも、ここ最近耳にした噂からすると嘘ではないようね」

「ねえ、なんて書いてあったの？」ジェーンが問いかける。

どうやらロウェナは答えられそうにないので、代わりにシャーロットが言った。

「ラナルフ――グレンガスク侯爵が、マーケット・ストリートのギルデン・ハウスを購入したの。そこで明日晩餐会を催すので、わたしたち一家の都合がよければ来てほしいと招待してくれているのよ」

「まあ」ジェーンは感嘆した。「彼はロンドンが嫌いだと思っていたわ」

「嫌いよ」ようやくロウェナが目元を拭きながら言った。「いったい何がどうなっているのか、さっぱりわからない」

シャーロットには心当たりがあった。でもここで若いふたりに、それは彼女がラナルフのロンドンに対する偏見を非難したからだとは言えない。口が裂けても。「わたしたちはこの招待を受けたほうがいいと思う?」そう尋ねながら、シャーロットはロウェナがイエスと言ってくれるのを強く願っている自分に驚いた。わたしの言葉が彼に影響を与えたのかしら? 彼は聞き入れたの? おそらくそうだろうけれど、本当かどうか確かめたい。そして、それが何を意味するかも。

「受けるべきでしょうね」ロウェナがゆっくりと答えた。「じきじきの招待を断るのは失礼なことなんでしょう?」

「ええ、そうね。礼を失することはしたくないわ」それについては、もうじゅうぶんに度を越している。

ラナルフが一週間、つまりたったの七日間姿が見えなかったことなど、本来ならほとんど気づかなくて当然だった。今は社交シーズン真っ盛りで、シャーロットはほぼ毎晩のように晩餐会や舞踏会、演奏会に出かけている。それでも彼女は気づいていた。このあいだ彼と最後に交わした言葉が、ふたりにとって事実上の最後の言葉になってほしくなかった。どうやらまだラナルフとの関係は終わっていないらしい。でも、それがいいことなのか悪いことなのか、シャーロットにはまるでわからなかった。

8

ラナルフは主階段の――今となっては彼の所有物だ――最上階で足を止め、深く息を吸った。下の玄関ホールではオーウェンとピーターが、新たに越してきたギルデン・ハウスに主人と同じく戸惑っているようだ。

「……ササナックの使用人が前より大勢うろつくんだぞ」ピーターがかすれた声でささやいている。「これならずっとハノーヴァー・ハウスにいるほうがましだ」

「そうしてもらうとも」オーウェンが返した。「今夜は見栄えがいいようにおまえに来てもらっているだけだ。だから大声で〝ササナック〟と言うのをやめて、この花束を客間に持っていけ」

「けど、なんだって旦那さまはこの屋敷を買われたんだろう？　まさかグレンガスクを見捨てるおつもりなのかな？」

「まさか。どんなときもグレンガスクにはマクローリーがいる」

できれば耳にしたくなかった会話だ。ラナルフは手すりから身を離して階段をおりた。

「今夜の準備は万端か？」

「はい」オーウェンが答えながら、ピーターを鋭くにらんだ。「正式な晩餐会というのは経験がありませんが、作法についての本を何冊か読みました。立派にやってみせます」

「期待しているぞ」ラナルフはそこでピーターの肩を叩いた。「イングランド人はわれわれを野蛮な悪魔だと思っているが、それは向こうがこちらのことをよく知らないからだ。同じ理由から、私も彼らのことを勝手に決めつけていた」そう言って短く笑う。「そこで、これからは敵のことをもっとよく知ろうと思う」その結果、相手が敵ではないとわかれば、もちろんそれに越したことはない。

ピーターは足早に花束を客間へ運んでいった。オーウェンが玄関ホールの細長い窓のカーテンの隙間から外をのぞいた。「コーチがやってきました。客間へお入りください、旦那さま。ササ——いえ、イングランド人は玄関で客に挨拶をすることはないそうですから」

ラナルフはうなずき、ふたたび階段をあがった。この計画は、主にシャーロット・ハノーヴァーに対する怒りに突き動かされてしたことだ。こうしてもうあと戻りできないところまで来ると、さんざんな晩餐会になりそうな気がしてくる。しかし、少なくとも退屈ではあるまい。

客間に入ると、彼はグラスにウイスキーを注いでごくりと飲んだ。ウイスキーなら五歳のときから飲んでいるし、グラスに一杯や二杯飲んだところで、並みの牧師よりしらふのままでいられる。だが、今は張りつめた神経を静めたかった。こんなふうに緊張することには慣れていない。

オーウェンが客間の扉から大きく一歩前に進み出て、直立不動の姿勢を取った。

「旦那さま」あらたまった声で告げる。「スワンズレー子爵閣下です」彼はそのまま大きく一歩さがった。まもなくその前を愉快そうな顔のマイルズが通り抜けて入ってきた。

「ラナルフ」近づきながら手を差し出す。「ご招待ありがとう。なんというか……意外だった。そしてとてもうれしかったよ」

ラナルフはおじの手を力強く握ってから放した。「あなたは家族だ」この三年間の自分の言葉を覆していると知りながらも、ゆっくりと言った。「それにウィニーはここでおじ上に会えると期待しているだろう」

マイルズはごくりとつばをのみこみ、うなずいた。「立派な屋敷だ。メイフェアに不動産を購入するとは驚きだと言いたいところだが、ひょっとしてこれは避けるべき話題なのか?」

「イングランド製のブーツを試しに履いてみたのさ」ラナルフは応じた。「小さくてきついが、まあ、なんとか歩ける。そんなところだ。では、そろそろ――」

「旦那さま、ヘスト伯爵閣下、ヘスト伯爵閣下夫人、レディ・ロウェナ・マクローリー、レディ・シャーロット・ハノーヴァー、レディ・ジェーン・ハノーヴァーのご到着です」

「わかった、オーウェン」

オーウェンは先ほどと同じく一歩しりぞき、頭をさげた。見ると白い手袋をはめている。なるほど、本当に作法の本を読んだらしい。ヘスト伯爵が部屋に入ってきたので、ラナルフは従僕の次なる挙動に対する一抹の不安をひとまず脇に置いた。

ラナルフは前に進み出て伯爵と握手をし、夫人にお辞儀をした。だが、意識は扉に向いていた。早くロウェナの顔が見たい。妹の無事を一日二回ピーターから報告させているが、自分の目で確かめたかった。とはいえ、ここ七日間というもの夢に出てきたのはロウェナではなく、黄金色の髪とはしばみ色の瞳をした美女だ。一週間前に顔を合わせたときと同じく、夢の中でも彼を悩ませつづけている。あいかわらず自分の本当の気持ちはわからないし、ましてや彼女の気持ちはわからない。が、とにかく会いたい——会わずにはいられない。それだけはたしかだ。

ロウェナが部屋に入ってきた。ぎこちない笑みを浮かべていたが、大好きなおじの姿を見たとたん、さらに大きく微笑んだ。そして意気揚々とラナルフのところへやってきた。

「この屋敷を買ったというのは本当？」

「ああ」

「いったいどうして？」

彼は肩をすくめた。「外から見ただけではロンドンのことはわからない。こうすればわかるだろう？」

ロウェナはしばらく探るように兄を見つめていたが、体を近づけて彼を抱きしめた。

「何がなんだかわからないけれど、とにかくありがとう、ラン」

ラナルフは妹をしっかりと抱いた。「なんのお礼だ？　エヴァンストーン邸の舞踏会での喧嘩騒ぎを忘れたわけじゃないんだろう？」

「どうかしら」ロウェナは短く笑って身を離し、涙を拭いた。「お兄さまが今もここにいてくれることがうれしいの。それから、わたしが今もここにいられることが」

「ちゃんと約束しただろう、妹よ《ピュアー》」ロウェナがロンドンを離れないと宣言したことは思い出させないようにした。物事は一度にひとつずつ進めなければいけない。

黄色のドレスを着た女性が入ってきたとき、ラナルフは喉につかえた息を静かに吐き出した。ジェーンに会えるのもうれしいが、本当に会いたいハノーヴァー家の女性は彼女ではない。やがて姉のほうが現れた。すっきりしたグリーンのドレスにグレーのコートをまとい、客間の内装をはしばみ色の瞳で眺めている。この部屋の趣味のよさについては自信があった。というのも、ラナルフは屋敷をそっくり家具付きのまま買ったのだ。

彼は先にハノーヴァー家の次女のほうへ顔を向けた。失礼なふるまいは許されない。

「レディ・ジェーン」相手の手を取って頭をさげる。

「グレンガスク卿……とてもすばらしいお屋敷ですね」

「ありがとう。だが、屋根が漏らないかどうかまだわからないので、大雨を待っているところなんだ。たぶん大丈夫だと思うが」

ジェーンは微笑んだ。そこでようやくラナルフはシャーロットと目を合わせた。「やあ、マイ・レディ。きみの感想は?」そう言いながら、両手を背中にまわす。相手を抱きしめてキスしないようにするには、そうするのがいちばんだ——特に顔をひっぱたかれる可能性が濃厚なときは。

シャーロットはまっすぐ彼を見つめた。「驚いたわ」

「驚かれては困る」ほかの人々に聞こえないよう声を落とした。「きみのせいでこうなったんだ」

彼女が眉をひそめる。「わたしは屋敷を買えなんて言っていないわよ」

「ああ。きみは相手をよく知りもせず批判するのをやめろと言った。だから、知ることにしたんだ」

シャーロットは手を握り合わせて目をそらした。「それはいいことね」

「ああ。バルーシュというのも買ってみた。ハイランドでは実用的とは言えない乗り物だが、よければ明日一緒に乗ってみよう。前から大英博物館をのぞいてみたいと思っていたんだ」

彼女が一歩前に出た。「よくわからないわ。あなたは――」

「私はきみの知性を侮辱した。きみはそのお返しに、私を見事に刺し貫いた」そう、シャーロットはこれまでラナルフが出会ったどんな人間も考えつかない方法でそれをやってのけたのだ。だからこそ、いっそう身にこたえた。「これで今日がわれわれにとっての新しい日、新しい始まりだと言わせてもらえるだろうか?」

しばらくして、彼女は首を横に振った。「新しい始まりではないわ」

ラナルフは顎をこわばらせた。何も明るい太陽やバラの花を期待していたわけではない。しかし、ここまでしても挽回《ばんかい》の機会を与えてもらえないとは……打ちのめされた気がした。イングランド人をよりよく知ろうと考えたのは、そのやり方が本当に賢明で、自分の役に立つと思ったからか？　それとも、思いやりと聡明さにあふれるシャーロットの瞳に浮かんだ軽蔑の色を、なんとかしてやわらげるため？　だとしたら、それは何を意味している？

「そういうことなら」ラナルフは言葉を振りしぼった。「きみの率直な言葉に感謝しよう」

「では、明日の一〇時に迎えに来て」シャーロットが言った。

「えっ？」

「あなたについて理解したこれまでの時間を無視するつもりはないわ。それはあなたも同じでしょう」彼女は手を伸ばし、完璧に結ばれたラナルフのクラヴァットに触れた。「それに正直に言えば……わたしはあなたに惹かれているの、ラナルフ。やめたほうがいいとわかっていても。あなたがわたしを求めていると知ったあとも」

「きみのおかげで夜も眠れない、シャーロット」彼は言った。「ああ、求めているとも。だから逃げたほうがいい」

「それでも、わたしはこうしてここに立っているわ」

「そのとおりだ」ラナルフは彼女の唇の柔らかな輪郭に視線を落とした。この唇を味わいたい。ここ一週間というもの、自分の中のいらだちや怒り、恨めしさを努めて感じないようにしてきた。言葉にはできないが追い求めずにはいられない、その何かに向けられた乱れる思いを。

「ラン！」

彼は飛びあがった。表情からして、シャーロットも驚いているようだ。頭で考えていたことがズボンの前に表れていないことを願いつつ上着を直し、声をかけてきた妹のほうを向いた。「なんだ?」

「これから屋敷の中を案内してもらえるの? それとも食後までお預けなの?」グレーの瞳をきらきらさせたロウェナが、彼とシャーロットを交互に見つめている。

「今から案内しよう」ラナルフはうわの空で言った。シャーロットと目を合わせることなく、ほかの人々に近づいていく。「私が買う前は、この屋敷はマシュー、つまりダンヴァーズ子爵のロンドンの住まいだった。彼はここを祖母のハントリー侯爵夫人ルシール・ギルデンから受け継いだ。ヘスト卿、ふたりのどちらかをご存じですか?」

シャーロットの父親がうなずいた。「ダンヴァーズとはずいぶん親しくしていた。だが、彼は晩年病気がちになって、ほとんど人前に出なくなった。私もこのギルデン・ハウスに足を踏み入れるのははじめてだよ」

「では、この階から順に部屋を見ていきましょう。向かいの部屋は図書室ですが、ダンヴァーズは主に古い新聞を集めていたようです」

一行が廊下を横切って図書室へ入っていくのを、シャーロットはひとり見送った。一週間前、彼女はラナルフ・マクローリーに対してわれを忘れるほど怒り狂った。それが今夜は、もう少しで彼とキスさえしそうになった。しかも家族のいるところで。

なんということだろう。ジェームズ・アップルトンとさえ、婚約するまでキスをしなかったのに。それはなぜかと考えても……とにかく、しなかったのだ。二年の交際期間でジェームズが……性的に高ぶっているとわかったときも、ラナルフに見つめられたときのように熱い欲求を感じた記憶はない。

これまでシャーロットが知り合った男性たちに欠けていた生命力のみなぎりが、ラナルフにはたしかにある。彼は大胆にもシャーロットに愛人にならないかと持ちかけ――もちろん彼がロンドンにいるあいだだけ――しかも、その直後には殴り合いの喧嘩を始めた。まったく呆れてしまう。

それなのに、どうして自分は体の正面で拳を握りしめているのだろう？　彼と本当にベッドに横たわったらこの先どんなことになるか、なぜ考えているの？

将来夫になりそうな男性が現れたとき、自分が純潔でないのを隠して結婚することはもちろんできない。でも実際、もう何年も前に結婚はあきらめたし、結婚できる可能性はどんどん低くなっている。うまく人目を避けなければ醜聞にまみれ、上流社会から締め出されてしまう――もしラナルフとの関係を知られたら。もっとも、すべては仮定の話だけれど。貞節を守るより、彼の腕に抱かれたいという思いが勝ったとしての話。

「シャーロット？」

はっと現実に引き戻されると、ロウェナが滑るように部屋へ入ってきた。

「ごめんなさい」シャーロットは微笑んだ。「ちょっと考え事をしていたの」進み出て、ロウェナの体に腕をまわす。「何かいいことを聞き逃したかしら？」

「それはわたしのほうじゃないかしら」シャーロットに軽く促されても、ロウェナはその場から動こうとしなかった。「ひょっとして兄を狙っているの？」

いけない。「どうしてそんなことを言うの？」思ったよりきつい言い方をしてしまった。「グレンガスク卿もわたしも、なんの約束もしていないわ！」ああ、ますますいけない。ロウェナが気づいていたとしたら、ジェーンも気づいているのかしら？　お父さまやお母さまは？

「ランに向かってまともに言い返せる人なんていないわ。でも、あなたはそうしている。楽しんでいるということよね」

シャーロットはわずかに顔をゆがめて認めた。「実のある議論は好きよ」

ロウェナが首を傾げる。「兄を好きになったことが決まり悪いの？　スコットランド人だから？」

「まあ。そんなことないわ、ウィニー」

ますますよくない展開だ。しょせんは自分も鼻持ちならないイングランド貴族なのだと、ロウェナやラナルフに思われたくない。

「わたしは……」シャーロットは大きく息を吐いた。「彼に惹かれているのは事実よ」ゆっくりと、一語一語確かめるようにして声に出した。「明日一緒に博物館へ行かないかと誘われて、行くと答えたの。わたしが彼を狙っているかどうかについては、あなたのお兄さまがイングランド人と結婚するつもりがないのはあなたもわかっているでしょう」

ロウェナの目が大きく見開かれた。「結婚？　まあ、あなたはうちの兄と結婚したいの？」

シャーロットは咳払いをした。「そんなこと言ってないわ！」どうにか切り抜ける。「真剣な交際にはならないと言っているのよ」

「ああ、そういう意味ね。驚いた。心臓が止まるかと思ったわ」ロウェナは笑いながらシャーロットの腕に抱きついた。

「わたしもよ！」シャーロットはロウェナの頰にキスをした。相手が当然のように納得したことで胸がちくりと痛んだが、それを押し隠した。自分がラナルフと結婚するのは、そこまでとんでもないことなのだろうか？　二五歳だから？　イングランド人だから？　ベッドで楽しむのはかまわなくても、それ以上のことは許されないということ？「みなのところへ戻りましょう。でないと、この屋敷が気に入らないのだとあなたのお兄さまに誤解されてしまうわ」

ロウェナはすっかり気がすんだようだが、シャーロットのほうはそのあともさまざまな思いが胸をよぎった。つい愚かにも思い描いていたおとぎばなしのような幸せな結末を、ロウェナに完全に吹き飛ばされてしまった。でも、これでよかったのだ。なんといっても、ラナルフは違う世界の人間なのだから。自分たちがどこに向かっていくのか知っておきたい。ラナルフ・マクローリーは門柱の脇でシャーロットを待っている——屋敷に入らず、ただ裏庭で戯れるために。もちろんそれは例えとしての屋敷だ。今、彼女が歩いている、ラナルフが買ったこのすばらしい屋敷のことではなく。

ギルデン・ハウスは楡の大木が並ぶ立派な通りに立っており、ロンドン大火の時代からこの通りを見おろしてきた。文字どおりの意味においても象徴的な意味においても、ラナルフはメイフェアの中心部にやってきたのだ。これがすべてシャーロットのためにやったことだとしたら……重い気分とは裏腹に、彼女の背筋を温かな刺激が走った。彼は本当につかみどころのない男性だ。そしておそらく、彼女も相手にそう思われている。

一瞬ののち、腕に鳥肌が立って、大きな手に肘を包まれた。「ここからもう少しできみの家が見えそうだ」ラナルフが低く甘い声でささやいた。主寝室の窓辺に立つシャーロットの背後にやってきたのだ。

彼に身を預けてしまいたかった。ウエストに腕をまわしてもらいたい。妙に難しく考えてしまう愚かさを手放し、ただ……全身を駆けめぐる欲求に身を任せたい。

「あなたとは、もう二度と口をきくこともないだろうと思っていたわ」シャーロットも低い声で返した。

「私もだ。何しろ叱り飛ばされることには慣れていない。どんな相手からも」ラナルフは彼女の髪の香りをかぐように顔を寄せた。「きみの指摘がもっともだと思えるまでに、何日かかかった」そう言いながら、うしろを振り返る。「続きはまた今度にしよう」柔らかなスコットランド訛りが、シャーロットの肌を心地よくざわめかせた。

ラナルフのことばかり考えて過ごしたこの一週間でどんな変化があったにせよ、彼女が自分の嫌いな相手にダンスを申しこまれたという理由だけで殴り合いを始めたラナルフに対する失望は今も大きい。相手がラナルフを挑発したのか、それに彼が応じたのかは定かでない。それでもシャーロットはあのときの光景に吐き気を感じた。名誉、力、優位性——男性はそうしたものを追いかける。ジェームズ・アップルトンが考えることも、ほとんどそればかりだった。そして、そのために死んでしまった。歴史の本を開いてみても、名誉欲や慢心のために命を落とした男たちの話がごまんとある。ラナルフは自分のプライドを攻撃してくる相手にまともに立ち向かい、あらゆる敵を招いてしまう。

全員が客間に戻ったとき、広い邸内に銅鑼《どら》の音が雷鳴のごとく響き渡った。こぢんまりした食堂に通じる両開きの扉が勢いよく開け放たれ、黒い給仕服と白い手袋といういでたちのオーウェンが立っていた。「お食事のご用意が整いました」

「ありがとう、オーウェン」ラナルフが立ちあがり、客たちを扉へ導いた。

「いけません」オーウェンが鋭くささやく。「旦那さまが先頭に立って、いちばん格上の女性客をエスコートしてください。今日の場合はヘスト伯爵閣下夫人です」

ロウェナが口に手を当てて笑いを噛み殺し、ヘスト伯爵のほうに近づいて腕を取った。スワンズレー子爵はシャーロットとジェーンを左右の腕でエスコートした——正式な作法ではないが、ジェーンもひとりで歩かされるより、こうしてもらったほうがうれしいだろう。

「気に入っていただけるといいのですが」全員が席につくと、ラナルフが言った。「主菜はスコットランドの鹿肉にローズヒップとビートの根を添えたものです。ふつうはホグマネイに出される料理ですが、今夜は特別ということにしました」

「ホグマネイというのはなんですか?」ジェーンが尋ねた。

「ああ、一年の最後の日、大みそかのことだよ」ラナルフが微笑む。「それから、少なくともハギスには挑戦してみてほしい。本場ハイランド式だから」

「ハイランド式って?」ジェーンが身を乗り出して、ロウェナの腕を引っ張った。

ロウェナがにっこりする。「羊か牛か鹿の肺をゆでたものを細かく刻んで、オートミールや野菜や香辛料と合わせたものよ」

スワンズレー子爵がワインをすすった。「鹿肉で満腹にしておくことを勧めるよ」小声で言う。「私自身はハギスに慣れたが、好物とは言えない」

「ハギスを食べると胸毛が生えるぞって、ベアーによく言われたわ」ロウェナがくすくす笑いながら続けた。「無理やり食べさせられては泣いていたの。おじさまがベアーを叱ってくれておさまったけど」彼女は身を乗り出して、テーブルの上座を見た。「ということは、正式なハイランドの料理人を雇ったの、ラン?」

「いや。ミセス・フロストはスコットランド人でもなんでもない。だが、ピーターとオーウエンと私とで鹿肉とハギスの料理の仕方を教えた」

「まあ」ジェーンがささやいた。

実際のところ鹿肉料理はたいそう美味で、意外なほど楽しい食卓となった。ホグマネイはクラン全体で祝うのだとラナルフが説明した。農民たちはとっておきの収穫物を持ち寄って、氏族長は人々を招いて祝宴を催し——ときには二夜にわたることもある——歌ったり踊ったたり、酒や料理を楽しんだりするのだと。

ロウェナとスワンズレー子爵にところどころ補足されながら進んでいくラナルフの話は、生き生きとしていた。焚《た》き火に照らされて踊る人々や、そこらじゅうを走りまわって両親に見つかる前にこっそりジョッキからビールを飲もうとする子どもたちの様子が、シャーロットのまぶたにも浮かぶようだった。

「旦那さま」ふたりの従僕が大皿を運んできたとき、オーウェンが言った。「ハギスをお持ちいたしました」そこで顔をしかめる。「バグパイプ吹きを雇っていただけたら、もっと本格的にご案内できたのですが」

「今のままでじゅうぶんに本格的よ、オーウェン」ロウェナが言った。三杯目のワインのせいで、スコットランド訛りが出てきている。

「ありがとうございます、ロウェナさま」オーウェンが顔を赤らめた。

シャーロットは目の前の料理の皿を見た。タマネギとレバー、細かく刻まれた内臓らしきものが見える。ともかく香りは悪くない。

「お嬢さん、試してごらん」ラナルフがにやりとした。「別に、死にはしない」

シャーロットはくすくす笑った。明らかに彼女も飲みすぎたらしい。これもスコットランド流のもてなしで、自分はそれを遠慮せず楽しんでいるだけだ。ひとつ呼吸をすると、彼女は大きなかたまりをフォークにのせて口に入れてみた。

味は悪くなかったが、舌触りは血のプディングのできそこないのようだった。シャーロットは咀嚼《そしやく》しながら無理に微笑んだ。「おもしろい味ね」ナプキンで口を覆って感想を言う。

ラナルフが笑った。考えてみれば、彼の笑い声を聞くのははじめてだ。深く豊かな笑い声が、シャーロットの爪先に心地よい刺激を与えた。全身が温かくなる。レディが決して口にしてはいけないとされる部分までも。明日、来週、来月——それらの言葉になんの意味があるだろう？　彼、そして今夜だけがすべてに思えてくる。

「わたしはもうお腹がいっぱいで入らないわ」ジェーンが笑い、料理がたっぷり入った皿をヘビか何かのように見た。

シャーロットは口の中のものをのみこんで言った。「だめよ。みんなが最低ひと口は食べないと」

ラナルフとロウェナはそれぞれの皿のハギスを半分ほど食べていた。特にラナルフの食欲は旺盛だ。「完璧な出来とは言えないな」料理を頬張って言う。「だが、悪くない」

ほかの人たちがフォークにひと口分ずつハギスを食べる中、テーブル越しにシャーロットとラナルフの目が合った。彼は愉快そうに微笑み、ウイスキーのグラスを持ちあげて彼女のほうに掲げ、一気に飲み干した。たくさん飲んだワインのせいか、不意にシャーロットは今この瞬間に彼女の家族が——そして彼の家族も——どこかへ消えて、この場にラナルフとふたりきり、そしてろうそくの光と暖炉の火のぬくもりだけだったらどんなにいいだろうと思った。

うしろの暖炉の炎が向こう側の窓に反射する様子は本当にすてきだった。この屋敷の設計者は、このことを計算に入れて窓ガラスに微妙な角度をつけたのだろうか？

ところが窓からの明かりがひときわまぶしくなり、シャーロットはどきりとした。思わずフォークを手にしたまま立ちあがる。「ラナルフ、あれは――」

同時に横の扉が勢いよく開き、ハノーヴァー・ハウスに駐在している従僕のピーターが飛びこんできた。「火事です、日那さま！　厩舎が！」

ラナルフはすでに立ちあがっていた。「女性はここにいてください。ファーガス、ウナ、頼んだぞ！」

暖炉近くで寝そべっていた犬たちが身を起こして尻尾をぴんと立て、鼻先を宙に向けた。

「わたしたちは何をすればいいの？」部屋を出ていくラナルフとスワンズレー子爵、それに続くスコットランド人の従僕ふたりとイングランド人の従僕ふたりに向かって、シャーロットは声をあげた。

ラナルフが鋭く振り向く。「そこにいるんだ」そう言って、彼は扉の向こうに消えた。

「ああ、大変」ロウェナが窓の外を見て言った。「学校が燃えてベアーが撃たれたときと同じだわ」

「まさか」シャーロットは必死に落ち着こうとした。「ここは新しい主人と新しい使用人がやってきたばかりの古い屋敷よ。誰かがうっかりランタンをひっくり返したんでしょう」

「そうだといいけれど。本当に。厩舎にはスターリングがいるの。もう何年も、ずっとランがかわいがってきたのよ。もしあの馬が焼け死んだりしたら……」

ロウェナとジェーンはすでにべそをかいており、母までが泣きだしそうにしていた。シャーロットは顔をしかめ、前に進み出て三人を窓際から引き離した。「男性たちが戻ってきたときは、おそらく体が濡れて凍えているだろうし、煤《すす》だらけになっているはずだわ。毛布と衣類ときれいな水を探しましょう。見つけたら客間に持ってきて」

「そうね」母が感謝するような目で言った。「いらっしゃい、あなたたち。わたしたちも何か役に立たなくては」

三人は食堂から厨房に向かい、あとからウナがついていった。シャーロットがふと下を見ると、ファーガスがぴったりと寄り添っていた。首の毛を逆立て、食堂に流れこんできた煙の匂いを感じて鼻にしわを寄せている。

自分は毛布をかき集めたりなどしたくない。外に出て何かの役に立ちたい。スカートの裾をたくしあげると、シャーロットは正面玄関に向かって走った。扉は開けっ放しで、東風に運ばれた煙が玄関ホールに流れこんでいる。彼女は外に出ると、いったん止まって扉を閉めた。こうしておかないと、たとえ火を消し止めても、ラナルフは屋敷のカーテンをすべて取り替えなければならなくなる。

この状況でそんな心配をするのは妙だと思いながら、シャーロットは屋敷の裏側にまわりこみ、そこで立ちすくんだ。カーテンのことなど一瞬で消し飛んだ。厩舎の屋根裏の干し草置き場の窓からオレンジ色の炎が激しく吹き出し、建物の裏側全体が炎と煙に包まれていた。ランタンがひっくり返ったぐらいで、ここまで大きな火になるはずがない。

大きく身震いすると、シャーロットはラナルフの叫び声のするほうへ走りだした。炎の前を、男たちや馬が矢のごとく駆けていく。さらに近づいたところ、男たちが一列に並んで屋敷の裏の井戸からバケツを手渡しているのが見えた。

ひどく不安そうな顔をした若い男が、井戸でハンドルを必死にまわして桶《おけ》に水を汲みあげている。ほかの者たちは桶から水をバケツに移し、列の先へと運んでいた。シャーロットは息を吸おうとして咳《せ》きこんだ。重いバケツを運ぶのは無理かもしれないけれど、ハンドルをまわす手伝いなら自分にもできるはずだ。

「わたしにもやらせて」彼女は反対側から一緒にハンドルを握った。

「ありがとうございます」男が息を切らしながら感激したように言う。

ふたりがかりでやると、桶をおろして水を汲みあげる速さが二倍になった。近隣の屋敷の使用人たちも駆けつけてくれたので、シャーロットはほかの井戸からも同じように水を汲み出して運んでもらうように指示を出した。

次第に両腕が鉛のように重くなってきたが、シャーロットは歯を食いしばり、ハンドルをまわしつづけた。水でいっぱいのバケツを次々にまわす男性たちは、もっときついに違いない。しびれと痛みのことは考えないようにして、彼女はただ腕を動かすことに意識を集中させた。

やがて自分の手に大きな手が重ねられ、ハンドルがきしみながら止まった。

「よくやったぞ、ジンジャー」ラナルフの低い声がした。「きみもよくやった。火は消えたよ」

シャーロットはハンドルから手を離すことができなかった。しばらくしてそれに気づいたラナルフが、驚くほどやさしく指をほどいてくれた。「スターリングを守ることができた？」彼女はふらつきながら尋ねた。いったいどのくらいこうして立っていたのだろう？　何年ものようにも、たった数秒のようにも感じられる。

「スターリングは大丈夫だ。ほかの馬もすべて外に出した。厩舎は燃えてしまったが、奇跡的に屋敷には燃え移らなかったよ」

シャーロットはラナルフを見た。上着を脱いで、シャツの袖をまくりあげている。服のあちこちに焼け焦げがあり、全身が煤で覆われていた。あと少しで手足の感覚が戻るからと抵抗する間もなく、ラナルフはシャーロットを抱きあげて屋敷へ向かいはじめた。

「ああ、無事だったのね、シャーロット！」母の声が聞こえた。「あちこち探したのよ！」

「井戸から水を汲みあげるのを手伝っていたの」そう応えたものの、まだラナルフに抱かれたままなのを急に思い出し、シャーロットは彼のたくましい胸を肘で押した。「わたしはけが人じゃないわ。もうおろしてくれて大丈夫よ」

一瞬ラナルフの手に力がこもったかと思うと、シャーロットは豪華なソファのひとつに横たえられた。「ウイスキーを持ってくる」彼は低くつぶやいて行ってしまった。

すぐさまジェーンがシャーロットのそばにひざまずいて手を握った。「まあ、手に水ぶくれができているわ」そう言いながら、姉の指をそっとさする。

「自分自身が大きな水ぶくれになったみたいよ」そのとき両腕に何本もの針で刺されたよう
な痛みが走り、シャーロットは顔をしかめた。
「当然だ」戻ってきたラナルフがジェーンの隣にかがみこみ、シャーロットの唇にグラスを
あてがった。「きみは三時間近くもあそこにいたと従者に聞いた。それに近隣の住民にも協
力してもらえるよう、指揮を取ってくれたと」
三時間も？ 道理で腕がこれほど痛むはずだ。「何か役に立ちたかったの」
「じゅうぶん頑張ってくれたよ。哀れなジンジャーの腕がもげそうになるほどにね。あの従
者はこの先一週間はクラヴァットも結べないだろう。さあ、これを飲んで」
家族が心配そうに見守る中、シャーロットは言われたとおり強いウイスキーを何口か飲ん
だ。こわばった筋肉が次第にほぐれてきて、彼女は目を閉じた。最後の記憶はラナルフが彼
女の指をさすりながら、きみは美しく勇気ある女性だと言ってくれたことだ。うれしい言葉
だった。

ラナルフは眠っているシャーロットをハノーヴァー家のコーチまで運び、座席にそっと寝
かせてうしろにさがった。ほかの家族とロウェナがあとに続いて馬車に乗りこむ。今夜はピ
ーターとデブニーとウナを一緒に行かせることにした。不審火は消し止めたが、これ以上何
も起こらないとは言いきれない。
ラナルフが馬車から離れると、ロウェナが窓から手を伸ばして彼の手首をつかんだ。

「シャーロットは、誰かがうっかりランタンをひっくり返したんだと言っていたわ。そうだと思う?」

疲れと不安の中でも、妹はあいかわらずスコットランド訛りが出ないように気をつけている。バーリンとその取り巻きたちのことが頭に浮かんだ。「わからない。夜が明けたら調べるつもりだ」

ロウェナがうなずく。「気をつけてね、ラン。それから、お願いだからばかな真似はやめてね」

「わかっている。今夜は寝るときもウナをそばに置いておくんだぞ。おやすみ、ピュアー」

「おやすみなさい、お兄さま《ブラー》」

コーチが私道から出ていくと、ラナルフはすぐさま煙のくすぶっている厩舎に戻った。ふたたび火が出ないか見張るため、馬丁たちは寝ずの番をしなければならない。厩舎にいた五頭の馬はみな無事で、近くのグリーヴス公爵邸に避難させてもらっている。

「まさかばかなことを考えていないだろうな、ラナルフ?」うしろからおじの声がした。

「マイルズ、私はやたらと火をつけると評判の男をたまたまひとり知っているんだ」怒りをどうにか抑えつけようとして肩がこわばった。

この怒りを誰かにぶつけたい——バーリンに。相手はこちらの屋敷と家族を危険に陥れたのだ。もう少し風が強いか、こちらの対応が遅かったかしていたら、近隣の家々を巻きこんだ大火事になっていただろう。しかし、そうしたことすべての根底に、ラナルフが何より衝撃を受けたことがあった——あの混乱のさなかにシャーロットが表に出て、危険に身をさらしていたことだ。

井戸のところで見つけたとき、彼女は疲労のあまり顔面蒼白《そうはく》だったが、それでもまだハンドルをしっかりと握りしめていた。あの修羅場に立ち向かうシャーロットの姿——それは新たな発見だった。品行方正で血を見ることなど耐えられないというのに、彼女は臆病でも弱虫でもなかったのだ。

しかもラナルフはこれまでずっとイングランド人に偏見を抱いてきたが、火を消すのを手伝ってくれたのはイングランド人の使用人とその主人たちだった。自分の厩舎を使うよう申し出てくれたのも、イングランド人の公爵だ。そしてラナルフの推理に間違いがなければ、この火事を起こしたのはイングランド人に身をやつしたスコットランド人だ。

「ラナルフ、これがバーリンの仕業だという確証はない」彼の考えを読み取ったかのように、マイルズが言った。「学校を焼き払い、ベアーを撃ったのが本当に彼かどうかさえわかっていないのだ。なんといっても、私が地図を渡した相手はドネリーズなのだから」

ラナルフはおじを振り向いた。「わかっている」嚙みつくように言う。「こんなことなら、機会を見てあいつを片づけておくんだった。鼻を折るだけでは足りなかったらしい」

「そうかもしれん。ハイランドなら、それでもよかっただろう。しかし、ここはロンドンだ。向こうのほうが味方の数も多い」

「そいつらは死人の味方をしているも同然だ」煙を立てている瓦礫《がれき》に最後に目をやると、ラナルフは屋敷に向かって歩きだした。

マイルズが彼の肩をつかんだ。「せめて朝まで待て」せっぱ詰まった声だった。

ラナルフが視線をおじから肩に置かれた手に移すと、手が引っこめられた。

「向こうは私が今夜のうちに来ると思っているだろう。明日でじゅうぶんだ」

「よかった。今夜はウィルキー・ハウスに来てくれ」

「いや。煙が完全に出なくなるまで、ここで見張りをする」落ち着いて考えたいこともあったし、おじの屋敷の快適なベッドで休むより、ここに残るほうが今の気分に合っていた。

「わかった。少しは眠るんだぞ。私は形ばかりの家族かもしれないが、おまえのことを心配している」

ラナルフは顔をしかめて振り向いた。「私が間違っていた」無表情に言う。「あなたは私のおじだ。クランの一員だよ。大切に思っている。今夜はバーリンを襲わないと約束しよう」

マイルズはしばらく顔をそむけ、やがてこちらを向くと手で顔をこすった。「煙が目に入ったようだ」少し声を震わせ、まばたきをしてもう一度目をこする。「ありがとう、ラナルフ。私はグレンガスクに行ったおかげで家族ができたのだ。もしおまえたちを失うようなことがあったら……」

ラナルフはおじの肩を叩いた。「あなたがわれわれを失うことは二度とない。平和は約束できないが、どんなときも家族は一緒だ」

少なくともそれだけは言える。バーリンのことは簡単にはいかないだろう。これ以上問題が起こる前に、やがて脅威となるに違いないあの男をこの世から消してしまいたい。だが、おじの言うとおりだ。ここはハイランドではない。どれほど気に入らなくとも、慎重に動かなければならない。しかし、いずれ必ずバーリンを片づける。どんなことがあっても。

9

ラナルフは男性の大きな声と興奮した犬の鳴き声で目を覚ました。椅子に座ったまま眠ってしまったせいで、全身の筋肉がこわばっている。顔をあげ、イングランドの法律に関する本のページが張りついていた頰を掻くと、まばらに生えたひげの感触が伝わってきた。うなり声をあげ、彼は椅子から立ちあがった。

「ひどいありさまだ」扉のあたりで聞き慣れたスコットランド訛りの声がした。「地獄に落とされたみたいな顔をしているぞ」

扉のかたわらに立つ黒髪の男性を目にしたとたん、ラナルフの心に安堵感が広がった。「グレンガスクに残っていろと命じたはずだぞ、アラン」椅子をまわりこみ、弟に近づいていく。周囲を敵やイングランド人、女性たちに囲まれている落ち着かなさが、急に遠のいていった。

「わかっているよ。逆らうことにしたんだ」

弟をしっかりと抱擁して、ラナルフは言った。「来てくれて助かった」

「そうだろうな。外があれでは、片づけるのに人手が必要だ」アランは兄の背中を叩き、身を離した。「オーウェンの話だと、馬は無事だったそうだな。重傷者も出ていなくて何よりだ。オーウェンはバーリンが犯人だと言っていた。一〇ポンド賭ける、とふっかけられたよ」

「その賭けは受けないほうがいい。きっと負ける」

ふたりは肩を並べて廊下を歩き、朝食室に入っていった。サイドテーブルにはすでに簡単な朝食が用意されていて、温め直したハギスと焼いたパン、かたゆでの卵が置かれている。ファーガスが跳ねまわり、ラナルフとアランの手に頭をすりつけてきた。

「ウナはウィニーと一緒なのか？」たっぷりと朝食をとることにしたアランは皿で両手がふさがってしまい、ブーツを椅子に引っかけて位置をずらした。

「そうだ。ピーターとデブニーもハノーヴァー・ハウスにいる」

「それなら安心だ。食べ終わるまで少し時間をくれ。そのあとでバーリンを始末しに行こう」

弟よりも控えめの朝食を皿に盛りつけたラナルフは、アランの向かいの椅子に腰をおろした。アランはマクローリー家の三人兄弟の中でいちばん冷静で教養があり、おそらくはもっとも賢い。放火の犯人についてラナルフが得ている情報は少ない。しかしアランがバーリンだと確信している以上は、たぶんそのとおりなのだろう。

「どうした？」アランがしばし間を置いてから尋ねた。「ほかに何か考えでもあるのか？」

オーウェンが熱いコーヒーをなみなみとカップに注ぐあいだ、ラナルフは椅子の背に身を預けていた。「ゆうべマイルズに、ここはハイランドではないと釘を刺されたよ。バーリンの首をはねるのは簡単だが、たしかにイングランドでは、われわれ流の復讐《ふくしゅう》は愉快には思われないだろうな」

「今となってはそうだろう」アランが同意する。「ササナックどもは、今じゃ分別とやらを身につけているらしいからな」頬張ったハギスをのみこみ、彼は言葉を続けた。「それで？ほかにいい考えがあるのか？」

「いや、まだ何もない」ラナルフはコーヒーをひと口飲み、爪先まで温かさが広がっていくのを待った。「何はともあれ、おまえが来てくれたおかげで監視の目が増えた。奴の動きもしっかりと見張っていられる」

アランは淡いブルーの目に好奇心をたたえてしばらくラナルフを見たあと、視線を朝食に戻した。「〝見張る〟とはね。昔とずいぶん違うじゃないか」

「どういう意味だ？」

「言ったとおりさ。父上が死んだとき、ぼくはまだ一一歳だった。だがあのあと、ラッパ銃とシャベルを手に〝狩り〟に出かけ、二日後に獲物もなしに泥だらけで戻ってきた兄上を見て、何をしてきたのかは察しがついたよ」

ラナルフは大きく息を吸い、脳裏によみがえってくる寒さと恐怖、そして底なしの怒りを抑えこんだ。あのとき、クランでは警告にとどめるべきだという意見と、すぐさま全面戦争に打って出るべきだという意見に分かれていた。もう一六年も前の出来事だ。しかし、ラナルフは暗闇の中をショルブレイ・マナーへ忍び寄っていったときに踏みつけた落ち葉の感触までははっきりと覚えていた。椅子に座り直し、弟に尋ねる。「何が言いたい？」

「前回バーリンを追わなかったのはわかる。全員でベアーの世話をしなくてはならなかったからな。だが、あの一件を差し引いて考えても、なぜ今行動に出ないのか理解できない。ここがハイランドだろうがロンドンだろうが、マサチューセッツ州ボストンだろうが関係ないよ」アランが目を伏せた。「シャーロット・ハノーヴァーとかいう女が原因なのか？」

くそったれ。自分自身、何を考えているのか理解できていないのだ。今シャーロットのことを説明しても、賢明な弟に頭がどうかしたと思われるのが落ちだろう。

「なぜここでレディ・シャーロットの話が出てくるんだ？」ラナルフは素知らぬふりをして尋ねた。

アランは紅茶をすすり、こともなげに答えた。「その理由を兄上の口から聞きたいね」

「彼女について話すことなど何もない」ラナルフはアランに顔を向け、料理でいっぱいの皿と弟の目の下にできている隈《くま》を交互に見た。「いつグレンガスクを出た？」

「四日前だ。先に言っておくが、もちろんひとりで来るべきじゃないのはわかっていたよ。でも、たとえ誰かにあとをつけられても、振りきる自信があったんだ」

「なるほどな」ラナルフは応えた。心の中で疑念が広がっていく。「ここで火事があったのは、おまえがグレンガスクを出たあとの話だ。だとすると、おまえはなぜそんなに急いでここまで来たんだ？」

「兄上が答える質問を選ぶつもりなら、ぼくもそうするまでだ」

これまでずっと、ラナルフはアランの賢明さを高く評価してきた。だが今朝にかぎっては、ムンロの率直さのほうが好ましく感じられる。「つまり、私の手紙に女の名があったから、あわてて駆けつけてきたということか？　私だって修道士じゃない。手紙に女の名前くらいは書く」

「そんなことはわかっているさ。でもラナルフ・マクローリーが一通の手紙の中に、イングランド女の名前を五度も出していたんだ。おまけにいちいち〝生意気〟だの〝頑固〟だのという説明をつけてある。何かあると思わないほうがおかしいよ」アランは自分の額を撫でて続けた。「しかも孤立無援だの、ウィニーが帰りたくないと言いだしただの、あげくの果てにはロンドンに家を買うとまで書いてあるじゃないか。誰だって、マクローリー家の人間がもうひとりロンドンにロンドンに必要な事態だと思うだろう」そこでいったん言葉を切り、頭を傾けてつけ加える。「ぼくが間違っているなら、そう言ってくれ」

ラナルフは首を横に振った。「さっきも言ったとおり、おまえがロンドンに来てくれてうれしいよ。ただし、いまいましい意見は頭の中にとどめておけ」

「そうしよう」

朝食を終えたあと、ふたりは厩舎の焼け跡に向かった。残っているのは壁が一面と黒焦げになった瓦礫の山だけだ。厩舎で働く者たちはひとり残らず、火の手があがったときは厩舎内の一室で食事をしていたと証言しており、火事とは無関係のようだった。

廏舎の裏手だったあたりを歩いていたラナルフは、地面に落ちていた割れたガラスを踏みつけた。その場にしゃがみこんで焼けた草や灰をまさぐると、灰の中から半分溶けたランタンの部品が現れた。アランを呼んで一緒に地面を確認したところ、さらに割れたガラスがいくつか見つかった。何が原因でガラスが割れたのかはわからない。だが、相当な衝撃があったのはたしかだった。

「建物の内部から飛び出した可能性もある」アランが壁から一メートルほど離れた地面――いちばん壁から離れたところにガラスが落ちていた位置――にしるしをつけながら、ぼそりと言った。「でも、やはり何者かが外からランタンを投げつけたと考えたほうがしっくりくるな」

言われるまでもなく、ラナルフはすでに結論に達していた。グレンガスクとアン・ソアードの学校が焼け落ちたときも、バーリンは――ラナルフはバーリンと彼の手下たちが犯人だと知っていた――油を壁にまいてランタンで火をつけた。今回の廏舎の火事とまったく同じやり口とはいかないまでも、状況は非常によく似ている。

「アラン、この状況を絵に描いて残しておけ。ランタンの残骸を見つけたところにしるしをつけるのを忘れるなよ。私は残骸を入れる箱を取ってくる」

「証拠集めかい？」アランがいぶかしげに尋ねた。

「そうだ。いいから紙と鉛筆を探してこい」

「仰せのとおりに、閣下」

ラナルフがランタンの残骸を集めて最後のひとつを箱に入れたとき、デブニーがやってきた。ラナルフはすぐに身を起こし、彼に近づいていった。「ウィニーとハノーヴァー家の人々はどうしている?」真っ先にシャーロットの安否を尋ねたいのをこらえて尋ねる。

「全員ご無事です。レディ・シャーロットは腕が大砲の弾をくくりつけられたみたいに重いと言ってますが、あとの方々は大丈夫のようです」デブニーはポケットに手を入れ、折りたたんだ紙を取り出した。「これを旦那さまに渡すように頼まれました」

頭の中をさまざまな考えがよぎっていく。ラナルフは冷静さを保とうと両手の煤をズボンにこすりつけて時間を作り、それから紙を受け取って開いた。

〝ラナルフ、忘れられない夜をありがとう。事情が事情ですので博物館に行けないのならば仕方ありませんが、そのときにはご一報ください。C・H〟

ラナルフはにやりとした。「たいした女だ」

懐中時計はすでに一〇時半を指している。とにかく風呂に入って、ひげを剃らねばならない。シャーロットと博物館へ行く約束をしているからだけではない。そのときにはできるかぎり礼儀正しくあらねばならないからだ。厩舎に火を放った犯人を探すことより礼儀のほうが重要になってしまったのが自分でも不思議だったが、ラナルフはひとまず疑問を棚あげすることにした。

ジンジャーがラナルフのクラヴァットを結ぶのに苦心しているあいだ、アランは寝室の入口に寄りかかって、その様子を眺めていた。「廊下のいちばん奥の部屋を使ってもいいか?」

「いいとも」

少しためらってから、アランが言った。「ずいぶんとたいそうな格好だな」

「黙れ。私はこれからハノーヴァー・ハウスに行く。ウィニーに会いたいのなら、おまえも連れていってやるぞ」

アランは賢明にも感想と疑問をのみこみ、小さなかばんを持って自分の部屋に向かった。ラナルフが持ってきた荷物よりもさらに少なそうだ。アランもしばらくロンドンに滞在するというのであれば、またあの詰め物に取りつかれた仕立屋のもとを訪れなくてはなるまい。

弟の到着は、ラナルフにとって守るべき相手がもうひとり増えたことを意味する。だが味方の到着で安心したのも、また事実だった。たとえ、その味方が気づくべきでないことまで気づいてしまう口うるさい弟であっても。ただいちばんの問題は、バーリンがもうひとりのマクローリーの登場を自分に対する挑発と受け取るか、あるいは新たな騒動を引き起こす好機と見るかだった。

いずれにしても、すべてはシャーロットともう一度顔を合わせてからだ。そのあとは悪魔にすべてを任せるしかない。


「手紙が二通と詩が一編よ、ウィニー。それも今日だけでね！」ジェーンが元気のいい声をあげ、ロウェナの手から香水の匂いが漂う紙を取って自分の腿の上に広げた。「〝銅貨のようにまぶしいウィニーの笑顔〟っていうのが趣のある表現なのかはわからないけれど、とりあえず詩には違いないわ」

シャーロットがロウェナに目をやると、彼女は新たに登場した求愛者の詩より、むしろ居間の窓の外を通り過ぎていく雲に心を奪われているようだった。「ウィニー、大丈夫よ。ゆうべあのあとで何かあったのなら、お兄さまが知らせてきたはずだわ。わかっているでしょう?」

ロウェナはため息をついて椅子に身を預けた。「ええ、わかってるわ」立ちあがってシャーロットに歩み寄り、やけどを負った手を慎重に握る。「ピクニックを中止にしてくれてありがとう。ひとり立ちすることと自分の言動に責任を持つことには違いがあるのに、わたしったら、ときどきそれを忘れてしまうの」

シャーロットは微笑んでうなずいた。「あなたはとても賢いのね」

「ここしばらく考えていたのよ。兄たち——特にランは、わたしの幸せと安全ばかりを心配して、自分のことを考えるのをやめてしまったんじゃないかって。だから今度は、わたしが兄たちの面倒を見てあげる番なのかもしれないと思ったの」

「面倒を見るといっても、三人のお兄さまのうち、ふたりはスコットランドにいるのよ」ジエーンが言った。「それに、グレンガスク卿は自分の面倒くらい自分で見られる方だと思うわ」

シャーロットの顔を見つめながら、ロウェナが言った。「わたしは正しいと思う?」

単純なイエスかノーではなく、ロウェナはもっと具体的な答えを求めている。シャーロットはそう感じたが、言葉を返す前に、朝届いた手紙類にふたたび目を通していたジェーンに割りこまれてしまった。「あなたがお兄さまの面倒を見るとなると、今日リボンを買いに行くのは取りやめになってしまうのかしら？　わたしが知りたいのはそれだけよ」

「あら、そのふたつは両立できると思うわよ、ジェーン」

「それを聞いて安心したわ」

突然芽生えたロウェナの責任感が、ゆうべの火事によるものなのかはわからない。だが、シャーロットは彼女の言葉を聞いて安心できたし、ラナルフに教えてあげれば彼も喜ぶに違いなかった。マクローリー家が直面している危機について、ラナルフがいくぶん大げさに語っている気がするのは今も変わらない。でも昨夜の事件が起きたあとでは、危険が迫っているという事実は受け入れるしかなかった。

ラナルフについて考えたとたん、体じゅうが震えた。シャーロットは、今日の博物館行きを中止するという彼の返事を半ば期待していた。両腕がひどく痛むからではなく、ラナルフに会いたくないからでもない——実際のところかなり痛みはあり、彼にも会いたかった。どのみち行ったところでラナルフの機嫌は悪いだろうし、どう復讐するかを考えてばかりに決まっているからだ。シャーロットは彼の復讐方法について聞かされ、それからいつもと同じく議論を戦わせることになるだろう。あまり魅力的な話ではない。正直なところ、野蛮な行動がなぜプライドと関わってくるのか、彼女には理解できなかった。ただし理解できないなりに、ラナルフと議論をすれば話がそこに行きつくのだけはわかっている。

正午を二分ばかり過ぎたとき、居間の扉が開いてロングフェローが姿を見せ、シャーロットとふたりの若い娘たちは立ちあがった。「お嬢さま方、グレンガスク卿とアラン・マクローリー卿がお見えです」執事はそう告げたあと、脇にしりぞいて道を空けた。

ロウェナが扉に向かって駆けていく。「アラン！」彼女は大きな声をあげ、ラナルフをのみで削って華奢にしたような黒髪の男性に抱きついた。

「やっと会えたな、ウィニー」男性はゆったりした口調で言うと、妹の頬にキスをした。

「どうしてここにいるの？」ロウェナが勢いこんで尋ねる。

「困った事態になりそうな予感がしたから駆けつけたんだ」

兄と妹は話に花を咲かせ、その合間にロウェナが顔を赤くしたジェーンをアランに紹介した。しかしシャーロットの意識は、ふたりのうしろから近づいてくるラナルフの姿に釘づけになっていた。ゆうべ、何かが起きたのだ。具体的に何が起きたのかはわからない。でもラナルフが部屋に足を踏み入れたとたん、ほかのすべてが消えてしまった感じがした。何回かのキスとワルツ、それに興味深いが頭痛の種にもなる会話を経て、今やすっかりラナルフに惹かれている……彼が新たな災難をもたらすと知りながらそうなってしまうのだから、ばかばかしい話だ。

シャーロットはラナルフに近づいていき、思わず抱きついてキスを浴びせてしまわないよう途中で足を止めた。その場に立ち尽くして、ごくりとつばをのみこむ。昨夜の疲労があまりにも激しかったせいで、精神のたがが外れてしまったのだろうか？　考えるのよ、と彼女は自分に言い聞かせた。事実を頭の中でしっかりと整理しておけば、道を踏み外す心配はない。

いくら魅力的に見えようとも、先日のキルトを身につけたラナルフはロンドンの常識からかけ離れていた。でも茶色の上着と黄色の鹿革のズボンを身につけ、きれいに磨いたヘシアンブーツを履いた今日の彼は、とても……イングランドふうに見える。ラナルフが侮辱と受け取るのがわかっていなければ、そう口に出しているところだ。

「手の具合はどうだい？」ラナルフのたくましい手がシャーロットの手を取り、てのひらを上に向けさせた。

ひとたび口を開けば言葉は完全にスコットランド訛りで、やはりイングランド人とはかけ離れている。シャーロットの背筋がぞくぞくして、体の中心に気だるい高揚感が広がっていった。「少し痛むわ」できるかぎり平静を装って答える。「でも、手袋をして気をつけていれば大丈夫よ。あなたはどう？」

濃いブルーの瞳が上を向き、彼女の目をとらえた。「火は完全に消し止めたし、けがをした者も両手にやけどを負ったくらいですんだ。まずは安心しているよ。腹を立ててもいるがね」

淡々としたラナルフの口調は、どういうわけかいっそう恐ろしさを感じさせた。シャーロットにも彼の怒りは理解できる。問題は、彼がそれを穏便な方法で解消しようとする男性ではないことだった。「ここを出て、行き合う人たちを片っ端から殴りつけるつもり？　もしそうなら、あなたと一緒には出かけられないわ」

「わかっている。きみと一緒にいるあいだは誰も殴らないよ」

あまりにもあっさりと彼が同意したので、シャーロットは疑わずにはいられなかった。

「あの火事は事故だったの？」

「いいや、たぶん放火だ」

彼女は眉間にしわを寄せた。「それならどうして――」

「どうして今日は紳士的にふるまっているのかって？　この両手だよ」彼は静かに答え、親指でシャーロットのてのひらをそっとなぞった。「ゆうべ、きみが私にしてくれたことへのお礼だ、レアナン」

最後の単語の意味はなんだろうと思いながら、シャーロットは言った。「火を消すのを手伝ったのはわたしだけではないわ。わたしにできたのは、せいぜい水を汲みあげることくらいだったのよ」

ラナルフがゆっくりと口元に笑みを浮かべた。「博物館は取りやめにして、ふたりきりになれる静かなところへ行こう」小声で告げ、ほんの少し彼女に身を寄せる。「そこで私がきみに感謝する理由を教えるよ」

それでなくともふしだらなその言葉は、ラナルフが口にするといっそう危険な響きを帯びた。もう結婚適齢期を過ぎた二五歳だというのに、シャーロットはその場に呆然《ぼうぜん》と立ち尽くし、彼女を妻に迎えるつもりもない男性をじっと見つめた。夫として望むには危険すぎる男性、完璧でないがゆえに完璧な男性を。

「わたしの人生が破滅しないですむ方法を見つけてくれたら――」彼女はささやいた。「あなたの思うとおりにしてもいいわ」

一瞬、彼の瞳に驚きが走った。「なぜ気が変わった？」

男性というのはこれだからどうしようもない。シャーロットはラナルフに向かって不敵な笑みを浮かべてみせた。「その理由を本当に知りたいの？」

「いいや、聞きたくない。話しているうちに気が変わっても困るからな。このますぐに出かけよう」

「あなたが思うほど簡単にはいかないかもしれないわよ」

うなずいた彼の顔に浮かぶかすかな笑みを見て、シャーロットの胸がときめいた。

「私に任せてくれ、レアナン。きみの手袋はどこだ？」

「シムスが持っているわ。シムス？」

前に進み出たメイドの手を借りて、やけどを負った手に白い手袋をはめる。ありがたいことに、痛みをそれほど顔に出さずにすんだ。本当は手を握るたびに顔をしかめたくなるのだが、今日はたかがやけどくらいで家にとどまっていられない気分だった。何があってもかまわないという心境だ。

シャーロットがふたたび顔をあげると、ラナルフの弟のアランが、兄よりも淡いブルーの瞳でじっと彼女を見つめていた。シャーロットは自分が彼の存在を完全に忘れていたことに気づいた。「あなたがアランね」そう言って手を差し出す。「ウィニーから、あなたとムンロの話をよく聞いているわ」

アランが笑みを浮かべた。「申し訳ないが挨拶はお辞儀ですませたい。手を握らなかったからといって、侮辱と受け取らないでほしいな、レディ・シャーロット」

彼女は微笑み返した。どうやら弟のほうは兄ほど気性が荒くなさそうだ。ハンサムなのは兄と同じでも、雰囲気はだいぶ異なっていて、強引さとは無縁の陽気な人みたいに見える。

「正直に言うと安心したわ。ありがとう」

ラナルフが差し出されたままのシャーロットの手を取り、自分の腕にかけさせた。過剰なほどやさしくて繊細な手つきだ。「アラン、ウィニーの言うことを聞いてやる役目はおまえに任せる。ふたりとも、くれぐれも騒ぎを起こすなよ」

ふたりで廊下を歩き、玄関から外に出て、ラナルフのバルーシュへと向かう。その途中でシャーロットは笑いながら彼に言った。「弟さんがかわいそうだわ。あなたはリボンの買い物につき合うように命じたのよ」

ラナルフは肩をすくめ、彼女が馬車に乗るのを手伝った。「アランは慣れているさ。ウィニーが言うには、兄弟の中で服の趣味が理解できるのはあいつだけだそうだ」

「それはどうかしら。あなただって、今日はとてもすてきに見えるもの」

「あのくそいまいまし――腹黒い仕立屋のスマイスに、きみがそう言っていたと伝えるよ。あの男は私が肩の詰め物など必要ないと言っただけで、自分の仕事を侮辱されたと怒るんだ」

ロンドンで肩に詰め物を入れなくてすむ男性がいるとすれば、それはラナルフ・マクローリーくらいのものだろう。「あなたが妥協しなくてよかったわ」

「するものか。それに――」シャーロットに続いて馬車に乗りこもうとしたところで、すぐうしろにシムスが立っているのに気づいたラナルフが動きを止めた。「きみはいったい何をしている?」

「わたしもお供いたします、閣下」シムスが彼女の中にあるありったけの尊厳をこめて言った。

「おかしなことを言うな」

シャーロットは笑いをこらえた。「シムスはシャペロンよ。彼女か、ほかのふさわしい女性が一緒でないと、わたしはあなたと出かけられないの」

ラナルフがうなり声のようなため息を漏らした。シムスの手を取って馬車に引き入れ、シャーロットの隣に座ろうとした彼女を見て首を横に振る。「そこは私の席だ」向かいの座席を指さして、メイドをそちらに座らせた。

「ラナルフ」

「きみの隣には私が座る。私が不届きな真似をするかどうか見張るつもりなら、向かいに座っていたほうがよく見えるはずだ――もっとも、私はそんな真似をする気はないがね」

シャーロットは頬を赤く染めた。「簡単にはいかないと言ったでしょう?」隣に座ろうと身をかがめた彼に向かってささやく。温かくてたくましく、そして強引な体がすぐそこにあった。

「もう少し詳しく話してくれればよかったのに」ラナルフはふたりの腿が触れ合うところまで身を寄せて言った。「この前、彼女はいなかったじゃないか」

「あのときはジェーンとウィニーがいたからよ。わたしたち女性はね、自分自身と世間が大切にしている価値観を守らなくてはいけないの」

「いまいましい清教徒どもめ」ラナルフが不平をこぼす。

もちろんシャーロットは清教徒ではない。だが、ラナルフの本心はじゅうぶんに理解できた。紳士的にふるまうのは状況が求めるときだけ、彼はそう決めているのだろう。彼女自身もシムスがいなければいいのにと思っていたので、黙ってうなずくしかなかった。

「もうひとりの弟さんも来るの？」不届きな真似とやらをされる光景が頭に浮かぶ前に、シャーロットは尋ねた。

「私の家族の話が聞きたいのか？」

「少し話題を変えてもらえると助かるの。だから、その質問の答えはイエスよ」

ラナルフがため息をついて答えた。「来ない。ベアーはスコットランドに残る。過去四〇〇年、マクローリー家の者がそろってスコットランドを離れたことはないからな。紋章にもあるんだ。〝イ・ゴーナイ・マクローリー・アグ・グレンガスク〟――マクローリーはつねにグレンガスクとともにある、という意味さ。私もこの誓いを破るつもりはない」

彼女はうなずいた。「マクローリー家の誰かがスコットランドにいれば、当主のあなたはクランを絶対に見捨てないと全員が信じられるからね？」

「そうだ」

誓いの言葉もその意味も、シャーロットがこれまで耳にしてきたどの家訓よりも気高いものに思えた。それにゲール語のほうがラテン語よりも、誇り高く勇敢な感じがする。

「もう一度言ってくれる？　ゲール語で」

「喜んで。イ・ゴーナイ・マクローリー・アグ・グレンガスク」

気がつけば、シャーロットはラナルフの動く口をじっと見つめながら、一語一語の響きや音楽のような全体の調べを耳で味わっていた。「家やグレンガスクではゲール語で話すの？」

「ときどきは。だが、ほとんどは英語だ。私たちは学校で強制的に英語を勉強させられるし、父の代にはゲール語が禁止された時期もあったからな」ラナルフはいったん言葉を切り、わずかにためらったあと続けた。「英語など知らなければどれだけ幸せかとも思うが、意地を張って拒絶したところで誰の得にもならない」

「それに、あなたのお母さまはイングランド人だったものね」

彼の瞳が一瞬にして冷たさを帯びた。「そうだ」

ロウェナから聞いた話では、ウィルキー家出身のエレノア・マクローリーは、夫が亡くなった三年後に自ら命を絶ったらしい。もしラナルフが母親について話したがっているとしても――表情を見るかぎり、とてもそうは見えないけれど――今はそのときではない。だからシャーロットはただうなずき、ほかの話題を探した。ふたりの距離はとても近く、服越しにもぬくもりがはっきりと伝わってくる。気を紛らわせるためにも、なんとか話を続けなくては。

「それで——大英博物館で特に見たいものがあるの？」

返事がない。

横目で見ると、ラナルフは顎をこわばらせてシムスを見据えていた。その視線を受けているメイドは、かわいそうなくらい居心地が悪そうだ。シャペロンが一緒だとは思っていなかったラナルフが不機嫌なのもわかるけれど、シムスは何も悪くない。

「ラナルフ」

「私がきみを博物館に連れていくなど、本気で信じてはいなかっただろう？」

「でも、わたしたちは今こうして博物館に向かっているじゃない。何が見たいの？」

ゆっくりと視線を動かしたラナルフが彼女を見つめた。「私は何を見たらいい、シャーロット？　上から見ていったほうがいいだろうか、それとも下から？」

どうも厄介な事態になってきたようだ。「スコットランドと対立しているイングランドの歴史なんて知りたくないというなら」体の内側がほてりだすのを感じつつ、シャーロットは早口で言った。「ギリシャとエジプトの展示もあるわ」風が吹きつけ、ラナルフの黒くて長い巻き毛がブルーの瞳に落ちかかった。彼女はその髪を払おうと手を伸ばし、自分のしていることに気づいてあわてて引っこめた。

「それはあるだろうさ」ラナルフは座席の背にもたれ、いらだたしげに指で自分の腿を叩いて、ゲール語で何かつぶやいた。英語にしたら相当ひどい意味になりそうな響きだ。

「だが、無理だ」ぼそりとつぶやく。

「何が?」

「きみに触れずにこのまま時間を過ごすことなどできない」ラナルフはすばやく身を乗り出し、鋭い目でメイドをにらみつけた。「シムスといったな?」

「はい、閣下」彼女が頬を赤くして答える。

シャーロットは緊張に身をこわばらせた。ラナルフがシムスに馬車をおりるよう命じたら、そのときは反対しなくてはならない。それがシムスとシャーロット自身のためだった。いくら本心では彼とふたりきりになりたいと望んでいたとしても、ここはロンドンの中心部で、しかも道の真ん中だ。礼儀作法をかなぐり捨てるわけにはいかない。

「きみの女主人がいくらか常識から外れたことをするとしよう。しかし、それによってなんの害も発生しない。そうなったら、きみはどうする?」

シムスの視線がラナルフからシャーロットへと移った。「お嬢さまの名誉を損なうような真似は、わたしは決していたしません」わずかに間を置いてから答える。その声には、シャーロットですらはじめて耳にする強烈なプライドがこめられていた。「黙っているせいでお嬢さまの身に危険が及ぶのでないかぎり、わたしがお嬢さまの個人的な事柄を口外するなど、絶対にございません」

「そうか」少し考えてから、ラナルフはふたたび座席の背にもたれた。「デブニー、馬車をギルデン・ハウスにやってくれ。明るいうちに、廏舎の焼け跡をレディ・シャーロットに見てもらいたい」

「はい、旦那さま」

「これがあなたにとっての分別ある行動なの？」今まさにシャーロットはメイフェアの日常から、過激な情事が行われる異世界に飛びこもうとしていた。さまざまな考えが浮かんでは消え、頭が今にも破裂しそうだ。

「分別ある行動そのものさ」ラナルフは彼女の体をほてらせる低い声でささやいた。「それに午後のあいだじゅう、きみと並んで彫刻を眺める羽目になったら、まわりのみなに私がどれほどきみを欲しているか知られてしまうよ、レアナン。そちらのほうが、よほど分別に欠けるというものだ」

「でも、あなたの屋敷に馬車を乗りつけて中に入っていくのだって、非常識だわ」

「シャペロンも一緒だ」ラナルフは首を傾けてメイドを示した。「きみは私の正気を失わせる。もし私を欲していないならば、今のうちに言ってくれ。もし冗談のつもりなら、私はそれが通じる男ではないんだ、シャーロット・ハノーヴァー」

彼女は心臓が胸を突き破って飛び出しそうな錯覚にとらわれた。今日、このままラナルフに触れもせずに別れるところを想像すると……心が痛んだ。たしかに彼は最初から肉体的な欲望を満たすのが目的だとはっきり態度で示していたけれど、欲望を抱えていたのはシャーロットも同じだ。「これが間違いであろうとなかろうと、行動に移すなら今しかないと思うわ」やっとのことで応える。

ラナルフが顔をしかめてみせた。「もっと気のきいた返事を期待していたんだがな。まあ、とりあえずはそれでじゅうぶんだ」

それから一五分ほどのあいだ、シャーロットは馬車の振動のせいで隣のラナルフに体が触れてしまわないよう足を踏ん張りつづけた。何か気軽な会話をしてみようとしたけれど、まるで効果がない。ロンドンがこんなに広いと感じたのも、馬車の走る距離がこれほど長いと感じたのも、これがはじめてだった。

馬車がマーケット・ストリートに出てギルデン・ホールの階段の前で止まる頃には、あまりにも口元をきつく結んでいたせいで、シャーロットの顎が痛みはじめていた。ラナルフが扉を開け、彼女の肘を取って馬車からおろそうとしたところで、ようやく屋敷の中から出迎えのオーウェンが姿を現した。

「だ、旦那さま――」ラナルフの従僕はあわてた様子で言った。「まさかこんなに早く戻られるとは――」

「シムスを厨房に案内して、何か食べさせてやってくれ」ラナルフはシャーロットのそばから離れようともせず、オーウェンの言葉をさえぎった。「私がいいと言うまで、誰も二階にあがらせるな」

「かしこまりました、旦那さま」

「おまえとファーガスもだぞ」

「すぐにファーガスを階下《した》におろします」

シャーロットは玄関から邸内に入った。もしためらっていたら、ビーツの袋さながらにラナルフの肩に担がれていただろう。

「そっちだ」彼女のすぐうしろにいたラナルフが階段を指し示す。

彼の寝室の場所は覚えていた。いろいろあったけれど、ラナルフにこの屋敷を案内されたのは、つい昨日のことなのだ。「せかさないで」階段の踊り場で立ち止まったときに肩が彼の体とぶつかり、シャーロットは言った。

「お嬢さま？」

見おろすと、階段の下にシムスが立っていた。その近くではオーウェンが彼女をにらみつけ、今にも厨房まで引きずっていこうと構えている。「どうかしたの、シムス？」

「お嬢さまがお命じになるのでしたら、私はこのまま引きさがります」

シムスが女主人の行動を快く思っていないのは明らかだった。それでも、自分よりはるかに体の大きなハイランド男性たちを前に毅然《きぜん》として発言するメイドの姿を見て、シャーロットの心に温かいものが広がっていった。なかなかどうして立派なものだ。

今まさに自ら苦しみの中へ――たいがいのレディたちがそう見なすに違いない――足を踏み入れようとしているにもかかわらず、シャーロットは微笑んだ。「ありがとう、シムス。食事をいただいてきなさい。自分の意志でここにいるのだから、わたしは平気よ」

階段をあがりきって右に曲がる。ラナルフの寝室に入っていくと、すぐうしろで扉が閉まり、鍵のかけられる音がした。

「シムスが協力的でよかった」彼が扉のそばに立ったまま言った。「反抗していたら、どこか遠くの二度と戻れないところまで連れていって、そこに置き去りにしてこなくてはならなかった」

「犬みたいに?」シャーロットは振り返ってラナルフを見た。実のところ、部屋に入るなり飛びかかられるものだとばかり思っていた。けれども彼は胸の前で腕を組み、片方の肩で戸枠にもたれたままだ。

「いっそ、そうしたほうが確実だったかもしれない。必要とあらば、今からでもそうする」

その言葉を聞きながら、彼女は通りに面した正面の窓へと近づいていった。外から見えない位置に立ってカーテンを閉める。もうひとつの窓からは厩舎が焼け落ちた跡しか見えなかったので、そのままにしておくことにした。これで明かりが灯った室内の様子を外から見られずにすむはずだ。

「ずっとそこに立っているつもり?」部屋の中を歩きまわる彼女を見つめるラナルフに目をやって尋ねた。

「せかすなと言ったのはきみだ。それに、きみと一緒にいたいという私の願いはすでにかなえられた。あとはきみが好きなときにこっちへ来て、キスしてくれるのを待つだけだ」

シャーロットは胸の高鳴りを落ち着かせようと大きく息をつき、彼に歩み寄った。

「ひとつはっきりさせておきたいの」手袋をつけたまま、指先で相手の胸に触れる。

「聞こう」

「こうするのは、わたしたちが……その……お互いに欲求を感じているからよ」ラナルフのクラヴァットに触れながら、ゆっくりと告げる。「わたしは意気地のない女性ではないし、あなたは冷酷で下劣な男性ではない。そのふたりが引力に身を任せようとしている。ただそれだけの話だわ」これでいい。自らの誇りのため、シャーロットはラナルフに対して、自分が今の状況を理解していることを伝える必要があった。彼が申し出た以上の何かを欲しているわけではないと、はっきり示しておかなくては。

「そう、ただそれだけの話さ」ラナルフが腕を伸ばし、彼女のこめかみから伸びる金色の髪に指を絡めた。「そろそろ私にキスをすべきときだ、シャーロット」

10

この一週間というもの、ラナルフはずっとこの瞬間を夢見ていた。シャーロットがすぐそこまで近づいてきている。簡単な話だ。あとは少し身をかがめて唇を重ねればいい。

しかし、彼は緊張に悲鳴をあげる筋肉を動かさず、じっと同じ姿勢を保ちつづけた。ここまで来たのは自分の意志だし、ここは彼の家で、ことは彼の思いどおりに運んでいる。ラナルフはまわりを主導する地位にあり、何かを命じてその結果を見届けるのが当然だと思ってきた。その彼がシャーロットに次の動きを託す。これは頭がどうかなりそうになると同時に、このうえなく興奮する決断だった。

手袋をはめた指がクラヴァットをもてあそび、ゆっくりと引っ張りはじめる。そのとき、ラナルフの全身にかつてない官能的な感覚がみなぎった。待っているあいだ、呼吸が次第に深くゆっくりしたものになっていき、その一方で心臓は早鐘を打ちつづけた。

シャーロットが手を彼の胸から上へ滑らせ、爪先立ちになって、唇がかすかに触れる軽いキスをした。まいったな。

ようやく体を動かすことにしたラナルフは、両手でシャーロットの頰をそっと包みこんだ。

彼女が唇から力を抜いてわずかに口を開き、彼の舌を受け入れるまでキスを続けていく。相手の口からあえぎ声が漏れた瞬間、欲望が一気に高まり、彼は細いウエストに手をまわしてシャーロットの体を強く抱きしめた。

彼女はふたりが互いに欲求を感じていると言った。だが、ラナルフが感じているのはそれだけではない。頑固なシャーロットは、長い年月をかけて作られた彼の中の偏見や嫌悪を、わずかな言葉によって覆した。そして目を開かされたラナルフは、いつしかそんな彼女に強烈なまでの執着を抱きはじめていた。シャーロットが彼といることに喜びを見いだしていなかったら、彼の生き方を拒絶して恋人の資格なしと判断していたら、今頃ラナルフはのっぴきならない状況に追いこまれていただろう。

キスをしながらイングランド製の上着を脱ぎ捨て、ベストのボタンを外していく。

「きみの番だ」ベストを床に落としてささやき、シャーロットのコートのボタンに目をやった。その下には小枝模様のグリーンとイエローのドレスが隠されている。

ボタンを外しにかかったラナルフの手が胸をかすめると、彼女はびくっとした。

「とてもいけないことをしている気分だわ」息を乱して唇を離し、下へと向かっていくラナルフの両手を見つめる。

彼はコートのボタンを外し終え、そのまま肩から落とした。シャーロットが身につけているものをすべて引きちぎってしまったほうが満足できるのはわかっている。だが暴力好きの悪魔だと思われているうえに、分別ある行動を取ると約束してしまったのだから、ここは我慢するしかない。すべてのボタンがちぎれ、あらゆる縫い目が引き裂かれたドレスで彼女を家に戻すのは、分別ある行動でもなければ賢い考えとも言いがたい。

シャーロットの顔から視線をさげていったラナルフは、モスリンのドレス越しに両手で胸のふくらみに触れた。まるで頭に思い描いた理想の女性であるかのように、そこは彼のてのひらにぴったりと納まる大きさだった。「服が多すぎる」かたく敏感になっている下腹部に彼女の体が触れないよう自分を抑えながら、ラナルフは言った。

「座りたいわ」シャーロットが消え入りそうな声で言い、また彼の唇を求めて伸びあがった。

「私に任せてくれ」身をかがめて彼女を抱きあげ、大きくて柔らかなベッドへと運ぶ。

マットレスの真ん中におろそうとすると、シャーロットが指を彼の髪に絡めて引き寄せた。ラナルフはしなやかな体をベッドに寝かせ、自分もすぐ隣に横たわった。これでもまだ近づき足りないという思いを抑えこむ。今すぐひとつになって欲望を満たし、彼女を自分のものにしたいという衝動とも闘った。もうすぐだ。もうすぐすべてが実現する。しかし、ふたりのためにも焦りは禁物だった。シャーロットを怯えさせたり、傷つけたりするのだけは、なんとしても避けなくては。

そのとき彼女がくすくすと笑いだし、ラナルフのクラヴァットを引っ張った。

「ずいぶん固いわ。いったい誰が結んだの？」彼の顎を押して横を向かせ、手袋をした手で結び目をほどきにかかる。

そんなシャーロットを見て、ラナルフは彼女が最初に考えていたような、か弱い女性ではなかったことを思い出した。「哀れなジンジャーだよ。私の従者だ。きみがあまりに頑固なので、危うく両腕がもげるところだったとこぼしていた」

「わたしが頑固ですって？」シャーロットはようやく結び目をほどき終え、クラヴァットを床に放り投げた。

「そうさ。本当は水を汲み上げるのも二〇分くらいで限界だったらしいが、きみに負けるわけにはいかないと思って続けたそうだ」

シャーロットがまたくすくすと笑う。「たしかに哀れね」

ラナルフは身を起こして、イングランド製のブーツを床に脱ぎ捨てた。

「ジンジャーがゆうべ何を考えていたのかはわかった。きみは何を考えていたんだ、レアナン？　それから、足を出してくれ」

「何を考えていたかなんて思い出せないわ」彼女は楽しげに答え、片方の足を出して、かかとをラナルフの手の上に置いた。

彼はシャーロットの靴を脱がせ、床に転がるブーツの隣に置いた。「夢中で何も考えていなかったのかもしれないな。私の心配はしてくれていたのか？」

もう片方の足をラナルフの手にゆだね、彼女が答えた。「一週間も会っていなかったでしょう。そのあいだ、あなたは大変な苦労をして家を手に入れて、晩餐会を仕切って、ふるまいも……」

「紳士的だった？」

「立派だった、と言うつもりだったのよ」シャーロットは、彼がシャツの裾をズボンから引き抜くのに手を貸しながら言葉を続けた。「どこかの誰かがおかしなことをしたせいで、あなたがロンドンを嫌いになってしまったらいやだもの。あなたにここを離れてほしくなかった」

「うれしい言葉だ」手袋をしたままの彼女の手をそっと握る。「この手で私に触れてほしい、シャーロット」

彼女はうなずいた。「わたしもそうしたい」

「やけどは大丈夫か？」

「なんとかなるでしょう」

その言葉にラナルフは思わずにやりとした。「そう願うよ」彼女の手に顔を近づけ、真珠のボタンを外して慎重に手袋を脱がせる。「痛みは？」表情を確かめようと、シャーロットの顔に視線を移して尋ねた。

「平気よ。こちらもお願い」

手袋を外し終えると、シャーロットがシャツの上からラナルフの胸に手を当ててゆっくりと動かし、彼はくすぐったさに身を震わせた。好奇心に満ちた指先が胸の突起に触れ、思わずはっと息を吸いこむ。彼はシャツの裾をつかみ、一気に頭から引き抜いた。

「ギリシャの彫刻みたいね」シャーロットはどこか楽しそうに言い、温かな指をためらいがちに彼の肌に走らせた。

「違うね。こいつはスコットランド産だ」

彼女が声をあげて笑う。その笑い声になぜか欲望を刺激され、ラナルフは体が破裂してしまいそうな気がした。なんてことだ。身をひねってふたたびシャーロットと向き合い、ドレスの袖から彼女の腕を抜く。それからゆっくりと前にかがみ、むき出しになった肩にキスをした。

シャーロットの肌はかすかにレモンの味がした。消したいそばかすでもあるのだろうか？あったとしても、そんなことはしてほしくない。それどころか、美しい肌にあるすべてのそばかすを探し出し、キスしたい気さえする。彼女が首を傾け、ラナルフは耳から顎の下、そしてふたたび肩へと唇を走らせた。ドレスをおろしながらさらに唇を下へ動かし、あらわになった完璧な胸とその先端を愛撫する。

「ラナルフ」シャーロットが彼の腕をつかみ、苦しげに言った。

美しい胸を唇でもてあそびながら、彼女の顔を見あげる。「やめてほしいのか？」

「いいえ。ただ、あなたがなんていうか……その……窮屈そうだから」

「そのとおりだ。苦しいくらいだよ」

「それなら、まずそちらをなんとかしましょう」シャーロットが高ぶった声で提案し、両手を彼の脇腹から腰へとおろしていった。

ラナルフはにやりとして、彼女の胸にキスをした。「そんな提案を断るのも愚かだが、きみの手を傷つけたくない。自分でするさ」

彼はベッドからおり、立ったまま急いでズボンのボタンを外した。鹿革のズボンを引きおろし、蹴るようにして脚を抜いた。そうしてシャーロットの顔に目をやり、感嘆の表情か、あるいは別の表情が浮かぶのを待つ。ギリシャの彫刻で見た経験があるといっても、本物の男の体を目にすれば、なんらかの反応はあるはずだ。

彼女の視線がさがっていき、ふたたび上に向かってラナルフの目に戻ってきた。

「キルトの下はこうなっていたのね、ラナルフ・マクローリー」

彼は声をあげて笑った。「これでは、分別がないのはどちらかわからないな」シャーロットに挑むような声をかけ、ベッドへ戻る。「膝立ちになってくれ」

彼女が言うとおりにすると、ラナルフはドレスの裾をつかんで引きあげた。まず膝が現れ、それから腿と金色の茂みがあらわになる。さらに裾を持ちあげていき、そのまま頭からドレスを脱がせた。

「どうかしら？」シャーロットはふたたび横になり、彼に問いかけた。

たいした女性だ。「太陽よりもすてきだよ」笑みを浮かべながら、ラナルフは彼女を仰向けにさせ、その上に覆いかぶさった。

今度のキスでは、シャーロットも彼と同じくらい積極的になっていた。ラナルフはふたりの呼吸が乱れるまでキスを続け、それから唇を下へ走らせた。まず片方の胸のふくらみを愛撫し、もう一方へ移っていく。続いて腹部へと唇を這わせて、ついに彼女のもっとも大切な部分までたどりついたとき、シャーロットが声をあげた。

指を中に沈ませていくと、彼女の口からあえぎ声が漏れた。内側は熱くほてり、彼を迎え入れる準備がすっかり整っている。「すばらしい」ラナルフはつぶやき、今度は舌で彼女を味わった。やがてシャーロットが快感に震えはじめ、絶頂に達して体をけいれんさせた。彼女の張りつめた声を聞いたとたん、ラナルフの欲望もまた頂点に達して爆発寸前になった。

「次は私の番だ」ラナルフはささやき、上体を起こした。われながら聖人並みの我慢強さだ。だが、シャーロットの中に自分を深くうずめたいという衝動は、今や我慢の限界を超えていた。

いよいよという瞬間になって、ラナルフは避妊具を用意していたことを思い出した。悪態をついてベッドからおり、扉のそばに落ちている上着から避妊具を取り出した。

「それは何?」ベッドに肘をついて身を起こしたシャーロットが尋ねる。よい意味で乱れきった彼女の姿は、このうえなく美しく見えた。

「子どもができないようにするための道具だよ」彼は避妊具をつけてリボンを結んだ。

「はじめて見たわ。かわいい感じね」

「それは違う」ベッドに戻りながら言う。「こいつは男を男たらしめる証《あかし》だ。〝立派〟とか〝誇らしい〟といった言葉がふさわしい。かわいいという言葉は当たらないよ」

ラナルフはあらためて彼女の脚を開かせ、指で胸を愛撫しながら、ふたたび甘美な秘部を味わった。やがてシャーロットが二度目の歓喜の声をあげ、それを聞き届けた彼はゆっくりと体を前にずらしていった。できるだけ慎重に入ろうとするものの、このまま勢いに身を任せ、一気に彼女を奪ってしまいたいという衝動がこみあげてくる。そんな自分を必死に抑えこんだ。

「いいか？」低い声で尋ねる。

目を大きく見開いたシャーロットが指を彼の肩に食いこませ、無言でうなずいた。ラナルフは息を大きく吸って止めるように告げ、彼女がそのとおりにした瞬間をとらえて薄い壁を破り、ついに完全にひとつになった。

シャーロットがきつく目を閉じて震える息をつき、やがてまぶたを開いてラナルフを見つめた。彼女を傷つけて痛い思いをさせるのはこれが最後だ。そう心に誓い、しばらく動かずにキスを続けて、彼女の体から力が抜けるのを待った。

じゅうぶんに間を空けたあとで少しだけ腰を引き、ふたたび前に進んでみる。

「痛くないか？」

「大丈夫よ」シャーロットが答えた。「もっとして」

ラナルフはあらためて動きはじめた。彼女は……すばらしかった。耳にやさしく響くあえぎ声に駆り立てられ、彼は動きを速めていった。自分たちはそれぞれの哲学に従っていて、まったく違う人生を生きている。だが、そんな感じはまったくしない。肌を重ねて汗を混じらせ、舌を絡ませているふたりは、これ以上ないほど見事に調和していた。

またしても彼女の快感が頂点に達した。ラナルフはシャーロットが絶頂を迎えたのを感じながら、彼女を完全に自分のものにしたいという衝動にようやく身をゆだねた。速く、強く、そして深く腰を動かし、せっぱ詰まったうめき声をあげて、彼女の中で自らを解き放った。

仰向けに倒れこんだラナルフはシャーロットをしっかりと胸に引き寄せた。彼女の温かい息を肌で感じつつ、手足を絡めたままじっとしていた。きちんとまとまっていたシャーロットの髪はすっかり乱れている。彼は柔らかなブロンドからピンを一本ずつ抜き取り、陽光さながらに光輝く髪を自らの胸に落としていった。胸の上にはやけどを負ったてのひらものせられている。自分の鼓動は彼女に伝わっているのだろうか？　そんな疑問がふと頭に浮かんだ。

ラナルフはおとぎばなしも、ひと目で恋に落ちる奇跡の愛も信じたことはない。父親はそうしたものを信じていたために、イングランド人の花嫁をハイランドへ迎え入れた。そして悲劇が訪れた。ひとつたしかなのは、エレノア・マクローリーが夜中に家を飛び出して火事を消し止める手伝いをするなど、絶対にありえないということだ。自分の家のためであってもありえないし、他人の家となればなおさらだろう。

しかもシャーロットの場合は、ただ消火を手伝っただけではない。バケツを手にした人々が入り乱れる混乱を治め、ほとんど見ず知らずの男たちに自分の意見をはっきりと主張して従わせてしまったのだ。彼女は愛らしくてやさしいだけではない。明確な価値観を持ち、意見を口にするのを恐れない——ラナルフとも同格に接してくる女性だ。そんな人間はほかにいない。

現に彼女がベッドをともにする決意をしたのは、ラナルフがバーリンに復讐をしないと約束したあとだった。きちんとした服を身につけ、論理と分別に従って考えると誓ってからだ。この誓いをこれからも守りつづけていくのは難しいことだろうか？　自分は肉体的にも精神的にも男性優位の社会で育ってきた。だが、それ以外の生き方もあるのではないか？

ラナルフはシャーロットの髪に指を絡め、眉間にしわを寄せた。スコットランドの女性たちとベッドをともにした経験なら、それなりにある。彼女たちはみな美人で情熱的だったが、印象には残らなかった。それに引きかえ、今腕の中にいる女性は決して忘れられそうもない。それほどふたりは釣り合わないということなのか？　ろくでなしを殴るのをあきらめる以外に、さらにあきらめなくてはならないものがあるとすれば、それはいったいなんだ？　火災現場の絵を描かせたり、証拠を集めたりしているのは、バーリンの動きを法によって阻止するためだ。腕力を使おうと法を使おうと、あの男を自分の人生から排除するという結果には変わりない。だが、腕力に訴えるのと法を行使するのでは決定的な違いがある――シャーロット・ハノーヴァーを得られるかどうかだ。

「眠った？」彼女が気だるそうに指先でラナルフの胸に円を描きながら、小さな声で尋ねた。

「いいや、次に備えて体力を取り戻そうとしているところだ」

「そう」

シャーロットが言葉を発するところを見ているだけで、欲望がふたたび目を覚ました。

「これから博物館に出かけて、きみの大好きなギリシャの彫刻をじっくり鑑賞するのも悪くない」

彼女の笑い声が胸に染みこんでいく。「わたしはスコットランド産のほうが好きみたい」そうでなくては困る。なぜならラナルフ自身、もはやこのイングランド女性を手放すつもりはないからだ。おぼろげな好奇心にすぎなかったものが、いつの間にか変化して深まっている。今となっては、彼女の指に指輪をはめて、シャーロット・ハノーヴァーが永遠に自分のものであると世界に示すまで、手元から離すことさえ考えられなかった。

シャーロットは肘の上に頭をのせ、寝室の扉に向かうラナルフのすばらしい裸身を見つめた。彼は扉を開け、廊下のほうに身を乗り出して叫んだ。「オーウェン！　サンドイッチだ！」

「威厳たっぷりね」ベッドに戻って脚を投げ出し、ヘッドボードに寄りかかった彼に声をかける。

「腹が減ったんだ」

激しい運動のあとだから無理もない。シャーロットも同じだった。「博物館まで出向いて、ティールームで食事をする？」彼女は少し身をずらし、ラナルフの脇腹に指を走らせて尋ねた。男性の――ラナルフの――肌に触れるという行為は、このうえなく官能的なものに思える。

「そうだな。そしてお上品なカップから紅茶を飲んで、パンの耳をそぎ落とした貧弱なサンドイッチを食べるんだ」

「そうよ。食べ終わったら石棺とミイラを見て、それから家まで送ってもらうの」ラナルフが体をずらして横たわり、彼女と同じ高さまで顔をおろした。「大英博物館はいいな。このロンドンで、ほかのどこに案内してくれるんだ、レアナン?」

「ねえ、レアナンって、どういう意味なの?」

彼は片方の肩をすくめてシャーロットの右手を取り、じっくりとやけどの具合を確かめた。「デブニーが馬の塗り薬を持っている。きみの傷に効くと思うんだが」

彼女は顔をしかめた。「馬の塗り薬の匂いをさせて歩くなんていやよ」

ラナルフは彼女の指先ひとつずつに唇で触れていった。その仕草とキスのやさしい感触に体が震える。「ずっと昔から伝わる薬だ。こぶでも切り傷でも捻挫でも——何にでも効く。デブニーが言うにはね」

「痛いのを我慢したほうがいいみたい、せっかくだけど」彼女は拳を握って尋ねた。「レアナンという言葉の意味を教える気はないのね? ウィニーにきけばすぐにわかるのよ」

「きみはへこたれない女だ、シャーロット」ラナルフはふたたび彼女を胸に引き寄せ、ゆっくりとした口調で言った。「たぶん、いちばん適切な訳は〝親友〟というあたりかな」

いい響きの言葉だ。体だけで引かれ合って一度きりの関係を結んだ相手に対して使う言葉には聞こえない。もちろん、今のシャーロットの感情はそんな単純なものではないし、ラナルフの彼女に対する感情も同じのような気がした。ただひとつだけ単純な事実があるとしたら、彼のベッドで分かち合った体験を一度きりで終わりにしたくないということだ。

「これはなんて言うの？」考えても仕方のないことを考えるのはやめようと、シャーロットは指で自分の鼻を叩いてきいた。

ラナルフが頭を傾け、彼女の顔をのぞきこむ。「スコットランドの言葉が気に入ったようだな」

「すてきな言葉だと思うわ」

それ以上の思いを心に抱いているのかどうか——自分でも満足のいく答えが出せない問題だ——ふたりで探求を始める前に、扉を叩く音がした。「旦那さま」オーウェンの声だ。「サンドイッチをお持ちしました」

「床に置いておいてくれ」

「階段をのぼってくる途中でファーガスがひとつ食べてしまいました。床に置いたら全部持っていかれますよ」

「やれやれ、困ったものだ」ラナルフはつぶやき、シャーロットから身を離した。扉に向かって歩きだし、途中で椅子の背にかかっていた毛布を取って腰に巻きつける。その姿のまま扉を開けて、廊下に足を踏み出した。「シムスはどうしている？」サンドイッチがのったトレイを受け取って、彼は尋ねた。

「修道女並みにおかたいですね。くさいものを見るみたいな目つきで、われわれをにらみつけてます」

オーウェンたちがシムスに無理な要求をしているのではないかと、シャーロットは急に不安になった。シムスはシャーロットが一八歳の頃から、七年にわたって仕えている。そのあいだ、シャーロットは一度としてメイドに口止めをしなくてはならないような行動を取ったことはなかった。

「シムスを脅かすような真似はしないでほしいわ」シャーロットは乱れたシーツをつかんで体に巻き、立ちあがって言った。

「とんでもない」オーウェンが首を伸ばし、主人の肩越しに彼女を見た。「われわれは借りてきた猫みたいにおとなしくしてますよ。本当です」

ラナルフが身を動かし、従僕の視線をさえぎった。「わかった。もういいからさがれ」

「わたしはこれ以上、長居できないわ」シャーロットは言った。

ラナルフのたくましい肩が大きく上下した。「今から一〇分後にメイドをよこしてくれ」オーウェンに言う。「それから三〇分後に出発できるよう、馬車の用意を」

「かしこまりました、旦那さま。ですが、本当にそれで――」

扉を閉め、ふたたび鍵をかけたラナルフが、片方の手にトレイを持ったままシャーロットと向き合った。彼の目がシャーロットの全身をくまなくなぞる。そのあいだ、胸と顔で一瞬ずつ視線が止まった。「座って食べよう」書き物机に椅子を寄せ、ラナルフは言った。「きみも帰る前に何か食べておいたほうがいい」

名残惜しげな目をベッドに向けないようにしながら、シャーロットは体に巻いたシーツを押さえて彼のあとに続いた。「明日の晩にエズモンド公爵夫妻が開く催しの招待状が、うちに届いていたわ」椅子に腰をおろして尋ねる。「あなたも行くの？」

そう口にしたとたん、彼女は後悔した。ラナルフは華やかな舞踏会で退場を命じられた身だ。その直後の催しどころか、今年の社交シーズン中は公の場に招待されることはないだろう。彼が喧嘩騒ぎを起こす機会が減るわけだから、感謝すべきなのかもしれない。けれども頭の中は、彼ともう一度踊りたいという思いでいっぱいだった。

「マイルズが招かれている」ラナルフがサンドイッチを食べながら答えた。「彼の連れとして一緒に行くつもりだ」

「そう、それはよかったわ」

彼がシャーロットを見つめた。「心配はいらない。私がいるあいだ、きみがバーリンと踊らなければそれでいい」

ふたたび彼女の全身がほてりはじめた。ラナルフは嫉妬しているのだろうか？　彼は何事にも動じない男性だし、今の話しぶりも快活そのものだ。だがその一方で、シャーロットは彼とバーリンのダンスカードをめぐるやりとりもよく覚えていた。

「ラナルフ、バーリン卿と会っても暴力を振るったりしないでほしいの。あなたは知性のある思慮深い男性よ、なんでも力で解決しようとする必要なんてないわ」

ラナルフがサンドイッチをのみこんだ。「もう一度言う。きみがバーリンと踊りさえしなければ、心配することは何もない」

シャーロットのちょっとした熱弁を聞いても、彼の顔から上機嫌な表情が消えることはなかった。もしかしたら、ラナルフも理解しつつあるのかもしれない。シャーロットは彼の新たな怒りを買う覚悟で右手を差し出した。「約束して。わたしがバーリン卿と踊らなかったら、あなたも彼に乱暴なことはしないと」

彼は腰に巻いた毛布で手をぬぐってから腕を伸ばし、シャーロットの手をそっと握った。

「わかった。約束する」

彼女の顔から思わず笑みがこぼれた。ラナルフが意地やプライドよりも知性を優先して自分の行動を制御できるなら、ふたりはそんなにかけ離れた存在ではないのかもしれない。もしかしたら、彼がハイランドに戻ってイングランド人ではない女性と結婚するまでに、あと何回かロンドン見物を口実に会う機会を作れるかもしれなかった。

シャーロットは頭を振り、その考えを追い払った。今この瞬間にラナルフが一緒にいるのはハイランドの女性ではない。彼女にしても、これほど楽しい時間を過ごすのは生まれてはじめてなのだから、存分に楽しむべきなのだ。「ずいぶん長い握手ね」彼女は笑みを大きくして言った。

「そうかな?」彼がいきなりシャーロットの腕を取り、テーブル越しに引き寄せてキスをした。残りのサンドイッチがトレイごと床に落ちる。

彼女はラナルフの膝の上に座り、彼の欲望の証を腿の裏で感じながら腰をよじった。男性の体というのは不思議なものだ。若い女性が結婚するまで無知でいなければならないとされる理由がよくわかった。結婚前の女性が男性と愛し合う歓びを知ってしまえば——あくまでも個人的な意見だけれど——夫候補の相手を見る目が変わってしまうだろう。少なくともシャーロット自身は、自分なら結婚前に夫となる男性の裸身を確かめておきたいと考えるようになった。

扉をノックする音がした。「シムスを追い払って、もう少し待たせておくべきかな？」ラナルフがささやき、シャーロットが体に巻いたシーツの中に手を入れて、胸の先端をまさぐった。

たちまち欲求がこみあげてきて、彼女はラナルフの膝の上で身をくねらせた。できるものならすべての人々を追い払い、残された時間を彼の腕の中で過ごしたい。でも扉の外では、メイドがシャーロットとその家族の名誉、そしてこれからも暮らしていかねばならない世界と一緒に彼女を待っている。最後にもう一度キスをしてラナルフから離れ、シャーロットは床の上におり立った。「あなたも服を着たほうがいいわ。わたしを家まで送って」

彼が眉間にしわを寄せて立ちあがる。「きみが言うならそうしよう、シャーロット」

彼女が扉へ向かうあいだに、ラナルフは衣類を集めた。服とブーツを手にした彼が目の前に立つと、シャーロットは自分に向けられたブルーの瞳をじっと見つめ返した。

「スローイン」彼がささやいた。

「どういう意味？」

かすかな笑みを浮かべながら、ラナルフは身をかがめて彼女の鼻先に軽くキスをした。「スローイン、鼻のことだよ」そう繰り返し、空いたほうの手で扉を開ける。「私は向かいの部屋にいる。用があったら呼んでくれ」目を見開いて立ち尽くしているシムスを無視して、彼は寝室を出ていった。

シャーロットは大きく息をついた。「シムス、ドレスを着るのを手伝って」

「はい、お嬢さま」

シーツを床に落とし、シャーロットは自分が着るものを拾っていった。「スローイン」指で自分の鼻に触れ、聞いたばかりの言葉を口にしてみる。

この二週間で、人生がいつの間にか興味深いものになっていた。予想のつかない、心が躍ると言ってもいい人生だ。誰のおかげなのかは明白だし、心の底からこの人生が続いていけばいいと思う。ラナルフとのあいだに何があるにせよ――惹かれ合う気持ちや、多少は薄れつつある考え方の違いがあるのは間違いない――次にどんな発見があるのか楽しみで仕方なかった。彼も同じように感じているのだろうか？　そうであることを願わずにはいられない。

「ラックのことをきかないのか？」ロウェナとジェーンと一緒にハノーヴァー・ハウスの庭に座っていたアランが尋ねた。

ロウェナは首を横に振った。「きかないわ。彼にはわたしのことを考える時間と、追ってくる機会をあげたのよ。それでも動かないというのなら、わたしのほうでも彼に用はないわ」われながらもっともらしく聞こえる言葉を口にすると、隣でジェーンが熱心にうなずいた。

兄はロウェナの言葉をはなから信じていない様子で言った。「ついひと月前、おまえはラックを愛している、彼と結婚する運命だとぼくに誓ったばかりじゃないか。言葉をしゃべれるようになって以来、ずっとそう言っていた」

「わたしは子どもだったの。間違っていたのよ」

「おまえの傷ついた心があっという間に癒えたのは喜ばしいことだ」アランが言い返す。「だがラックは少なくとも二度、ロンドンに飛んでランがおまえを連れ戻すのを手伝うと申し出たんだ。それを忘れるな」

ロウェナは肩をすくめた。「三、四回踊っただけで、わたしに結婚を申しこんできたイングランド男性がふたりもいるのよ。ラックは一八年もあったのに何もしなかったわ」

アランはうなずいて腕を伸ばし、白いバラの花びらを引き抜いてくるくるとまわした。「それほど早くおまえに忘れられてしまうのなら、はじめからラックはおまえの心をつかんでいなかったのかもしれないな」

兄の目を見て、彼女は応えた。「わたしが彼の心をたいしてつかんでいなかったのと同じよ」

ここへきてロウェナは、ラックランを嫉妬させようとしても無駄だと思いはじめていた。彼は遠く離れた土地にいて、ロウェナみたいに彼を愚か者呼ばわりしない、彼の財産にも引かれている大勢の美女に囲まれている。ラックランが手紙をよこさず、ロウェナを気にかけるそぶりすら見せないことが、彼女の心を深く傷つけていた。

けれども昨夜の一件があったあと、ロウェナは自分のことよりもっと差し迫った何かが起きているのではないかと考えるようになっていた。家族の安全や領民の幸福のことしか考えてこなかったラナルフが関心を示す女性が現れたかもしれないのだ。それどころか、ロンドンに家を構える決意までさせた女性だ。さらにどういう心境の変化か、長兄は意外にも大嫌いなはずのロンドン見物にまで繰り出していった。兄の変化が自分のせいでないのは確信している。それをもたらしたのがよりによって上品なイングランド女性なのだから、もはやロウェナにはどう理解してよいものかさっぱりわからなかった。

それでも、わからないなりに真実を知るのが重要なのは感じられた。これまでラナルフがしてくれたことに報いるためにも、ロウェナは全力を尽くして兄の心がどこにあるのか知る必要があった。彼が選んだかもしれない女性がマクローリー家の一員となり、グレンガスク侯爵夫人となって兄を幸せにできる女性なのか、見定めなくてはならない。

それから数分後、ロウェナは馬車が屋敷の正面に止まる音を聞きつけて立ちあがった。

「ランとシャーロットが戻ったわ」

三人で家の裏手を歩いている途中、アランがロウェナの腕をつかんでジェーンとの距離を空けさせた。「ランとレディ・シャーロットは特別な関係なのか？」次兄は声を落として尋ねた。

「わからない」正直に答える。「でも、これから突き止めるつもりよ」

アランがうなずいた。「ぼくもそのためにここへ来たんだ。家を買うというランの手紙を読んで、なぜそんなことをするのかさっぱり理解できなかったからな。ぼくにわかったのは、その手紙に何度もシャーロットという名が書かれているということだけだった」

「それでロンドンに来たの？」

「そうだ」

大変だわ。ロウェナは内心でため息をついた。彼女は三人の兄たちを愛していて、二番目の兄がほかのふたりより論理的な考え方をすることも、ラナルフがほかの誰よりアランの意見を大事にしていることも知っている。そして、ラナルフがイングランド女性をスコットランドに連れ帰るということにアランが賛成するとはとうてい思えなかった。

彼女は次兄の胸を指で突いた。「意見があっても口に出してはだめよ、アラン」

アランが片方の眉をつりあげた。「何についての意見だ？」

「なんでもよ。お兄さまはここで何が起きているか、まだわかっていないんですからね」

「おまえにはわかっているのか？」

「わからないわ。でも、立ち入る前に事態を理解しないといけないとは思ってる。立場とか生まれた土地は関係ないの。あのふたりがお互いをどう思っているかが大事なのよ。わたしはあの人が好きだし、イングランド人だろうと気にしない。お兄さまも彼女とろくに話もしないうちから、軽はずみな意見をランに言うべきじゃないわ」

しばらくロウェナを見つめたあと、アランが口を開いた。「ずいぶんご立派な意見だが、故郷を飛び出したあげくに二度と戻らないと脅してまで男の関心を引こうとしているのは誰だ?」

彼女はできるかぎり背伸びをして応じた。とはいえ、どんなに頑張ってもアランの肩のあたりが精一杯だけれど。「わたしがここへ来たのは、たぶん外の世界に何があって誰がいるのか確かめたかったからなのよ。おかげでこの世界にはラッククラン・マクティ以外の男性もいることに気づいたわ」胸の上で腕を組んで続ける。「それについてはどう思うの?」

「とにかく、おまえの忠告は気に留めておくよ、ウィニー。ランにもおまえにも意見するのは控えておこう。だが、それ以上は約束できない」

ひとまずはそれでじゅうぶんだ。「いいわ。ランが何をしようと、わたしたちには関係のないことですからね」

「ランがすることはすべて、ぼくたちに関係があるんだよ。家族やクランの全員に関係がある。ぼくはおまえの忠告に従うんだ、おまえもぼくの言ったことをしっかりと考えておくんだぞ」

アランもしばらくは意見を心のうちにとどめておくだろう。でも、それがいつまでも続くはずはない。つまりロウェナは次兄よりも先に、ラナルフとシャーロットのあいだに何が起きているのか突き止めなくてはならないのだ。ラナルフの望みがなんであれ、アランはそれをクランの利益と天秤《てんびん》にかけて考えるに違いないから——そしてマクローリー家の者にとってはクランの利益こそ、何にも代えられない最優先事項なのだ。

11

ラナルフは廏舎の残骸を詰めた袋を台車に投げ入れた。作業をするあいだに、若い女性たちが乗った馬車がかたわらを通過していく——同じ馬車が通り過ぎていくのはこれで二度目だ。二本指で敬礼でもしてやりたいところだったが、今日は紳士的にふるまうと決めている。代わりにきちんとお辞儀をしてみせた。

「動物園の動物にでもなった気分ですね」ラナルフの隣にいるオーウェンが、シャベルですくった瓦礫を台車に放りこみながら言った。

「今の女たちがおまえを見ていたとでも思っているのか？」ラナルフの代わりに、デブニーが鼻で笑って応えた。

　作業用の手袋をはめた両手を叩き、ラナルフは別の袋に瓦礫を詰めにかかった。着ている白いシャツは汚れきっているうえ、ところどころが破れている。ジンジャーが言うには、ロンドンでは貴族が公衆の面前で胸をさらすのはご法度らしい。しかしラナルフはとうにシャツの裾をズボンから引き抜き、もし作業中にシャツがひとりでにはだけてしまうなら、それも神のご意思だと開き直るつもりでいた。

「こんな仕事は人を雇ってやらせることもできるんですよ、旦那さま」オーウェンがラナルフに手を貸して残骸を袋に詰めながら言った。

「無駄口を叩くのはやめて手を動かせ」ラナルフはうなるように命じ、いっぱいになった袋を肩に担ぎあげて台車へ向かった。

もちろん厩舎の焼け跡を更地にするために人を雇ってもよかった。ただし彼はロンドンに来てからというもの、ほとんど運動をしていない。きちんと体を動かしたのは、昨夜シャーロットとベッドをともにしたときくらいのものだった。故郷のグレンガスクでは新たに土地を開墾したり、灌漑《かんがい》の溝を掃除したり、いつだって彼が手を貸すべき仕事があった。農家の屋根を交換するときや、羊の毛を刈るときも同様だ。

人を雇うかどうかはさておき、体を動かして筋肉の痛みや張りを感じていると、何かをなしとげているような気分になれた。ラナルフは腕をぐるぐるとまわし、焼け落ちた厩舎の屋根の残骸へと戻っていった。

「アランさまはどちらへ行かれたのか、きいてもよろしいですか?」溶けた金属がこびりついた毛布を引っ張りながら、オーウェンが言った。

「軍隊時代の友人に会いに行った」ラナルフは答えた。「ファーガスも一緒だ」

午前中に人を訪ねると言って出かけたアランの言葉を全面的に信じているわけではない。妹を救出するためにわざわざグレンガスクからやってきたにしては不自然な行動だ。しかしその一方で、弟が早々にロウェナの救出が必要な事態ではないと悟ったのだろうという気もしていた。

結局のところ、ロウェナがスコットランドに戻らないという宣言をしたのは一度きりだ。少なくともそれ以降、ラナルフの耳には届いていなかった。それに不幸な境遇にあるロンドンのスコットランド人たちの役に立つ機会が増えることを思えば、自分がこの地に居を構える意義もじゅうぶんにある気がした。ロンドンのスコットランド人が己をスコットランド人だと認めるか否かという問題もあるが、それはまた別の話だ。

他人に頼まなくとも、ラナルフと使用人たちで作業を進めれば、廏舎の片づけは明日にも終えられる。彼はそのあとで新しい廏舎を建てる際に人を雇うつもりでいた。グリーヴス公爵からは無期限で廏舎を貸してもいいと言われているものの、親しくもない人物に借りを作るのはどうしても気が進まなかった。

もちろん、こうして体をいじめたところで、バーリンが新たな廏舎や屋敷自体に火を放つのを防げるわけではない。ただしその点については、ラナルフにも考えがあった。シャーロットからは、今夜の催しでバーリンと喧嘩をしないよう釘を刺されている。しかし、その後については何も言われていない。それにバーリンには直接こちらの考えをはっきりと告げてあるし、拳をお見舞いして対決の結果を匂わせてやったことで、相手の怒りが冷めている可能性だってある。結局のところ、人が残酷になれるのは、うまく逃げおおせられる算段があってこそなのだ。

シャーロット。ひとたび彼女のことを考えだすと、頭から追い払うのは難しい。そしてラナルフは今日、彼女のことばかり考えていた。ハイランドでの争いの解決法をよく知っていて、その方法を受け入れてくれるスコットランド女性に関心が向いたのであれば、こんな厄介な事態にはならなかったろう。氏族長がクランをどう率いるかを理解し、そのやり方について疑問を抱かない女性が相手なら。

しかしラナルフを魅了し、欲望でわれを忘れさせているのはスコットランド女性ではない。その女性はシャーロト・ハノーヴァーであり、彼女から離れられない以上、自分が苦しい思いをするのは確実だった。いっそすぐにロンドンを離れて故郷へ戻り、最初に出会った女性と結婚してしまうほうが話はずっと簡単だ。

シャーロットがグレンガスクで暮らしたくないと言ったら、いったいどうすればいいのだろう？　母親の人生を目の当たりにしたラナルフは、彼女に母と同じ人生を強いるつもりはなかったし、そんな真似はできるはずもなかった。ほかのクランの氏族長はハイランドから遠く離れて暮らし、何人かは故郷を訪れたことすらない。不毛の地と呼ばれる領地からできるかぎりの利益をしぼり取る――彼らの頭にあるのはそれだけだ。わずかな緑地を裸にしてしまう羊を買い入れ、祖先の地に残る農民たちを追い出すため、大勢のならず者たちを雇い入れている。

ラナルフは違った。マクローリー家が権力の座についたのは、クランの強固な忠誠心があったからだ。そして今、クランの人々が安全に繁栄を謳歌《おうか》しているのは、強いマクローリー家が存在しているからこそだった。

自分の立場はじゅうぶん承知しているし、これまでだってずっとわかっていた。つまり、現状を複雑にしているのはラナルフではなくシャーロットだ。彼女は勇敢でやさしく、思慮深い女性だ。自分が父と同じ種類の人間であれば、彼女をスコットランドに連れ帰って結婚し、先のことは流れに任せているだろう。

だが、ラナルフは父親とは違う種類の人間だった。シャーロットが彼の心を満たして幸せにし、欲望を満足させてくれるだけではじゅうぶんではない。彼女にも幸せになってほしかった。その思いが事態を複雑にしている。

「旦那さま?」

いきなり呼びかけられて、ラナルフははっとした。「なんだ?」

「石になってしまったのかと思いましたよ」オーウェンが心配そうな視線を向けてきた。

「三度もお呼びしたのですが」

「三度目で応える気になっただけだ。暇つぶしに私に声をかけていたのか? 用があるなら早く言え」

「用ならありますとも」オーウェンは背筋を伸ばして言った。「ロウェナさまがお越しです」

ラナルフは振り向いた。なるほど屋敷の正面にコーチが止まっていて、ちょうどロウェナとウナがおりてくるところだった。お仕着せを着た御者の隣に座っていたピーターが地面に飛びおりる。ロウェナが御者に何かを告げると、うなずいた御者はコーチを道に戻しはじめた。そのときになってはじめて、ラナルフはコーチの扉にハノーヴァー家の紋章が記されているのに気づいた。

「なんてこと。昼間に見るとますます悲惨ね」スカートの裾を持ちあげたロウェナが、残骸の中を慎重に進んできた。

「すぐに新しい厩舎を建てさせる」ラナルフは片方の手袋を外し、ウナの耳のうしろを撫でてやった。

ロウェナはうなずき、ラナルフを見てすぐに目をそらした。彼が覚えているかぎりでは、晩餐と火事のあとも、昨日シャーロットを家に送り届けたあとも、妹と気まずい別れ方はしなかったはずだ。つまり、ロウェナの落ち着きのなさは彼の責任ではない。

焼けた木材をまたぎながらもう片方の手袋を外し、先に外したほうと一緒に樽の上に置く。

「庭で座って話そう」ラナルフは腕を差し出して妹に言った。

「腕を組むなんていやよ」ロウェナが鼻にしわを寄せる。「ひどく汚れているじゃない」

「その口ぶりでは頬にキスするのも断られそうだな」彼は笑みを浮かべ、壁に囲まれた庭へ通じる短い通路を先に進むよう身ぶりで促した。

「とてもいい庭ね。この前も言ったかしら？」

「ああ」

「そう、とにかくいい庭だと思うわ」

「ありがとう」

何分か歩いたあと、ロウェナは花に囲まれた大きな楡の木の下にある鉄製の椅子のひとつに座った。ラナルフも別の椅子を引きずって妹の正面に置き、腰をおろす。

「さて、挨拶はすんだ」彼は言った。「何があった？」

「別に何もないわよ。どうしてそんなことを言うの？」ロウェナがスカートをもてあそびながら問い返した。

「何もなければ、わざわざここに来ないだろう。それにおまえは私の目を見ようともしない。そんなおまえを見るのは、昔私のベッドにラベンダーの香りをつけようとして、瓶ごと香水をぶちまけたとき以来だ」

妹が声をあげて笑う。「窓を開けて三日もしたら、すごくいい匂いになったじゃない」

「おかげで私はいまだにラベンダーが苦手だ。なぜここに来た、ウィニー？　今日は買い物か、新しい友だちとおしゃべりでもしているかと思っていたが」

両手を腿の上で握り合わせ、彼女は言った。「わたしたちはきょうだいよ。妹が兄の顔を見に来るのに理由がいるの？」

「いらないな。だが、もしあるとしたら、どんな理由だと思う？」

ロウェナが芝の上にしゃがみこむと、ウナが腹を見せて撫でるようにせがんだ。肌がざわつき、ラナルフは落ち着かない気分になった。ロウェナは彼より一三歳も年下だ。その妹がここまでためらうそぶりを見せたのは、これがはじめてだった。どんな話にせよ、楽しい内容ではないだろう。

「ハノーヴァー家の方々は本当にいい人たちだわ。そう思わない？」腹を撫でられて喜んでいるウナを見たまま、ロウェナがようやく言った。

どういうことだ？　まさか、このままずっとハノーヴァー家で暮らしたいと言いだすのだろうか？　胸を締めつけられる思いだったが、どうにか小さく息をついて答えた。

「ああ、いい人たちだ」

「レディ・ハノーヴァーとジェーンが、わたしとの連絡をずっと絶やさずにいてくれてよかったわ。あの人たちにはそんな義務なんてなかったというのに」

まったくだ。ロウェナに自分の家を逃げ出して身を寄せたいと思わせるほどなのだから、それは親しく接していたのだろう。しかし、彼女たちはシャーロットの家族でもある。それゆえ、ラナルフは悪く言うつもりは毛頭なかった。「相手がおまえなら当然だよ、ウィニー。おまえにはそれだけの魅力がある」

「シャーロットの婚約者がばかげた決闘のせいで命を落としたのは知らなかったわ。彼女が婚約していたのも知らなかった。悲しい話よね？」

「そうだな」もっとも、ジェームズ・アップルトンの死で自分が涙するとはとうてい思えない。それでもラナルフはとりあえず賛成した。

妹がいったん顔をあげ、すぐにまた下を向いた。「昨日の博物館は楽しかった？」

「そこそこということころだな」

「エヴァンストーン邸での喧嘩騒ぎがあったから、シャーロットはもうお兄さまと口もきかないものだと思っていたわ。でも一緒に博物館に行ったのなら、もうお兄さまを許したのね」

彼は眉をひそめた。「バーリンが私を挑発したから、お返しをしてやっただけだ。許しが必要なことじゃない」

「でも、友だちなんでしょう？」

「なんだって？」妹の話がどこに向かっているのか見当もつかない。だが、ラナルフが大いに気分を害されたことだけはたしかだった。「バーリンと私が友だちなものか。あの男がベアーを殺しかけたのを忘れたのか、ウィニー？　それに放火もきっと奴の仕業だ」

「そうじゃないの。バーリン卿じゃなくてシャーロットのことよ。彼女はお兄さまの友だちよね、違う？」

それならわかる。「たぶんな」言葉に感情がこもらないよう、自分を抑えながら答えた。

「シャーロットはお兄さまと話をするのが好きみたい。お兄さまの考え方は独特だと言っていたわ」

妹が何をしにやってきたのか、ラナルフは不意に理解した。「私と彼女の仲を取り持とうとしているのか、ウィニー？」

彼女はようやくウナから手を離し、ラナルフに近づいて彼の両手を握った。

「お兄さまもあの人に好意を持っているんでしょう？　でなければ、話しかけたりもしないはずだもの」

「私が好意など持ったら、それこそ無礼に当たらないか？」

ロウェナが首を傾げた。「お兄さまは彼女にとてもやさしく接しているわ。それが無礼だとは思えないけど」

「彼女は私を悪魔だと思っている」ラナルフは自分がこの会話をおもしろがっているのか、それとも恐れているのかわからなかった。ロウェナは自分の社交シーズンとラックラン・マクティのことで、まともにものを考えられる状態ではない。その彼女が兄とシャーロットとの関係に気づいているなら、ほかの人々の目にも明らかなはずだ。まったく、シャーロットの問題は、他人が首を突っこまずともじゅうぶんに複雑だというのに。

「お兄さまがいきなり相手を殴りつけたりするからよ。シャーロットはおとなしい紳士に慣れていて、〝文明〟の力を信じているの。悪く言われたからといって力で仕返しをしていいわけじゃない、それを学ぶのが人間としての成長だというのが彼女の考えだわ。いちいち力に訴えるのは、けだもののすることだと思っているのよ」

またおもしろいことを言う。「つまり、シャーロットは私をけだものだと言ったのか？」

ロウェナが顔を赤らめた。「まさか、違うわよ！　たしかにあの舞踏会のあと、わたしたちも腹を立てていたから、お兄さまの話をするのにもつい厳しい言い方になったりしたけれど、シャーロットはお兄さまがけだものだとは言っていないわ」ラナルフの手を握った妹の手に力がこもった。「今朝はお兄さまのことを、名誉を重んじる立派な紳士だと褒めていたわよ」

これではっきりした。「やはり私たちの仲を取り持つつもりだな、ロウェナ・マクローリー」彼は手首を返し、逆に妹の手を握った。「身を守るためなら相手を殴るか、あるいはもっと過激な手段を取る男と、何があろうと暴力は間違っていると信じている女がうまくやっていけると思うか？」

その問いに対する答えをロウェナが知っていることを願わずにはいられない。もし妹が彼の心配を吹き飛ばす魔法の答えを用意してきたのであれば喜んで信じる。なんといっても、自力で答えを探る努力は今のところまったく実を結んでいないのだから。

「簡単よ、ラン」ロウェナが言った。「もしシャーロットを愛しているなら、もっと……」

「文明的にならないといけない？」彼は代わりにあとを続けた。

「イングランド人らしくするのよ」ロウェナは言い返し、つばをのみこんだ。「でも――」

「イングランド人らしく、か」妹の言葉をゆっくり繰り返すと、舌におかしな感覚が残った。いつもと違って侮蔑の感情をこめていなかったからだろうか？「どうすればいい？」

「その……」

ロウェナは口ごもり、兄の手を放して立ちあがった。ラナルフ自身と同じように、妹も彼の反応に驚いているのだ。しかしシャーロットが何を望んでいるのかを理解し、彼女の望みをかなえる方法を見つけられなければ、ラナルフの敗北は決定的だった。

「それならまず、キルトは着ないことね」

「私のキルトが人を殴りつけるわけじゃないぞ」

妹の口元がぴくぴくと動いた。「そうね。でもあれを身につけていると、敵意むき出しに見えるわ。周囲に喧嘩をふっかけているかのようだし、最初に突っかかってくる相手を待ち受けているみたい」

キルトを身につけなくてはならない機会もある——結婚式や公式なクランの会議、葬儀や氏族長としてさまざまな義務を果たさねばならないときがそうだ。しかし、ロンドンではそうした機会はない。「故郷に帰ればキルトを身につけないほうが敵意むき出しに見える。だが、たしかにロンドンではズボンだけで生きていけるだろうな」

ロウェナはうなずき、眉をひそめた。「まさか賛成してくれるとは思わなかったわ」驚いたせいか、口調にハイランドの訛りが戻っている。ラナルフにしてみればうれしいが、今はそれを口にすべきではない。「ほかにも考えるから、少し時間をちょうだい」

「中で昼食でもどうだ？」ラナルフはきいた。「アランは友人に会いに出かけてしまったし、おまえともっと話したい」

「そんなふうに汚れていなかったら、抱きしめているところよ、ラン」

彼は微笑んだ。昨日シャーロットと別れてから感じていた重い気分が、いくらか軽くなった気がする。シャーロット・ハノーヴァーを勝ち取るためのもっとも頼れる助言者が妹だとは、思ってもみなかった。「そういうことなら着替えてくるとするか」

鼻梁に細い傷跡のある背の高い男が、アラン・マクローリーを横目で見やった。

「昼前だが〈ブードルズ〉なら入れると思う」男は栗色の馬を操り、くず拾いの男性を避けて先に進んだ。「だが〈ホワイツ〉となると、あと一時間はかなりの混雑だぞ」

前に来たときよりもロンドンは人が増えているようだ。もっとも、アランは早足になりがちなサラブレッドのダフィーを抑えるのに忙しく、じっくりと観察したわけではない。ただし、最後に来たときは社交シーズンの時期ではなかったから、それで印象の違いの説明はつく。何にせよ、彼は周囲の景色が見渡せるほうが好きだった。「厄介な申し出だというのは承知しているよ」男に向かって言葉を返す。「だが、見ておきたい人物がいるんだ。その男が〈ホワイツ〉にいるというたしかな情報がある」

相手がため息をついた。「それで私のところに来たというわけか」

「そうだ。こいつは大きな借りになるぞ、ウィル」

「誰を見ておきたいのか、きいてもいいか？」人で混み合う道路に目を向けたまま、フォーダム子爵ウィリアム・クレインが尋ねた。

隠したところで、この友人はじきに自力で答えにたどりつくだろう。「バーリン伯爵だ」

「なるほど。先週、きみの兄上が彼を殴ったことと何か関係があるのか？」フォーダムが驚きもせずに尋ねた。

「それほどはない。ただし向こうはぼくを知らないんだ。〈ホワイツ〉で居合わせたら、ぼくの名前はジョン・レイノルズということにしておいてくれ。そうしてもらえると助かる」

フォーダムが咳払いをした。「きみと帽子を撃ち落とせるかどうかで大金を賭けた相手が、たしかそんな名じゃなかったか？」

アランは友人に向かって顔をしかめてみせた。「ぼくはきっちり彼の帽子を撃ち落としたぞ」

「耳の半分と一緒にな」

「それは彼が動いたからさ」

ふたりが入口に到着すると、馬番の少年が馬を預かりに駆け寄ってきた。フォーダムが言ったとおり、社交クラブの〈ホワイツ〉は太った紳士たちでいっぱいで、いちばん位の高い従僕がふたりに提供できたのは、図書室にある椅子がふたつとコニャックのボトルが一本きりだった。

「きみを紹介する必要が生じたら——」フォーダムが声を落として言った。「スコットランド人だということは明かしてもいいのか？」

「いや、ヨークから来たきみのいとこということにしておいてくれ」

「発音でばれるぞ。ヨーク出身には聞こえない」

「そのときになったら変えるさ。さあ、居間に行こう。頼んだぞ」

フォーダムが頭を振り、案内役の従僕にこっそり金を握らせると、従僕はすぐにその場を離れていった。「きみの友人はいないようだ」人であふれた居間を歩きはじめてすぐにフォーダムが言う。

「もう少し探してみてくれ。ここにいると聞いたんだ」アランはこの情報にかなりの金を注ぎこんでいた。かなりどころか、フォーダムにできた借りよりも高くついたかもしれない。

「それと、ぼくを紹介するのは必要最低限の相手だけにしてほしい。あとで偽名を使ったと知られても面倒だ」

「きみは爵位も持っていないじゃないか、アラ——ジョン。自分から厄介事を起こしでもしないかぎり、きみが何者だろうと誰も気にしないさ」

その状態こそアランが望むところだった。ロンドンとイングランド人についてなら、ほかのきょうだいたちよりも知っている。しかし一般的な知識のほかに、彼自身が直接見て解き明かさねばならないこと——友好関係や敵対関係など——もあった。そして今現在、彼がもっとも見ておくべき相手とは、バーリン伯爵ドナルド・ガーデンズだった。

「いたぞ」考え事をしているアランに、フォーダムが声をかけた。「青い上着を着て雉肉《きじにく》をつまんでいる男だ。左の頬に痣がある」

「ああ、見えた」

上品にフォークを手にしたバーリンは、恐ろしい男にはとても見えなかった。顔にまで重たそうな肉がついた太めの男性だ。だが危険は意外なところから襲ってくるものだし、そもそも放火をするのに腕力は必要ない。アランは顔からいっさいの表情を消し、フォーダムのあとをついていった。

「バーリン卿ではありませんか?」ふだんから陽気なフォーダムが、とびきり愛想よく声をかけた。「フォーダムです。まだ正式に紹介されたことはありませんが、先週からぜひともあなたと握手したいと思っていました」

バーリンはこちらに顔を向け、指を拭いて握手をした。「紳士と知り合えるのはうれしいことです」かすかに笑みを浮かべ、一緒に座っているふたりの男を身ぶりで示す。「フォーダム、チャールズ・カルダーとアーノルド・ハウズです。諸君、こちらは……」

「フォーダム子爵ウィリアム・クレインです」フォーダムが笑顔で告げる。「お見知りおきを」彼はアランを示して続けた。「こちらは私のいとこでミスター・ジョン・レイノルズ。ヨークからやってきました」

アランはラナルフから、バーリンがキャンベルを味方にしているという話は聞いていた。そのおかげで、ウィリアム・キャンベルの孫であるチャールズ・カルダーが一緒に座っているのを見ても驚かなかった。感情を押し殺し、順番に三人の男たちと握手をする。もしアランがナイフの使い手だったなら、この場でバーリンとその仲間の命を奪っていたとしても不思議はない。だがどういうわけか、ラナルフは放火の証拠集めをしていた。つまり兄は法的な手段に訴えるつもりだということだ。あるいは敵の尻尾をつかんで脅迫でもする気なのかもしれないが、それはまだわからない。

「グレンガスクは先日の喧嘩騒ぎの代償を支払わされたようですね」アランはスコットランド訛りを消して言った。「二日前の夜、厩舎が焼けたそうです」

「そうなのか？」バーリンは目のあたりをひくつかせながら、ワイングラスに腕を伸ばした。「いったい誰がいちばん喜んでいるのやら、ぜひとも知りたいものですね」フォーダムが笑いながら言う。

「私は別に知りたくもないが」バーリンが応えた。「グレンガスクは脅しに対して上品に応じる男ではないし、直接的な攻撃に対してはいわずもがなだ。ハイランド嫌いのどこぞのイングランド人が事件を起こしたあげくに、いちばん責めやすいという理由だけで私がまた鼻を折られるなんて冗談じゃない」

これは意外な言葉だ。あるいは狡猾な受け答えで、こちらを煙に巻こうとしているのかもしれない。アランはフォーダムの肩を叩いた。「われわれの席の用意ができたようだ」男たちにも声をかける。「では、お会いできて光栄でした、バーリン卿。みなさんも」

話が聞かれる心配のないところまで離れると、フォーダムが図書室に向かう足取りをゆるめた。「今のをどう思う?」

「わからないな。これから突き止めるさ」

今回の放火を仕組んだにしろ、そうでないにしろ、過去においてバーリンがマクローリー家に害をなしたという事実は変わらない。そしてアラン自身もそこに関係している以上、バーリンとはいずれ決着をつけねばならなかった。それに兄と妹が食事をしているすぐ隣の建物に火を放ったのがバーリンでないとしたら、別の実行犯がいるのだろうし、その人物も見つけ出さなくてはならない。そのためにも、アランはラナルフに今日の行動を知らせる必要があった。

そこが難しいところだ。ラナルフは自分が引き受けるべき危険を他人が冒すのを嫌う。しかも今日の行動を告げたあと、アランはさらに兄を怒らせる忠告をしなくてはならない。本心では望んでもいない結婚をする羽目になる前にあのイングランド女性と別れるべきだし、頭を冷やすためにグレンガスクへ戻るべきだと言わなくてはいけないのだ。アランは内心で悪態をついた。

「シャーロット、真珠の耳飾りを借りてもいいかしら？」姉の寝室に駆けこんできたジェーンが言った。

「もちろんよ。宝石箱に入っているわ」

化粧台の前に座ったシャーロットは鏡に映った妹の姿を見た。ジェーンを見ているといつも若いと思うけれど――実際、七つも離れている――昨日から、その年齢差がさらに大きくなった気がした。妹はすてきな男性との出会いや失恋を夢見ているものの、まだそうしたことの現実を知らない。

ジェームズが亡くなってすぐ、シャーロットはこれといった理由もなく、幸せな人生という夢が打ち砕かれたと感じた。昨日ラナルフと結ばれるまで、男性とはどういう生き物なのか、結婚とはなんなのかを知らずに生きてきたのだ。そしてようやく知った真実は心躍るものでもあり、勇気づけられるものでもあり、欲望を刺激するものでもあった。

「シャーロット、すごくきれいよ」ジェーンが近づいてきた。「これって、オニキス？」姉の金色の髪に編みこまれた黒いリボンに手を伸ばし、通してある黒い玉に触れる。

「そうよ、シムスが考えたの」

ジェーンがシムスの腕をつかんだ。「マギーにやり方を教えてあげてくれる？」

「もちろんですわ、ジェーンさま」

妹が寝室から出ていくと、シャーロットは首をまわしてシムスを見た。

「もう一度お礼を言うわ」小さな声でメイドに告げる。「昨日みたいなことに巻きこまれたくなかったでしょうに」

シムスが膝を折ってお辞儀をした。「わたしはただ、あとでお嬢さまが傷つかないよう祈るばかりです」

「わたしもよ」実際のところ、シャーロットの頭の中はブルーの瞳とたくましい腕のぬくもり、そしてラナルフに抱かれた歓びでいっぱいだった。ほかには何も考えられないこの状態が、いい兆候のはずはない。

ふたりは惹かれ合って結ばれた。この引力が続くかどうかは、彼が一度結ばれたことで満足してしまうかどうかにかかっているのかもしれない。でも、シャーロットは続きを望んでいた。もっとラナルフと睦《むつ》み合い、彼の腕の中で眠り、そして隣で目覚めたい。もしラナルフが今と違う立場の男性だったら、シャーロットは彼を完璧な男性と呼んでいたはずだ。

「終わりました」しばらく経ってからシムスが告げ、あとずさりして、黒く輝くオニキスをちりばめた髪型の出来栄えを確かめた。

「また上手になったわね」シャーロットは言葉を返して立ちあがった。

「すてきなドレスを、もっとすてきに見せたかっただけです」一瞬だけ笑みを浮かべ、シム袖に黒いレースをあしらった真紅のドレスは、スカートに黒いオニキスが縫いこまれている。胴着《ボディス》とそもそもどうしてこんなドレスを仕立てたのかは自分でも思い出せないけれど、今夜にかぎればシャーロットの心と完璧に調和していた。

今夜、ラナルフを思い浮かべてドレスを選んだことは自分でも否定できなかった。

スは化粧台を片づけはじめた。

寝室をあとにすると、父を除いた家族はすでに玄関ホールに集まっていた。シャーロットが誰を目に留めたのか、デビューしたての娘たちよりも目立ってしまうかもしれないのをわかっているのか――そんな質問に備えて身構える。今夜はまさに〝いけない女性〟になった気分だ。結婚しそびれた長女のシャーロットに戻ってしまう前に、たとえわずかなあいだでも、そういう奔放な女性になれるというのは気分がいいものだった。

「シャーロット、少し話せるかね？」彼女が書斎の前を通りかかったとき、父が中から姿を現した。

「もちろんよ、お父さま」娘が書斎に入るのを待って、ヘスト伯爵は静かに扉を閉じた。

「ジェーンがまた男の人についての詩でも書きはじめたの？」シャーロットは笑みを浮かべて言った。

「いや、そんな大事件ではないよ」父は彼女と向き合った。「グレンガスク侯爵のことだ」

シムスが話してしまったのではないか？　一瞬、そんな恐ろしい考えがシャーロットの頭をかすめていった。でも父は穏やかそのものだし、娘が汚されたと言って泣き叫ぶ母の姿はこの部屋にはない。シャーロットは眉をひそめてみせた。「彼がどうかしたの？」

「昨日、ふたりで出かけたそうだね」

彼女はうなずき、予想される質問に対する答えを必死に考えた。「ええ、ロンドン見物がしたかったらしいわ」

「彼はロンドンが嫌いだと思っていたが」

「知りもしないものを嫌うのは間違っているとわたしが言ったのよ」少なくともこれは本当の話だ。シャーロットはやさしく、辛抱強く見守ってくれる父に嘘をつくと思っただけで気分が悪くなった。どうしても話せない事実もたしかにある。それでも、できるかぎり正直に話したかった。

「それを聞いて、彼が意見を変えたのか？」

「いくつか前向きなことを言っていたわ。でも、意見を変えたかどうかはまだわからないわね」

「なるほど」父は椅子の背を指先で叩いた。「彼はおまえと真剣な交際をしたいと望んでいるのかな？」

息を詰まらせながらも、シャーロットはどうにか答えた。「冗談はやめて、お父さま。わたしはイングランドの人間よ。彼がわたしたちをどう見ているか知っているでしょう？　それにわたしは面と向かって彼に、なんでも暴力に訴えるのはプライドの高いうぬぼれ屋や、自分のことしか考えない乱暴者だと言ったのよ」そう告げたとたん、もしふたりの関係をよくしたいと思うのなら――そんな必要があるかどうかはわからないけれど――父に対してラナルフを侮辱するようなことを言うのは賢明ではないという考えが頭をよぎった。でもいきなり彼の弁護を始めたりすれば、父の疑いを招いてしまう。

「それならいいんだ」

その言葉にシャーロットは顔をしかめた。「いいって、何がいいの？」

「グレンガスク侯爵がおまえとの真剣な交際を望んでいなければ、それでいいという意味だよ」父は浅く息をついた。「彼の妹をここに置くのはかまわない。あの娘は若くてとてもいい子だし、政治とは無関係だからね。だが、侯爵には廏舎に火を放つほど彼を憎んでいる敵がいる。それに彼の祖父がジャコバイトの一員だったという噂もあるんだ。彼は身辺に兵士を置いているからな。ハイランドを統治する武断的なやり方を見て、彼自身がジャコバイトだと信じている者もいる」

シャーロットは父の言葉を何ひとつ否定できなかった。「彼の政治的な見解は知らないわ」ゆっくりと言う。まるで心臓をつかまれているみたいに胸が痛んだ。「でも、わたしが考えなしに暴力を振るう人をどう思っているか、お父さまは知っているでしょう？」

前に進み出た父が、彼女の額にキスをした。「知っているよ。おまえがそう思う理由については残念としか言えないが、今にかぎれば、おまえがそう思ってくれてほっとしている。私がひとつだけわかっているとすれば、グレンガスク侯爵に関わる女性には危険がつきまとうということだけだからね」

自分の状況が安全だろうが危険だろうが、シャーロットはほっとした気分になどなれなかった。父がラナルフとのつき合いの悪い面を教えてくれたのはいいことなのかもしれない。彼女ひとりでは、せいぜい喧嘩騒ぎのひとつかふたつにしか目が行かなかった。だが、現実はもっと深刻だったのだ。ラナルフは戦争をしている。もし恋に落ちてしまったあとで彼がけがをしたり……殺されたりしたら、とても耐えられないだろう。恋人を亡くすという同じ道をもう一度たどるのも耐えられないし、ラナルフの腕の中で新たな発見をしてしまった今となってはなおさらだ。

ラナルフが今と違う人生を望んでいるならまだいい。でもシャーロットには、彼が現在手にしているもの以外の何かを求めているようには見えなかった。その一方で、彼女は今のラナルフにはない何かを彼に望んでいて、少なくとも別の生き方もあるという事実をわかってほしいと切望している。ただし幸運なことにシャーロットは、ずいぶん昔に願望とは雲みたいなものであり、つかむのは不可能だと学んでいた。

彼女は玄関ホールに出た父のあとについていった。外で待っている馬車に向かう途中で、ロウェナがシャーロットの腕を取った。「とてもきれいよ」にっこりして言う。

「あなたもね」シャーロットは、ラナルフの妹が着ているエメラルド・グリーンのドレスを示した。「ロンドンで買ったドレスではないわね。見た覚えがないわ」

「ええ、違うわ。ランが誕生日にくれたの。故郷のパーティーで着るはずだったドレスだから、ロンドンの大きな舞踏会に着ていったりしたら、ランは驚くでしょうね」ロウェナは興奮した様子で笑みを浮かべ、スカートをひらひらさせた。「今夜は兄たちもおとなしくしているると思うわ。ふたり一緒だから、疎外感もないでしょうし。もっとも、ランが力に訴えるのは大切な人が危ない目に遭ったときだけだけど」

「あの人はシャーロットのダンスカードを持っていたからというだけの理由で、バーリン伯爵に暴力を振るったのよ」ジェーンが馬車の座席に腰をおろしながら指摘した。

「違うわ。ランがバーリン伯爵を殴ったのは、彼がわたしのもうひとりの兄のベアーを撃ったからよ。しかも伯爵はそのあと卑劣にもロンドンへ逃げて、何食わぬ顔で上品ぶった暮らしを続けている。たしかにわたしもあの喧嘩には腹を立てていたけれど、それから考えたの。ランはバーリン伯爵に、行動には結果が伴うものだと教えただけだと思うわ」

「それでも暴力には違いないでしょう」シャーロットの母が向かいの座席から声をかけた。「あなたがお兄さまを愛しているのはわかっているわ。でもね、あなたが何事もなくあの一件をやり過ごせたのは奇跡的なことなのよ。それにあなたがお兄さまに、彼の行為が紳士的ではなかったとはっきり言ってあげたのもよかったと思うわ、ウィニー。家族から注意されるのがいちばんこたえるものですからね」

「兄は悪い人ではありません。善人です」ロウェナはきっぱりと言った。「それにきっと過ちから学びます。すぐにわかりますわ」

シャーロットはラナルフについて話すのをやめてほしかった。彼の欠点も長所も聞きたくない。とにかく、わずかでも考える時間が必要だ。あの喧嘩については、彼の妹よりもシャーロットのほうがラナルフに厳しい非難を浴びせた。そしてそのあと、彼は一週間ほど姿を消してしまったのだ。でもそれは逃げるためではなく、ふたたび姿を見せたとき、彼は家を買い、言動もがらりと変え、しかも楽しい晩餐まで用意していた。すてきな変化だったし、何より彼自身がとてもすてきだった。

父に言わせれば、あの晩餐を終わらせてしまった火事は、敵を数多く作ってきたラナルフのいわば自己責任だ。出火当時は状況に対応するのが精一杯で、火災の原因については考えられなかった。でも今にして思えば、もしラナルフがバーリンを殴らなかったら、あの火事も起きていなかったのかもしれない。けれど、その場合はあとの展開もなかっただろう。

「ふたりそろってキルトを着てきたらどうなるかしら？」シャーロットの隣に座るジェーンが言った。

ロウェナが肩をすくめる。「きっと着てこないわ。クランの行事ではないし、ランもロンドンに溶けこもうとしているもの」

「そう願いたいわね」ヘスト伯爵夫人が小声で言う。

母とロウェナの言葉にもかかわらず、シャーロットはほんの一瞬、ラナルフがキルト姿で来てくれたらいいのにと思わずにいられなかった。あれほどすばらしい光景は見たことがないからだ——彼の裸身を目にしたときを除けば。

12

「放火の責任を認めなかった。だから奴は無実だとでもいうのか？」ラナルフが拳を壁に叩きつけると、馬車全体がぐらりと揺れた。

「奴はむやみに敵に手を出して喜ぶような男には見えなかった。そう言っているだけだよ」アランが答え、黒い上着の袖口を引っ張った。そのまま袖をむしり取ってしまいたがっているようにも見える。

「当然だ。人にきかれれば放火などしないと答えるに決まっている。それにあの男は卑怯な臆病者だからな」

「ぼくは――」

「黙れ、アラン。敵に囲まれるような場所にのこのこ出ていくな。なんだって私に今さらそんなことを注意させるんだ？　チャールズ・カルダーはあのキャンベルの孫なんだぞ！」

「ぼくは自分の面倒くらい自分で見られるよ。わかっているだろう、ラン。それに、兄上がお上品なササナック女を追いかけるのが何よりも大事だと思っているなら、誰かがバーリンを監視するしかないじゃないか」

ラナルフは向かいの座席に座るアランをにらみつけた。「私は誰を追いかけたりもしていない」抑揚のない口調で弟に告げる。「おまえは明日グレンガスクに戻れ。いいな」

「断る」

「断るだと？」ラナルフは眉をつりあげた。「私は頼んでいるのではないぞ」

「周囲にオオカミどもがうろうろしてるんだ。兄上ひとりにウィニーを任せておけないよ。兄上の関心がよそに向いているとなればなおのことだ」

アランがラナルフの集中力の欠如を非難するのはこれで二度目だった。弟は何もわかっていない。シャーロットへの思いがどんなものであれ、ラナルフはまだ誰にも相談するつもりはなかったし、相手が昨日ロンドンにやってきたばかりとあればなおさらだ。

「私の関心は必要なところに向いているとも、アラン。いつもどおりにな」ラナルフは腕を組んで続けた。「だいたい偽名を使うとは、今夜公爵の客たちにマクローリー家の者として紹介されたらどうなるか考えなかったのか？」

アランは不敵な笑みを浮かべた。「ひょっとしたら、そのせいでちょっとした衝突くらいは起きるかもしれないな」

冗談じゃないぞ。「絶対にだめだ。ウィニーが真っ当な社交シーズンを送りたがっているからな。けだもののように見られたくない。今夜は私たちも紳士としてふるまう」

乱闘のない舞踏会を望んでいるのはロウェナだけではなかった。しかし妹の望みということにしておいたほうが、ラナルフにとって何かとやりやすい。驚くべきことに、ロウェナの忠告は正しくて役に立ちそうだし、せっかくの忠告を無駄にする気はなかった。アランに対しては、単に自分がなぜこんな行為をするのか、まだ説明したくないだけだ。

「紳士とはね。ロンドンに来る前は、ウィニーだって兄上が紳士だと思っていたんだ。それに兄上が最初に言っていたとおり、すぐにあいつをグレンガスクに連れ戻していたら、今頃は人数で不利だなんてことを気にしなくてもよかった。まさか、社交シーズンのあいだずっとここにいるつもりじゃないだろうな？」

ラナルフは表情を変えずに弟を見た。少し前までは、自分に対してこんなふうに話す者は誰ひとりとしていなかった。それがシャーロットと話すようになって、すべてが変わってしまったようだ。つまり己が変わったということなのだろうか？　他人から見て明らかな変化があるのか？　もしそうなら、すぐに元へ戻すべきだろう。自分が生きているのは、わずかでも弱みを見せたらすぐに殺されてしまう世界なのだから。

「私は必要だと思うあいだはロンドンにいる。おまえも残りたければ勝手にするがいい。だがな、私のやり方が気に入らないという理由で勝手に動いて厄介事を引き起こしたら、絶対に許さないぞ。ここは別世界なんだ、アラン。私たちはここでのやり方を学ばなければならない。ウィニーのためではなく、グレンガスクのために。〝目には目を〟をいちいち実践していたら、ここでは何も得られない。わかったな？」

弟がうなずいた。「わかったよ」

「よし、では今夜は騒ぎを起こさないと約束しろ。何があっても」

「約束する」アランは椅子に背を預け、指でカーテンをずらして、暗くなりつつある外の様子をうかがった。「例のササナック女については話すつもりはないんだろうね？」

「ない」

アランに対し、その件に関しては目をつぶっていろと命じることはできなかった。結局のところ、ラナルフはずっとこの弟の鋭い観察眼を当てにしてきたし、そのアランがラナルフとシャーロットの関係について彼なりの結論を出したいと思っているのなら、それを妨げられる者などいない。ラナルフにできるのは話し合いを避け、聞きたくもない意見を披露する機会を弟に与えないことだけだった。

「バーリンはどうする？」少し間を置いてからアランが言った。

「おまえとは意見が異なるかもしれないが、私もばかじゃない。おまえがほかに犯人のいる可能性があると言うなら、気に留めておくよ。だがいいか、次に誰かと対峙《たいじ》するときは必ず前もって私に相談しろ」

ようやくアランが明るいブルーの瞳にふさわしい晴れやかな笑みを浮かべた。

「そうするよ」

ウィルキー・ハウスでマイルズを乗せて、そこから五分ほどでメイソン・ハウスを囲むようにして並んでいる馬車の列の最後尾に到達した。馬車をおりて屋敷の中へ入っていくと、通りの雑音が数百人もの話し声に取って代わられた。どうやら今夜の舞踏会は、エヴァンストーン邸のものよりも多くの人が集まっているようだ。客たちの中には喧嘩騒ぎを期待している者もいるだろうし、これだけの人が集まれば、あるいはそうした事件が起きるかもしれない。だが、ラナルフとアランがそんないざこざに関わることはない。騒々しい中、ラナルフはただひとりの女性の声を――この混沌《こんとん》にあっても蜜のように甘く響く声を耳で探した。

「喧嘩はだめでも踊るのはかまわないんだろう？」アランが小声で言った。

シャーロットとワルツを踊るためだけに、いちばん上等の服を着てきたのだ。踊れなければ来た意味がない。「ああ。でも、わざであろうとなかろうと、人の足を踏むなよ」ラナルフも小声で答えた。「言葉での挑発もだめだぞ」

「バーリンも来ている」マイルズが小さな声で割って入った。

「もし顔を合わせても、何も言わずに笑っておけ」ラナルフは弟に命じた。「あとは向こうに勝手に考えさせておけばいい」

「この笑顔が見えないのか？　皮肉もこもってないだろう？」

「そうだな。それがいちばんだ」

バーリンが危険な男なのは承知している。ラナルフは相手の傲慢で尊大な態度がずっと前から嫌いだった。嫌悪感が本物の憎しみに変わったのは、学校を焼かれ、ムンロが撃たれてからだ。

そうした経緯があるにも関わらず、今夜にかぎっていえば、バーリンもせいぜい目障りな邪魔者くらいにしか思えなかった。こちらの注意をそぐ障害物だ。つねに視線を動かして行き合う人物に気を配り、内心でこれまでに会った者とそうでない者とを判別していく。それがすめば、人々の顔はラナルフの意識からたちどころに消えていった。追い求めている人物ではなかったからだ。

しばらくして、ついに彼女を見つけた瞬間――時間が止まった。ふたつ並んでいる窓の近くに立つシャーロットは顔を傾け、笑みを浮かべてダンスカードを友人のヘニングに渡していた。まるでトマス・ローレンスの絵画のごとく、彼女はこのうえなく美しかった。だが、いかに美しい肖像画でも彼女の香りや味、それに見ただけで体を内側から熱くさせる不可思議な力は表現できないだろう。

シャーロットは白い肌とブロンドに映える赤と黒のドレスに身を包んでいる。とても高貴で、それでいて大胆なドレスだ。ラナルフは彼女がマクローリー家のタータンに使われている三色のうち二色を使ったドレスを選んだことを深読みしないよう、自分に言い聞かせた。しかし彼女とのつながりを必死に追い求めている最中とあっては、それも難しい。

「こっちだ」ラナルフは弟とおじに告げ、ふたりがついてくるかどうか確かめもせずに進んでいった。

部屋を半分ほど横切ったところで、シャーロットが振り向いてラナルフを見た。魔法のせいで彼に気づいたのかもしれないし、そうではないのかもしれない。彼にとってはどうでもいい話だ。今すぐにでも彼女がほしい。頭にあるのはそれだけだった。

ラナルフがシャーロットのもとへたどりつく前に、ロウェナが目の前に飛び出してきて行く手をさえぎった。「こんばんは、お兄さま」妹は膝を曲げてお辞儀をした。

簡単ではなかったが、彼は意識をロウェナに向けた。もとはといえば、ロンドンまでやってきたのはこの妹のためだったのだ。「私が誕生日に贈ったドレスじゃないか」彼女の手を握り、ゆっくりと言葉をかける。

ロウェナが家出をし、ラナルフがそれに腹を立てて追いかけているあいだ、いつの間にか妹は成長して、フリルやリボンのついたドレスをねだるばかりの子どもではなくなっていた。そして、それまでのように間近に接するのではなく遠巻きに彼女を見ているしかなかったラナルフは、危うくその成長を見逃すところだった。

「どうかしたの？」ロウェナが眉根を寄せて尋ねた。

「おまえは母上によく似ている」ラナルフはせつない思いでささやいた。

にっこりしたロウェナの瞳が、急に涙でいっぱいになった。「本当？」

「まったくだ」マイルズが同意し、ロウェナの頬にキスをした。

妹の顔をじっと見つめて答える。「ああ。だが、おまえのほうがきれいだよ」

ヘスト伯爵がやってきて、ラナルフに手を差し出した。「今夜、私が同伴してきた四人の女性は、このロンドンでもっとも美しい女性たちだ。心からそう思うよ」ヘスト伯爵は言った。

「同感です」ラナルフは相手の手を握った。本人が認めようが認めまいが、この伯爵は彼の義理の父親になるのだ。

「まあ、あなたったら」ヘスト伯爵夫人が顔を赤らめ、夫の肩を軽く叩いた。

ここまでだ。ここまでつき合えば、社交としてはじゅうぶんだろう。ラナルフが息を詰めて妹の脇をすり抜けると――シャーロットがアランと話していた。弟はイングランド女性について否定的な言葉を吐いていただけに、ラナルフはその光景がおもしろくなかった。

「アラン」ラナルフは進み出て声をかけた。「ウィニーのダンスカードに名前を書いてこい」誰かに対して、自分がもっとも大切にし、夢中になっているものから離れるよう命じられなかったら、氏族長を務める甲斐などひとつもない。

アランは兄を一瞥《いちべつ》してから、ロウェナとジェーンのもとに向かった。弟が去るやいなや、ラナルフの意識は目の前の女性に釘づけになった。「やあ、シャーロット」挨拶もそこそこに彼女の手を取り、唇へ近づける。これではとても満足できない。彼はシャーロットを抱きしめたいという衝動を必死に抑えた。

「ラナルフ」挨拶を返す彼女のはしばみ色の瞳が、シャンデリアの光を受けてきらきらと輝いた。

「どうやら私は間違っていたらしい」ラナルフは声を低くして、ダンスカードを受け取るのを口実にシャーロットに近づいた。

「何を？」彼女が笑みを消し、疑わしげな表情を浮かべる。

「きみに惹かれる気持ちがまるで消えないんだ。それどころか、そのドレスを着たきみはアダムを誘惑したリンゴよりも魅惑的に見える」

シャーロットは咳払いをした。「それならお互いさまだわ。もっと賢くならないといけないのはわかっているのに」

「まったく厄介なものだな。だが、今夜の私は賢明な判断なんてどうでもいい心境だよ。きみがほしくてたまらないんだ、シャーロット」

「それならダンスカードに名前を書くべきね」シャーロットはやや落ち着かない様子で、二回目のワルツの欄を指さした。「わたしもぜひそうしてほしいわ」そうささやいた彼女は、きらめく瞳でラナルフをじっと見つめた。

目が合った瞬間、彼はシャーロットが望む人間になろうと心に誓った。大きな代償を払わねばならないかもしれない。それでも彼女を得られるのなら、払う価値はじゅうぶんにある。なぜか叫びだしたいような衝動を抑えこみ、ラナルフはダンスカードに名前を書きこんだ。

「また私をロンドン見物に連れていってくれ、レアナン」

シャーロットの唇がわずかに開いて笑みを形作り、ラナルフは思わず身をかがめようとした。礼儀作法など邪魔なだけだ。だが、彼女はそれを守ることに意味があると思っている。だから自分もこらえなければ。彼はダンスカードを返し、肘まである長手袋越しにシャーロットの指をそっとなぞった。

「手の具合はどうだ?」最初にそれを尋ねなかった自分にいらだちを覚えながら言う。シャーロットの美しさに気を取られてしまったせいだが、彼女がラナルフの代わりにけがを負った以上、そんなことは言い訳にもならない。

「だいぶよくなったわ。あと二、三日もしたら、誰にも気づかれなくなるでしょう」

「私にはわかる」

「レディ・シャーロット、ここにいらっしゃいましたか」乾いた声がラナルフの背後から聞こえてきた。「まだダンスの空きはあるでしょうね？」

ラナルフにとって救いだったのは、声の主がバーリンではないことだった。とはいえ、おもしろくないのに変わりはない。相手はムンロと同じくらいの年頃で、背の高いブロンドの男だった。上等なブルーの上着――肩に詰め物が入っているかどうかは微妙なところだ――を着て、人懐こい笑みを浮かべている。

「まだいくらか空いているわ、ハモンド卿」シャーロットが答え、ラナルフを身ぶりで示した。「グレンガスク卿、スティーブン・ハモンド卿をご紹介するわ。ハモンド卿、グレンガスク侯爵閣下よ」

「ハイランドから来たというのはきみか」ハモンドが言った。

「そうだ」

ラナルフはハモンドが差し出した手を握った。紳士なら当然の挨拶だ。ところが握手の感触も、シャーロットがこの男に向ける微笑みも、ラナルフをいらだたせるだけだった。彼女がいつも踊る相手は、いずれもラナルフにとって強敵にはなりそうもない男たちだった。しかし、この男は違う。おまけに少し記憶をたどったラナルフは、ミス・フローレンスがスティーブン・ハモンドにオレンジ呼ばわりされた話まで思い出してしまった。もちろん、ラナルフはそんな話を微笑ましいと思う類の人間ではない。この見栄えのいい男に対する印象はますます悪くなった。

ここがグレンガスクであれば、ラナルフはミス・フローレンスの話が事実かどうかをハモンドに問いただしているだろう。そして、相手の上品な顔に痛罵を浴びせていたはずだ。その誘惑は強烈だった。誘惑に乗ってしまえばミス・フローレンスの名誉を救えるばかりでなく、シャーロットの前でにやけた笑みを浮かべているハモンドを追い払える。たとえ世界に向けて宣言はできなくとも、シャーロットは自分だけのものだ。

「シャーロット、去年きみにクローケー（木づちで球を打つ遊び）で負けたのが、まだこたえているよ」ハモンドが彼女のダンスカードを取って名前を書き入れた。「ぜひ再戦をお願いしたいな」

「喜んでお相手するわ。また恥をかく勇気がそちらにあるならね」

ハモンドはダンスカードを返した。「人生に危険はつきものさ。そこでためらう奴は敗者だ」いったん言葉を切ってお辞儀をし、あとを続ける。「きみの美しい妹さんにもダンスをお願いしなくてはならないから、ひとまず失礼するよ。またあとで」

シャーロットは笑顔のまま、妹に向かって歩いていくハモンドを見送った。もちろんジェーンはすでに大勢の若者たちに囲まれている。

「スティーブン・ハモンドというのは何者だ？」ラナルフはシャーロットの顔からダンスカードへ視線を移した。

「エズモンド公爵家の次男よ。公爵夫妻がこの舞踏会の主催者なの」シャーロットはラナルフがまた暴れださないよう祈りながら、できるだけさりげない口調で答えた。彼が嫉妬しているかもしれないと思えば気分はいいけれど、それを行動で表してほしいとは思わない。彼女が見つめていると、ラナルフは大きなため息をついた。「そういうことなら、今夜ここにいるいちばんの美人と踊る権利もあるかもしれないな」

よかった。理解したと思ったら、すぐにまた驚かされる。本当に彼は不思議な男性だ。

「大げさね。けれど、お世辞でもうれしいわ」

「子どもの頃に釣った魚の大きさを誇張したときを除けば、私は何かを大げさに言ったことなどない。きみは美の女神アフロディーテだ、レアナン。私の呼吸を奪ってしまう」

とてもうれしい言葉だ。実際、こうしてラナルフの話を聞いているうちに夜が終わってもかまわない気がするし、そのまま人生が終わってしまってもいいとさえ思える。でも、シャーロットは父が苦い表情でふたりを見ているのに気づいてしまった。「そろそろほかの女性と話したほうがいいわ」声に無念さをにじませてささやく。「わたしと特別な関係だと思われてしまうわよ」

「そうか。だが、もし私がそう思われてもかまわないと言ったらどうなる？」

ラナルフの言葉を聞いた瞬間、シャーロットは体の中でくすぶっていたあらゆるものが爆発したような感じがした。ラナルフの真意を解き明かすより先に、彼はシャーロットに向かって明るい笑みを浮かべ、ロウェナを囲んでいる男性たちの邪魔をしに行ってしまった。今のは本気だったのかしら？　イングランドの女性がハイランドで生きていけるはずはないと信じている彼のことだ、そんなはずはない。じゃあ、こちらをからかっただけ？　もしふたりは結ばれない運命だと自分で確信しているのなら、どうしてあんな単純な言葉で……舞いあがってしまうの？

「哀れな男のためにジグを残してあるなんてことはないだろうね？」ラナルフの弟が近づいてきて言った。

「残念ながら、ジグは先約があるの。でも、カントリーダンスなら残っているわよ」シャーロットは、ラナルフともロウェナとも違う淡いブルーの瞳を見あげて答えた。

「それでじゅうぶんだ。またランに追い払われなければの話だが」楽団がカドリールの最後の数小節を奏でるあいだに、アランは彼女のダンスカードに名前を書きこんだ。「なんだって弟を追い払うような真似をするんだろう？　きみはなぜだと思う？」

アラン・マクローリーはシャーロットが最初に感じたほど、陽気でもなければ気安くもないのかもしれない。ラナルフも次男がいちばん頭が切れると言っていた。

「本人にきかないとわからないと思うわ」そう答えて、彼女は笑みを浮かべてみせた。「あなたがロンドンに来てくれてよかった。あなたのお兄さまもきっと安心しているでしょう」

アランが首をひねる。「兄上は誰の力も必要としていないよ。だが、そう言われて悪い気はしないね」ラナルフのほうをちらりと見ると、彼は料理で埋まったテーブルに向かって歩いていった。

アランの言葉の意味を考える間もなく、友人たちがやってきて舞踏会の話をしたり、シャーロットのドレスと髪型を褒めたりした。エリザベス・マーティンはシャーロットと同じ年に、マーガレット・クーパーはその次の年に社交界デビューした女性だ。どちらも結婚していて、エリザベスには子どもが三人、マーガレットにもふたりの子どもがいる。以前は、ジェームズ・アップルトンのように笑われるのを最大の恥辱と受け止めたりしない夫にめぐりあい、望みどおりの人生を見つけ、その人生をしっかりと歩んでいる彼女たちを羨ましく思ったものだ。シャーロットにはそれができなかった。

でも今こうして自己顕示欲を丸出しに着飾ったミスター・マーティンと、きつすぎるベルトを締めたロジャー・クーパー卿の姿を見て、妹と談笑しているラナルフへと視線を移していくと、友人たちと同じ生き方ができなかったのも運命なのではないかという考えが頭に浮かんだ。これまでにはなかった考え方だ。たしかにジェームズ・アップルトンには満足していたし、彼と結婚していればおそらく幸せになっていただろう。でも、きっと退屈な人生を送っていたはずだ。

そこまで考えたところで、先ほどの疑問がふたたび頭をもたげた。ラナルフはどうして、ふたりが特別な関係なのを認めるような冗談を口にしたのだろう？　あるいは理由はともかく、あれは冗談ではなかったのでは？　彼とともに歩めば、イングランド人とスコットランド人の両方から敵意を向けられるのは避けようもない。そんな危険な人生を送る覚悟があるか、シャーロットは確信が持てなかった。自分のこれまでの経験とロウェナの話から、シャーロットはラナルフが真剣な交際を望むはずはないと思ってきた。だからこそ彼女も、重大な決断をする必要がなかったのだ。ラナルフか、退屈だが安全な人生か。どちらかを選ぶ必要などなかった。

カード室からバーリン伯爵が姿を現し、シャーロットのほうに向かってきた。別に驚きはしなかったが、代わりに不安が胸に広がっていった。バーリンは彼女がラナルフを嫌うよう仕向けるつもりなのか。それともただ彼女の隣に立ち、ラナルフが誓いを破って暴力に走るのを待つつもりなのか。判断がつかない。

「レディ・シャーロット」バーリンがお辞儀をして言った。「ミセス・マーティン、レディ・クーパーも」

「閣下」シャーロットは膝を折ってお辞儀を返した。友人たちが急ごしらえの言い訳をして、その場を離れていく。エヴァンストーン邸での一件を知っていれば、その続きの新たな騒動に巻きこまれたくないと思って当然だろう。

「この前は結局、踊れずじまいでした」バーリンがゆっくりと言った。「あらためて挑戦してみようと思いましてね」

ここに来てからずっと作り笑いを顔に張りつけているおかげで、シャーロットの顎は疲れを訴えはじめていた。何も知らないのがどれだけ楽か、思い知った気分だ。

「残念ながら、ダンスカードがもう埋まってしまいましたの、バーリン卿。お誘いには感謝しますわ」

ヘビを思わせるすばやい動きで、バーリンが彼女の手からダンスカードを抜き取った。

「勘違いなさっているようだ、レディ・シャーロット」カードを見ながら言う。「いくつかまだ空いていますよ」

どうしたらいいの？　自分がバーリンと踊らなければ、ラナルフも彼を殴ったりしない。そう約束したのだから。バーリンがカードに名前を書くか、ラナルフがこのやりとりを目撃するかしてしまったら――ああ、その後の展開など知りたくもない。シャーロットは大きく息をつき、眉をひそめて相手を見た。「女性が自分とのダンスを望んでいないと、紳士の方々はみなそのようにふるまうのですか？　わたしは礼儀正しくお断りしたつもりだったのですけれど」

「以前は踊ってくださったはずだ。ワルツだって何度かお相手をさせていただきましたよ」

「ええ、でも、一度も踊らずにお別れした舞踏会だってたくさんありますわ。あなたが騒ぎを起こすことを狙っているのもわかっています。そんなことに巻きこまれたくないのです」

バーリンが彼女のほうに一歩踏み出した。「このダンスカードによると、あなたはグレンガスクとワルツを踊ることになっている。おまけに何者かは知らないが、同じグレンガスクという名がもうひとつ書いてありますね」

ラナルフとアランが別の何かに気を取られているよう祈りつつ、シャーロットは断固とした態度を貫いた。「彼の妹さんをわが家でお預かりしているのです。それ以上の説明が必要ですか？」

「いいえ。だが、あなたは私とも踊るべきだ。みなに対して和解の証になる」

「お断りしますわ。カードを返してください」シャーロットはあえて手を差し出さなかった。手を出したりすれば、彼女の要求にバーリンが応じようとしないのを周囲に知られてしまう。

「まさか、あのスコットランドの悪魔に思いを寄せているわけではないでしょうね。あの男は野蛮人ですよ」

「私を野蛮人呼ばわりする前に自分を顧みたらどうだ、バーリン」横から近づいてきたラナルフが、スコットランド訛りの小声で告げた。「レディがダンスカードを返してほしいと言っているんだぞ」

バーリンの顔がシャーロットの心と同じく真っ白になった。「断ると言ったら？」

ラナルフは胸のポケットからまっさらなダンスカードを出し、冷静に告げた。

「おまえがその紙切れを握りしめて歩きまわる間抜けな姿をさらすだけさ。彼女はこのカードを使う」

「ふん、野良犬め。床から拾うがいい」バーリンは毒づき、ダンスカードを床に落として去っていった。

「あれほど傲慢に生まれつかなかったのを喜ぶべきかな」ラナルフはしゃがんでダンスカードを拾いあげ、軽くはたいてシャーロットに手渡した。

彼女はラナルフの精悍な顔を見あげた。怒りの兆候はどこにもなく、完璧に冷静な表情だ。本当なら安心すべきところなのに、シャーロットの心臓は早鐘を打ちつづけていた。

「約束を守ってくれたのね」

彼の視線がほんの一瞬、シャーロットの唇をとらえた。「きみも守ってくれたからな。さあ、ダンスの時間だ。最初の相手のところまで連れていくよ」

アランがラナルフの反対側から近づいてきた。「その必要はない。最初の相手はぼくだ」

これほど近くにふたりがいると思っていなかったシャーロットは驚いた。もしバーリンがもう少し彼女に身を寄せていたら、もし彼女が多少なりとも隙を見せていたら、いったいどうなっていただろう。考えただけで恐ろしいが、とりあえず何も起きずに丸く収まったのだ。

アランがシャーロットの腕を取る前に、ラナルフが弟に何やら耳打ちした。続けて彼女にうなずきかけ、ラナルフは自分のカントリーダンスの相手のもとへ向かった。アランが腕を差し出し、ふたりはダンスフロアに足を踏み入れた。音楽が始まると彼が一礼し、シャーロットも膝を折ってお辞儀をした。互いの手を握り、そのまま踊りの輪に加わっていく。

「ラナルフはあなたになんて言ったの？」踊りながら、シャーロットは小声で尋ねた。

「きみに聞かせたい話だったら、ランもわざわざ耳打ちしたりしないさ」アランがステップを踏んで答える。

融通のきかないスコットランド人ね。彼女は質問を続けることにした。

「バーリン卿があなたのことを〝何者かは知らないが〟と言っていたわ。彼と面識はないの？」

ふたりはさらにステップを踏んでターンを決め、向かい合って手を合わせた。

「実は今日の昼にはじめて会ったばかりだ」

「なんですって?」思わず大きな声を出してしまい、あわてて咳払いでごまかした。「それならどうして――」

「そういえば偽名を使ったかもしれない」アランが皮肉な笑みを浮かべた。

マクローリー家の男たちには、どうやら怖いものなどないらしい。シャーロットはラナルフの姿を探し、別の列で踊っているのを見つけた。愛らしい赤毛の女性が彼の手を握っている。ありがたいことにラナルフはこの場に溶けこもうと努め、貴族たちともうまくやろうとしてくれている。結局のところ、出身地がイングランドだろうとスコットランドだろうと、はたまたウェールズだろうとアイルランドだろうと関係ない。ここにいるのはみな同じ貴族たちなのだ。

しかし、そう思ったのとほぼ同時に、シャーロットは赤毛の女性がラナルフに笑いかけているのを見てしまった――あれはマデリン・デイヴィーズだろうか? まわりの女性たちも彼をロンドン見物に連れ出したくて仕方ないのか、熱い視線を送っている。ひとりよがりなのはわかっているけれど、ほかの女性にそんな目で彼を見てほしくない。

けれどそう願うのも、あながち間違いではないのかもしれない。女性たちがラナルフをこんな……欲望もあらわな視線で見つめさえしなければ、彼女たちの夫や恋人だって、彼を野蛮な敵ではなく友人や仲間のひとりとして見なすようになるかもしれないのだ。

「ぼくがバーリンを相手に偽名を使った理由を尋ねないのかい?」アランがシャーロットのまわりを移動しながら尋ねた。「きみはすべてを知りたがると思ったんだが」

彼女はわれに返って頭を振り、アランに向かって答えた。「すごく知りたいわ。でもあなたに本当のことを答えてもらうのは、ラナルフよりも大変そうな気がするの」

彼が短く笑う。「褒め言葉だと受け取っておこう。まあ、何にせよ、時と場所を変えて話したほうがいいことのような気もするしね」

もったいぶった遠まわしな言い方だ。だが、シャーロットもアランの意見に同意するしかなかった。何週間か前なら、誰かが誰かを罠にかけて衝突に追いこむなどという話は聞きたいとも思わなかったろう。それが今は何が起きているのか、あらゆる策略を知りたいと願っているのだから奇妙なものだ。実際、彼女はいくつかのことをすでに知っている。バーリンが法に触れる行為をしたらしいというのも、そのひとつだった。

バーリンが喧嘩を始めるのに自分を利用しようと近づいてくるのも、シャーロットは気に入らなかった――しかも二回も。結果は彼が望んだとおりではなかったのだろうけれど、最初はうまくいった。そしていい気になったバーリンは、違う結果を求めて同じことを試み――またしても望みとは違う結果になった。今度はラナルフが挑発に乗らなかったのだ。むしろラナルフは争いを避ける側にまわっていた。それはたぶんとてもいいことなのだろう。

ようやくダンスが終わりに近づいたとき、シャーロットはラナルフがやってきてバルコニーにでも連れ出してくれないかと願っていた。もう一度キスをして、自分にだけ向けられる彼の言葉を耳にしたい。抱いてはいけない切望がこみあげてきて、シャーロットは身を震わせた。

長身でたくましいラナルフの姿を探して視線をさまよわせたが、彼を見つける前にジェーンが視界に飛びこんできた。「ジェーン、いったいどうし――」

「一緒に来て」妹はシャーロットを半ば引きずるようにして廊下を進み、角を曲がった奥にある暗い図書室へと連れていった。

「ジェーン、ちょっと――」

彼女がシャーロットの口に手を当てて言葉をさえぎった。「しいっ。こっちに来て」小声で告げ、窓のそばへと向かっていく。

どうやら深刻な話のようだ。シャーロットは妹のあとに続いた。図書室は庭に面していて、カーテンは開いているが窓は閉まっていた。ジェーンが片方の目をつむって合図をし、慎重に窓を少しだけ開けた。

「――奴は私を二度も侮辱した」バーリンの怒りのこもった声が聞こえてくる。「あの男はいったい自分を何さまだと思っているんだ?」

「キャンベル家はあの男を危険だと見なしている」

「ハイランドではたしかにそうだろう。農民や漁民を束ねたちっぽけな軍隊の王だからな。だが、ここはハイランドではない。そうじゃないか? ここには奴の軍隊などいないんだ」

「そのとおり」三人目の男が同意した。「奴は犬と呼ばれて何もしなかった。きみが床にダンスカードを投げ捨てても、黙って拾っただけだ」

「奴はわれわれを恐れている」バーリンが興奮のにじむ声で言う。「しかも、奴が恐れなくてはならないのは私たちだけじゃない。例の火事がただの事故でないとしたら、奴にはさらに多くの敵がいることになる」

「あの火事はきみの仕業だと思っていたよ」四人目の男が小声で言った。

「証拠もないのにめったなことを言うな、ジョージ」

「奴が連れていたもうひとりの背の高い男は、弟のアラン・マクローリーだそうだ。ヘストから聞いた」

「奴はキャンベル家がグレンヘレンから追放した農民たちを受け入れたらしい。われわれの命令など聞く必要はないと言ったそうだ」

ジョージと呼ばれた四人目の男が小さく笑った。「父親と同じやり方だな。もっとも、ショーン・モナグはそのあとでいいふうに報われたとは言いがたいが」

「笑ってできる話じゃない」バーリンが嚙みついた。「あのあと、私のおじたちがふたりも消えてしまったんだぞ」

「私がそれを知らないとでも思っているのか、ドナルド？」

「キャンベル家では、マクローリー家が悪魔と取引をしてふたりを連れ去らせたと言われている」

つばを吐く音がして、男たちの話はガーデンズ家のふたりの身に何が起きたのかに移っていき、シャーロットは目を見開いてジェーンと視線を交わした。窓が開いているとわかれば、彼らは誰かに話を聞かれていないか確かめに来るだろう。その前にここを離れなくてはならない。フランシス・ヘニングとのダンスもじきに始まろうとしていた。でも、男たちはラナルフについて話し合っている。もし彼の力になれる情報を手に入れられるなら……。

でもそれを手に入れれば、今度はラナルフがこの男たちと対決しようとするかもしれない。そして、その対決はシャーロットの眼前で起きてしまうかもしれないのだ。いったいいつから、物事がこれほど複雑になってしまったのだろう？　一八歳の頃、愛とは単純でまっすぐなものだったのに。

シャーロットは鋭く息をつき、胸に手を当てた。愛ですって？　心に混乱をもたらし、窓から男たちの頭めがけて花瓶を投げつけたいと思わせているのは愛なのかしら？　彼らはそれぞれ自分の考えを口にしているだけだ。それがラナルフにとってよくないからという理由で憎しみを感じてしまうのは、彼を愛し、自分のものだと思っているから？

なんて愚かな女だろう。ラナルフはロンドンでの愛人を求めているだけなのに。そう明言していたし、シャーロットもそれは承知していた。互いに体を求めていただけのはずだったのだ。でも実際は、もっと深い意味があった。少なくとも彼女にとってはそうだ。もちろんふたりがうまくいくはずもなく、この……いっときの情熱からは何も生まれないとわかっている。だが自分の愚かさのせいかどうかはさておき、シャーロットはラナルフに恋してしまった。彼から別れを告げられる日が来たら、心が粉々に打ち砕かれてしまうであろうほどに。

これは間違いだ。すべてがたちの悪い間違いに違いない。そう思いつつ、シャーロットはさらに窓へ近づき、漏れ聞こえてくる声に耳をそばだてた。ラナルフに危険をもたらす何かが起きているのなら、絶対に阻止しなくてはならない。今すぐにでも。

「私があの男と対峙するわけにはいかない」二番目の声が言った。「私はもう、奴と一度顔を合わせてしまったからな。ふたたび衝突したら、みなが私を明確に奴の敵だと見なすだろう。それで得られるものは何もない」

「私に任せろ」四番目の声が告げる。「もう三年ばかり、マクローリー家の人間の血を見ていない。いいかげん、この身がうずいて仕方ないんだ」

「忘れるなよ。奴が野蛮人に見えるように仕掛けるんだ。そうでなくては意味がない」

「おまえは私のいとこだろう？　それくらい言われなくともわかっているのは承知のはずだぞ」

カドリールの音楽が始まり、外の話し声が聞こえなくなってしまった。シャーロットは細心の注意を払って窓を閉め、近くにあった椅子に座りこんだ。「なんてこと」妹に向かってささやく。「どうして彼らがあんな話をしていることがわかったの、ジェニー？」

胸に手を当てたジェーンの顔は、月明かりのように蒼白になっていた。

「ダンスフロアから出たところで、グレンガスク卿のことで話があると言う誰かの声が耳に入ってきたの。そうしたらバーリン卿が、庭に出て図書室の外で落ち合おうと答えたのよ」妹が震える息をつく。「どうしましょう。あの人たち、人を傷つける話し合いをしていたんだわ。いいえ、傷つけるよりもひどいことをするつもりよ」

シャーロットは背筋を伸ばして立ちあがり、ジェーンを抱きしめるために近づいていった。

「あなたはとても勇敢ね」心をこめて妹に告げる。

「でも、どうしたらいいのかしら？」

「ラナルフと話さないといけないわ」

話してどうなるのかはわからない。とにかく胸がどきどきして、ラナルフにキスをしたいと思うし、彼が彼であることを罵りたいような気もした。いずれにせよ、今聞いた話を知らせなくてはならない。早急に。

「行きましょう」シャーロットは妹の手を握り、扉へと急いだ。すべての行動には結果が伴う。そして彼女は今、大きな決断を下して行動に移そうとしていた。

それなのに……。

シャーロットの頭にあるのは、ラナルフの腕に抱かれたときの安心感だけだった。彼を失うわけにはいかない。失ってたまるものですか。自分が手にしたものの価値を悟った今、それを他人の手に奪われるのだけは絶対に許せない。

13

「シャーロットはどこだ？」ラナルフはアランの襟元をつかんで問いただした。

「言ったじゃないか。妹と一緒に、あわててどこかに出ていったよ」アランは不満もあらわに答えたが、ラナルフの力に抵抗しようとはしなかった。さすがに自分が殴られる瀬戸際なのをよくわかっているのだろう。

「彼女から目を離すなと言っておいたはずだぞ」ラナルフは一語一語をはっきりと告げた。これだけ大きな集まりだ、シャーロットがどこで誰といてもおかしくない。しかも、バーリンとその仲間たちの姿も見えなかった。たしかにラナルフは怒っている。だが、それだけではない。心配もしていた。それもかなり。

「バルコニーに放り出すか、彼女を探すのを手伝わせるか。どちらにするかさっさと決めてくれ」アランが兄をなだめようと両手をあげた。

ラナルフはうなるように息をついて手を離し、吐き捨てるように言った。

「私はシャーロットを探す。おまえはウィニーについていろ。それくらいはできるだろう」

「わかった。絶対に見失わないよ」

アランが舞踏室に戻る途中でカドリールの音楽が始まった。ダンスフロアに進み出る人々、隣の居間やカード室へと姿を消す人々、そして食べ物や飲み物のあるテーブルに向かう人々。みな、今のラナルフにとっては顔も知らぬ他人であり、シャーロットを探すのを邪魔するだけの存在だった。

いったいどこへ行った？　シャーロットのダンスカードを見ていたラナルフは、彼女がカドリールをフランシス・ヘニングと踊ることになっているのを知っていた。周囲の迷惑も顧みず、人々を押しのけるようにしてダンスフロアの端を進んでいく。ようやくヘニングの姿を見つけたものの、相手が戸惑った表情で立ち尽くしているのを目にしたとたん、ラナルフの心は一気に沈んだ。シャーロットが理由もなしにダンスの相手に待ちぼうけを食わせるはずがない。それでは礼儀にかなわないからだ。

どう思われてもかまうものか。ラナルフは彼女の名を叫ぼうと深く息を吸いこみ――シャーロットを発見した。妹を引き連れた彼女は、廊下につながる扉から舞踏室に入ってくるところだった。深い安堵感がラナルフの心を満たしていく。目がくらむ思いで、彼は足を踏み出した。実際に触れて無事を確かめるまで、シャーロットを他人と踊らせるわけにはいかない。

痩せた人物がラナルフの前に現れ、彼女の姿をさえぎった。まわりこもうとすると、その人物はふたたび彼の前に立ちはだかった。「グレンガスク侯爵、意外なところで会ったな」

ラナルフは眉をひそめ、目の前に立つ男に注意を向けた。相手はラナルフほどではないが背は高く、赤褐色の髪が右耳から唇の右端にかけて走る傷跡を一部だけ隠している。過去の記憶の何かに引っかかるものの、その男が何者なのかどうしても思い出せなかった。

「どこかで会ったことが？」ラナルフは前に進みながら尋ねた。

男はあとずさりしたが、ラナルフの前からどこうとはしない。「直接は会っていない」

「それならどいてくれ。私は忙しい」

まわりこもうとすると、またしても男が立ちふさがった。これはもう偶然ではない。もはや礼節をもって接する必要はないだろう。

「そこをどけと言ったんだ、愚か者《アマダン》」

目の前の男はあくまで礼儀正しい微笑を崩さなかった。「断ると言ったら？」

「女性たちの目の前で、私に殴り倒されたいというんだな？」周囲に聞こえるよう大きな声で言う。

「私は話をしたいだけだ」

相手が近づいたところですばやい一発を腹に見舞えば、周囲には自分のブーツに吐いてしまった病人を床に寝かせているように見えるかもしれない。ラナルフは一歩前に出て拳を握った。

「グレンガスク卿」息を切らせたシャーロットの声がした。「ここにいたのね！　あなたのおじさまのご気分がお悪いようなの。すぐにわたしたちと一緒に来ていただけるかしら？」

ラナルフは握っていた拳を開いた。暴力はなし。それが彼女の重んじる第一の決まりだ。

「失礼する」誰もが怯える冷酷な視線で男をにらみつけ、彼は告げた。

相手は頭を傾けて横にずれた。ラナルフがそのまま進もうとすると、男は彼の肘をつかんでささやいた。「おまえの妹はいい女だな。特に口がいい。今度ぜひとも私の相手をお願いしたいものだ」

ラナルフは足を止め、次の瞬間には自分でも気づかぬうちに、両手で男の襟をつかんで床から持ちあげていた。雷のようなすさまじい怒りが全身を駆けめぐっている。相手が誰であろうと——何者であろうと絶対に——ロウェナに手出しはさせない。

赤い手袋をはめた柔らかな手が、ラナルフの袖にそっと触れた。「あなたを挑発しているのよ」シャーロットがささやく。

もし別の口調で話しかけられるか、あるいは腕を引かれるか押されるかしていたら、ラナルフの意識に彼女は入ってこなかっただろう。挑発されているのはわかっている。彼が問題にしているのはそこではなく、相手が言ってはいけない言葉を口にしたことだった。一度吐かれた言葉はなかったことにできないし、聞き流すこともできない。ただ、血をもって償わせるしかないのだ。

「おじさまがあなたを待っているわ」シャーロットが少し大きな声で言い、彼の腕にかけた手に力をこめた。

彼女の手には、廏舎を救おうとして負ったやけどの跡が残っている。すでに戦う態勢に入っていたラナルフの全身の筋肉がこわばり、頭と体が激しくせめぎ合った。横に一歩だけ足を踏み出し、男を床におろす。「失礼する」心を切り裂かれて体の中が血まみれになった心境で、ラナルフは相手に言った。「きみの足が私の足を踏んだようだ」

ラナルフはシャーロットの手を取って自分の腕にかけ、その場から歩きだした。男の笑い声が背後で響く中、力を抜こうと肩をまわして歩きつづける。これも彼女を自分の人生にとどめておくためだ。シャーロットの笑顔とキスのためなら一〇〇の悪罵にも耐えてみせるし、どんな悪口も笑ってのみこんでみせる。彼女の言うとおり、何を言われようと、そんなものは言葉にすぎないのだから。

「あなたに話があるの」シャーロットが横目でちらりと彼を見て、かたい口調で告げた。「お願いだから、体ではなく頭で反応して」

「一緒に使いたいところだ」ラナルフは言い返した。

「さっきのあれも一緒に使っていたの？」

「私が頭を使っていなかったら、もっとわかりやすい形になっていたよ。それはそうとマイルズはどこだ？　おじは大丈夫なのか？」

「どこにいるのかも知らないわ。最初に思いついた口実があれだったのよ」彼女はふたたびラナルフを横目で見た。「いきなりあんなことを言ってごめんなさい。あなたは大丈夫？」

「私は紳士だ」おさまらない怒りを嚙みしめ、ふだんどおりの口調で答える。「いつだって大丈夫だよ」

「ラナルフ」

「あとにしよう。マイルズがいた」

ラナルフのおじはエズモンド公爵と話していて、その息子のスティーブン・ハモンドもかたわらに立っていた。まったく、上出来だ。だが、シャーロットが始めたゲームだ。ラナルフとしてはつき合うしかない。途中でやめれば、怪しむ者が出てくる可能性もある。

「マイルズ、少し休もう」ラナルフはしぶしぶシャーロットを放して、おじの肘をつかんだ。「めまいがするなら、あまり動きまわらないほうがいい」

マイルズは眉をひそめたが、すぐに手でこめかみを押さえた。「そうだな、少し休んだほうがいいかもしれない。それでは閣下、失礼します。スティーブンも」

「そうしたまえ、スワンズレー。妻も私と踊りたがっているから、ちょうどいい」

シャーロットのあとについてきたジェーンも一緒に、四人連れとなったラナルフたちは、上の階まで行って居間を見つけた。彼が扉を開けると、長椅子に横たわっていた若い女性が飛びあがるようにして起きあがった。年上の男性が彼女のスカートの中に入れていた手を引き抜いてクッションを取り、下腹部を隠す。ラナルフが眉をひそめる間もなく、ふたりは居間から飛び出していった。ラナルフもシャーロットを欲しているものの、今のふたりに同情する気にはなれない――女性のことを大切に思うのであれば、男のほうが絶対に見つからない場所を選べばいいのだ。

「いったいどうしたんだ?」四人だけになるとマイルズが言った。「なぜ急に私を病人扱いする?」

「わたしのせいです」シャーロットが白状した。「ラナルフとふたりで話したかったので、とっさの言い訳をしなくてはならなかったの」

「ちょっと見解の相違のある相手がいてね」ラナルフは不機嫌に言った。「結局は紳士的に別れた」

ジェーンが長椅子のうしろで行ったり来たりしている。ラナルフは彼女にそれほど気を配っていなかったものの、よく見るとひどく落ち着かない様子だった。一方のシャーロットは妹よりずっと冷静に見える。数本のろうそくのほのかな光に照らされたシャーロットは、華やかなシャンデリアの光を浴びていたときよりも美しかった。

「何があったんだ、レアナン？」ラナルフは尋ね、驚いた表情でゲール語をつぶやくマイルズを無視して、そばにあった椅子の肘掛けに腰をおろした。

シャーロットが説明を始めた。話に出てくる男たちがバーリンとチャールズ・カルダー、アーノルド・ハウズであることはすぐに想像がついた――ラナルフの知るかぎり、この三人はひと組みたいなものだ。四人目についてはいささか戸惑ったが、シャーロットに舞踏室でラナルフの前に立ちはだかった男の笑い声がよく似ていたと告げられると合点がいった。

「たしか、バーリン卿をいとこと呼んでいたわ」ジェーンが言った。

「ジョージよ」すぐあとにシャーロットも続いた。「名前はジョージだった」

それならば話の筋が通る。「ジョージ・ガーデンズ・デイリーだ」ラナルフはゆっくりと男の名を口にした。まったくいまいましい。

マイルズが小声で悪態をついた。おじの気持ちはよくわかる。しかしラナルフは同じことをする前に、デイリーの登場が自分の家族や大切な者たち、特に今、眉根を寄せて彼を見つめている女性——彼が愛している女性にどういう影響を及ぼすかを考えなければならなかった。

「ジョージ・ガーデンズ・デイリーというのは何者なの?」シャーロットがいっそう眉をひそめて尋ねた。「ガーデンズ家の人なのはわかるけれど、もっと深い関わりがありそうね」

シャーロットは知らなくてはならない。たとえ彼女が決して許さない話を告白しなくてはならないとしても。それで彼女を……すべてを失うかもしれない。ラナルフは姿勢を正し、シャーロットに向かって手を差し出した。細い指が手を握ってきた瞬間、キスをしたいという衝動がこみあげてきた。それを抑えるのに、ありったけの意志の力が必要だった。

「ここで待っていてくれ」おじに向かって声をかけ、身ぶりでジェーンを指し示す。「すぐに戻る」

ラナルフはシャーロットを連れて扉を抜け、化粧室らしき部屋へと入っていった。ろうそくで部屋を照らし、扉の鍵をかけてから彼女の手を放す。ふたりきりのこの時間を、誰かに邪魔させるわけにはいかなかった。

「気になるわ」部屋の中を歩きまわるラナルフを見ながら、シャーロットが言った。「どんな人なの?」彼が近くを通過するたびに、ろうそくの炎が揺らいだ。

ようやく足を止め、ラナルフはシャーロットの顔を見た。赤と黒のドレスを着たブロンドの彼女は、まるで天使のようだ。「暴力は暴力を生むだけというのがきみの考え方だ。復讐の応酬は無意味な行為で、それをやめるには、そもそも最初のきっかけを起こさないようにするしかない。きみはそう信じている」

驚いたことに、シャーロットの顔に笑みが浮かんだ。「ちゃんと聞いていたのね」

「きみの話は一語一句ちゃんと聞いているよ、シャーロット。私にとっては、きみのため息までもがいとおしい」ラナルフは頭を振った。「きざな言葉を並べてきみを誘惑するつもりはないんだ。あくまでも私の本心だよ」そして、これが彼女に話を聞いてもらえる最後の機会になるかもしれない。

「話して」シャーロットが静かに言う。

「その前にすることがある」ラナルフはふたりのあいだの距離を詰め、てのひらを彼女のうなじに当てて引き寄せた。甘く柔らかな唇に自らの口を重ねていく。

シャーロットが手袋をはめた手を彼の肩にまわし、体を寄せてきた。揺るぎない信頼がラナルフの興奮をかきたてる。彼はこのひとときに身を任せ、腕の中のシャーロットの鼓動を堪能した。誠実であろうとしたせいで、こうした瞬間に別れを告げなくてはならないとしたら……なんと愚かなことだろう。しかし、どんな結果になるにせよ、いつかは直面しなくてはいけない問題だ。

シャーロットはラナルフの肩に手を置いたままだったが、彼はあえて体を離した。話を終えたあと、彼女の失望した顔を見たくないからだ。だがシャーロットを遠ざけたのは、彼女がこちらの顔を見なくてすむようにするためでもあった。

「父が死んだ話はしたと思う」自らを奮い立たせて、ラナルフは口を開いた。「あのとき、クランの中では事故だと言う者と、殺されたと言う者で意見が分かれていた。だが私は当時、一五歳の小僧にすぎなかったが、何が起きたか知っていたし、誰の仕業かもわかっていたんだ。父はバーリン伯爵とその兄弟、ハリーとウォレスに殺された」

「今のバーリン卿ではないのね？」

「ああ、奴の父親だ。私は彼らとショーン・モナグ――父の口論を見ていたんだ。彼らは父に広大な農地を羊の放牧地にするよう、口汚く迫っていた。父はそんな彼らを視野の狭い自己中心的な愚か者だと罵り、領民を追い出して怒らせるような真似をすれば、いつか後悔するぞと警告した。その二日後に父は死んだ」

今はラナルフも淡々と事実を語れるようになった。しかし当時はいきなり呼吸を奪われたような気がしたし、その状態が何カ月も続いたものだ。柱を失ったクランは彼に判断力と指導力を期待し、その重圧で文字どおりろくに息をすることも、考えることもできなかった。母は自身の損失と重荷で手一杯で、夫の死で傷ついているのが自分だけのようにふるまっていた。

「お気の毒に、ラナルフ」シャーロットは小声でそう言ったものの、ふたたび彼に近づいてこようとはしなかった。ここまではすでに彼女も知っている話で、ここからラナルフが伝えたがっている本題だと承知していたからだ。

「葬儀のあと、私は父の古い猟銃とシャベルを持ってガーデンズ家のふたりを探しに出た。バーリン伯爵はもうロンドンに旅立ってしまったあとだったからね——息子と同じで臆病な男だったんだ。ふたりは自宅であるショルブレイ・マナーにいて、居間で酒を飲んで酔っ払っていた。私の父がどう抵抗して、自分の領地の湖に頭を沈められているときにどう身をよじらせたかを、おもしろおかしく話していたよ。死んだときにズボンが汚物まみれになっていたことまで。私は居間の外にいて、窓の下に座りこんですべてを聞いていた」

シャーロットは顔面を蒼白にしながらも、無言でその場に立っていた。風が吹いただけでばらばらになってしまいそうだ。だが、ラナルフは知っていた。彼女は陶器みたいに繊細に見えても、鉄のような強い心を持っている。

「ショルブレイ・マナーにはガーデンズ家の者たちが二〇人ばかりいて、手下や使用人も大勢いた。だから私はいったんその場を離れ、羊が飼われている囲いの近くに身を隠して機会を待った。そして二日後に、その機会はやってきた。私はふたりだけで外に出たハリーとウォレスを銃で撃ち殺し、誰にも見つけられない場所に埋めたんだ。そして家に戻り、クランにとって必要な男になった」ラナルフは己の両手を見つめ、それからシャーロットに視線を戻した。「ジョージ・ガーデンズ・デイリーはハリー・ガーデンズの息子だ」

長い沈黙が流れ、ラナルフの耳に階下で楽団が奏でる音楽と、シャーロットの息づかいが聞こえてきた。目には目を、という考え方は聖書の誕生以前からあったものだ。だからといって、彼女にとって受け入れがたい考えであるのは変わらないだろう。

するだろう。

「それで……遺体はその後、見つかったの？」

「いいや。そうならないよう、最大限の配慮をした。私としては、行方知れずという形にしたかったんだ。墓石にすがって泣く者を作りたくなかった」ラナルフにとって、それ以降の日々は簡単なものではなかった。けれども同じ状況になれば、彼はおそらくまた同じことをするだろう。

シャーロットが息をついた。「あなたがふたりを殺さなかったら、どうなっていたの？」

「クラン同士の戦争になっていたはずだ」

「戦争は避けられたのね？」

「マクローリー・クランの中には、父の死にガーデンズ家が関わっていると疑う者も多かった。だからあのふたりが消えたとき、クランの中にはいくらか……困惑の雰囲気が流れたよ。ハイランドは霧や霞《かすみ》がよく立ちこめる。そういう土地では、魔女や呪いといったことが真実味を帯びるんだ。みなが少しずつ、何か人間には計り知れない力が働いて正義がなされたと信じるようになっていった。それこそ、みなが求めていた結論だったんだ」

ラナルフは化粧台に座って続けた。「きみだったら役人を呼んでガーデンズ家のふたりを捕まえ、王権の名のもとに彼らを裁く道を選んでいたかもしれない。だが、その場合に裁くのはイングランドの判事と法律だ。犯人の告白を聞いていたのが殺された男の長男だけで、しかもその長男も氏族長の座を奪うために父親を殺した可能性もあると見なされれば、ガーデンズ家のふたりはおそらく無罪放免になっていただろう。そのあとで両者が互いの非をとがめ合ったら、事態はますます悪くなる」

もちろん、必ずそうなっていたとは言いきれない。けれどもラナルフは、ハイランドで法律というものがその当時から今に至るまでどう作用するかをつぶさに見てきた。イングランドの正義とは、基本的に争いのない状態を維持し、有力な一族の実力をそぐために駆使される——特にその一族がイングランドの権威に従うことを望んでいない場合はなおさらだ。自主性や実力、反骨精神が認められることは絶対にない。

「どうしてわたしにこの話をしたの？」

ラナルフは肩をすくめた。「第一の理由は、きみがジョージ・ガーデンズ・デイリーとは何者かときいたからだ。それには答えた。第二に、もし今話さなかったら、この先私たちは誠実に向き合えなくなると思ったからだ」シャーロットに向かって伸ばしかけた腕を途中で止める。「きみに聞かせた話は、これまで誰にも明かしたことはなかった。アランとマイルズはふたりが消えた事件に私が関わっていると疑っているらしいが、私は認めていないし、これからも認めるつもりはない。特にアランは今のところ、私の地位の継承者だからな。この重荷を背負わせたくない。これはあくまで私が背負うべき重荷だ」

まるで刑の宣告を待つかのように、ラナルフは自分を見つめている。だが、シャーロットはその場から動けなかった。いったい何を言えばいいのだろう？　どう反応したらいいのかもわからない。ラナルフ・マクローリーが語ったのは、ふたりの人間を殺したという殺人の話だ。突然そんな告白をされたのだから、もっと動揺し、取り乱してもおかしくはない。仰天したあげくに嫌悪感を覚えて当然だろう。この部屋から飛び出してロンドンの裁判所に駆けこみ、ラナルフを告発すべきなのだ。

だが、自分はそんな真似はしないとシャーロットは確信していた。打ち明けてくれたラナルフの信頼に応えるためだけではない。心の底では、彼の取った行動を責められないと感じているからだ。この三年間、プライドを守り、汚名をすすぐためと称して暴力で物事を解決しようとする男たちを忌み嫌ってきた。でもこの件をラナルフの立場に立って考えてみると、自分も同じ行動に出るのではないかと思わずにいられない。実行するかどうかは別にしても、少なくともそうしたいとは思うだろう。

「何を考えているんだ、シャーロット？」ラナルフがきいた。

シャーロットは思いがけず頰を伝った涙をぬぐった。ラナルフを頼りにする人々を率いるあいだ、彼はどれほどの苦難をくぐり抜けてきたことか。

「きみを傷つける気はなかった。妹のところに連れていくよ。私は――」

「わたしが何を考えているかきいたのよね？」シャーロットは涙が流れるに任せて、彼の言葉をさえぎった。「答えを聞くつもりはないの？」

「きみの涙が答えなのかと思ったんだ」

「だったら、あなたは間違っているわ」声が震えないようにしながら、彼女は続けた。「一五歳のあなたはやるべきことをしたのよ。その重荷をこんなにも長いあいだ、たったひとりで背負ってきたなんて、心からかわいそうに思うわ。誰もそんな目に遭わされるいわれはないのに」

ラナルフがシャーロットを見つめた。「それは、どういう……」

言葉だけでは信じられないようだ。シャーロットは前に進み出て指をラナルフの黒髪に絡め、顔を引き寄せた。「あなたのしたことは理解できると言ったのよ」小声で言って、キスをする。

ラナルフが彼女を抱きあげ、ふたりの顔の高さを同じにした。互いの舌を絡め、始まりも終わりもわからなくなるような激しいキスをする。今は舞踏会の真最中で、壁の向こうには二〇〇人もの招待客がいるというのに。彼女の妹とラナルフのおじに至っては、すぐ隣の部屋にいるのだ。

シャーロットにとってはそれも関係なかった。心にあるのはラナルフだけ。ほかのすべては消え去っていた。彼はもう重荷をひとりで背負う必要はない。たしかにラナルフほど大きな背中ではないけれど、彼のためなら自分も強くなれる——そんな気がした。

キスを続けながら、ラナルフは彼女を化粧台に座らせ、スカートをまくって膝のあいだに体を入れた。でも、それだけでは物足りない。ラナルフと一緒にいるのがどういうことかを知ってしまったシャーロットは、彼を渇望していた。とても強く、まったく消えそうにない渇望だ。彼を自分のものにするまでは、この部屋を出るつもりもない。

「わたしに触れて、ラン」シャーロットはささやき、彼の手を取ってむき出しの膝にいざなった。

キスを喉へと移しながら、ラナルフがゆっくりと指先を彼女の腿に走らせた。乱れたスカートの下で、彼の指が体の中に入ってくる。シャーロットは彼のヒップに指を食いこませ、自分のほうへと引き寄せた。こんな……単純な行為がこれほどの高揚感を生むなんて信じられない。でも、ラナルフはそれを可能にしてくれる。

「脱がせてくれ」彼は空いたほうの手でシャーロットの手を握り、ズボンの前へと導いた。彼の指にまさぐられて荒い息をつきながら、彼女はズボンのいちばん上のボタンを外した。ああ、なんてこと。うめき声をあげ、両手の指をズボンにかけて、さらに彼を引き寄せる。

「ああ、シャーロット」ラナルフは彼女の両手を押しやり、残りのボタンを外してズボンをおろした。高ぶった欲望の証があらわになる。

「ゲール語ではなんと言うの？」こわばりに指を走らせて尋ねた。

「ゲール語を教えてほしいのか？」ラナルフは彼女の指を見つめて問い返した。

「教えて」

「バルバータ」シャーロットと目を合わせたまま、彼はドレスの上から胸を愛撫した。「ブルウニー」そうささやき、手をレースの中に滑りこませて胸の先端に触れる。「シーン。まだレッスンを続けるかい、レアナン？」

自分の耳にもかすれて響く笑い声を漏らして、彼女は首を横に振った。

「いいえ、代わりに違うことを教えてちょうだい」

ラナルフはシャーロットの腿に腕をまわして手前に引き寄せ、一気に貫いた。歓びの声を抑えようと、彼女はたくましい肩に顔をうずめた。何度も激しく突きあげられ、呼吸もままならない。快感が頂点に達したときには考える力すら失って、ただ彼にしがみつき、大きな声をあげてしまわないようにするだけで精一杯だった。

うなり声をあげたラナルフが腰を引こうとした。その理由がわかっていた彼女は両脚を彼の腰に巻きつけ、同時に震える手で襟を握りしめた。「だめよ」彼を見あげて言う。「シャーロット」ラナルフはささやき、最後に深く突き入れて身を震わせた。

それは彼女なりの信頼の証だった。こうしたほうが生きていると実感できるし、これからラナルフと一緒にいるのなら……とにかく、こうすべきだと思ったのだ。重荷を分かち合う気持ちを彼に示すことにもなる。言葉では伝えきれない覚悟を伝えるには、こうするのがいちばんのような気がした。

ラナルフが額を彼女の額につけた。「今みたいなことはすべきじゃない」彼はささやいた。「きみといると、安全で穏やかな暮らしに憧れてしまう」

その言葉は、まるで彼がこのままシャーロットを置き去りにして去ることを望んでいるように聞こえた。真剣なつき合いを望んでいるそぶりを見せ、最大の秘密を打ち明けたあとだというのに、ラナルフはまだわたしとの人生を望んでいないのかしら？　それとも、わたしを人生や秘密を分かち合うに値しない相手だと思っているの？

でも果たして自分がそれに値する相手なのか、それだけの強さがあるのか、シャーロット自身にもわからなかった。父親が殺されて犯人が消えてしまう世界、間違った言葉が間違った相手に対して飛び交う疑心暗鬼の世界で生きていけるのだろうか？　そこでは激しい衝突が日常茶飯事で、最悪の場合は戦争になってしまう。そんな場所で生き抜いていく勇気があるかどうかもわからないのに、ただラナルフと一緒にいたいと願うなど、それこそ正気の沙汰ではない気がした。

「そろそろ戻らないと」シャーロットはゆっくりと顔をあげて彼を見つめた。

ラナルフは指で彼女の頬に触れ、せつないほどやさしいキスをした。「ジョージ・ガーデンズ・デイリーの登場で、事態がさらに複雑になってしまった」

シャーロットはうなずき、次にラナルフに告げねばならない言葉を準備して身構えた。

「たぶん、あなたの弟を撃ったのは彼よ」

一瞬にして、ラナルフの顔から感情が消え去った。「なぜそう思う？」

状況によっては、シャーロットも言わなかったかもしれない。でも黙っているには、彼はあまりにも多くを分かち合ってくれた。「暴力はだめよ、ラナルフ。お願い。わたしが話したせいで血が流されるなんて耐えられない」

彼は立ちあがり、荒っぽい手つきでシャーロットのスカートをおろして、ズボンの前を留めた。「話し合いで解決しろと？」

「たしかに、お父さまが亡くなったときにあなたが取った行動は理解できると言ったけれど」彼女は化粧台からおりてスカートを整えた。「だからといって、あなたが誰かを殺す原因になるつもりはないわ」

ラナルフがすばやく近づいてきて、シャーロットの両手を取った。「私が平穏に生きられる男になれば……厄介事から遠ざかり、家族が巻きこまれずにすむ方法を……私と……」

徐々に声が小さくなり、しばらく沈黙が流れる。「私はきみを愛している」ようやく口を開いた彼は小声で告げた。「きみといると頭がどうかなりそうになるが、それでもきみを愛しているんだ」

シャーロットは心臓が止まったような気がした――静寂の中、心臓が自分にささやく声や、幸福に驚いてため息を漏らす音さえ聞こえてきそうだ。一方的な思いではなかった。知り合った頃のそれぞれの思惑がどうだったにせよ、今ではラナルフも彼女と同じ思いを抱いているのだ。心臓がふたたび動きはじめ、心の中で安堵や喜び、そのほかのさまざまな感情が駆けめぐりだした。未来なんてどうでもいい。今この瞬間、ラナルフに愛されているだけでじゅうぶんだ。たとえ幸せな結末が迎えられなくても、この思いだけで永遠に生きていける。

「彼が言ったのよ、もう三年ばかり、マクローリー家の人間の血を見ていないと。身がうずいて仕方ないとも言っていたわ」今を逃したら、話す勇気を失ってしまうかもしれない。シャーロットは息を乱して続けた。「わたしもあなたを愛しているわ、ラナルフ。それにわたしもあなたといると、頭がどうかなりそうになるの」

このような難題はギリシャ神話の王タンタロスか、古代イスラエルの王ソロモンにこそふさわしい。ラナルフはシャーロットを連れて戻りながら考えた。

弟を撃ったのはバーリンだとずっと信じてきた。ところが今になって真犯人がわかったのだ。しかもその真犯人は、ラナルフが父の復讐のために殺した男の息子だった。先に攻撃を仕掛けたのがガーデンズ家だったのはたしかだ。しかし、その攻撃に対する報復はすでにすんでいる。

ジョージ・ガーデンズ・デイリーは、ガーデンズ家のふたりが消えたときに八歳にすぎなかったムンロを撃ち、今度はわずか二歳だったロウェナを標的にしようとしている。もちろん、ラナルフはそれを許すつもりはない。それに廏舎の一件も――バーリンが火を放ったのではないというアランの意見が正しいのであれば――ジョージ・ガーデンズ・デイリーの仕業である可能性がきわめて高くなった。

しかしラナルフが望みどおり報復を実行すれば、彼はシャーロットと己に対して、自分が真っ当な妻をめとる資格のない愚かな野蛮人であり、言葉よりも暴力を重んじる男だと認め

14

る結果になってしまう。ラナルフはシャーロットを自らの人生に迎えたいと真剣に願い、理性をもって文明的な方法でクランを率いていけることを証明したいと考えていた。彼女の笑顔を見るだけで慰められて気持ちが安らぎ、生きる力がわいてくるからだ。

「心配していたのよ」居間へ戻ったふたりに、ジェーンが声をかけてきた。「ずいぶん時間がかかったわね」

「説明しなくてはならないことがたくさんあってね」ラナルフはマイルズの視線を避けて応えた。

「今夜はもう家に戻る？　ダンスをふたつもすっぽかしてしまったし、みんなに謝らないといけないわ」ジェーンがまだ幼さの残る顔をしかめた。

「いや、残る」ラナルフは決断した。「おじ上の具合もよくなったことだしな」

「そう言われてみれば、急に元気が出てきたよ」マイルズが言った。

ラナルフはシャーロットとジェーンの手を取って尋ねた。「庭で話をしていた四人と行き合ったら、何も知らないふりをするんだ。できるな？」

「ええ」シャーロットが迷いなく答え、彼の手を握り返した。

「たぶんできると思うわ」ジェーンもそう言ったものの、姉とは違って自信がなさそうだ。「ダンスカードが埋まっていてよかった。少なくとも、あの四人にダンスを申しこまれずにすむもの。そんなこと、考えただけで恐ろしいわ」

「恐ろしいことなんて起きないから大丈夫よ。心配はいらないわ」シャーロットはラナルフの手を放し、妹の体に腕をまわした。「バーリン卿以外はわたしに関心がないみたいだから、わたしも心配していないわ」

四人はそろって舞踏室へ戻り、ラナルフはシャーロットがカドリールを踊るはずだったヘニングに謝って、次のダンスの約束をするのを見守った。もっとも、たとえ相手がシャーロットの友人であっても、彼女を分かち合いたくないというのが本音だが。

「彼女を〝レアナン〟と呼んでいたな」壁際にやってきたところで、マイルズが小声で言った。

「ああ。偶然でも間違いでもない。彼女に心を捧げているんだ」心だけではなく魂も。それを口に出すのは、ラナルフが思っていたよりもずっと簡単だった。ただしアランを相手にするときは、こう簡単にはいかないだろう。それでもラナルフは、もはや誰に対しても本心を隠すつもりはなかった——隠すことはシャーロットを侮辱するに等しいと思えるからだ。

「まさか結婚を考えているのか？」

「私のせいで彼女が傷ついたり危ない目に遭ったりすることがないと確信できたら、そのときは結婚しようと思っている」

「ラナルフ、それは——」

「わかっているさ。不可能に近い」ラナルフはどうにか笑みを浮かべようとした。「だが、やってみるつもりだ。その価値はある」

ロウェナとアランは一緒にカドリールを踊っていたおかげもあって、新たな厄介事に巻きこまれてはいない。バーリンと臆病な友人たち、そして彼のいとこは姿が見えなかった。あるいはラナルフを挑発する策がうまくいかず、いったん引きあげて別の作戦を練ることにしたのかもしれない。

ラナルフとしては、バーリンたちが何をたくらむにせよ、標的が自分ひとりであるよう願うばかりだった。そして彼はその策略に対して、シャーロットと家族、クランと神がすべて満足する方法で立ち向かわねばならない。そこまで考えて、彼は立ち止まった。いつの間にか優先順位が変わっている。スコットランドだけのことを考えていた頃と比べるとずいぶんな変化だが、自分の心は新しい優先順位に納得していた。

「何があったんだ?」ダンスが終わり、人込みの中をラナルフとマイルズのもとにやってきたアランが尋ねた。マイルズは今夜、ラナルフの護衛役を務めるつもりになっているらしい。それで何か状況が変わるとも思えないが、ラナルフはおじの姿勢に感謝の念を覚えた。

「ここで話し合う問題じゃない」ラナルフはきっぱりと言った。「今は自分のことに集中しておけ。今夜、マクローリー家はどんな議論にも争いにも関わらない。わかったな?」

「その話なら、ここに来る前にすませたじゃないか」アランが言い返す。

「たしかにそうだ。だが、状況が変わった」

アランが兄に険しい視線を送った。「どう変わったんだ?」

ラナルフは大きく息をついた。「ジョージ・ガーデンズ・デイリーがここにいる。おまえに教えるのは、奴を見ても驚かないようにするためだ。それ以外の理由はない」

「ジョージが？　なんてことだ。奴はアバディーンにいるとばかり思っていたよ」

「今はロンドンにいる」

ラナルフは弟と目を合わせて命じた。「私に誓え」弟がバーリンの取り巻きを追いはじめたら、兄として助けざるをえない。そうなればせっかく始めたことが、すべて台なしになってしまう。

「わかった」アランが小声で応えた。「誓うよ。厄介事は起こさない。兄上が自分のやっていることを理解しているよう祈っている」

ヘニングと一緒に歩いているシャーロットを見ながら、ラナルフはうなずいた。「理解しているとも」大切な女性を手に入れるために約束を守る。それが今、自分のしていることだ。ほかの言葉で己の行動を正当化しようとしても、余計な混乱を生むだけだろう。

ロウェナは明るいブロンドの若者と踊っていた。あまりにも若く、色男すぎて、兄としては心中穏やかでいられなくなる相手だ。ラナルフはもう何日も、妹の口からラックラン・マクティの名前が出るのを聞いていなかった――彼の名を口にしなくては会話も成り立たなかった数週間前とは大違いだ。シャーロットにこれほど気を取られていなければ、不安になっていたかもしれない。自分がイングランド女性と結婚しても、結局は夫婦でグレンガスクに戻ることになる。しかしロウェナがササナックと結婚すれば、妹に会えるのはクリスマスの時期と、社交シーズンでロンドンを訪れたときくらいになってしまう。ラナルフにとっては、とうてい受け入れられる話ではなかった。

「詮索するつもりはないんだが――」少し間が空いたあとでマイルズが言った。

「いや、そのつもりだろう、マイルズ」ラナルフはおじをさえぎった。「それより、イングランド人で……友人になれそうな者を紹介してくれ」

「なぜだ？」

頑固な女性に自分も文明的になれると証明したいからだ。「信用できるスコットランド人がここにはいないからさ。それに土地に慣れるには、そこに住む者たちを知るのがいちばんだろう？」

「なるほど。それも道理だ」

「私は道理にかなった人間だよ。少なくとも、そうなろうとしているところだ」

おじはあからさまに疑わしげな表情を浮かべている。自分でも疑わしいのだから仕方あるまい。永遠に続くかと思えたカドリールがようやく終わり、ラナルフはヘニングがシャーロットを両親のもとへ連れて戻るのを見届けてから、同じように戻ってきた色男とロウェナのほうに進み出た。

「私にダンスのお相手を紹介してくれないか、ウィニー？」穏やかに告げる。

妹が顔を赤らめた。「こちらはシャフィング子爵の弟さんのミスター・ハロルド・マイヤーズ。ハロルド、わたしの兄のグレンガスク侯爵よ」

驚いた表情からして、ロウェナは兄が繊細な若者を蹴りあげて追い払うとでも思っていたらしい。しかし、ラナルフは笑みを浮かべ、手を差し出した。「妹がきみのように立派な若者と知り合えてうれしいよ」

「ありがとうございます、閣下」

表面上は笑顔で握手をし、内心では相手を軽蔑して退屈を嚙み殺す。たぶんこれがイングランド人のやり方なのだろう。それがすべてだろうか？　それとも、もっと上手に嘘をつく方法を学ばなくてはならないのか？　ラナルフにしてみれば無意味で間違ったことのようにも思えたが、シャーロットは笑っている。もっとも彼女は嘘つきではないし、それどころかラナルフがこれまで会った人々の中で、数少ない善人のひとりだった。つまり全員が嘘つきなのではなく、腐った人間もいるということだ。内部が腐ってしまい、その腐敗を秘密として隠している人々。

ラナルフは自分がシャーロットのように純粋な人間でないのを知っていた。しかし、そこまで堕《お》ちてしまった人間だとも思っていなかった。だからこそ本心を隠し、心の声が命じる行動を取らないというのは難しい。だが、やるしかない。シャーロットのため、必ずやりとげてみせる。

「とても立派だったわ、ラン」ロウェナが、まるで兄の額に翼でも生えているのを見たかのように意外そうな顔で言った。

ラナルフは頭を傾けて妹を見た。「ワルツは誰と踊るんだ?」さりげない口調で尋ねる。

「ロバート・メイソン卿よ」妹は爪先で飛びあがりながら答えた。「戦争の英雄なの」

「まさか本人がそう言ったんじゃないだろうな、妹《ピュアー》よ」ふたりとまた合流したアランがきいた。

「違うわ。ジェーンのお友だちのスーザンが教えてくれたの。戦争で脚を悪くしたそうよ」

アランが笑う。「トム・マクナマラだって脚を悪くしているぞ。酔っ払ったまま、乳しぼりをしようとしたせいらしいが」

ロウェナが次兄の腕を平手で叩いた。「メイソン卿はそんな愚かなことはしないわ」

「どうかな、どっちも信じられないね。人が流す噂にすぎない」

「気にするな」恵まれた環境で育ったであろうロバート・メイソンが乳しぼりなどするはずもないとラナルフは言いたかったが、あえて口にはしなかった。

「メイソンなら知っている」マイルズが割って入った。「いい若者だよ」

おじの言葉にはわずかな賞賛がにじんでいるだけで、批判的な響きがこめられていた。ラナルフはそう感じたが、やはり口には出さなかった。少なくとも自分の見解を内にとどめておくのは、これまでも慣れ親しんだやり方だ。頭の中でさまざまな考えをめぐらせつつ、楽団がワルツの始まりを告げるファンファーレを奏でたときには、シャーロットを腕に抱く心の準備はすっかり整っていた。

ラナルフは進み出て、シャーロットへ腕を差し出した。「これは私のダンスだ、レアナン」わざとその言葉を使い、アランの驚いた表情を見つめ返す。ふたりの仲を取り持とうとささやかな努力をしていたロウェナでさえも、仰天した表情を浮かべていた。

シャーロットが彼の腕に手をのせ、ラナルフはダンスフロアへと歩きだした。歩いているあいだも、何人もの男性が彼女の美しさに振り返る。眺めさせておけばいい。ほんの三〇分前、彼女とひとつになっていたのは自分だ。空に向かってそう叫ぶことはできなくても、シャーロットはラナルフだけのものだった。

「教えてくれる？」ラナルフがウエストに手をまわしてワルツのステップを踏みはじめると、シャーロットが尋ねた。

「何を？」

「今夜、家族の前で二回わたしをレアナンと呼んだわね。アランは卒倒しそうなくらい驚いた顔をしていたわ。本当はどういう意味なの？」

ラナルフは微笑んだ。「愛という意味だよ。恋人とか、大切な人とか、そういう意味で使う」

「もっと早く教えてくれればよかったのに」

「きみを怖がらせてしまうかもしれないと思ったんだ」

シャーロットは笑みを返した。「言葉なんて怖くないわ」

たしかにそのとおりだろう。「では、横殴りに雪が降る吹雪は？」ラナルフは尋ねた。「怖いと思うかい？」

「状況によるわね。部屋の中で火のそばにいるか、少なくとも暖かい上着を着ている状況かしら？　それとも雪の中で、夜着一枚で立っている状況？」

「暖炉で人の背の高さくらいの火が燃えさかっている。暖かい毛布があって、かたわらには温めたエールも置かれている」

「それなら平気よ。怖くないわ」

「少し詩的に言いすぎたようだ」ラナルフは言った。「吹雪は四日ばかり続くこともあるし、寒さは骨に染み入って体から離れないほどだ。それに、ハイランドは人間よりも鹿のほうが多い荒野だよ。大きな家だって、氏族長たちやその家族の住まいがいくつかあるくらいだ」

戸惑う様子も見せずに、シャーロットが言った。「もっと話して」

「私の領地には山のふもとに滝が落ちるアン・ソアードという村があって、同じ山の反対側の斜面にはマールドンという村がある。あちこちの農地の隣に農民たちの家があり、高地の湖には魚を取る漁民たちがいる。あとは牛の世話をする放牧民たちや家畜の商売をしている者たちがいて、それで全部さ。派手な馬車の行列はないし、大きな劇場や美術館もパースかアバディーンまで出ないとない――そういうところに行くのも、年に二、三回がいいところだ」

ラナルフは話しながらシャーロットの顔をのぞきこんでいたが、そこには好奇心と好意しか浮かんでいなかった。希望で胸が高鳴る。「やっぱり怖くないわ」彼女は言った。

「つまり、私の周囲できみを怯えさせているのは私だけということだ」

彼女が首を横に振った。「わたしはあなたを怖がっているのではないのよ。あなたのために怖がっているの」

「その必要はないよ。言ったはずだ、私は変わったと」

「ウィニーはそう思っているみたいね」シャーロットが意味ありげな笑みを浮かべた。「あなたがもしハロルド・マイヤーズを悪く言っていたら、彼女は意固地になって、彼と恋に落ちていたと思うわ。拍子抜けしたおかげで、すぐに彼が退屈な男性だと思いはじめるでしょう——事実、彼って退屈なのよ」

「そう願いたいね」ラナルフはこともなげに応えたものの、頭の中ではシャーロットのやり方を認めざるをえなかった。最初、彼はあの色男の顔面を殴りつけたい衝動に駆られた。ところが結果としてはこちらのほうがずっと効果的だったわけで、これなら妹も兄を責められない。

「はじめは——」そこで突然、シャーロットが黙りこんだ。はしばみ色の目を見開き、彼の背後を見つめている。彼女の頬から血の気が失せていった。「ラナルフ」

何者かの手が彼の肩を叩いた。「グレンガスク、私と代わるんだ」

振り返ったとたん、全身に怒りがこみあげた。そこに立っていたのはキャンベルの孫のチャールズ・カルダーだった。傲慢な顔つきだが、目にはかすかな不安が浮かんでいる。

「断る」ラナルフはできるかぎり冷静な口調で言った。

「無礼じゃないか」

無礼なのは承知のうえだ。イングランドの紳士であれば、声をかけられればすみやかにダンスの相手を譲ることもわかっていた。「さっさと失せろ、カルダー。私は代わる気はない」

「そもそも、おまえはこの場所にふさわしい人間ではないぞ」

「いいのよ、ラン」シャーロットがささやいた。「わたしは気にしないわ」

彼女は気にしないかもしれないが、ラナルフはそうはいかなかった。気にするどころか、怒りでわれを忘れそうだ。だが、ことが長引けばまわりに気づかれてしまうし、シャーロットにもこれしきのことが辛抱できない男だと思われるだろう。ラナルフは歯を食いしばり、彼女の手を放してあとずさりした。

にやけた顔のカルダーが進み出てラナルフと交代し、シャーロットを腕に抱いて離れていった。とても見ていられず、ラナルフは踊るふたりに背を向けてダンスフロアを離れた。思いつくかぎりの悪態が喉までこみあげ、それを吐き出すよう彼に命じている。だめだ。ここで衝動に屈するわけにはいかない。いまいましいことに、自分は紳士であらねばならないのだ。

シャーロットの両親であるヘスト伯爵夫妻が、何人かの友人たちと話している。夫妻が娘のダンスの相手が代わったのに気づいているのか、気づいていたとしてもそれが彼らにとって何かしらの意味があるのか、ラナルフにはわからなかった。人目のないところまで離れ、ダンスフロアに視線を向ける。ひとたびシャーロットを見つけると、今度は彼女から目が離せなくなった。なんでもないことだ、耐える価値のあることなのだと、ラナルフはひたすら自分に言い聞かせた。

シャーロットはダンスの相手とずっと顔を合わせていた。片手を彼女のウエストにまわし、もう片方で手を握っているカルダーは、明るい茶色の髪と目をしている。幅広で角張った顎のせいで、ひどく頑固そうに見える顔つきだ。イングランドの上流社会は狭いので、前にも彼の顔を見たことがあるのは間違いない。しかし、言葉を交わした記憶はなかった。

ダンスフロアで踊りながら、シャーロットは相手が無言のままでダンスを終えるつもりなのかといぶかりはじめていた。ラナルフから彼女を横取りするのが目的で、それ以上は何も考えていなかったのかもしれない。あるいは喧嘩になるのを予想していたのに、当てが外れて当惑しているのだろうか？　そちらのほうがありがたい。沈黙しているほうが話は簡単だ。それでなくとも、考えなくてはならないことがたくさんあるのだから。

もちろんシャーロットの頭の中のほとんどは、ラナルフ・マクローリーで占められていた。彼と出会って以来、それは変わらない。わざわざ確認しなくても、彼がこの部屋のどこかにいて、こちらを見ているのはわかっていた。たぶん今頃は、この状況にどうやって立ち入り、敵を殴りつけるかを考えているのだろう。もっとも、彼女はラナルフにどんな言い訳も許すつもりはなかった。シャーロットや彼女の父、そしてラナルフ自身に対して、暴力や争い、流血や死と無縁の人生を送ることができると証明してほしいからだ。

「グレンガスクとはどうやって知り合った？」いきなりチャールズ・カルダーの声がして、シャーロットは飛びあがりそうになった。

「わたしはあなたを存じあげませんわ」かすかに笑みを浮かべて言葉を返す。自分が何も得られないのに、相手に情報を与えるつもりはなかった。この男性と言葉を交わすのはこれがはじめてとはいえ、一時間ほど前には、彼が不穏な会話をしていたのをはっきりと聞いているのだ。

「チャールズ・カルダーだ、どうぞよろしく」彼は愛想笑いを作って言った。

「ミスター・カルダー」

「きみがレディ・シャーロット・ハノーヴァーだというのは知っているよ。自己紹介がすんだところで、もう一度きこう。グレンガスクとはどうやって知り合った？」カルダーは同じ問いを繰り返した。

「彼のお母さまとわたしの母が友人同士でした」これなら事実だし、無難に聞こえる。

「きみの家族の評判は申し分ない、レディ・シャーロット」彼は穏やかな声で言った。相手を気づかう表情を取り繕ってはいるものの、目には別の何かを浮かべている。「だからこそ忠告しておく。マクローリー家は災いのもとだ。特に彼には近づかないほうがいい」

好奇心をにじませた表情を装うため、彼女はありったけの意志の力をかき集めた。

「なんだかとても深刻なお話みたいですね。見ず知らずの他人に対して、どうして彼のことをそんなふうに悪くおっしゃるの、ミスター・カルダー？」

「あなたにとって大事なことだからだ。マクローリー家は数百年前に国王に作った貸しを盾に貴族の地位を手に入れたが、今では野獣も同然だ。領地にも爵位にも値しないし、むろんメイフェアのよき人々と交わる資格もない」

シャーロットは相手を殴りつけたい衝動に駆られ、自分でも仰天した。単純な言葉では言い表せないほどの強烈な怒りだ。ラナルフを侮辱するなんて、いったいどういうつもりだろう？　もちろん相手が同時に自分を侮辱しているのはわかっていた。それはいい。でも、ラナルフに対する侮辱だけは絶対に許せない。「何か根拠があってマクローリー家が貴族の地位に値しないと主張なさるのなら、なぜわたしの父なり、宮廷なり、摂政殿下なりに申し立てるのではなく、わたしなどに言うのですか？」カルダーは甘く見ているようだが、彼女はそんな言葉を簡単に信じるほどうかつでも、世間知らずでもなかった。

「奴といちばん関わっているのがきみだからさ。きみはいつもあの男と腕を組んでいるし、奴が部屋の隅から視線を送っているのもきみだ。ほかの誰よりも警告を必要としているのがきみなんだよ」カルダーはわずかに眉をひそめた。「きみ自身のためだ。奴とその家族には近づかないほうがいい」

当然、予想していた警告だ。それでもシャーロットは少しばかり驚いた。この男性がそんな警告を発する勇気の持ち主には見えなかったからだ。「せっかくのご忠告ですから――」慎重な笑みを浮かべて言葉を返す。「ありがたく気に留めておきます。でも、わたしはあなたよりもマクローリー家のほうと深いおつき合いをさせていただいておりますの。あなたの言葉が嫉妬か個人的な復讐心から生まれたものだと判断しても、どうか許していただきたいものですわ」

一瞬、彼女の手を握る相手の手に力がこもり、すぐに元どおりになった。

「それは間違いだ。きみだって厄介事に巻きこまれたくはないだろう。以前には流血沙汰になったし、私の予想ではまたそうなる」

シャーロットは眉をひそめた。「今度はわたしを脅すつもりですか？」

カルダーの申し訳なさそうな表情が一変した。「きみは何か勘違いを——」

「いいえ、勘違いとは思えませんわ、ミスター・カルダー。あなたはわたしを怖がらせようとしているか、グレンガスク卿にこの話をさせて、間接的に彼を挑発しようとしています。わたしはあなたを臆病者だと言うつもりはありません。でも、これからはご自分の意見は心にとどめておくよう、お願いしておきます」

カルダーの茶色の目が彼女を見据えた。「きみは危険の中に飛びこもうとしている、レディ・シャーロット」彼は小声で言った。「今の道を進む前に、せめてご家族に相談すべきだ。ご家族はきみとは違う見解かもしれない」

たぶんそうだろう。それにシャーロットとしても、チャールズ・カルダーに地獄へ落ちろと告げたい衝動を覚えたせいで、家族を危険な目に遭わせたくはなかった。顎をあげて言う。

「あなたこそ、由緒正しいイングランドの名家を敵にまわす前に、ご自分の行為がどんな結果をもたらすかをよく考えておくことね。わたしたちは脅迫されることを好みません」

彼女は威厳を伴った侮辱を言葉にこめ、相手が驚いて目をしばたたくのを見て満足した。もしラナルフが拳よりも言葉が力を発揮する証を求めているとしたら、これこそぴったりの実例だろう。ワルツが終わりに近づき、シャーロットはカルダーから身を離してあとずさりした。

けれども身をひるがえしてその場から離れる前に、カルダーが彼女の手を取って一礼した。「きみは気の荒い売女《ばいた》だ」彼は小声で言った。「婚期を逃して干あがったあげく、ハイランダーの娼婦《しょうふ》になりさがった」姿勢を正してシャーロットの手を放す。「私がそう言っていたと、ぜひ奴に伝えてくれ」

しばらくのあいだ、シャーロットはその場を動けなかった。これほどの暴言を浴びせられたのははじめてだ。まるで平手打ちを食らって地面に叩きつけられ、さらに踏みつけられたような気がした。ダンスフロアで立ち尽くしているのを周囲にいぶかられないうちに、彼女は自分を奮い立たせてどうにか両親のほうへと歩きだした。

これはわたしの哲学への挑戦なのかしら？　それとも、変わろうとしているラナルフを失敗へと導く罠なの？　この話を聞けば、彼はカルダーに手をかけるだろう。命を奪わないまでも乱闘騒ぎになって、ラナルフのロンドンでの評判が地に落ちるのは間違いない。そうなればシャーロットの父親も巻きこまれるはずだ。

「顔色が悪いぞ」近づいてきたラナルフが腕を差し出して言った。

シャーロットは感謝の気持ちで彼の腕を取った。「ひどい人だったわ」

「知っている。あれはろくでなしだ」しばしの沈黙のあと、ラナルフは言った。「奴が何を言ったか、私に教える気はないのか？」

彼女は首を横に振った。「ないわ。たかが言葉よ」

ラナルフが立ち止まり、シャーロットをそばに引き寄せた。「どんな言葉だ？」

彼の身の安全のためにも、何か答えなくてはならない。ここで真実を隠したりしたら、ラナルフの変わるという約束が守られたことにならないうえに、自分は嘘つきの卑怯者になりさがってしまう。「あなたとあなたの家族は災いを招くと言われたわ。あなたとは距離を置いたほうがいいと」

「なるほど。だが、それだけできみが失神しそうになるとも思えないな、レアナン」

「失神なんてしないわ」シャーロットは言葉を返した。「少しばかり汚い言葉を言われただけよ。そのうち忘れるでしょう」

さらに彼女を引き寄せて、ラナルフが問いただした。「どんな汚い言葉だ？」

彼の燃えるような瞳を見て、シャーロットは言った。「約束したわよね」

厳しい視線のまま、ラナルフが答える。「ああ。だから教えてくれ。奴はきみに何を言った、シャーロット？」

正直に明かせば、ラナルフはまっすぐカルダーのもとへ向かうかもしれない。だが明かさなくても、彼が行動に出る可能性は大いにあった。「わたしは気の荒い売女で、婚期を逃して干あがったあげく、あなたの娼婦になりさがったと言われたわ」そう言っただけで、口が汚れたような気がした。二度と口にしたくない言葉だ。

しばらくのあいだ、ラナルフは目を閉じていた。シャーロットは彼が動きだせば止められないのは承知のうえで、腕にかけた手に力をこめつづけた。何秒か何分かもわからない時間が経ったあと、ブルーの瞳がふたたび彼女の目をとらえた。

「たかが言葉だ」ラナルフはつぶやくように言い、ふたたび歩きだした。「そろそろここを出よう」

「まだ帰れないわ、ラン」ふたりが家族のもとに戻ると、まずロウェナが懇願した。「ダンスの約束が残っているもの」

「わたしもよ」ジェーンも言う。シャーロットは妹がアラン・マクローリーとワルツを踊ることになっているのを思い出した。

「何かあったのかね、グレンガスク侯爵?」ヘスト伯爵が警戒心もあらわな表情できいた。ここへ来る前にラナルフについて語っていた言葉からも、父が新たな厄介事を予想しているのは明らかだ。

ラナルフの顎の筋肉がぴくりと動く。「いいえ。少し疲れただけです」

「それなら先に戻ってくれ。私たちはもう少し残る」

しばらくラナルフは黙って立ち尽くし、それからようやく口を開いた。「ウィニー、アラン、行くぞ」

妹の手を取ろうと腕を伸ばしたが、ロウェナはあとずさりした。「わたしはここに残るわ、ラン」

「ひとりで残ったら誰がおまえを守るんだ、ウィニー?」ラナルフが平静を保った口調で言う。

「必要ないわよ、お兄さま。ここは舞踏会場だもの。何も起きっこないわ。それにわたしはもう一八歳なの。おさげ髪の女の子じゃないんですからね」

ラナルフがためらった。知り合ってから、彼が躊躇《ちゅうちょ》するのを見たのはこれがはじめてだ。シャーロットは心に奇妙な痛みを覚えた。少しして、ようやく彼がうなずいた。

「アランと私はここを出る。いいな、アラン？」

「ああ」尋ねられたことに驚きの表情を浮かべて、アランが答える。

「よし」ラナルフがおじを見やり、自分に託された義務を悟ったマイルズはうなずいた。それからラナルフはシャーロットに顔を向け、一瞬だけ笑みを浮かべた。「明日また連絡する」

それを最後に、ラナルフは弟を連れて舞踏室をあとにした。そのとたん、シャーロットは部屋が急に狭くなり、暗くなったような錯覚を覚えた。音楽の調べも安っぽく感じられる。どれだけ否定しようとしても、心に影が差した気分はいっこうに消えなかった。

自分でも、ばかげているのはわかっている。ここしばらく、彼女は自らの哲学をラナルフに理解させようとしてきた。言葉に――とりわけプライドを傷つけようとする言葉に――対して、血をもって償わせるのは間違いだと訴えつづけてきたのだ。ようやく彼がその訴えを受け入れた今になって、恋人が自分の名誉を守ってくれずに戦場から立ち去ってしまったおとぎばなしの王女よろしく、残念な気分にひたる権利などない。

ラナルフが去った理由をシャーロットは理解していた。彼はシャーロットやロウェナ、そしてジェーンを脅迫したり侮辱したりする理由を敵に与えないように身を引いたのだ。賢い大人の選択と言えるだろう。それに妹が残るのを認めたのも、弱気になったからではない。

礼節をわきまえた紳士なら当然そうするように、騒動を避けただけだ。

それがわかっているからこそ、シャーロットは絶対に失望など感じてはいけなかった。そう、絶対に。

15

餌としてとらえた虫を体の内側からむさぼっていき、最後には殻しか残さない昆虫の話をどこかで読んだ覚えがある。怒りというものは人間に同じことをするのだろうか、とラナルフは思った。怒りに心臓や内臓をむさぼられ、激しい熱と炎でもって体内を焼き尽くされて、残ったのは空虚で惨めな殻だけ。そういうことになってしまうのか?

心のどこかで、そうなるのを期待している自分もいた。空っぽの状態が終末点なら、いっそ怒りに早く仕事をすませてもらったほうがいい。昨夜ひと晩かけて歩きまわり、酒を飲み、寝室の壁に六つばかりの穴を開けながら闘ったというのに、生々しい憎しみは消える気配すらなかった。

ラナルフの望みはただひとつ、攻撃に転じることだけだった。チャールズ・カルダーとジョージ・ガーデンズ・デイリー、バーリンを襲い、愛する者たちにとっての脅威を残らず排除する。ところが、それはただひとつ、彼がしてはいけないことでもあった。シャーロット・ハノーヴァーと人生をともにしようと思うかぎり、それだけは許されない。

アランが姿を見せ、朝食室の入口に寄りかかった。「ここにいたのか」そう言ったものの部屋に入ってこようとはせず、淡いブルーの目をオーウェンと新たに雇った従僕に向ける。

「兄上と話がある」

「わかりました、アランさま」

オーウェンがもうひとりの従僕を引きずるようにして出ていくと、アランは部屋に入って扉をうしろ手に閉じた。黙ったまま紅茶を注いで、テーブルからゆでた卵と薄く切ったハムを取り、ラナルフの反対側の椅子に腰をおろす。

「マイルズからだ」弟は折りたたんだ紙をテーブルの上に投げてよこした。

近くに置いたグラスのウイスキーを飲み干し、新たにウイスキーを注いでボトルを空にしてから、ラナルフは紙を取って広げた。「〝〈ホワイツ〉で昼食をとる〟」声に出して読みあげ、紙をたたんでポケットに入れる。おじが友人となりそうなイングランド人を見つけてくれたのだろう。あらゆるものを粉々に打ち砕きたいと思っているときに礼儀正しくふるまわなくてはならないとは、まったくもって上出来だ。

弟がうなずいた。「ぼくはちょうど、ウィニーとハノーヴァー家のお嬢さん方がピクニックへ行くのにつき合おうと考えていたところだ」

「そうしてくれ」ラナルフはウイスキーを飲みながら言った。

何分間かの沈黙のあと、アランが咳払いをした。「兄上はまだ寝ていると思って、さっき寝室に行って扉をノックしたんだ。壁に木を食う虫がいるらしいな。穴が開いていた」

機嫌がよければ、アランの気をつかった言い方をおもしろいと思えたかもしれない。

「知っているよ」ラナルフは応じた。「害虫を退治するのに人手が必要なら喜んで手伝うよ。準備はできている」

その申し出は受けるわけにいかなかった。アランが傷つく――下手をすればもっと悪い目に遭う――かもしれないうえに、ラナルフにかぎらずマクローリー家の者が暴力沙汰を起こせば、シャーロットを失うことにもなりかねない。「いいんだ。世の中は害虫であふれているからな。好きなものを食わせておけばいい」

「じゃあ仕方ないからといって、害虫どもが家を食い尽くすのをただ眺めているのか？」

なかなか的確な比喩だ。「とにかく」立ちあがって弟に告げる。「私は昼食のために〈ホワイツ〉へ行く。おまえはピクニックだ。シャーロットに今日、私は行けないと伝えてくれ」

本心では彼女に会いたい。したいことはそれだけだし、会いたいのはシャーロットだけだ。しかし、この怒りを静める方法を編み出さないうちに会うのは、それこそ愚の骨頂だろう。あのブロンドとはしばみ色の瞳を見てしまったら最後、彼女を侮辱した男を引きずり出して謝罪させることしか考えられなくなるに決まっている。そして、うわべだけは同郷の愚か者たちが誰ひとりとしてシャーロットやロウェナ、ほかの家族に害を与えないよう手を打ちたくなってしまう。

「伝えるよ」アランが言った。ラナルフの思いには気づいていないようだ。「ほかにぼくに言っておきたいことは？」

「あるとも。厄介事に巻きこまれるな」

アランが兄の反応に不満を感じているのはわかっている。自分自身も不満だが、ほかにできることがないのが現実だった。厩舎の放火事件を法的に追及してもいい。だがラナルフが弟と見つけた証拠は、実際にはやっていないかもしれないバーリンが犯人だと示すものくらいだった。ロウェナとシャーロットが侮辱された件については、たしかに紳士的とは言えないが違法とは思えない。恥ずべき犯罪の確たる証拠をつかんでいないかぎり、法的な措置に訴えたところで、こちらが弱気に見えるばかりだ。今以上に。

寝室に戻ると、ジンジャーが壁の穴を絵で隠そうとしていた。すでにいくつかの穴は目録から切り抜いた絵と陶器の皿、ティーポットのカバーらしきもので隠されている。ただし、まるでばらばらで部屋とも調和が取れていない。

「隠すというより目立たせている感じだな、ジンジャー」ラナルフが声をかけると、従者は飛びあがった。

「オーウェンに頼んで修理の者を雇います」かけようとしていた絵を床に置いて、ジンジャーが言った。「とんだ安普請ですね。建てた者はどう言い訳するつもりか、きいてみたいものです」

穴を開けた側の言い訳ならある、とラナルフは思った。壁に穴を開けるか、チャールズ・カルダーとジョージ・ガーデンズ・デイリーを叩きのめすかの、どちらかしかなかったのだ。

「ありがとう。〈ホワイツ〉へ行く。着るものを用意してくれ」

「〈ホワイツ〉ですか？　わかりました、旦那さま。喜んで」

ラナルフはこれでいいと自分に言い聞かせた。記憶に残る汚い言葉をひとまず頭の隅に追いやり、そうした言葉が危険な状況を生むという事実自体に目をつぶろうと試みる。これから堅苦しい昼食に出かけて堅苦しい人々と会い、彼らを友と呼んで貧相なサンドイッチを好きなふりをするのだ。

服を着る途中、暖炉のそばで寝そべっていたファーガスが起きあがり、ラナルフに近づいて手に鼻をすりつけた。彼は無意識に愛犬を撫でながら考えをめぐらせた。ファーガスはハイランドではなくてはならない存在だ。護衛としても猟犬としても欠かせない。しかし、ここでは大きさと恐ろしげな外見が目立つばかりで、舞踏会やそのほかの社交界の集まりでは役に立たない。

考えてみれば自分も同じだった。ハイランドでは、利己的な欲と先見性のなさから領民を低地地方《ローランド》やアメリカ大陸へと追いやってしまう無能な領主ばかりの中で、ラナルフの決断力と強さが民を守り、みなで生き抜いていく切り札となってきた。だがロンドンでは、ラナルフの知っているやり方はすべて間違っていて、長所は不適切と見なされるうえに、ほかの者たちのほうが彼よりもうまく立ちまわる。

正気の持ち主であればこんなところにはさっさと愛想を尽かし、はるかに真っ当な故郷へと戻っているだろう。けれども今のラナルフは正気ではなく、恋に落ちている。ファーガスを荒っぽく撫でながら着替えをすませ、彼は階段をおりて、外で待っている愛馬のスターリングのもとへ向かった。

デブニーがすでに馬に乗って主人を待っていた。ラナルフは会話で時間を無駄にすることなく愛馬にまたがり、パルマルへと向かった。どれだけ疲れと怒りにさいなまれていようと、あと何分かすれば愛敬を振りまいて人好きのする男を演じなくてはならない。ラナルフにとっては自分自身を許せるかは問題ではなく、とにかくヘスト伯爵が喜んで娘を託せる男になることが重要だった。

「一時間後に迎えに来てくれ」〈ホワイツ〉の地味な造りの入口に到着したラナルフは、デブニーに申し渡した。

「それよりも早くご用件がすんだら、どうなさるんです？」スターリングの手綱を受け取ったデブニーがきいた。

「馬車を呼ぶさ」

「旦那さまをおひとりにはできません」

ラナルフはため息をついた。「マイルズがいる」

デブニーがうなずく。「それなら安心です」

「そう願うよ」ラナルフはつぶやき、扉に向かって歩きだした。とうとう使用人にまで、あれこれ口を出されるようになってしまった。

扉が開き、中からお仕着せを着た男が出てきて行く手をさえぎった。「お約束でしょうか？」慇懃《いんぎん》な態度で尋ねる。

今度は使用人や見知らぬ他人に対して、いちいち名乗りをあげて用件を説明しなくてはならないらしい。「スワンズレー卿と約束がある」ラナルフは言った。どうにか無表情を装おうとしたものの、とても成功したとは思えない。「グレンガスク侯爵だ」

門番が道を空ける。「ようこそ、閣下」彼は別の男を示して言った。「フランクリンがお席まで案内いたします」

部屋の中央あたりに座っていたマイルズとふたりの男性が、近づいていくラナルフを立って迎えた。内心で悪態をつき、ラナルフは顔を知っているほうの男に向かって一礼した。

「スティーブン・ハモンド卿だね？」ラナルフはおじと握手をし、空いている椅子に腰をおろした。

「そうだ」エズモンド公爵の次男が答え、ラナルフの向かいに座るずんぐりした茶色い髪の男性を示した。「友人のサイモン・ビーズリーだ。サイモン、こちらはグレンガスク侯爵」

「スワンズレー卿から聞いたよ。スコットランドに広い領地を持っているそうだね」ビーズリーが言った。

「ああ」くどくどと説明するつもりはない。「ミスター・ビーズリー、おじとはどこで知り合いに？」

「家族が近所なんだ」ビーズリーは気安い笑みを浮かべた。「私の一族の長はダンフォード侯爵でね。もっとも、私は親戚としてはそれほど近くないが」

「サイモンと私はオックスフォード大学で一緒だった」ハモンドが言った。「私たちはどちらも、血統をさかのぼるとヘンリー二世に行きつくんだよ」

「オックスフォードには独自のクラブがあってね」ビーズリーが笑みを大きくしてつけ加えた。「イングランドの王族に連なる者たちが集まるんだ」

退屈な話題だと思いつつ、ラナルフはうなずいた。ササナックは口数が多すぎる。きっとなんの役にも立たない、無意味な情報で頭がいっぱいなのだろう。

「きみの爵位はどこまでさかのぼるんだ？」給仕に昼食の注文をしたあとで、ハモンドが尋ねた。

「ヘンリーまではさかのぼらない」ラナルフはおじの警告をこめた視線を受け止めながら答えた。

「なるほど。最近栄えた家なわけだ。貴族になった時期は？」ビーズリーが従者にワインのボトルを指し示しながら言う。

くだらない。ワインなど水と同じだ。「最近というわけでもない。私の先祖はヴァイキングとケルト人なんだ。伝承によると、グレンガスクの最初のヤール（スカンジナビア貴族の総称）はローレックという名の巨人で、顔を青く塗って裸で踊るケルト人の女を妻に迎えたそうだ」

「ラナルフ」マイルズがたしなめた。

「古い言い伝えだよ」ラナルフは言った。「多少の誇張はあるかもしれない」

ふたりのイングランド人が目を合わせた。どうやら上品な社交界にあっては、ヴァイキングと裸のケルト人の話は刺激が強すぎるようだ。なぜそんな話をしたのか、自分でもよくわからなかった。ただ、この一〇時間ばかりは酒を飲みつづけているわけだから、もしかするとようやく怒りといらだちが鈍りはじめているのかもしれない。

「興味深い伝説だ」ハモンドが言う。「それほど深くハイランドに根ざしているのに、なぜロンドンに出てきたんだい、グレンガスク？」

「それもそうだ」ビーズリーが続いた。「そういえば、これまできみを見かけたこともない」

ラナルフは肩をすくめた。「ロンドンのパーティーを見てみたかったんだ」

マイルズが声をあげて笑ったものの、派手な笑い声ほどおもしろがっているふうには聞こえなかった。「彼の妹が……私にとっては姪だが、先週一八歳になったんだ。ロンドンで社交シーズンを過ごしたがってね」

給仕が食事を運んできて、会話がいったん途切れた。ラナルフが頼んだのは焼いた鹿肉のはずだったが、出てきた肉はグレイビーソースにおぼれそうになっていて、味も濃すぎる代物だった。これなら牛肉のほうがまだましだ。鶏肉にも劣るかもしれない。

「ということは、妹の社交シーズンが終わったらグレンガスクに戻るのか？」

ハモンドのほうを見て、ラナルフは答えた。「おそらくそうなる」

「ハイランドの女性たちは評判のとおりに美しいのかな？」ビーズリーが笑って尋ねた。

「気性が荒いという評判もあるが」ハモンドが友人のあとに続く。

「美しい女もいれば気性の荒い女もいる。ここと変わらないよ」

「侯爵家の血筋で、ヴァイキングと顔を青く塗ったケルト人の子孫なら」ハモンドがグラス越しに言った。「さぞやスコットランドの美女を選び放題だろう。同じ階級の女性でも、同じ……欲求を抱く女性でも」

少しばかり侮辱の色が濃くなってきた気がする。言葉ではなく口調に、そうした意識が表れていた。ラナルフはマイルズを見て、彼の表情の険しさに驚いた。おじはすぐに表情を変えて雉肉を食べはじめたものの、ラナルフは自分が何か聞き逃したのかといぶかった。期待はしていないなりに、もう少し気を引きしめたほうがよさそうだ。だが、半分酔った状態ではそれも難しい。

あるいは、マイルズは単にヴァイキングの話はよせと表情で警告しただけなのかもしれない。ラナルフは内心で眉をひそめた。もしこれがこの先歩んでいく人生なら、幸せとまではいかなくても、少なくとも満足しているふりくらいはしなくてはいけない。シャーロットがその新しい人生に加わってくれさえすれば、それだけで幸せになれるというものだ。

「シャーロット・ハノーヴァーが婚約していたのは知っているかい？」ハモンドが何気ない口調で言った。

ようやくラナルフにとって興味深い話題が訪れたようだ。「ああ、彼女から聞いた。相手はジェームズ・アップルトンで、決闘で亡くなったとか」

「そうだ」ハモンドがうなずく。「ちょっとした不器用さが生んだ悲劇だよ。アップルトンはあと少しで花嫁を迎えるところだったのにな。チャールズ・ストリートにどんな集まりでも開ける家もあった。社交シーズン以外の時期をバース（イングランドの温泉で有名な土地）の近くのトローブリッジで過ごすこともできたのに」

「あのふたりは結婚をしていなかったから――」ビーズリーがあとを続けた。「彼女は一生、喪に服しているわけにもいかない。六週間後にはふつうの生活に戻らなくてはならなかった。でも、みな事情を知っていたから、気をつかっていたよ」

「彼女も感謝しただろう」無意識のうちに顎がこわばり、ラナルフは力を抜こうと試みた。「彼女は本当に惜しい存在だよ――伯爵の娘だから、持参金だってかなりのものだ」ハモンドは指を折って数える仕草をした。「あれから七年が経つ。一八歳のときと比べたら、持参金も倍になっているかもしれないぞ。今や二五歳だから、その分の埋め合わせがあるはずだ」

ラナルフはワインをひと口飲み、ゆっくりと言った。「どうやらきみたちは、私に何か言いたいことがあるようだな」

「きみたちにはきみたちの女性がいるし、われわれにはわれわれの女性がいる。他人のものに手を出す輩《やから》は、誰にも好かれないということさ」ハモンドはラナルフに向かって、グラスを掲げてみせた。「特によそ者の場合は厄介だ。食事に招いた客に銀製の食器を盗まれるのと同じだからね」

これではっきりした。ここで争いの種になっているのはラナルフではなく、シャーロットだ。最初は意外に感じたものの、考えてみれば当然のような気もした。

「私はロンドンに家を持っている」そう言ったとたん、自分の言葉がすまなそうな響きを帯びているのに気づいた。寛容であろうとは思うが、卑屈になるつもりは毛頭ない。「もし持っていなかったとしても――」気を取り直し、ひとつひとつの言葉をはっきりと告げる。「女性が指輪をはめていない以上、誰にでも公平に機会がある」

ビーズリーの左目のあたりがぴくりとした。「なんでも公平とはいかないかもしれないぞ」

ラナルフは皿の横でナイフをもてあそんだ。「ここはやわな街だ。何かをしようとする前に、私がここへ来たのは上品な会話と食事をたしなむためだということをよく考えるんだな。いいか、私はどうせひとたびロンドンを離れたら、当分戻るつもりはない。それを踏まえたうえで、このまま何事もなくこの場を収めるか、きみたちが気に入らない結末を迎えるか、好きなほうを選べ」

いかにも不自然な笑い声をあげて、ハモンドが椅子の背に寄りかかった。「私たちは話をしているだけだ、グレンガスク。脅しをかける必要はない」

「そのとおりだ」ラナルフはなおもゆっくりと告げた。「だから、そちらも言葉を選んだほうがいい」

マイルズが自分のグラスにワインを注ぎ、ボトルを空にした。「来週、サリヴァン・ウォーニングが五頭の馬をタッターソールに出すらしい。一頭につき三〇〇ポンドの値がつくかもしれないと噂になっている」

「そんなばかな」ビーズリーが鼻で笑った。「いくらウォーニングの馬だからといって、そんな値段がつくものか」

ラナルフは彼の目を見つづけているハモンドの顔を、平然と見据えていた。もしこの男が視線だけでこちらを追い払えると思っているような間抜けなら、自分はササナックどもを過大評価していたことになる。そもそもたいした評価はしていないが。結局ハモンドのほうがラナルフから目をそらし、ビーズリーに視線を移した。「さて、これでお互いのことはだいたいわかった。ただ、始め方を間違えた気がするのだが、どうだろう？」

「同感だ」マイルズが言った。「では、あらためて仕切り直しということでいいかな？」

「仕切り直してどうなる？」ラナルフはグレイビーソース漬けの肉を食べるのをあきらめ、ナイフとフォークを置いた。「先ほどきみが話していたことは、ほぼ本心だったはずだ。それを今からきれいな言葉で取り繕おうとしても、それは嘘じゃないか」

「私たちはみな嘘をつきながら生きているんだよ、グレンガスク。たとえば私はサイモンの上着について、流行の先を行っていると褒めたが、本心では悪趣味もいいところだと思っているし、色に至ってはもう吐きそうだと思っている」

ビーズリーの顔が赤くなった。「何を言うんだ、スティーブン」

「仕方ないじゃないか、サイモン。ライムグリーンの上着だぞ」

もしこのふたりが疑念と敵意を向けてきたのであれば、ラナルフもまだ許せた。それどころか大いに敬意を抱いていただろう。ところがライムグリーンの上着について議論するふたりを見ているうちに、ラナルフは彼らに向ける自分の笑顔や、彼らの辛辣な言葉に対する笑いが本物になることはないと悟ってしまった。このふたりと友人になれるはずがない。生まれ育った世界が違うのだ。シャーロットへの好意を除けば、何ひとつ共通する点もなかった。

この機会のために多くを犠牲にしたからというだけの理由で、ラナルフは食事が終わるまでその場にとどまり、無意味な世間話を試みたりもした。まったく疲れる経験だ。ふたりのイングランド人がようやく立ちあがったときには、退屈よりも怒りのほうがましだと半ば確信していた。

ハモンドがラナルフに向かって手を差し出した。「レディ・シャーロット・ハノーヴァーをあきらめる気はないんだな？」

「きみには関係のないことだ、ハモンド」

ハモンドは手をおろした。「よくわかったよ、グレンガスク」

「はっきりさせておいたほうがいいと思ってね」

ラナルフはマイルズと連れ立って通りに出た。不快な体験のあとでは、ロンドンの空気ですら心地よく感じられる。彼は大きく息を吸いこんだ。「あれが友人にふさわしい男たちとも思えないな。ほかに何か狙いでもあったのか？」おじの馬車が近づいてくるあいだに、ラナルフは尋ねた。

「やはり私はうかつに人を信じすぎるようだな。同じ過ちを繰り返さないよう気をつけるよ。あのふたりのおかげで……うたぐり深くなった」

「まったく、まだ肌がむずむずする」ラナルフは言った。「ほかに私に話しておきたいことは？」

マイルズは首を横に振った。「ない」馬車に乗りこみ、腰をおろして言う。「私の知人の中でも、彼らのような感情を抱いている者たちがいるのは知っておいてもらいたい。だが、くれぐれもあのふたりの言動ですべての貴族を判断しないでくれ。いい人たちもいるのだ。誇りとともに、おまえに紹介できる人たちが」

マイルズの声はわずかに震えていた。またしても、つき合う人間によって自分が評価されるのを心配しているのだろうか？　あるいは本気で、甥がロンドンで友人を得られるよう願っているのかもしれない。どちらにしても、彼はおじの態度に感銘を受けた。

「口の中の妙な味が消えるまで、一日か二日待ってくれ」ラナルフは言った。「そのあとで、喜んであなたの友人に会おう」

あらゆることが疑わしく思える中でも、ラナルフにはロンドンとそこに暮らす人々にもう一度機会を与える理由があった――シャーロットだ。彼女はこの街を愛している。ほかの土地に心を残したイングランド女性をハイランドに閉じこめた父の二の舞を演じる気はない。自分の心が完全にシャーロットとともにあるとくれば、なおさらそんな真似はできなかった。

シャーロットはハイランドの地図をのぞきこんだ。緯度と経度の線をたどり、父の書斎にあった土地の所有に関する本を調べてわかったグレンガスクの領地の大まかな位置に線を引いていく。小さな地図だが、ラナルフの領地が広大で、イングランドにあるほとんどの所領をはるかにしのぐ大きさなのはすぐにわかった。ディー川が二箇所で横切り、広くて浅い谷や岩だらけの小山、峡谷や開けた草地、そして農地が混在している土地だ。

長いあいだ地図を見つめ、シャーロットは自分が川沿いに馬を走らせるところや、木々の生い茂る深い峡谷の底を歩くところを想像した。隣にはいつもラナルフがいて、彼と同じくらいその土地を愛するようになるまでハイランドの美しさを教えてくれる。

シャーロットはまばたきをして、土地の本に意識を戻した。グレンガスクの富について調べているわけではない。長いリストに指を走らせてガーデンズの名を見つけ、領地にしるしをつけた。さらにキャンベル、デイリー、カルダーについても同じように調べていく。

地図にしるしをつけ終わると、椅子の背に寄りかかって全体を眺めた。グレンガスクの領地はもっとも大きく、ほかのものとは比較にならない。そしてその大きさ自体が、マクローリー家が土地を切り売りしない理由を物語っていた。領地のまわりをほかのクランに囲まれているのだ。シャーロットの知るかぎりでは、領地の周辺部でラナルフの味方をする家は少ない。マクティ家、オーリンズ家、レノックス家くらいのものだ。その外となると、マクローリー家の者を脅迫したり、傷つけたり、さらには殺したりする敵にほぼ四方を囲まれている。

「なんてこと」シャーロットはつぶやいた。なぜもっと早く気づかなかったのだろう？　ラナルフは単に敵襲を想像しているのではない。彼があれほど強気の姿勢にこだわるのは、怖がられるのを楽しんでいるからでも、プライドをつぶされたと感じているからでもないのだ。ラナルフを知り、彼がどれだけ家族や領民を大事にしているかを知った今、シャーロットには彼が長い年月をかけ、自分自身をハイランドでもっとも強大で恐ろしい存在――誰も逆らえない存在――に作りあげてきたのだとわかった。
そんなラナルフに、シャーロットはもっとイングランドに溶けこめ、争いは言葉で解決しろと言いつづけてきたのだ。誰かが人を殺そうと思ったとき、それを押しとどめるのはいったいなんだろう？　言葉による警告だろうか？　それとも、誰かを殺せば次に殺されるのは自分かもしれないという原則？　マクローリー一族は、荒っぽく危険な土地で生まれ育った。そのうちの何人かが今、文明の中に身を置いていたとしても、ほかのクランへの憎しみや変化への恐怖は彼らの父や祖父、祖先からしっかりと受け継がれている。そして人々がもっとも恐れるのは、何者にも――摂政皇太子を含む何者にも屈せぬ男であるに違いなかった。
ラナルフは三度の挑発――バーリン、ジョージ・ガーデンズ・デイリー、チャールズ・カルダーが一度ずつ――に対して反応を示していない。その彼の態度――行動しないという態度によって、マクローリー家がより安全になったとは、シャーロットにはどうしても思えなかった。
そしてラナルフがそんな態度を取ったのは、シャーロットのため以外にない。かつて、無意味なプライドのせいで冷静に考えることのできない男性がいた。その男性の身に悲劇が起こり、彼女は傷ついたのか、神経質になったのか、あるいは目を開かれたのかはよくわからないけれど、とにかくあらゆる暴力は無意味で野蛮な行為だと思うようになった。だが彼女はハイランドで暮らしていたわけではないし、誰かから自分自身や生き方を変えろと指図を受けた経験もなかった。

ジェームズ・アップルトンが亡くなったのは、自ら招いた愚かで無用な暴力のせいだ。彼は楽しみを知らない男性で、特に自分の欠点をおもしろがるなどもってのほかだった。亡くなって三年が経つが、今でもジェームズの紅潮した顔を思い出せる。彼はたとえば……つまずくといったささいなことで人に笑われるのが我慢ならない性格で、実際そういう状況に直面すると、決闘以外に己の名誉とプライドを取り戻す方法を知らなかった。

ラナルフ・マクローリーはジェームズ・アップルトンとは違う。ふたりは友人になるどころか、互いを認めることすらできないだろう。ラナルフはジェームズのように自己中心的で浮ついたところはまったくないし、愚か者でもない。

シャーロットは図書室の机を離れて窓に近づいた。分別のなさから、ひとりの男性が死んだ。そして彼女はもうひとりの男性に、それもはるかにすばらしい男性に分別を持てと指図したことで、彼を同じ運命に追いやろうとしている。そんなのは耐えられない。

アランから聞いた話では、今日ラナルフは〈ホワイツ〉で昼食をとるらしい。アランはイングランド人の友を求めるなんてどうかしているとかなんとか長々と話していたけれど、シャーロットがはっきり聞こえたのは、ラナルフが文明的になろうとしているという部分だけだった。

そして今になって、彼女はそれがいい考えなのかどうか確信が持てなくなった。ラナルフはすでに一六年もクランを率い、領民に教育や家や収入を与えてきた。イングランドや、クランを撃ち倒そうと狙う外敵からの圧力を受けながらも、独立を維持してきたのだ。

シャーロットは窓枠を握りしめた。とにかくラナルフに会いたい。彼の哲学を知らずに自分の哲学を押しつけたことを謝りたい。そして……キスをして、たくましい彼の体のぬくもりを感じたい。

ラナルフが危険な人生を歩んでいると理解した今でも、シャーロットは彼の隣以外に自分の居場所があるとは思えなかった。でも、その居場所も自分が彼を破滅させてしまっては失われてしまう。シャーロットは窓から離れて図書室を出た。「ウィニー?」

従僕が食堂から姿を現して言った。「レディ・ロウェナはジェーンさまのお部屋にいらっしゃいます」

「そう、ありがとう」

ジェーンとロウェナはベッドの上で腹這いになり、《アッカーマンズ・レポジトリー》を見て笑っていた。シャーロットから見るとふたりはとても若く、楽しげで、無邪気だ。自分がそれほど遠くない昔、彼女たちと何も変わらない若い娘だったとは信じられない。そしてシャーロットは自分で認めたくないほど長いあいだ、何も知らずに生きてきたのだ。

ジェーンが顔をあげて言った。「シャーロット、わたしがこれをつけたところを想像できる?」

シャーロットはベッドに近づき、頭を傾けて雑誌を見た。「ちょっとお化けみたいね」笑みを浮かべて妹に告げる。「ひどいわ」

娘たちが声をあげて笑った。「ほら、だから言ったじゃない」ロウェナが言う。かすかに残るスコットランド訛りが、本人が気づいているよりも彼女を魅力的にしていた。

「ウィニー、お兄さまに会いにギルデン・ハウスへ行きたくない？」シャーロットはロウェナの手をつかんで駆けだしたいのをこらえて尋ねた。「喜んで連れていくわよ」

「アランにはさっき会ったばかりよ」ジェーンが鼻にしわを寄せて言った。「それにグレンガスク卿はゆうべ、なんだかとても不機嫌だったわ」

だが、ロウェナはベッドからおりた。「ちょうどランに伝え忘れたことがあるのを思い出したところだったの」

「わたしも行きましょうか？」ジェーンがあからさまにその気のない口調で尋ね、シャーロットは思わず笑みを浮かべて妹を見た。

「いいのよ」ロウェナが答え、シャーロットの腕を取って扉に向かいはじめた。「すぐ戻るわ。シャーロット、つき合ってくれてありがとう。ミッチェルはわたしがグレンガスクから抜け出すのを手伝ったから、ランに首にされるんじゃないかと心配しているの。ランが忘れるまで、視界に入らないようにしていたいんですって」

シャーロットは馬車をまわすように頼み、一〇分後にはギルデン・ハウスへ向かう馬車の中にいた。ラナルフにどう話を切り出したらいいのかわからない。でも、謝らなくてはならないのはわかっていた。そして彼に、ハイランドの問題については自分の言うことを聞く必要はないと伝える。一刻も早く、取り返しのつかない事態になる前に伝えなくては。

「ランが好きなのね」

シャーロットは仰天してロウェナを見た。「なんですって?」

「ランよ。あなたを愛しているなら、いきなり相手を殴りつけたりしないでイングランド人らしくするよう、兄には言ったのよ。そうすれば悪魔とは思われないから」

「わたしは彼を悪魔だなんて思っていないわよ。行儀よくしろと彼に言ったの?」

「ランはとても頭がいいの。それにとてもわたしたちを愛しているのよ。でもスコットランドでの生活にすっかり慣れているから、イングランドの人がどうふるまうか知らないの」

「でも、ここだってイングランド人ばかりではないわよ」

「バーリン伯爵のことね。あの人はイングランド人ではないけれど、かといってハイランダーでもないわ」

「バーリン伯爵だけではないわ、ウィニー。それに、あなたのお兄さまのふるまいにはちゃんと理由があるのよ」シャーロットは息をついた。「もっと早く気づけばよかったのだけど」

ロウェナが身を乗り出してシャーロットの手を握った。「ランを見捨てないわよね?」

「もちろんよ。そんなことをするはずがないでしょう」

「よかった。ランはすっかりあなたに夢中ですもの。ランに口答えをする人なんてわたし以外にいないし、そのわたしだって、いつも最後は兄の言うとおりにするのよ。ロンドンに来たのは例外なの。ランがわたしにラックラン・マクティと結婚してほしがっているのは知っているし、わたしも自分がそうしたがっていると思っていたわ。でもここにいるうちに、ラックと結婚するのが正しいのかどうか、わからなくなってしまって。ラックはわたしを子どもとしてしか見ていないんですもの。だけど、ここにはわたしをレディだと思ってくれる人がたくさんいる。しかも、みんなとてもハンサムだわ」

どうも困ったことになりそうだ。この話もラナルフにしなくてはいけない。でもまずはそれより先に、彼が知らなくてはならないことがあった。シャーロットは、ラナルフが悪魔と呼ばれているにもかかわらず愛しているわけではない。彼がそういう男性であるがゆえに愛しているのだ。ラナルフは家族や友人を守りたいと強く願っている。だからこそ、シャーロットも彼を守ってあげたかった。

16

アランがラナルフを見つめた。「キャンベルと会って、いったい何をするつもりなんだ?」見ているほうが不安になるほど顔面を蒼白にして、弟は尋ねた。

「もう一〇〇年以上も戦ってきたんだ」ラナルフは答えた。「そろそろ話し合ってもいい頃だ」

「奴の城へ行くまでに殺されるぞ。運よくたどりつけたとしても、生きて出てこられないに決まっている」

「では、このまま戦いつづけたほうがいいとでもいうのか? 向こうがこちらをひとり殺し、われわれが向こうをひとり殺す。切りがないと思わないか?」

立ちあがったアランは部屋の中をぐるぐると歩きまわった。「ついにいかれたな。そうに決まっている!」とうとう弟が爆発した。「クランが生き延びる方法なら、兄上がいちばんよくわかっているはずだろう? われわれがつねに強い存在であることだ。攻撃を仕掛けたらただではすまない、そう敵を怯えさせておくから、向こうは手を出してこないんだ」

ラナルフは頭痛が消えるよう祈りつつ、コーヒーを飲んだ。たしかに疲れているし、頭も痛む。だが、自分がいかれたとは思えなかった。少なくとも今はまだ。「キャンベルのほうがガーデンズよりは話ができるはずだ。ガーデンズと話し合うとなったら、バーリンを相手にしなくてはならなくなる」

「話し合いなんて必要ない」アランが言った。「こちらから出向くのは弱みを見せるのと同じだ。この一六年、学校に火をつけられたのと土地の購入を持ちかけられたのを除けば何も起きていない。それは兄上がいたからだ」

「ベアーはガーデンズ・デイリーに撃たれたし、私の廏舎は焼かれたぞ」ラナルフはため息をついた。「私は家族を守りたいだけだ。グレンガスクに妻を迎えるつもりだし、彼女が花を摘みに出かけるたびに心配したくない」

「キャンベル家が農民たちの扱いをあらためないかぎり、和平なんて成立しないよ。まさかこっちが農民たちを弾圧して、やつらのやり方に合わせるわけにもいくまい。それにグレンガスクの土地の三分の一を羊のために売り払うくらいしないと、奴らのほうだって兄上を信用しないさ」

「何か方法がある――」

「ガーデンズ家とは和平なんて望めないんだ。キャンベルと妥協すれば、結局は力を半分にそがれた状態でいくらか減った敵と対峙するだけだぞ。それだって、こちらが弱気になったと見たキャンベルが裏切らなければという条件付きだ」

アランはいつも理にかなった考え方をする。今回にしても、ラナルフは弟の意見に明らかな間違いを見いだせなかった。「ならば、私はどうすべきだと思う？」

「まずはあの連中に、こちらを侮辱するのをやめさせることだ。それから下半身ではなく、頭でものを考えてくれ。兄上が強ければ強いほど、奴らはこちらに手を出せなくなる。それがクランの安全につながるんだ」

「正しい理由がないかぎり、こちらから手を出せないとしたら？」

「正しい理由を探せばいい。いいかげんに目を覚ましてくれよ、ラン。今までだって、正当な理由もないのに手を出したことなんてないじゃないか」アランは椅子の背を拳で殴りつけた。「もし今みたいに兄上が女に骨抜きにされた状態が続いたら、冬までにわれわれは滅ぼされてしまう」

ラナルフは立ちあがった。「黙れ！」

「どうやってぼくを黙らせる？　殴れば彼女が機嫌を損ねるぞ」アランはラナルフを指さした。「キャンベルやガーデンズにかぎった話じゃない。誰かがそこに気づけば、マクローリー・クランはおしまいだ」

弟が正しいのはラナルフにもわかっていた。女性の指図でこれまでうまくいっていたクランを率いるすべを変えるのは愚かなことだ。それに結局のところ、ラナルフはずっとこの環境で生きてきたが、彼女は違う。「私はシャーロットとともに生きていきたいんだ、アラン。彼女を幸せにしたいし、守ってやりたい」

アランがラナルフを見た。「その三つをすべて成り立たせるのは不可能だよ、ラン。ふたつならどうにかなるかもしれないが、三つは無理だ」

「いや、必ず道はあるはずだ」

居間の扉が開いてロウェナが入ってきた。急に室内の空気が軽くなり、家らしくなったような気がした。予期せぬ妹の登場に、ラナルフは微笑んだ。「いったい何をしに来たんだ？」そう尋ねて、妹の頰にキスをする。

「あら、妹が兄を訪ねるのは当然でしょう？」ロウェナがにっこりして答えた。「アラン、散歩に行きましょう」

「私が行こう」ラナルフは扉に向かおうとした。

「だめよ。書斎に贈り物が置いてあるの。わたしが戻ったら、気に入ったかどうか教えて」アランの手をつかみ、ロウェナは次兄を半ば引きずるようにして廊下へ出ていった。

無断で書斎に入るのは誰にも許していないという事実に目をつぶり、ラナルフはふたりが階段をおりて玄関から出るのを見送った。朝食室で再会したウナとファーガスがはしゃぎまわり、ものを壊す音が聞こえてきた。「オーウェン」階段の上から従僕に声をかける。

「わかりました、旦那さま」返事とともにオーウェンは朝食室へ向かった。おそらく犬たちに追い立てられて、壊れるものを増やすだけの結果になるだろう。

これでムンロがこの場にいれば、ほぼ完璧だ。ラナルフはそう思いながら廊下を進み、書斎の扉を開けた。

「こんにちは」大きな窓のかたわらに立ったシャーロットが言った。

金色の髪がいつもに増して輝きを放っている。ラナルフの胸が高鳴り、心臓がいつもの倍の速さで脈打ちはじめた。これでこの家に足りないのは本当にムンロだけになった。無言で部屋を横切り、シャーロットを両腕に抱く。それから身をかがめ、上を向いた甘い唇にキスをした。

「やあ」ラナルフはささやき、もう一度キスをした。奇妙なことに、あれだけ苦しめられた怒りもいらだちも消え去っている。まるでシャーロットの明るい笑顔に恐れをなして逃げ去ってしまったかのようだ。ひょっとしたら、彼女は本物の魔女なのかもしれない。

「アランから、今日はうちに来ないつもりだと聞いたわ」シャーロットがラナルフの目にかかる髪を払った。「でも、どうしてもあなたに会いたかったの」

「もちろんかまわないさ」ラナルフは彼女の手を握り、細くしなやかな指に指を絡めた。

「居間に行こう」

シャーロットが彼の肩に頭をもたせかける。彼女が示す信頼に、あらためてラナルフは胸が熱くなった。シャーロットを守るためならなんでもする。どんな代償でも高すぎることはない。絶対に方法を見つけてみせる。彼女のいない人生などもはや想像もできないし、我慢もできない。

廊下を歩いていると、朝食室から犬たちが大暴れしている音が聞こえてきた。

「生きているか、オーウェン?」ラナルフは声をかけた。

「どうにか生きてます、旦那さま。危ないところですが」

「しばらく居間には誰も入れないでくれ」

「かしこまりました！」

ラナルフが扉を閉じるまで、シャーロットは片手で口を押さえて笑いを嚙み殺していた。彼女に微笑みかけ、ラナルフはきいた。「それで、なんの用があって来てくれたんだ、レアナン？」

「まずキスして」

「それに関しては文句の言いようもない」彼女の頰を両手で包みこんで唇を重ねる。舌を絡ませるうちに感情が高ぶってきて、ラナルフは息が詰まった。「キスだけでいいのか？」

「もちろんよくないわ」シャーロットは吐息を漏らし、力の抜けた両腕を彼の肩にまわして顔を見あげた。「〝ハンサム〟はゲール語でなんて言うの？」

「ブリーガ」

「あなたはとてもブリーガよ、ラナルフ・マクローリー」

「そう言うきみはアランだ。まぶしいほどに」ラナルフは言葉を返し、ふたたび唇を重ねた。「きみはとても美しい、シャーロット・ハノーヴァー。なぜここに来たのか話してくれるね？」

彼女は荒い息をつきながら、ラナルフのクラヴァットをもてあそんだ。口にするのをこれほどためらうということは悪い話に違いない。ラナルフの心に寒気が走った。シャーロットはいよいよ別れを決意したのだろうか？　ラナルフの人生は彼女にとってあまりにも危険で、いくら彼が変えようとしても無意味だと悟ったのか？ 最悪なのは、それが的を射ていると彼自身がわかっていることだった。爵位が目当てでもないかぎり、賢明な女性であればマクローリーの氏族長との結婚など考えもしないだろう。

「話してくれ」ラナルフはささやいた。「頼む」

一瞬、シャーロットの口元に笑みが浮かんだ。「グレンガスクの領地を地図で調べたの」彼の胸を見つめながら言う。「とても広かった」

予想外の言葉だった。「それで？」欲から出た行動でないのはわかっている。ならば、いったいなんのために？

「まわりの土地についても調べたわ。敵に囲まれているのね」

なるほど。つまり彼が安全を確保できるか不安になっているのだろう。「せかすようですまないが、結論を言ってくれないか、シャーロット？」

「わたしは――」

ラナルフは彼女にキスをした。彼の存在のすべてがシャーロットとともに生きる人生を求めている。だが、たとえ何をしようとロンドンと同じ安全は提供できないのも事実だ。それでも最後にもう一度愛を交わすまで、彼女を手放すわけにはいかない。

「ラン、わたしは――」

茶色と黄色のドレスの背にあるリボンをほどき、ひと息に肩から引きさげる。ラナルフはそのまま彼女の胸の先端を口に含み、舌でもてあそんだ。空いている手でもう片方の胸にも触れ、シャーロットが息をのんで背中をそらすまで愛撫を続けた。

袖から彼女の両腕を抜き、さらにドレスを引きさげて床に落とす。それがすむとラナルフはふたたび口で愛撫しながら、ズボンと上着を脱ぎ捨てた。あとは着たままでかまわない。とにかくシャーロットがほしかった。そのほかのことは頭からきれいに消え去っていた。

彼女を抱きあげ、近くにあった長椅子に寝かせた。上に覆いかぶさると、シャーロットがキスを求めて彼を引き寄せた。肩に触れるしなやかな腕の感触が、さらに興奮をかきたてる。彼女が正気に返ってしまう前に、ラナルフは脚を開かせて一気に貫いた。私のものだ——その思いが頭を支配する。今しばらくのあいだは、彼がシャーロットのものであると同時に、彼女はラナルフのものだった。

ほどなくシャーロットが絶頂を迎え、彼女の体の震えを感じ取ったラナルフは動きを速めた。彼女の顔だけを凝視し、何度も奥まで突きあげる。やがて我慢の限界が訪れ、彼はシャーロットの中に自分を解き放った。

激しく息を乱して、ラナルフは彼女の肩に頭をうずめた。こうするしかない。世界を締め出すのは不可能なのと同じで、もはやシャーロットを閉じこめてはおけなかった。彼にできるのは、ただシャーロットを愛し、解放してやることだけだ。たとえそれが自分を殺してしまうとしても、それ以外に道はない。

「ラン」シャーロットがささやき、彼の髪に指を走らせた。「わたしが間違っていたわ」

呼吸を整えようと、ラナルフは目を閉じた。「話してくれ」どうにか言葉を絞り出す。

「あなたはロンドンの人間ではないわ」シャーロットは静かにそう言い、指で彼の髪をもてあそんだ。心地よさに彼の体が震える。

「わかっている」

「あなたの行動も、あなたの生き方も、すべてはみんなを守るためなのよね」

「だが、現実には守れていない」ラナルフは勇気をかき集めて、美しいはしばみ色の瞳を見つめた。

「あらゆる人を完全に守れる人なんていないわ。でも、あなたは本当に……頑張っていると思う」シャーロットが顔をしかめた。「昨夜は三人もの人があなたを挑発したわ。でも最初のひとりであきらめさせていれば、ふたり目と三人目はなかったのよね」

何かおかしなことが起きている。ラナルフはしぶしぶ彼女から離れて立ちあがった。ズボンをはいて腕を伸ばし、シャーロットが身を起こすのに手を貸す。続けて自分のグレーの上着を床から拾いあげ、彼女に渡した。その上着はシャーロットには大きすぎて、袖に通した手の先も見えるかどうかというところだ。それでも彼女の体が隠れたおかげで、頭が少しはまともに働くようになった。シャツのしわを伸ばし、長椅子に彼女と並んで腰をおろす。

「つまりきみが言いたいのは――」

「あなたはジョージ・ガーデンズ・デイリーを叩きのめすべきだったと言っているのよ。バーリンもカルダーもね。そうすれば、あの人たちはあなたの力を思い知ったはずだわ」

しばらくのあいだ、ラナルフは無言でシャーロットを見つめた。長椅子の上で裸の両脚をきちんとたたんで座り、上着の袖からわずかに手をのぞかせた彼女はとてつもなく優雅で、それでいて官能的に見えた。

「喧嘩は愚かな野蛮人のすることじゃなかったのか？」ラナルフは言った。

「わたしが間違っていたわ」

「もう一度言ってくれないか？　どうもよく聞こえない」

「意地悪ね」シャーロットが彼の腕を叩き、そのまま身を寄せてきた。「こういうことよ。ふたりのイングランド人がいて、くだらない名誉やプライドのために争ったら、それは愚かだわ。でもあなたの場合は、バーリンを殴ったときだって、別に強さをひけらかしたかったわけじゃない。近づくなという警告のため、敵を殺すようなことになるのを避けるために殴ったんでしょう？」

「きみの話を聞いていると自分が理性的な人間に思えてくるよ、シャーロット」

「あなたはなかなか理性的よ」彼女は伸びあがり、ラナルフの顎にキスをした。

「それでもやはり死はつきものだ」彼は思いきって言った。「私が大切に思う相手ほど、敵に狙われる可能性が高くなってしまう」ため息を挟んで続ける。「何度か喧嘩をしただけで、それを完全に抑えこめるとも思えない」

「でも、わたしは――」

「旦那さま！」オーウェンが勢いよく居間の扉を叩いた。「緊急事態です！」

ラナルフは二歩で扉までたどりついた。「何があった？」大声で尋ねて扉を開ける。

「新人の馬丁のひとりがスターリングを散歩させている途中で、アランさまとロウェナさまが男たちに囲まれているのを見たそうです。私は——」

「服を着るんだ」ラナルフは心臓が凍りつく思いで肩越しに言い、階段を駆けおりた。ファーガスとウナが玄関の扉の前で遠吠えを繰り返している。悪態をつき、彼は扉を力任せに開けた。アランたちの居場所をきく必要はない。犬たちが案内してくれる。少しでも気をゆるめるとこれだ。やはりアランは正しかった。わずかに立ち止まって、恋に——実を結ばないと覚悟した恋に——落ちただけで、こういう事態になる。

シャーロットはドレスに飛びつき、急いで身支度をした。とはいえ、せいぜい背中のリボンを結んだくらいだけれど。靴を履き、扉に向かって走りだす。心臓が早鐘を打ち、今にも爆発しそうだった。もし妹や弟に何かあれば、ラナルフは決して自分自身を許さないだろう。そしてラナルフに何かあれば、シャーロットはとても生きていけそうになかった。

彼女が玄関にたどりつくと同時に、大きな銃を手にしたオーウェンが使用人の部屋から飛び出してきた。「場所はどこ?」彼と一緒に玄関を出たシャーロットは問いただした。

「お嬢さまはご自宅へお帰りください」肩で息をしながらオーウェンが言い、通りに向かって駆けだした。馬丁のデブニーが少しばかり前を走っている。ラナルフと犬たちは、はるか先を行っているようだった。

シャーロットは従僕の警告を無視した。自分の身なんてどうなってもいいし、もしかしたら何か役に立てることがあるかもしれない。というより、あることを願わずにはいられなかった。今なら状況次第では、進んで誰に殴りかかるのも厭わない心境だ。もはやマクローリー家は、シャーロットにとっても家族なのだ。

古い家々が並ぶ一角の裏手にある公園を入っていったところに彼らはいた。倒れている者も血を流している者もいない。もっとも、その状況がいつまで続くのか、シャーロットにはわからなかった。七人の男たちがマクローリー家のふたりを取り囲み、完全に進路をふさいでいる。

シャーロットの前を行くラナルフは足をゆるめ、その両脇を二匹の犬がかためていた。犬たちは毛を逆立たせ、少し離れた彼女にもわかる低いうなり声をあげている。

「何か望みでもあるのか、バーリン？」ラナルフが犬たちのうなり声よりも危険を帯びた声で言った。

七人の中にバーリン伯爵がいた。ジョージ・ガーデンズ・デイリーとチャールズ・カルダーも。彼らは武装しているのかしら？　ついさっきまでシャーロットと愛し合っていたラナルフはなんの武器も持っていない。

「決着をつけたいことがあってな」バーリンが答え、ラナルフと大きな犬たちを交互に見た。

「少なくとも三人は銃を持っているぞ、ラン」アランが言った。彼は片方の腕を妹にまわし、自分の身をガーデンズ・デイリーと彼女のあいだに置いている。ロウェナは心の底から怯えているようだ。これまで妹がこうした目に遭わないよう兄たちが全力で守ってきたことを考えれば、無理もないだろう。

集団から少し離れたところでラナルフが立ち止まった。両手をおろし、少し脚を開いて立っている姿は、舞踏会で世間話をするときのように力が抜けて見える。もしかしたら、舞踏会にいるときよりも落ち着いて見えるかもしれない。彼をよく知るシャーロットにはその肩が緊張にこわばっているのがわかったが、たぶん本人以外でそれに気づいている者はいないだろう。

「なんの決着をつけるつもりだ？」ラナルフはこともなげに言った。

「おまえはこともあろうに私の鼻を折った」バーリンはそう言って、かすかに笑った。悪意がこもった笑顔だ。「まずはその件だ」

「私ならここだ、バーリン。妹と弟はおまえの醜い顔をどうかしたわけではない」

「そこにいる犬どもを先に片づけるべきかな？　そいつらがいては公平な戦いにならない」

ラナルフが声をあげて笑い、その冷たい笑い声にシャーロットのうなじの毛が逆立った。

「おまえが公平な戦いとやらを口にするのか？　おまえはクラダーだ、バーリン」

バーリンが隣に立つ男を横目で見た。「ジョージ？」

「奴はきみを臆病者だと言っている」ガーデンズ・デイリーが訳した。「私も賛成せざるをえないな」

「なんだと？」

「六人も引き連れて標的の妹を狙うとは、臆病者のやり方だよ」

バーリンの顔が紅潮した。「それならなぜついてきたんだ、ジョージ？」

ガーデンズ・デイリーがポケットから銃を出してアランに向けた。「グレンガスクが、肉親が理由もなく殺される気持ちを味わうところを見てやりたかったからさ。私が父を殺された時のようにな。グレンガスクが私のきくことに答え、潔く自ら銃弾を引き受けないかぎり、必ずそうなる」

シャーロットが息をのんで胸に手をやった瞬間、ラナルフの体がぴくりと動いた。背後に彼女がいるのを知らなかったのだろう。シャーロットの隣ではオーウェンも銃を構えている。恐ろしいことが起きようとしていた。恐ろしく、取り返しのつかない事態が。震える息をつき、シャーロットは両腕を前に伸ばした。「ロウェナ、こちらへいらっしゃい」できるかぎりやさしい声で言う。

「いやよ」泣きじゃくりながら、ロウェナがアランにすがりついた。

「ウィニー、シャーロットの言うとおりにするんだ」ラナルフが言う。「そこのアマダンどもはおまえを撃ったりしない。私が撃たせない」

泣きながら走ってきたロウェナをシャーロットは抱きしめた。目の前で起きているのは、とても彼女が正視できるような状況ではない。シャーロットは自分だけが男たちのやりとりを見られるよう体の向きを変えた。

「さて」ラナルフが銃を手にしたガーデンズ・デイリーにゆっくりと近づいていった。「ききたいことというのはなんだ、ジョージ？」

ガーデンズ・デイリーはアランに銃を向けたまま答えた。「おまえは私の父を殺した、そうだろう？　おまえの父親が死んだ二日後に私から父を奪った理由を説明しろ」

「私の父は死んだのではない」ラナルフがはじめて感情のこもった口調で言った。「おまえの父親と——」バーリンを指さして続ける。「おまえの父親、そして、おまえのおじのウォレスに殺されたんだ」

「私が聞いた話では——」ガーデンズ・デイリーが言い返す。「おまえの父親を殺したのはキャンベル家だ」

チャールズ・カルダーが眉をひそめた。「ばかな。私の祖父のキャンベルはマクローリー家の連中に劣らない頑固者だ。かつて友人だったショーン・モナグを殺すなんて絶対に許さないよ」

ラナルフはさらに一歩前へ出た。犬たちも主人の横にぴったりとついている。

「キャンベル家ではない。父の遺体を発見したあと、私は犯人たちの痕跡を追ってショルブレイ・マナーまで行ったんだ」

「そんな話——」

「雨の中、居間の窓の下に張りついて、おまえの父親とウォレスがバーリンを含めた三人で父を殺したときのことを話すのを聞いた。話しているときの表情も、しっかりとこの目で見たぞ」ラナルフの声には明らかに怒りがこもっていて、その話が真実であることを物語っている。シャーロットはラナルフが動けばロウェナを連れて安全なところへ逃げるつもりで、彼の様子をじっと見つめていた。彼が妹の身を何よりも案じているのを知っていたからだ。そしてシャーロットは、同じようにラナルフの身を案じていた。

「それで話が終わるわけではあるまい」ガーデンズ・デイリーがラナルフに顔を向けて言った。「この臆病者たちの前で、これ以上話すつもりはない。続きが聞きたいのなら銃をしまえ。男同士で話ができるところで話してやる」

「くだらん」バーリンが毒づいた。「もしおまえが——」

「黙れ、ドナルド」ガーデンズ・デイリーがいとこをさえぎり、銃をポケットにしまった。

「アラン、犬たちを頼む」ラナルフが命じた。

血の気の引いた顔をこわばらせたアランは兄の言葉に従った。犬たちは尻尾をさげ、しぶしぶといった様子でラナルフから離れると、アランの足元にうずくまった。シャーロットが息を詰めて見守る中、ラナルフとガーデンズ・デイリーは互いに近づき、楡の木の下で足を止めた。

「ふたりは何をしているの？」ロウェナが小声で尋ね、首をまわして兄を見ようとした。

「話し合いよ」これはシャーロットがずっとラナルフに求めていたことだ。けれどもそれが賢明なことなのか、彼女には見当もつかなかった。

「だけど、あのふたりは憎み合っているのよ」

シャーロットはうなずいた。「そうね。でも、共通するところもあるんじゃないかしら」

「囲まれたとき、すぐにアランが殺されると思ったわ。そのあと――そのあとのことはわからない。もしあのままだったら、自分が何をされていたか想像もできないわ」

ふたりの男性を見据えながら、シャーロットはロウェナを抱きしめた。

「今はあなたもアランも、それにラナルフも無事だったことだけを考えるのよ。みんなそろっているし、何も起きやしないわ」

「でも、明日はどうなるの？　あの人たちがランスフィールド家の舞踏会にやってきたら？」ロウェナが身を震わせる。「ダンスを申しこまれたらどうしよう？」

「きっぱり断ればいいわ」ふたりの男性の話を聞きたいと願いつつ、シャーロットは答えた。

ガーデンズ・デイリーが父親の身に何が起きたのかを知りたいと思う気持ちは、シャーロットにも理解できた。それはラナルフが父親を殺されたときに抱いた気持ちと同じだ。でも、ラナルフがふたりの人間を殺したことを被害者の息子に告白したりすれば、彼は監獄に入れられてしまうかもしれない。場合によっては絞首刑だってありうる。

何時間にも感じられる時が経過したが、実際には二〇分ほどだろう。やがてガーデンズ・デイリーが険しい表情でうなずき、振り向いた。「話はすんだ」

バーリンが顔をしかめる。「しかし――」

ガーデンズ・デイリーはつかつかといとこに歩み寄り、喉をつかんだ。「今度はおまえに話がある。おまえの父親がなぜ私に嘘をついたか答えてもらうぞ」彼が喉から手を離すと、バーリンはよろよろとあとずさりして、危うく尻もちをつきそうになった。

「私は何も――」

「グレンガスク、約束を忘れるなよ。もし姿を見せなかったら、今度は私がおまえを追う」ガーデンズ・デイリーがいとこの言葉をさえぎって言った。

「行くとも。ただし、おまえに追われるのが怖いからではない」

うなずいたガーデンズ・デイリーを先頭に男たちは馬のいる場所へと向かい、それから一分もしないうちに角を曲がって走り去った。彼らが見えなくなってようやく、シャーロットは呼吸を取り戻した。膝ががくがくと震えはじめる。

「ファーガス、ウナ、来い」ラナルフが腿を叩いて言うと、犬たちがすぐに尻尾を振って駆け寄り、主人の両脇についた。

犬たちに少し遅れてアランも近づく。彼は兄の体をしっかりと抱きしめた。「ありがとう。少しばかりおもしろくない事態になるところだった」

ラナルフも弟に抱擁を返し、ロウェナに顔を向けた。「もう大丈夫だ、ピュアー。逃げなくてもいいぞ」

「シャーロットが心配ないと言ってくれたわ」

妹の頭越しにシャーロットを見やり、ラナルフがゆっくりと魅力的な笑みを浮かべた。それから彼は妹の手を取って腕にかけ、自分の屋敷に向かって歩きだした。

「オーウェン、いいかげんにその無粋な銃をしまえ」

「何があったんですか？」銃をおろしながら、従僕が問いかけた。

「ぼくも知りたい、ラン」アランが言う。「あの男とどこで会うことになっているんだ？もし決闘なら、椅子に縛りつけても阻止するぞ」

「決闘ではない」ラナルフはシャーロットを自分の横に引き寄せた。「父親の埋まっている場所を教えると言ったんだ」

「ラン」彼女はささやいた。

ラナルフが肩をすくめる。「そのときが来たんだよ、レアナン。ジョージ・ガーデンズ・デイリーがわれわれを敵視していたのは、バーリンの父親が私の父を殺したのをキャンベル家のせいにして、マクローリー家がガーデンズ家に見当違いの復讐をしたと彼に嘘をついたからなんだ」深いブルーの瞳がシャーロットを見つめた。「言葉で和平が実現したわけだ。信じられるかい？」

彼女はにっこりした。「しかも、わたしが暴力を振るってもいいと言った直後にね」

「それは覚えておくよ、シャーロット」

17

ラナルフが階段をおりて玄関ホールに歩いていくと、オーウェンが彼の姿をしげしげと見つめた。「ようやくいろいろと落ち着いたところなのに、またかきまわすおつもりですか？」

銀細工を施した毛皮のさげ袋《スポーラン》の位置を直しながら、ラナルフは眉をあげた。

「ジンジャーが卒倒しそうになっていたよ」従僕に応える。「だがなんの因果か、私はスコットランド人として生まれた。だからそれらしい格好をするまでだ」

「そうなったら、ぼくだけササナックの気取った格好をするわけにはいかない」アランが階段の踊り場から声をかけた。ラナルフと同じく濃い色の上着を着ているものの、アランはグレー、ラナルフは黒と色は異なっている。ふたりとも、マクローリー家を表す黒とグレーと赤のタータンのキルトを身につけていた。

「この老いぼれを泣かせてくれますな」オーウェンが言った。「おふたりとも、ご立派なハイランドの王子です」

「イングランド人のいるところでそんなことを言うなよ。また戦争になる」ラナルフは淡々とした口調で告げた。

今夜、ラナルフは爽快な気分だった。一〇年にわたって背負ってきた重荷から解放された気分だ。ある意味では、その感想は当たっていた。ジョージ・ガーデンズ・デイリーとのあいだで話し合いが成立したのだ。いかなる意味でも友人となったわけではない。しかし、互いにひとりずつの死者を出したということで納得し、ふたりは報復の終結で合意したのだった。恐ろしい話といえばそのとおりだろう。とはいえ、どちらもそうした血生ぐさい環境には慣れていた。この合意の成立のおかげで、今後はバーリンがショーン・モナグを殺したのがキャンベル家だと証明できるまで、ガーデンズ家はマクローリー家と距離を置くことになる。

さらにガーデンズ家の影響力により、キャンベル家とも同様になんらかの合意を結べる可能性もあった。少なくとも、当主である老キャンベルはショーン・モナグが殺された件も含めて、過去の争いについてはラナルフが拍子抜けするほど無関心だった。チャールズ・カルダーが言っていたとおり、老キャンベルはかつてショーン・モナグと友人関係にあったにもかかわらずだ。残る問題はデイリー家だったが、ラナルフにとっては三つの家と同時に対峙するより、そのうちのひとつを相手にするほうがずっと好ましい状況に思えた。

「兄上は笑っているが――」馬車に乗りこみながら、アランが言った。「今夜のランスフィールド家の夕食会には招かれていないのをわかっているんだろうな」

「わかっているとも。しかし、そのあとの舞踏会には招待されている。ちょっとした進歩だな」

「つまり、まだ文明的にふるまって、ササナックどもにわれわれを好きになっていただかないといけないのか？　ペットの猿みたいに？」

ラナルフは眉をひそめた。「シーズン最初の舞踏会で、私はバーリンの鼻を折ったが、二度目ではガーデンズ・デイリーの首を絞めただけだ。それで三番目の招待が来たのだから、少しずつ進歩していると受け止めることにしたのさ」

アランがにやりとした。「ものは言いようだな」

「ああ。私はそう思うことにした」

まだこちらを見ている弟を無視して、窓の外のロンドンの通りを眺める。今、ラナルフははじめて将来を楽観的に考える気分になっていた。シャーロットに約束した紳士になれるような気もしている。これは危険な兆候なのだろうか？

「シャーロット・ハノーヴァーだが」沈黙のあとでアランが言った。

「彼女がどうかしたか？」

「結婚するつもりなのか？」

「ああ」ラナルフは弟に視線を戻した。「なぜそんなことをきく？　反対なのか？」

アランが肩をすくめた。「彼女はおかたいイングランド人で、ぼくの知るかぎりでは、ついこのあいだまで兄上を野蛮な悪魔だと思っていたんだぞ。この短期間で、兄上はまるで違う人間にでもなったのか？」

ラナルフは座席に深く沈みこんで答えた。「おまえが思っているほど、彼女はおかたいわけではないのかもしれないぞ」

「兄上が正しければ、ぼくだって――」

「よせ、アラン」ラナルフはさえぎった。「私たちはこれから上品な集まりに行って、それにふさわしいふるまいをする。あとのことは私が自分で考えて答えを出す。それだけだ」

「わかったよ」

「わかればいい」

いや、ちっともよくない。ラナルフが一日じゅう抱いていた幸福感は、すっかりしぼんでいた。彼がハイランダーで、シャーロットが穏やかな冬と暑い夏に慣れたイングランド女性だという事実は変わっていない。それにいくら彼女が〝暴力〟を認めたといっても、そう簡単には新しい考え方を受け入れられないはずだ。

「ラン、ぼくは別に――」

「おまえはじゅうぶん私の力になってくれている。私はただ、おまえがいつか、お互いに何ひとつ文句を言ったり、不安を抱えたりせずにすむ完璧な相手を見つけて恋に落ちてほしいと願っているだけだよ」

「そんな相手はなんだか退屈そうだ」

「そのとおり。それを忘れるな」

アランがため息をついた。「ぼくは兄上を説得してどうこうしようと思っているわけじゃない。ただ、ちょっと心配なだけだ。もし彼女が――」

「彼女は母上とは違う」ラナルフはようやく弟の真意を理解した。「爵位が目当てではない。それに結末など知ったことか。とにかく私は彼女に幸せになってもらいたいと思っている。私の……そばにいなくともだ」

先ほどラナルフがそうしたように、アランもしばらくのあいだ窓の外を眺めた。

「それならぼくも彼女の見方を変えるよ。たしかに兄上たちは一緒にいると幸せそうだ。だが……とにかくよく考えてくれ。頼むよ、ラン。ふたりのためにもそうしたほうがいい」

ラナルフは前もってシャーロットに対し、今夜はハイランドの正装で行くと告げていた。公衆の面前に姿を現す前に反対する機会を与えるためだ。しかし彼女は何も言ってこなかったし、ラナルフとしてはそれをいい兆候だと受け止めていた。ところが今になってみると、シャーロットが単に自分をからかっているだけのような気もするし、この服装が彼女に恥をかかせることになるのではないかと思えてきた。アランが匂わせたとおり、ラナルフは確信を持てていない。答えは彼ではなく、シャーロットの心の中にあるからだ。それを聞かないかぎりは何もわからず、そもそも彼女が話してくれるかどうかさえも定かではなかった。

まったく、気がめいる話だ。馬車がランスフィールド・ハウスの前で止まったとき、ラナルフは危うく考えを変えて引き返すところだった。だがキルトを着ようと決断したのは自分自身であり、そのせいで何が起きようと、それは自業自得というものだ。この期に及んではそう思うしかない。

「グレンガスク卿とアラン・マクローリー卿」執事が名を告げたあと、ふたりは舞踏室に足を踏み入れた。入口近くの人々がざわつきはじめ、やがてそれは部屋の奥にまで広がっていった。男が膝を出したくらいで何を騒ぐことがあるのか理解に苦しむが、これが続くのならいっそ楽しんでやるべきだろう――あるいは、少なくとも慣れるしかない。

考えてみれば、もうひとつの解決策もあった。ラナルフがロンドンに残るという手だ。かぎられた休日くらいにしかグレンガスクに戻れないと思うと胃が痛くなる。だが、もしシャーロットと一緒にいられるのなら、イングランドにとどまることも耐えられそうな気がした。

けれども、ラナルフはすぐにその考えを撤回した。マクローリー家の紋章にどう刻まれていようと、グレンガスクにいて人々を守っていくのは、どのマクローリーでもかまわないというわけではない。そこにいなくてはならないのは侯爵であり、氏族長だ。そして、よくも悪くも今は自分がその役割を背負っている。

目の端に鮮やかな金色の光が飛びこんできた。ラナルフが顔をあげると、シャーロットとその家族が舞踏室に入ってくるところだった。彼女は上に黒い玉をあしらった黒いレースが重ねられている金色のドレスに身を包み、優雅でありながら官能的にも見える。荘厳なまでの美しさだ。

「ひと晩じゅう、ここで立っているつもりか？　それとも――」

アランが言い終える前に、ラナルフはロウェナとハノーヴァー家の人々のほうへ歩きだした。しきたりでは、彼がシャーロットの手を取るためには、まず父親であるヘスト伯爵の許しを得なくてはならない。本来なら、とうにそうしておくべきなのだ。だが、ラナルフはなぜ自分がそうしなかったのかをよく知っていた。第一の理由は、ヘスト伯爵が拒絶するかもしれないから。第二の理由は、シャーロットをスコットランドへ連れ帰ることが自分のわがままではないと確信できないからだった。

ラナルフを見たシャーロットが微笑み、彼は走りだしたくなる気持ちを必死にこらえた。なんと魅惑的な女性だろう。ただの礼儀知らずにせよ、若い娘に狙いを定めているにせよ、彼女を目にしてそのまま通り過ぎていくような男は愚か者だ。

「こんばんは」シャーロットたちのもとにたどりついたラナルフはお辞儀をして言った。

「グレンガスク侯爵」シャーロットの父が応え、ラナルフとアランをしぶい表情で見た。「なぜまた騒動を起こそうとしているのかね？」

「騒動など望んでいません」ラナルフは胸を張って答えた。「私はグレンガスク侯爵——ただそれだけのことです」

妹が近づいてきて、ラナルフの頬にキスをした。「とても美しい《ブリーア》わ、ラン」ロウェナはささやいた。「アランもね」

「ありがとう、ピュアー」

シャーロットが手を差し出し、ラナルフは身をかがめて手の甲にキスをした。

「わたしも、とてもブリーアだと思うわ」彼女はあたたかな笑みを浮かべて言った。

「いい発音だ。今夜のワルツはまだ空きがあると言ってくれ」

「二回とも空いているわよ。どちらがいいかしら？」シャーロットがレティキュールからダンスカードを取り出した。

「両方だ」

「ラナルフったら」

彼は目を細めて言った。「ササナックはおかたいのが欠点だと言ったことがあったかな?」

シャーロットが笑ってダンスカードを差し出す。「ええ、前に聞いたと思うわ」ラナルフが二回目のワルツを選んで名前を書きこむと、彼女が身を寄せてきた。「あれからバーリンとジョージ・ガーデンズ・デイリーは何か言ってきた?」

「いいや。デブニーの話だと、ジョージはロンドンを出てショルブレイ・マナーに向かったらしい。私は月末に彼とそこで会うことになっているんだが、あるいは自分ひとりで父親の眠っている場所へ行くつもりなのかもしれないな。詳しい位置はもう教えてあるんだ」

「あなたはとても勇敢なことをしたと思うわ」はしばみ色のきらめく瞳がラナルフをとらえた。

「勇敢だって? 違うよ。正しいことをしたとは思うがね。それにジョージのことはいささか誤解していたようだ。私はまだ彼がナイフで私の内臓をえぐるつもりではないかと疑っていた」

シャーロットの美しい肌からさっと血の気が引いた。しまった。せっかく彼女がお世辞を言ってくれたのに、野蛮な言葉で応じるとはどうしようもない。無論、多くの人々が自分を野蛮人と呼んでいるのは承知しているし、そう呼ばれて喜んでいる時期もあった。しかし、シャーロットが果たして野蛮人の妻と呼ばれるのを望んでいるのかはわからない。だが、それもあと少しではっきりする。彼女に直接確かめよう。シャーロットに心を打ち砕かれてしまうかどうかを延々と悩みつづけるのは、実際に拒絶されるよりもつらい。

「シャーロット」ラナルフはささやき、彼女の手を握った。「きみにききたいことがある」

彼女は息をのんだ。ついにラナルフは求婚するつもりなのだろうか？　笑みを浮かべて彼の顔を見あげる。ああ、ほかに誰もいなければいいのに。ふたりきりなら、息ができなくなるまでキスを続けられる。「何かしら」

横から手が伸びてきて、シャーロットの腕をつかんだ。「シャーロット、人が見ているわよ」彼女の母親が告げ、ラナルフにぎこちない笑顔を向けた。「ほら、スティーブン・ハモンド卿がいらっしゃるわ」

ラナルフがシャーロットの手を放した。彼に触れられるのが好きだ。指先が触れるだけでも、情熱的に唇を重ねるのでもいい。とにかく彼に触れていたい。「ラナルフ」彼女はささやいた。

「今度ふたりだけになったときに話そう」彼がささやき返した。

「レディ・シャーロット」ハモンドが近づいてきて、彼女の手を取った。「まさかワルツの相手が埋まってしまったなどと言わないだろうね」

シャーロットは作り笑いを浮かべて公爵の息子を見た。以前のハモンドは多少傲慢なところがあるにせよ、礼儀正しい態度を崩さなかった。ところが、この一年ほどで彼は変わった。先日エズモンド家の催しでやけに明るく接してくる前にも、未亡人や適齢期を過ぎた女性についての冗談を――シャーロットの耳に入るのを承知で――飛ばしていたものだ。

「わたしは――」

シャーロットが言い終えるのも待たずに、ハモンドが彼女の手からダンスカードを取りあげた。「ああ、ひとつ空いているね。では、このワルツは私のものだ」

背後でラナルフが岩山のように立っている気配が伝わってきて、シャーロットは咳払いをした。「ごめんなさい、そのワルツはもうアラン・マクローリー卿と踊る約束をしてしまったの」完璧な言い訳とも思えない。でもアランはすぐ近くにいるし、彼が味方なのは明らかだった。

「ばかな」ハモンドが言うのと同時に、彼の友人のサイモン・ビーズリーもシャーロットに近づいてきた。「サイモン」ハモンドは自分の名を書き入れると、ダンスカードをビーズリーに渡した。「最初のカドリールと最後のカントリーダンスが空いているぞ」

「ハモンド卿、今夜はそんなに踊るつもりはないのよ」シャーロットは言った。「カードを返してちょうだい」

ハモンドが笑った。「まさかハイランダーと恋をしたなどと思われたくはないだろう？彼はすぐにいなくなって、もう戻ってこない。そうなったら、今度こそ結婚などできなくなってしまうよ。まともな男なら誰だって、スコットランド人の使い古しと関わろうなんて思わないさ。まして、きみの場合はもういい年だからね」

シャーロットの肩越しに腕が伸びてきてダンスカードをビーズリーから取りあげ、彼女に渡した。「名前を消すといい」ラナルフが言った。「きみは私などよりもずっと礼節をわきまえている。私だったら、とても耐えられない」

とっさにこみあげた警戒心が安堵感に取って代わる。彼はやはり、筋肉より頭を――シャーロットにしてみればどちらもすばらしく、いとしいものには違いないのだが――使う方法を学んだのだ。「ありがとう、グレンガスク卿」彼女は応え、ラナルフの言ったとおりにした。

「そいつは間違いだ」ビーズリーがシャーロットのほうに身を乗り出して言った。あろうことか、彼は酒に酔っているようだ。ハモンドもおそらくそうなのだろう。「もし私たちがその気になれば、もう二度ときみと踊る者はいなくなるぞ」

「そんなことにはならないよ、諸君」シャーロットの父が割って入った。父は落ち着かなげな表情で顎をこわばらせている。彼女以上にこんな醜態を望んでいない者がいるとすれば、それは間違いなくヘスト伯爵だった。「ここは引きさがって、どこかで冷静さを取り戻してきたまえ」

「ならば言わせてもらうが――」

「なぜなんだ？」ラナルフが言葉を発した。公爵の息子であるハモンドを黙らせるほどの恐ろしげな声だ。「気に入らない者がいるなら直接そう言えばいい。なぜそのまわりの人々を侮辱する？」彼は前に進み出て、シャーロットのかたわらに立った。

ハモンドが鼻で笑う。「愚か者はどこまでいっても愚か者で、火をつけてやろうが何をしようが、自分が滑稽に見えていることに気づかないからさ。そいつのまわりの人間なら、少しは理解できる」彼は目を細めてシャーロットをにらんだ。「ただでダンスの相手をしてやるんだ、少しは感謝を――」

ふたたびラナルフの腕が伸び、今度は拳がハモンドの顎に襲いかかった。ハモンドが腕を泳がせてうしろへよろめく。次の瞬間、ビーズリーが飛び出してラナルフの頭を殴りつけ、続けて三人の男たちが彼に襲いかかった。

ハモンドの言葉を理解した直後、シャーロットはすさまじい恐怖の中で、男たちが酔っているわけではないのを悟った。ラナルフの厩舎に火を放ったのはハモンドだったのだ。それでも引きさがらないラナルフを見て、彼らはこんな行動に出た。ラナルフが先に手を出すまで待ち、迷いなく彼を叩きのめす。そしてあとになったら、自分たちは悪魔を抑えようとしただけだと主張するつもりだろう。「やめて！」シャーロットは叫び、レティキュールでビーズリーを叩きつづけた。

アランが駆け寄ってきて、乱闘の中に飛びこんだ。少なくともラナルフは孤立無援ではない。そのほかの人々は……地獄に落ちてしまえばいい。みな距離を置いて驚いたふりをし、遠巻きに騒ぎを眺めている。もっとよく見える位置に移動して、どちらが勝つかに賭けている者たちもいた。

どこからかマイルズが駆けつけてきて、悪態をつきながら、ラナルフに組みついている男を引き離しにかかった。マクローリー家の三人だけでメイフェアの全員を相手に戦うなんて、これは現実の光景なのだろうか？　どうしてこんなことが起こるの？　ラナルフはなんとか溶けこもうと努力したのに、周囲が彼を拒絶している。しかも、その原因はシャーロットにあった。自分たちは相手にもしなかったイングランド女性の心をスコットランド男性が勝ち取るのが気に入らないからといって、こんな……。

「やめて！」もっと役に立つものを手にしていたらよかったのにと思いながら、彼女はビーズをあしらったレティキュールで名も知らぬ男性を叩いた。「やめなさい！」

「シャーロット、そこから離れるのよ！」母が駆け寄ってきて彼女の袖を引いた。「何をしているの！」

いつの間にか涙がシャーロットの頬を伝っていた。一瞬見えたラナルフの顔は血だらけだ。

「やめて！」もう一度叫んだとたん、誰かの肘がぶつかって彼女は仰向けに倒れこんだ。

悪態をついた父がシャーロットを抱えて立たせ、乱闘の中に身を投じていった。混乱の中、やがて父が誰かを抱えるようにして戻ってきた。シャーロットを見て驚いた表情を浮かべたサイモン・ビーズリーがふらふらと床にへたりこむまで、彼女は父が誰を争いから引き離したのかもわからなかった。

「そこまでだ！」温厚な父が一喝した。人格者として知られるヘスト伯爵がひとりで喧嘩を止めに入ったのを見て、従僕やほかの客たち、今夜の主催者のファース侯爵ジョン・ランスフィールドといった人々が動きだし、騒動の当事者たちを引き離しにかかった。

シャーロットの耳に、早くもハモンドの友人たちがラナルフを責める声が流れこんできた。〝野蛮人〟、〝悪魔〟、さらに〝いまいましいスコットランド人〟といった言葉がこだまのように飛び交い、とても聞いていられたものではない。

両手でスカートを持ちあげた彼女は、父とマイルズに両脇を抱えられたハモンドのもとへつかつかと歩み寄った。「あなたは紳士ではないわ」鋭い声で言い渡す。「たとえ一時期でも、あなたを友人と呼んだことが恥ずかしい」

血だらけの口でハモンドが言った。「文句があるならあの悪魔に言え。あいつが――」

シャーロットは彼の頬を平手打ちした。手が痛んだけれど、そんなことは気にもならない。「グレンガスク卿は、あなたの失礼なふるまいをやめさせようとしただけよ。恥を知りなさい！」

ハモンドは彼女をにらんだものの、無言だった。何か言えば女性に対して横暴な人間だと思われて、自分の立場が悪くなるのを察したのだろう。シャーロットは胸を張って彼に背を向け、できるかぎりの軽蔑を表してみせた。

目を見開いて姉を見つめていたジェーンもハモンドに背を向けた。姉妹の母親がすぐさま同じ行動に出ると、ロウェナをはじめ一〇人ほどの女性たちがやはりそれにならった。ほとんどはシャーロットと同世代の女性や、社交シーズンのあいだ、ちやほやされることのない女性たちだ。おそらく、みなハモンドに侮辱された経験があるのだろう。これが彼にとっていくらかの打撃になることを、シャーロットは願わずにいられなかった。

ほかの男たちも立ちあがり、彼女はようやくラナルフの姿を探し当てて……息をのんだ。上着の片方の袖は完全に引きちぎられ、もう一方もずたずたに破れている。シャツは半分引き抜かれて、鮮血が点々とついていた。片方の膝に傷があるものの、キルトはかろうじて本来の機能を果たしているようだ。幸いなことに。

服がぼろぼろなのに加えて、ラナルフの唇は切れ、鼻からも出血し、目も片方が腫れあがりつつあった。アランも似たようなありさまだったが、サイモン・ビーズリーと彼の仲間たちはもっとひどいけがを負っているようだ。

シャーロットは前に進み出た。ラナルフの顔に向かって手を伸ばしかけ、ふとわれに返って腕をおろす。「けがをしているの？」これほど間抜けな質問もないと知りつつ尋ねた。

彼は険しい表情で首を横に振った。「たいしたことはないよ。すまない、シャーロット。私は……あのアマダンの戯言《たわごと》を聞いていられなかった。つい我慢できずに……」

「わかっているわ。わたし――」

「諸君」ファース侯爵ジョン・ランスフィールドが、汚いものに触れたかのように両手をぬぐって言った。「きみたちにはお引き取り願おう。私の屋敷でこのような野蛮な真似は許さない」シャーロットにちらりと目をやって、つけ加える。「誰がそそのかしたのかは関係ない。とにかく許さん」

ゲール語で不穏な響きの言葉をつぶやきながら、アランがマイルズに肩を貸し、ラナルフに合図を送った。「こんなところはこちらから願いさげだ。行こう、ラン」

ラナルフがシャーロットを見たままうなずいた。彼女の顔を記憶に焼きつけようとしている視線だ。まるでもう二度と会うこともないと思っているかのように、じっと見つめている。

シャーロットは心臓が止まり、体の中が冷たく空っぽになっていく気がした。だめよ。なんと愚かで頑固な男性なのだろう。ラナルフはしばし目を閉じてから、弟とおじのあとを追おうと向きを変えた。彼はとても立派なふるまいをし、そして去っていこうとしている。シャーロットを裏切ったと感じているから、彼女が絶対に許さないただひとつのこと――プライド以外に理由のない喧嘩――をしたと思っているからだ。

けれど、ラナルフは間違っている。

シャーロットは大きく息をつき、前に向かって歩きだした。母が腕を取ろうとしたが、それを無視してさらに進んでいく。山を思わせるたくましい男性に追いつくと、彼の肩に手をかけて力強く引いた。

ラナルフが立ち止まって振り返った。「何をしているんだ、シャーロット?」顔には驚きの表情が浮かんでいる。

自分が何をしているのか答えられるはずもなかった。先ほど起きた出来事でラナルフを責めるつもりはない。彼は紳士として立ち向かい、紳士らしい行動を取ったまでだ。かつてジェームズ・アップルトンがしたことと、ラナルフがしたことは天と地ほどの違いがある。でも、こんなに大勢の人の前でそう言っていいものだろうか?

答えははっきりしている。言えるはずがない。それにたとえシャーロットが何を言ったところで、ラナルフはただのやさしさから出た言葉だとしか思わないだろう。

だから彼女は両手をラナルフの胸に当て、爪先立ちになって唇にキスをした。

明らかに仰天した彼は、完全にその場で動きを止めた。しかしやがてキスを返し、両腕をシャーロットのウエストにまわして強く引き寄せた。息をのむ人や、気を失う女性もいるかもしれない。だが、そんなことはどうでもよかった。彼女にとって大事なのは、ラナルフがキスを返してくれたことだけだ。

永遠にも思える一瞬が過ぎたあと、彼がわずかに顔を離してシャーロットを見つめた。ブルーの瞳には燃えるような輝きが宿っている。「きみは自分自身を汚してしまった」

「わかっているわ」

ラナルフの口がゆっくりと笑みを形作る。「愛しているよ、シャーロット」彼はささやいた。「きみがいない人生など、とても耐えられそうもない」

「わたしも愛しているわ、ラナルフ」シャーロットもささやき返した。「レアナン」

「ならば、私と結婚すると言ってくれ」ラナルフが張りつめた声で言う。

またしても涙を流しながら、彼女はうなずいた。でも、今度は喜びの涙だ。

「結婚します。あなたとグレンガスクで暮らしたいの。怖くはないわ。怖いなんて一度も思ったことはないのよ」

大声をあげたラナルフが彼女のウエストにまわした腕に力をこめ、そのまま体を持ちあげてくるくるとまわりはじめた。「きみを愛している、シャーロット！」彼はそう叫ぶと、声をあげて笑った。

シャーロットは微笑んで彼を見つめた。「わたしも愛しているわ！」そう、彼女だけの荒々しいスコットランド人を、彼女だけのハイランダーを、彼女だけのラナルフを、シャーロットは心の底から愛していた。

訳者あとがき

アメリカの人気作家スーザン・イーノックのロマンスをお届けします。舞台は一九世紀初頭。イングランドの伯爵令嬢と危険な魅力たっぷりのハイランダーの物語です。

はじめに、背景となるこの時代のスコットランド・ハイランドとイングランドについて触れておきます。

スコットランドは国家独立をめぐってイングランドと長きにわたる戦争を繰り返してきましたが、王位請求者チャールズ・エドワード・ステュアートを擁立したジャコバイトの反乱軍が一七四六年にカロデンの戦いで鎮圧されたことにより、スコットランドは完全にイングランドに併合されることになりました。

その後ハイランドは、同化政策を強力に推し進めるイングランドによって政治的・経済的弾圧を受けます。重い税を課せられるなどして、それまでの小作収入ではやっていけなくなった領主たちは、その頃盛んになりつつあった羊毛産業に目をつけ、自分の領地を収益性の高い牧羊地に転換するために小作農を追い出すという暴挙に出ました。これによっておびただしい数の農民が住む土地と家を追われ、荒野をさまよい死んでしまったり、移民となって国内外に散らばったりしていきました。この結果ハイランドの氏族制度は解体され、土地の文化も失われてしまいました。

このように困難な時代でも、世の中の流れに逆らって誇り高く生きようとするのが本作品のヒーロー、グレンガスク侯爵ラナルフ・マクローリーです。ハイランドで最大勢力のクラン・マクローリーの氏族長であるラナルフは、同化政策を進めるイングランドに強い反発を抱いています。また、多くの同胞が土地から領民を追い出して野垂れ死にさせたうえ、スコットランド人としての誇りを捨ててロンドンで贅沢な暮らしを送っていることにも怒りを感じています。先祖代々受け継がれてきた領地と領民の暮らしをなんとしても守り抜こうと、グレンガスクに根を張って抵抗を続けています。

しかし、そんな彼の思いは一八歳の誕生日を迎えたばかりの妹、ロウェナには理解されません。ロンドンや社交界デビューへの憧れをラナルフに否定されたロウェナは、メイドを連れて家出してしまいます。ラナルフは弟たちに留守を頼み、妹を連れ戻すために憎むべきイングランド人たちのいるロンドンへ向かいます。

そのロンドンのヘスト伯爵ハノーヴァー家は、夫人の亡き親友の娘であるロウェナが急に訪ねてきたことに驚きますが、次女のジェーンと一緒に社交界デビューを世話することを快く引き受けます。が、そこへ悪魔のごとき風貌のラナルフが乗りこんできます。イングランド人への敵意もあらわにロウェナを連れ戻そうとするラナルフに、伯爵家の長女であるシャーロットが毅然と立ち向かいます。

シャーロットは見かけこそたおやかなレディなのですが、理知的で弁が立ち、ラナルフのような猛々しいハイランダーを前にしても一歩もあとに引きません。二週間という期限付きながら、ロウェナのロンドン滞在を彼に認めさせてしまいます。

氏族長という立場から今まで誰にも逆らわれたことのなかったラナルフは、まともに言い返してくるシャーロットにいらだちながらも、これまでの自分を根底から揺るがされたような衝撃も受けます。そしてシャーロットも、何かというとプライドを振りかざしたり暴力に訴えたりする男性を軽蔑してきたはずなのに、強い意志と危険で野性的な魅力を放つラナルフに惹かれてしまうのです。

この物語、歯切れのよさやスピード感、あるいは登場人物たちがときおり見せるユーモラスな表情のおかげか、国家や文化の対立といったシリアスなテーマを扱いながらも重さを感じさせません。荒々しいハイランダーが口達者なヒロインに反発しながらも、どんどん恋の深みにはまっていく姿にはにやりとさせられます。

ヒストリカルとコンテンポラリーの両方を次々に手がけてきたスーザン・イーノックですが、今回ハイランドものというこれまでとはひと味違う作品でわたしたちに楽しみを与えてくれたことを、読者のみなさんとともに喜びたいと思います。どうぞ心ゆくまでご堪能ください。

二〇一五年一〇月

ライムブックス

情熱《じょうねつ》の炎《ほのお》に捧《ささ》げて

著　者　スーザン・イーノック
訳　者　島原《しまはら》里香《りか》

2015年11月20日　初版第一刷発行

発行人　成瀬雅人
発行所　株式会社原書房
〒160-0022東京都新宿区新宿1-25-13
電話・代表03-3354-0685　http://www.harashobo.co.jp
振替・00150-6-151594
カバーデザイン　松山はるみ
印刷所　図書印刷株式会社

落丁・乱丁本はお取替えいたします。
定価は、カバーに表示してあります。
 ISBN978-4-562-04476-4 Printed in Japan